# 失踪者

张润兰◎著

光明日报出版社

**图书在版编目（CIP）数据**

失踪者 / 张润兰著. --北京：光明日报出版社，
2018. 8

ISBN 978－7－5194－4466－2

Ⅰ. ①失… Ⅱ. ①张… Ⅲ. ①电影文学剧本—作品集
—中国—当代 Ⅳ. ①I235. 1

中国版本图书馆 CIP 数据核字（2018）第 182707 号

# 失踪者

**SHIZONG ZHE**

| | | | |
|---|---|---|---|
| 著　　者：张润兰 | | | |
| 责任编辑：刘兴华 | | 责任校对：赵鸣鸣 | |
| 封面设计：中联学林 | | 责任印制：曹　净 | |

出版发行：光明日报出版社

地　　址：北京市西城区永安路 106 号，100050

电　　话：010－63131930（邮购）

传　　真：010－67078227，67078255

网　　址：http://book. gmw. cn

E - mail：liuxinghua@ gmw. cn

法律顾问：北京德恒律师事务所龚柳方律师

印　　刷：三河市华东印刷有限公司

装　　订：三河市华东印刷有限公司

本书如有破损、缺页、装订错误，请与本社联系调换，电话 010－67019571

| | | | |
|---|---|---|---|
| 开　　本：170mm×240mm | | | |
| 字　　数：398 千字 | | 印　张：26 | |
| 版　　次：2019 年 1 月第 1 版 | | 印　次：2019 年 1 月第 1 次印刷 | |
| 书　　号：ISBN 978－7－5194－4466－2 | | | |
| 定　　价：68. 00 元 | | | |

# 序　言

## 沃土·真情·大丽花

宋国兴

收到润兰女士的电影文学剧本集《失踪者》文稿后,仅粗略地一翻,脑海里便瞬时闪出几个老词:天道酬勤、厚积薄发、大器晚成。待细细读完,便有了一道几何题终被公理所证的欣慰,不禁抚案自叹:果然!

认识润兰女士虽已多年,但真正认识她却始于今天——读完了这部电影文学剧本集文稿——本已熟识的她,在我的眼中一下变得全新起来,全新的如同刚认识一般。

其实再仔细一想,她的"全新"也并不诧异,因为无论生活还是事业中的她,都是一直在闯、一直在创,于高中求高,于极中求极。

她出生在一个有着十来个兄弟姐妹的贫穷农家,但艰难的生活并没有啃噬掉她的志向。凭着锲而不舍的刻苦精神,她把学业读成了一条逐级而上的石阶——从乡村到县城,从县城到城市,以致走上了市文联副主席的岗位。她的这条人生之路是人所共知的,但她走的另一条路却鲜为人知——文学创作。

我之所以知道她走文学创作之路,是缘于一次她请我修改她根据塞汉先生的电视剧本《雪绒花》所改写的影视小说《谜案》,她的文笔让我感到震惊,由此才知道,她走上文学创作之路已多年了,只不过她所写的作品大都没公开发表过。用她的话说,作品还不成熟,只是练笔之作。不久,我从她的一次命题之作中,进一步领略了她的文笔之妙。我和导演曹峰共同策划了《中国梦·百姓故事》系列电影,其中一部,是根据一名环卫工人的先进事迹创作一部反映环卫工人生活的电影。思之再三,我把这部剧的创作交给了润兰女士。一个月后,名之为《扫大街的女人》的剧本交稿了,其文笔之精妙、构思之精巧都令我赞叹不已。第二年,这部剧就被作为《中国梦·百姓故事》的首部搬上银幕(改名为《爱的红围巾》)。

我知道她后来还在创作,也知道她有这个能力,但短短的两年间就创作出八九部电影文学剧本(都是高质量的,其中《拾荒者》还被中国权威刊物《中国作家·影视》刊载),着实令我吃了一惊,故而才有前面的感叹。

润兰女士的这部电影文学剧本集《失踪者》,大多是反映社会底层人的生活的,如捡破烂的(《拾荒者》)、扫大街的(《扫大街的女人》)、开出租的(《的哥遇险记》)、当兵的(《失踪者》)、摆小摊的(《家有珍藏》)等等,每一个人物都是鲜活的,每一个故事都是感人的,尽管都经过了艺术的拔高,但让人仍感到真实可信——这些人就生活在我们身边。

润兰女士虽然是从社会底层走出来的,有着丰富的社会阅历,但她不可能遍尝人生,之所以能塑造出那么多活灵活现的、职业各类的底层人物,除了她的社会阅历之外,更主要的是源于她的同情心和怜悯心。据我所知,她闲暇之时,常和底层接触,了解他们的疾苦和难处,并力所能及地给以帮助。孟子曰:"君子以仁存心,以礼存心。仁者爱人,有礼者敬人。爱人者恒爱之,敬人者恒敬之。"润兰女士尊重这些底层人,像对待亲人般的对待他们,这些底层人自然也就拿她当朋友、当知己,对她无话不说。这就使她在无意中获取和积累了大量的创作素材。或许,这就是人们所说的"功夫在诗外",当她把自己置身于底层生活以致达到了水乳交融的程度时,实际上就已经到了可呼之欲出、信手拈来的地步了,一旦进入创作状态,只是奋笔疾书的事。

柳青、赵树理、路遥等成功的文学巨擘们,无一不是与百姓同呼吸共命运。他们的功夫其实都是在"诗外",这种功夫是别人不可分享也不可剥夺的。

明白了这一点,也就不难明白润兰女士所塑造的人物为什么都那么人性化了。《拾荒者》中的李天地,为找到被拐卖孩子的亲生父母,不惜沦为捡破烂的。《扫大街的女人》中的秦仲丽，因被她揭发的彪子入了狱，她化名承担起照顾彪子病母的责任，以致自己女儿的病都无钱医治。《圆梦者》中的地委副专员魏民，因在位时的富民愿望未能实现，离休后不惜拖着病体深入农村竭力去圆梦，最终造福百姓。《失踪者》中的罗飞，在战斗中严重毁容，为了恋人的幸福，他悄然"失踪"，并在恋人一家遇到困难与危险时，屡屡暗中相助。等等。

常说生活是沃土，只有植根于沃土中，才能长出艳丽的花卉。然而，要想植根于沃土是需要真情的，情愈真，扎根沃土才能愈深。假如只是怀着浮躁的心态，浮光掠影地去观察生活、体验生活，那是绝难有丰硕回报的。

大丽花是张家口市花，早在80年代就已走出国门，在异国他域一展姿容。我觉着，润兰女士的剧作，就是一朵朵盛开在塞外大地的大丽花，艳丽多姿，芬芳醉人。我相信，凡是看到润兰女士电影文学剧作的人，都会像喜爱大丽花一样喜爱她的作品。

读罢这部电影文学剧本集《失踪者》文稿，写下这些感怀，聊作庆贺。

是为序。


（宋国兴：原铁道部影视中心编导，策划、撰稿、编导《天路》《缉毒云南》《铁龙腾天下》《京铁风》等数十部电视专题片。）

# 目 录
## CONTENTS

# 拾　荒　者

**字幕**　这是发生在上世纪 80 年代北方某地区的一个真实故事

**序幕:**

## 1. 双沟村　日　外

大山下的一个村庄,房屋稀疏、破旧。

一个二十八九岁、相貌憨厚的汉子步履匆匆地走进村子。汉子一身农民装束,怀里抱着一个小棉被包裹。

汉子叫李天地,是沙柳村人。他停下脚步,轻轻掀开包裹的一角看了看。

特写镜头:包裹内是一个白白胖胖的婴儿,正熟睡着。婴儿的脖子上挂着一个银白色的长命锁。

李天地又将包裹盖好,继续向前走去。

## 2. 二狗子家　日　内

屋内既凌乱又简陋,一副邋遢相的二狗子正坐在桌前自斟自饮。二狗子三十四五岁。

李天地推开门走进。

二狗子看到突然进来的李天地不由得一愣,随后有些惊慌地问:大憨,你咋来啦?

李天地走到炕前将包裹轻轻放到炕上,转回身:二狗哥,俺想问问,人贩子是从哪儿弄来的这个孩子?

二狗子:俺也不认识那个人贩子,听他说是别人从安北市偷来转卖给他的。

1

李天地:那你知道那个人贩子是哪儿的不?

二狗子:俺哪儿知道呀,偶然碰上的……咋,嫌贵了?

李天地:不是,俺不想做这缺德事儿,想知道这是谁家的孩子,给人家还回去。

二狗子大感意外:这是何苦呢? 你娘为给你抱个孩子费了多少心呀。白白净净个胖小子,多好呀,千万别干傻事儿。

李天地:不知道就算了,俺找派出所去,让他们帮着找找。

李天地说着将包裹抱起。

二狗子慌忙地:你这不把俺坑了吗? 好心帮忙还帮出罪过来了。

李天地:俺不会扯上你的。

李天地说完匆匆走出。

"唉!"二狗子长叹一声。


### 3. 山路　日　外

李天地抱着包裹,迈着坚实的步伐向前走着。

推出片名:拾荒者


### 4. 空镜　安北市全景　日

镜头由南向北慢慢摇过,随着镜头的移动可以看到,安北市是一座依地势而形成的山城,南北长东西窄。


### 5. 街道　日　外

镜头由安北市全景推向一条街道,又推至路边的一个垃圾箱。

此时,李天地正俯在垃圾箱翻腾。成群的苍蝇在他身边嗡嗡地乱飞,有的落在他的身上,有的落在他的脸上,爬来爬去。这时的李天地已经三十六七岁了。

在李天地身旁,站着一个七八岁的小男孩儿,小男孩儿相貌俊美,胸前挂着一个长命锁。这个男孩儿就是李天地当年抱着的那个包裹中的男婴,叫俊儿。

李天地把捡出的酒瓶、纸盒、塑料瓶、废金属等丢在地上,俊儿一一捡起来装入一个大编织袋。

李天地又翻腾出一些东西,然后直起腰抹了把脸上的汗,看看天色:俊儿,天不早了,咱们到南大街自由市场拣点儿菜叶就回吧。

### 6. 南大街自由市场　日　外

市场很繁华,店铺摊位相连,蔬菜水果、鸡鸭鱼肉、服装鞋帽等各类生活用品应有尽有,各具特色的大排档、小吃店遍布集市。

李天地领着俊儿在来来往往的人流中慢慢行走,边走边观察行人的目光有没有在意俊儿胸前那个长命锁的。

俊儿停住脚步,扬起头:爹,俺饿了,拣点儿菜叶赶紧回家吧。

李天地朝前看了看似乎还想往前走,一看俊儿无精打采的样子,便爱怜地:行。

### 7. 市场蔬菜摊　日　外

李天地和俊儿走到菜摊前,他将装满废品的大编织袋放下,蹲下来捡地上的菜叶,俊儿也蹲下来帮着捡。

一个戴着黑墨镜的年轻人和三个小青年从远处朝菜摊慢慢走来,边走边左顾右盼。戴黑墨镜的叫佟阳,年约三十三四岁,很帅气。三个小青年头型各异:一个"长发",一个"板寸",一个"光头"。

一个既端庄又漂亮的女人推着自行车来到一个菜摊。这个女人叫林丽,年约三十出头儿,她将车停靠在一旁上前买菜。

佟阳等人走近菜摊。

佟阳观察了一下,朝"长发"使了个眼色,"长发"慢慢向正在挑菜的林丽靠去。

正拣菜叶的李天地突然看到许多人的目光都紧张地瞄向一处。他扭头一看,原来是一个"长发"小偷正用长铁夹子从一个买菜的妇女的提兜里往出夹钱包。

他心中骤然一紧,脱口喊道:有小偷!

林丽听到喊声惊然回头。

"长发"手一哆嗦,刚从提兜里夹出来的钱包掉在地上。

林丽急忙弯腰捡钱包。

"长发"恶狠狠地瞪了李天地一眼,转身向一旁走去。

佟阳看到林丽不由得一愣,赶紧转身离去。

"板寸"和"光头"也紧跟着离去。

李天地已经拣好的菜叶也没顾得上装,赶忙将编织袋抓起背在身上,拉着俊儿朝前匆匆走去。

卖菜的摊主对惊魂未定的林丽说:其实我们都看见了,可谁敢管呀,幸亏那个拣菜叶子的喊了一声。

林丽急忙朝前看。

李天地和俊儿匆匆远去的背影。


**8. 街道　日　外**

佟阳戴着黑墨镜站在路边一棵树下,身后放着一辆摩托车。

林丽骑着自行车从远处驶来,后座上捆放着一些蔬菜。

佟阳躲在树后窥视着林丽。

林丽骑着自行车驶过。

佟阳摘下墨镜,目光久久地望着林丽远去的背影。


**9. 城郊　日　外**

李天地和俊儿快步走着。

天色骤暗,狂风突起。

李天地:要下雨了,到前头树底下避避雨吧。

电闪。雷鸣。暴雨突降。

李天地和俊儿正跑着,"长发"、"板寸"和"光头"突然鬼影般地从雨幕中闪了出来。

三人二话没说,围住李天地和俊儿挥拳就打。

李天地急忙护住俊儿,怒吼道:是俺喊的,要打打俺!

"长发"骂道:狗日的,你他妈还挺有种,行,那就好好教训教训你这个乡巴佬!

不远处的一棵大树下,一男一女两个年轻人惊恐地望着"长发"等三人殴打李天地。

"长发"等三人对李天地拳打脚踢,李天地双手抱住头一声不吭。

俊儿吓得哇哇直哭。

李天地被打得鼻青脸肿倒在地上。

"长发"又狠狠踹了李天地一脚:乡巴佬,知道管闲事儿的下场了吧,以后再敢坏老子的事儿就剜了你的狗眼!

三人离去时,"长发"一眼瞥见俊儿胸前的长命锁,一把拽了下来。

大树下的男女二人赶忙转过脸去,装作没看见。

李天地见长命锁被抢,挣扎着欲往起站,半天也没站起来。

俊儿哭着往起拉李天地。


**10. 空镜**

雨霁天晴,大地一片宁静。


**11. 郊外黄土坡　傍晚　外**

黄土坡下零散地分布着十几间临时搭建的简易棚房。

东头第二间棚房走出一个四十六七岁的男人和一个七八岁的小女孩儿,他们朝东头第一间棚房看了看,见门还锁着,转过身朝西张望。

男人叫刘富贵,女孩儿是他的闺女,叫四妮儿。

远处,李天地和俊儿走来。李天地一瘸一拐,走得很慢。

刘富贵和四妮儿赶忙迎了过去。

刘富贵和四妮儿跑到跟前。刘富贵见李天地满身泥水,鼻青脸肿,惊问:咋弄的?

李天地:在自由市场拣菜叶时,有个小偷偷钱包,俺喊了一声小偷没偷成,就找人把俺截在半路打了一顿。

刘富贵:李老弟呀,可不敢管这事儿呀,去年俺村儿有个后生在外地干临时工,就因为管这事儿叫人家打瞎一只眼。你看看都打成啥样了,这要打坏了可咋弄呀!

李天地:挨顿打倒没啥,要命的是俊儿的长命锁让小偷抢走了。这往后该咋……

李天地看了俊儿一眼,没把话再说下去。

刘富贵长叹一声。


### 12. 林丽家　傍晚　内

林丽刚把饭菜端上桌,宋晓明推开门走进。他就是在大树下看到李天地被殴打那一幕的那个男人。宋晓明三十二三岁,很精明的样子。

林丽:咋这么晚才回来?

宋晓明:到乡下去采访,回来时让大雨截在半路了。

二人坐下吃饭。

宋晓明:回来时碰到一件事儿,真可怕。

林丽:啥事儿?

宋晓明:我在树底下避雨时,看到三个人在大雨中截住一个乡下人拳打脚踢,下手特别狠,好像是乡下人坏了他们啥事儿。那个乡下人还带着一个孩子,孩子吓得哇哇直哭。

林丽一下意识到什么:你没管管?

宋晓明:傻子才管呢。躲还躲不及呢。

林丽反感地看了宋晓明一眼:后来呢?

宋晓明:后来那三个人跑了,乡下人也爬起来一瘸一拐的和那个孩子走了。我们又避了一会儿雨,雨停了才往回赶。

林丽:我们? 这么说出去采访的不是你一个人?

宋晓明怔了一下:噢,还有我们科的郭晓燕,总编派她和我去的。

林丽不再说话,匆匆扒拉了几口饭将碗放下:我有点儿头痛,先去躺一会儿。

林丽边说边站起来向卧室走去。

**13. 向阳商场　佟阳办公室　夜　内**

佟阳坐在办公桌前凝视着手中的一张照片。

特写镜头:照片上是二十一二岁的林丽,梳着两个短辫,朴实而漂亮。

佟阳将照片放在桌上,仰靠在椅子上。

门被推开,"长发"、"板寸"、"光头"走进,佟阳坐了起来。

"长发":佟哥,按照你的意思,我们把那个乡巴佬狠狠收拾了一顿,他以后肯定不敢再管闲事儿了。

佟阳:好。

"板寸"看到桌上的照片:佟哥,怪不得你一直不找对象,总是想着林丽,今天一见,果然是个大美人儿。佟哥,你也不看清楚点儿,弄得大水冲了龙王庙了。

佟阳:光看了个背影,咋也没想到是她呀。

"光头":佟哥,既然喜欢就想办法撬过来算啦,还等啥?

"长发"、"板寸":对呀,撬过来算啦。

佟阳笑笑:你们不懂,林丽可不是一般的女人,现在还不到火候。

**14. 南大街自由市场　日　外**

林丽推着自行车在市场慢慢行走,眼睛不住地往两边看。

"长发"和"板寸"、"光头"迎面走来,"长发"胸前挂着俊儿的那个长命锁。

林丽看到"长发"小偷,厌恶地刚想扭转头,目光却一下被他胸前的长命锁吸引住了,急忙盯着看。

"长发"斜了林丽一眼,昂首而过。

林丽赶紧喊道:你等一下!

"长发"转回身,调侃地:干啥呀,我没偷东西吧!

林丽向前走了两步又盯着长命锁看。

特写镜头:凹凸着左太阳右月亮图案的长命锁,锁中间还有一个小孔眼儿。

林丽急问:这个锁你是从哪儿弄的?

7

"长发"不屑地:管得着吗,反正不是偷的。

林丽还想再问什么,"长发"突然拔腿跑了,"板寸"和"光头"也跟着跑了。

林丽望着"长发"渐跑渐远的背影发呆。

### 15. 市场蔬菜摊　日　外

林丽推着自行车来到买过菜的那个菜摊前,待摊主打发完一个买主后问道:老伯,这几天见过那个拣菜叶子的吗?

摊主摇摇头:没有,一直没见他来。

林丽:我真后悔那天没谢谢他。老伯,您给留点儿神,要是见了问问他叫啥,在哪儿住,行吗?

摊主:行。

### 16. 街道边　日　外

李天地和俊儿正在路边一处被拆得七零八落的旧房前翻腾。

### 17. 路边公共汽车站　日　外

一辆公共汽车在站牌前停下。

车门打开,"长发"和"板寸"、"光头"从车上跳下,汽车关门开走。

"长发"从裤兜掏出两个钱包:都鼓鼓囊囊的,肯定钱不少。

"光头":快打开看看。

### 18. 街道边　日　外

李天地无意间一抬头,看见"长发"小偷和他胸前挂着的长命锁,立即飞跑过去。俊儿也跟着跑了过去。

### 19. 公共汽车站　日　外

"长发"刚打开一个钱包,见有人跑来又赶紧把钱包装入裤兜。

当"长发"看清跑过来的是李天地时,轻蔑地:乡巴佬,是不是骨头又痒痒了?

李天地口气如铁:把长命锁还给俺!

"长发"冷冷一笑:老子吃定的东西还从来没往出吐过,想让老子还给你,门儿都没有。

"长发"话音刚落,李天地猛地一把将长命锁从他身上拽了下来。

"长发"大怒,照着李天地挥拳便打。"板寸"、"光头"也上了手。

李天地将长命锁紧紧地攥在手里捂在胸前,任他们打。

俊儿吓得直哭喊:别打啦,别打啦……爹,快把锁给他们吧,俺不要啦!

李天地没作声,只是把捂在胸前的长命锁攥得更紧了。

此时这个地方一个人都没有,"长发"等三人下手越来越狠。

李天地被打得连连倒退,一下倒在地上。

俊儿急了,扑上去抓住"长发"的胳膊狠狠咬了一口。

"长发"疼得大叫一声,挥拳将俊儿打倒,又狠狠踢了两脚,疼得俊儿直打滚儿。

李天地猛地爬了起来,像发怒的猛兽一样一拳将"长发"打倒,又飞脚将"板寸"和"光头"一一踹倒。

"长发"和"板寸"、"光头"爬起来又扑向李天地。

李天地看到旁边有块大石头,急忙将长命锁衔在嘴上,双手将大石头猛地搬起举过头顶,怒视着"长发"等三人,嘴里发出呜呜的怪吼。

"长发"等三人愣了一下,吓得转身就跑。

李天地将大石头扔在地上,从嘴上拿下长命锁装进衣兜,蹲下来将刚爬起来的俊儿搂在怀里,心疼地:俊儿,伤着没?

俊儿摇摇头,用手给李天地擦擦嘴角的血:爹,你那么大劲儿,咋不狠狠揍他们呀!

李天地笑笑:爹不会打人也不愿打人,见他们打你俺才跟他们急了。

俊儿接着问:爹,咋非得抢长命锁呀,你不是和俺说过,这锁是铜片片做的,不值啥钱。

李天地又笑笑:是不值钱,可它对爹来说特别重要,爹把它看得比命都重。(看到俊儿满脸迷惑的样子,又说)以后你会明白的。

**20. 市场蔬菜摊　日　外**

林丽推着自行车又来到菜摊前。摊主正往菜案上摆放蔬菜。

林丽:忙着呢老伯,这几天见着他了吗?

摊主:还是没见。要不你再到别的市场转转,兴许是不敢来这儿了。

林丽:别的市场我也转了,也没见着。(说到这儿又小声问)老伯,这几天见过那个长头发的小偷没?

摊主:也没见。


**21. 空镜**

秋景。秋风瑟瑟,落叶飘零。


**22. 街道　日　外**

刘富贵背着一个大编织袋,和四妮儿在路边走着。

路对面,一辆公共汽车停下来后又开走。

几个刚从汽车上下来的人向一片民宅走去。刘富贵看到其中的一个中年妇女时不由得一怔,赶忙将编织袋放下,对四妮儿说:四妮儿,你在这儿等我。

刘富贵说着朝马路对面跑去。


**23. 居民住宅区　日　外**

刘富贵躲着来往的汽车跑到马路对面时,见中年妇女已快步走进一条街巷,又向左边的胡同拐去。

刘富贵赶紧追到街巷口向左一望,胡同里一个人影也没有。


**24. 李天地棚房　傍晚　内**

李天地正在刷锅洗碗,俊儿坐在桌前看书(小学二年级语文)。

刘富贵推门走进:李老弟,吃过了?

李天地:刚吃。刘大哥快坐,我给你倒杯水。

刘富贵:不用了,跟你说点儿事儿。(看了看俊儿)俊儿,你去那屋和四妮儿玩儿去吧。

哎！俊儿应了一声放下书跑了出去。

李天地擦擦手走过来:啥事儿?

刘富贵小声地:俺下午在光明路看见一辆公共汽车上下来几个人,有一个像是四妮儿她娘,等俺跑过去,她走进一条胡同不见了。

李天地:太好了,看来她就在安北市。

刘富贵:俺想叫你跟俺一块儿去那一片儿打听打听,这会儿人们都在家,好打听。

李天地:行,这就去。


**25. 佟阳办公室　傍晚　内**

佟阳正给"长发"和"板寸"、"光头"布置任务。

佟阳:……用这个商场作抵押贷的款根本满足不了那个酒店工程的需要,水泥和钢材等材料都接不上,眼看就要停工了,你们光小打小闹不行,得干几笔大的。

"长发":干啥大的?

佟阳:盗企业的财务室。我已经打听好了,城郊那个矿山机械厂晚上就传达室有一个老头儿值班,先从这个厂子下手。

"长发":行。

佟阳:千万要小心,别被人发现。

"长发":知道。


**26. 居民住宅区　夜　外**

刘富贵和李天地从一条街巷走出。

刘富贵:问了这么多家都没人知道,要么是俺看错了,要么是她没住在这一片儿。

李天地:别急,太晚了,今儿先回吧,明儿再扩大范围问问。


**27. 矿山机械厂墙外　夜　外**

李天地和刘富贵正走着,忽听有人大喊:抓贼……

李天地抬头一看,一个人从工厂的围墙跳下飞跑,三四个人从墙头跳下猛追,边追边喊。

李天地急忙对刘富贵说:咱们截住他!

刘富贵惊恐地:可不敢管这事儿!

李天地像是没听到刘富贵的话,飞快地迎上去,将正跑来的那个人一把死死抓住。

当他看清被抓的人时不禁一愣:是你?

这个人正是"长发"。他恶狠狠地瞪着李天地:乡巴佬,快放开老子!

李天地不但不放,双手反而抓得更紧了。

"长发"拼命挣脱,但怎么也挣脱不开,就像一只老鼠被猫抓住一样。

随后赶来的三四个年轻人将"长发"拧住,其中一人望着李天地感激地:谢谢你! 我们是刚分配到这个厂子的大学生,厂长安排我们先值班,没想到头一夜就遇到了贼。你叫啥名字,是哪儿的,得让我们厂长好好感谢感谢你。

李天地看到"长发"凶狠的目光,啥也没说转身快速离去。

躲在暗处的"板寸"和"光头"惊恐地望着"长发"被抓。


## 28. 佟阳办公室　夜　内

佟阳正坐在桌前看林丽的照片。

门突然被推开,"板寸"和"光头"匆匆走进。

"板寸"惊慌地:佟哥,坏事儿了!

佟阳将照片放在桌上:咋回事儿?

"板寸":鬼三儿说先进去探探路,让我俩在外头等着,没想到不一会儿他就跳墙跑出来了,后头有好几个人追。本来他们抓不住鬼三儿,没想到那个捡破烂的乡巴佬正好路过,他把鬼三儿给抓住了。妈的,看来上次那顿揍还没让他接受教训。

"光头":从他们说话中我听出来了,那些人是刚分配到厂里的大学生,厂长专门安排他们值班的。

佟阳:看来我打听的情况不准。

"板寸":他们肯定把鬼三儿送派出所去了,不知能不能放回来。

佟阳:他进派出所不是一次两次了,看来这次够呛。

"板寸":佟哥,明天我们去找那个乡巴佬算账,再狠狠收拾收拾他。

佟阳想了想:以后再和他算账吧,现在当紧的是想办法弄钱,尽快把那个酒店建起来。

**29. 空镜**

冬景。雪花飘飘,大地银装素裹。

**30. 刘富贵棚房　傍晚　内**

刘富贵正在切菜,四妮儿坐在一旁剥蒜。

李天地笑呵呵地走进。

刘富贵:李老弟,看你那高兴劲儿,是不是……

李天地拍打拍打身上的雪,对四妮儿说:四妮儿,你去那屋和俊儿念课文儿去吧,俺和你爹说点事儿。

哎!四妮儿应了一声跑了出去。

刘富贵:是不是俊儿的事儿有线索了?

李天地:不是。是这么个事儿。俺刚才到收购站卖破烂时听人们说,那个废品收购站一年能赚五六千块。咱们捡一年破烂也不过挣个四五百,俺刚才回来的路上思谋了,咱俩要是合办个废品收购站,你看咋样?

刘富贵高兴地:行。你当经理,我给你打下手。

李天地笑笑:啥经理不经理的,俺是想多挣些钱,让俊儿过上好日子,就算找不到他父母俺也心安了。

**31. 劝善坊街道办事处　吴主任办公室　日　内**

白胖的吴主任约五十岁,正坐在办公桌前喝茶看报。

李天地和刘富贵走进。

吴主任见有人来抬起头。

李天地:你就是吴主任吧?

吴主任面无表情:啥事儿呀?

李天地:是这么个事儿。俺俩想办个废品收购站,到工商所问了问,工商所说得先有场地。俺们找了好几天,见西山底那儿挺合适。一打听才知道那片地方归咱们劝善坊办事处管。吴主任,俺们想在那儿租块地儿,行不?

吴主任:你们叫啥,是哪儿的?

李天地:俺叫李天地,是咱们地区狐岭县的。他叫刘富贵,是安徽玉山地区的。

吴主任:来安北市几年了,干啥活儿呢?

李天地:三年多了,没干别的啥,就是捡破烂。

吴主任:有资金吗,租金可是得预交的呀。

李天地:俺们攒了些钱,租金保证没问题。

吴主任脸上有了笑容:这样吧,我们研究研究,一周后给你们答复。

(划过)

一周后,李天地和刘富贵又来到吴主任办公室。

李天地:吴主任,俺们租地的事儿研究了吗?

吴主任态度冷漠:这事儿还得请示上级,下周吧。

(划过)

又过一周,李天地和刘富贵又来到吴主任办公室。

李天地:吴主任,租地的事儿上级答复了吗?

吴主任态度更加冷漠:上级不同意,说废品收购站是特种行业,有风险,你们另找地方吧。


**32. 劝善坊街道办事处门口　日　外**

李天地和刘富贵沮丧地走出。

一干部模样的人从后面快步走上来小声说:你俩是真不知道还是装傻呀,不表示表示能给你们办吗?

李天地和刘富贵似有所悟。


**33. 吴主任办公室　日　内**

李天地提着两瓶酒两包点心和刘富贵走进。

李天地把东西放到办公桌上:吴主任,一点儿小意思。

吴主任看了看桌上的东西,气恼地:少跟我来这套。

吴主任边说边站起来把东西拿起来塞到他们手里,将他们推了出去。


**34. 空镜**

春夏之交,大地花红柳绿,生机勃勃。


**35. 建筑工地　日　外**

李天地和俊儿在建筑工地捡废铁钉、铁丝、钢筋头儿等。

俊儿在一堆木料前翻腾,不小心闪倒了。

李天地急忙跑过去,不料一脚踩到了木板上的一个长铁钉,将脚背刺穿了。他啊的一声坐倒在地上。

特写镜头:长铁钉穿透脚面。


**36. 李天地棚房　夜　内**

李天地躺在床上,刘富贵给他换药,俊儿和四妮儿站在一旁。

刘富贵慢慢打开缠着左脚的纱布时,惊呼:哎呀,都发臭溃脓啦,你看看肿成啥样啦,早说让你上医院你就是不听。快穿衣裳吧,俺背你上医院!


**37. 医院急诊室　夜　内**

李天地躺在检查床上,一医生正在给他检查。刘富贵、俊儿、四妮儿站在一旁。

医院检查完,问李天地:扎了几天了?

李天地:三天。

医生嗔道:咋早不来?

李天地没回答,刘富贵说:他怕花钱。

医生:怕花钱,你们知道不,伤口已经大面积感染,要是再晚来一天这只脚就得锯掉啦。快去办手续住院吧。

**38. 医院病房　日　内**

李天地躺在病房的床上输液,刘富贵坐在一旁。

李天地:刘大哥,拖累的你也出不去,真让俺过意不去。

刘富贵:这是啥话,远亲还不如近邻呢,这不都是应该的嘛!

俊儿和四妮儿推门走进。

俊儿:爹、刘大爷,刚才俺和四妮儿商量了,俺俩待着也没啥事儿干,想一块儿出去捡破烂,行不?

李天地:你们还小,城里挺乱的,没大人领着不安全。

四妮儿:俺俩都九岁了,一点儿也不小。

刘富贵:按说也不算小了,跑哒跑哒也好,李老弟,就让他们去吧。

李天地不再反对:别跑远,每天早点儿回来。

俊儿和四妮儿应了一声,高兴地跑出。

**39. 南大街自由市场　日　外**

林丽推着自行车在市场慢慢行走,面带愁容。

**40. 林丽家　傍晚　内**

宋晓明正坐在沙发上看电视。

林丽推开门走进,手里提着菜。

宋晓明不满地:咋又这么晚回来?

林丽:给几个耽误课的同学补了会儿课。

宋晓明:这十来个月你几乎没有一天按时回来过,天天都有事儿?

林丽冷冷地看了宋晓明一眼,朝厨房走去。

**41. 市第三中学　黄校长办公室　日　内**

林丽推开门走进:黄校长,找我有事儿?

黄校长:刚才市劳教所的彭所长给我打了个电话,说想请个老师给在教人员讲一堂关于如何正确树立人生观的课,我推荐了你。

林丽:我行吗?

黄校长:怎么不行,你是政治老师又是优秀辅导员,没问题。

林丽:什么时间?

黄校长:后天上午,星期五,你正好没课。


## 42. 市劳教所操场　日　外

林丽正在给在教人员讲课,在教人员中坐着"长发"(此时头发已被剪短)。

林丽:……总之,正确的人生观决定着人生道路的正确选择,所以,希望你们能够反思自己的过去,用正确的人生观指导自己的行为,不断修正自己,规范自己,踏踏实实走好每一步,为自己创造美好的未来。

民警及在教人员热烈鼓掌。

林丽向身边的彭所长耳语了几句。


## 43. 彭所长办公室　日　内

林丽坐在沙发上,彭所长领"长发"走进。

彭所长:林老师,你们谈吧。

林丽:"谢谢彭所长。"

彭所长:"不客气。"

彭所长说完走出。

林丽对"长发":坐吧。

"长发"拘谨地坐在一旁。

林丽:你是什么时候被劳教的?

"长发":去年十月,到矿山机械厂偷东西被抓,劳教八个月。

林丽:那个长命锁你是从哪儿弄的?

"长发":从一个小孩儿身上抢的。

林丽:哪儿的小孩儿?

"长发":就是那个拣菜叶子的领的那个小孩儿,是他儿子。

林丽:那个锁呢?

"长发":不在了。

林丽:卖了?

"长发":没有,后来又让那个拣菜叶子的给抢回去了。

林丽:在哪儿抢回去的?

"长发":新开路西头儿。

林丽:他是不是在那儿住?

"长发":不像,那一片的房子都拆了,他好像是在那儿捡破烂。

林丽:后来又见过他们没?

"长发"迟疑了一下:见过一回,我从矿山机械厂往出逃时,就是他把我截住的。

**44. 街道　日　外**

俊儿和四妮儿提着编织袋欢快地走着。

四妮儿边走边唱:树上的鸟儿成双对,绿水青山带笑颜……

俊儿则注意往路边看。他看到树下有个矿泉水瓶,赶忙跑过去捡起来装入编织袋。

四妮儿也跑了过去:大人还说咱们小,这几天咱们捡破烂都卖了两块多钱了。

俊儿:咱们今天晚回去会儿,多捡点儿,让大人高兴高兴。

四妮儿:行。

**45. 市场蔬菜摊　日　外**

林丽推着自行车又来到菜摊前。

林丽:老伯,还没见着吗?

摊主:没有……闹不好他不是本市人,也可能去了别的啥地方了吧。

林丽一副失望的样子。

**46. 街道　傍晚　外**

林丽无精打采地骑着自行车往家走。

前方街边的一个垃圾箱旁,俊儿和四妮儿正在捡破烂。

林丽看到俊儿的背影时,眼睛突然一亮,赶忙用力蹬车骑了过去。

路边的一棵树下,佟阳正在注视着林丽。在他身后,停放着一辆摩托车。

林丽在垃圾箱旁下了车。当她看到男孩儿的长相时一下子愣住了,赶忙又向俊儿胸前打量。

俊儿无意间看到一个女人盯着他看,有些不自在,赶忙提起编织袋对四妮儿说:咱们走吧。

林丽:等等。

俊儿愣怔地望着林丽:干啥?

林丽:你叫啥名字?

他叫俊儿。四妮儿抢着回答。

林丽:去年夏天,你和你爸爸是不是在南大街自由市场拣过菜叶儿?

俊儿:拣过。

林丽:那天有个长头发的小偷偷一个女人的钱包,是你爸爸喊了一声才把小偷吓跑的,还记得不?

俊儿:当然记的。那个小偷真坏,还找人在半道截住俺爹打了一顿呢。(说到这儿恍然明白了什么)那个小偷就是偷的你的钱包吧?

林丽笑笑:对,要不是你爸爸喊了一声,就让小偷偷走了。哎,你爸爸呢,他咋没出来?

他爹的脚叫钉子扎穿了,住了几天医院,今儿上午才回家。四妮儿又抢着回答。

林丽又问:你们家在哪儿住?

俊儿有些不好意思:黄土坡,俺爹自己搭的小棚棚。

林丽还想再问什么,见宋晓明骑着自行车从远处过来,赶紧从衣兜掏出一些钱塞到俊儿手里:给你爹买点儿吃的。

俊儿刚要推辞,林丽转身骑卜自行车走了。

佟阳望着林丽远去的背影,骑上摩托车慢慢跟了上去。

俊儿数数钱:六块五。

四妮儿惊讶地:这么多呀!

俊儿:给你三块。

四妮儿:俺不要。

俊儿:拿上吧。(说着把钱塞给四妮儿)和大人说的时候可别说是别人给的,就说是咱们捡破烂时捡的。

四妮儿:为啥?

俊儿:俺爹不让要别人的东西。去年冬天有个卖糖葫芦的老爷爷给了俺一串儿,俺爹看见了赶紧把钱给了老爷爷,还把俺狠狠剋了一顿。这要是让俺爹知道了,非骂死俺不行。

## 47. 居民楼前　傍晚　外

林丽刚把自行车停在楼前锁好,宋晓明也下了车。

宋晓明边锁车边问:跟那两个孩子说啥呢?

林丽:没说啥,问问为啥捡破烂不上学。

宋晓明:是不是给他们钱了?

林丽迟疑了一下:噢,看他们挺可怜的,给了几毛钱。

宋晓明板着脸:这种人不能同情,别看白天捡破烂,晚上尽干些偷鸡摸狗的事儿。

林丽不满地:别把人都想得那么坏好不好。

林丽说完朝楼里走去。

宋晓明也跟了进去。

远处,佟阳注视着林丽和宋晓明。

## 48. 李天地棚房　傍晚　内

李天地躺在床上,左脚缠着纱布。刘富贵坐在一旁陪着他聊天儿。

刘富贵:……你那么喜爱俊儿,真要找到他的父母,你舍得还给人家?

李天地:要说舍得那是假的。可为了俊儿的前程,再舍不得也得还给人家。

刘富贵:李老弟,你说四妮儿她娘会不会是和别人过上了?

李天地:不会吧。

刘富贵叹口气:可她四年多都没回过老家呀!再怄气也不至于这么多年

都不回去吧?

李天地:也可能是越不回越不好意思回了。

刘富贵朝窗外看了看:天不早了,你先躺会儿,俺去给做饭。

刘富贵说着站起来走出。

李天地看看桌上的闹钟:快八点了咋还没回来?

他刚要往起坐,俊儿提着一网兜水果和两包点心推门走进。

李天地看到俊儿手中提着的东西,诧异地:俊儿,这是从哪儿弄的?

俊儿边把东西往床头放边说:俺和四妮儿捡破烂时捡了六块五毛钱,两人分了,这是用俺那份给你买的。

李天地根本不信,目光严厉地盯着俊儿:说实话!

俊儿一下脸红了,心虚地:就是用捡的钱买的。

俊儿话音刚落,李天地就狠狠掴了他一巴掌,怒声地:是不是偷的?

俊儿一下害怕了,赶忙解释:真不是偷的,是俺和四妮儿捡破烂时,一个女人给的。

李天地更不信了,吼道:还撒谎,一不沾亲二不带故的,人家凭啥给你钱?

俊儿刚要再解释,刘富贵拉着四妮儿匆匆走进。

刘富贵举着三块钱问俊儿:俊儿,这钱到底是咋回事儿?

李天地:刘大哥,四妮儿咋说的?

刘富贵:她说是和俊儿捡破烂时捡的,两人分了。俺不信,过来问问俊儿。

李天地:四妮儿,你说实话,这钱到底哪儿来的?

四妮儿看了俊儿一眼,怯生生地:李叔,是一个女人给的,她说去年夏天在自由市场有个小偷偷她的钱包,是你喊了一声才把小偷吓跑的。又听俺说你的脚让钉子扎穿了,就给了俊儿钱让给你买吃的,俊儿分给我三块。

刘富贵:那刚才问你为啥不说实话?

四妮儿:俊儿说他爹不让他要别人的东西,他怕挨骂,所以……

李天地一把将俊儿揽在怀里:俊儿,爹冤枉你了,爹真是怕你走了歪道儿,你要是走了歪道儿,爹没法儿……(他忽地抓起俊儿的手往自己脸上打,边打边流着泪说)爹错怪你了,你打爹吧,你打爹吧……

俊儿挣脱手扑在李天地怀里痛哭。

四妮儿也跟着哭,刘富贵也流下了泪水。

### 49. 林丽家卧室　夜　内

床上,宋晓明已酣睡,林丽正睁着眼在思索着什么。

### 50. 黄土坡　日　外

林丽推着自行车走到一棚房前,向一个正晾衣服的妇女问了句什么,妇女向前指了指,林丽又向前走去。

远处,佟阳躲在一棵树后注视着林丽。

### 51. 李天地棚房　日　内

李天地正准备洗衣服,突然有人敲门。

李天地一瘸一拐地把门打开一看,门口站着一个年轻漂亮的女人。

这个女人正是林丽。她见李天地愣怔地望着自己,微微一笑:这是俊儿家吧?

李天地疑惑地:你是……

林丽:大哥,你可能不记得我了。去年夏天,我在南大街自由市场买菜时,有个长头发的小偷偷我的钱包,幸亏你喊了一声才没被偷走,还记得这事儿吧?

李天地恍然:噢,是你呀。昨晚俊儿回来说了,你还给他钱让他给俺买吃的,真叫俺过意不去。快进屋,快进屋。

林丽进了屋,李天地搬凳子让她坐下,自己坐在床边。

林丽:大哥,那天我特别后悔没谢谢你,后来我找了你们好多次也没找到。

李天地憨憨一笑:谢啥呀,那么点儿小事儿。

林丽:可不是小事儿呀。听卖菜的说,当时好多人都看见了,可谁也不敢吭声,都怕惹事儿呀。听说小偷还找人把你打了一顿,我听了真不好受。

李天地又是憨憨一笑:都过去的事儿了还提它干啥。

林丽:说了半天还不知道大哥姓啥叫啥呢。

李天地:俺叫李天地,家人外人都叫俺大憨。你贵姓?

林丽:我叫林丽,在市里的三中当老师。哎,俊儿呢,又出去捡破烂了?

李天地:对,跟住旁边儿的刘富贵出去了。

林丽:俊儿今年多大了?

李天地:九岁。

林丽:老家是哪儿的?

李天地:狐岭县塔山乡沙柳村的,山沟沟,穷地方。

林丽:俊儿的母亲没出来?

李天地不好意思地一笑:俺还没结婚呢。

林丽:还没结婚? 那俊儿……

李天地:林老师,跟你说实话,其实俊儿不是俺的孩子,俺爹死得早,俺娘又常年有病,家里穷的厉害,直到二十八九也没说上媳妇。俺娘怕俺老了没人照顾,就四处托人给俺抱了个孩子。

林丽:噢。(沉思了一会儿)能和我说说抱孩子的经过吗?

李天地:当然可以。

李天地陷入回忆:那是九年前的事了。有一天,俺下地回来……

## 52.(闪回)沙柳村　李天地家　日　内

九年前。

娘正坐在炕上用奶瓶给一个婴儿喂奶,李天地走进。

娘:大憨,你快看,给你抱了个孩子,还是个小子。

李天地走近孩子看了看:婴儿未足月,白白胖胖,身上还挂着一个银白色的长命锁。

娘:瞅瞅,这孩子多好看,俊眉俊眼儿的,就叫俊儿吧。

李天地:娘,从哪儿抱的?

娘:双沟村的二狗子给抱的,说是人家送,俺也没问从哪儿抱的。

李天地:这么好的孩子人家为啥不要了?

娘:听说是超生的,那家人怕罚,就悄悄生下来送人了。

## 53. 李天地棚房　日　内

李天地:……两个多月后的一天,俺娘突然病危,俺想送他去医院,到柜里取钱时……

### 54.（闪回）沙柳村　李天地家　夜　内

李天地正在柜里翻腾。娘躺在炕上,脸色惨白,呼吸急促。

李天地:娘,咱家攒的那一千块钱咋不见了?

娘:大憨,娘没和你说实话……其实,这孩子不是人家送的,是通过二狗子……从一个人贩子手里花一千块钱买回来的……你千万别往外说……说出去孩子就留不住了……

### 55. 李天地棚房　日　内

李天地:……俺听后心里很不安。俺娘死后,俺就去双沟村找到二狗子,问他人贩子是从哪儿弄来的这个孩子,二狗子说,是别人从安北市偷来转卖给人贩子的,他也不认识人贩子。后来,俺向乡派出所报告了,乡派出所马上和安北市公安局联系,请他们帮着查找孩子的父母。一晃五年多过去了,俊儿的父母一直没找到。因俊儿的身份无法确定,一直上不了户口。俺怕毁了俊儿的前程,就带他来安北市寻找他的父母。俊儿身上的那个长命锁,可作为凭据。(说到这儿从衣兜取出长命锁递给林丽)就是这个锁,去年让那个小偷抢走过,后来俺又夺回来了。怕再被人抢走,就没敢再给俊儿戴。

林丽接过长命锁仔细看了看:李大哥,你接着说。

李天地:来安北市后,俺先是找了家最便宜的小旅店住下,后来钱快花光时遇到了刘富贵,刘大哥是安徽玉山地区的,他老婆和他吵架后离家出走一直没回去,他听人说在安北市见过他老婆,就带着四妮儿来找,身上的钱花光了,就在这儿搭了个棚棚住,边捡破烂边找。俺觉得这个办法挺好,就在刘大哥的棚房旁边也搭了这么个棚棚,也边捡破烂边寻找俊儿的父母。这一找就是三年多,结果还是一点线索也没有。林老师,俊儿的身世你都知道了,麻烦你也帮着打听打听,看能不能找到他父母的线索。

林丽:行,我一定帮着打听。……咋没让俊儿上学? 是没钱吗?

李天地:不是。俺刚才不是说了,因俊儿的身份无法确定,一直上不了户口。俊儿七岁时俺是想送他上学来着,可没户口学校不收,俺又找乡派出所求他们给俊儿先开个户籍证明,可派出所怀疑俊儿有可能是超生儿,费了半天口舌也没办成。没办法,俺只好凭着自己那点儿小学文化来教俊儿和四妮儿。四妮儿就是昨天和俊儿一块儿捡破烂的那个女孩儿,她是超生儿,也没户口。

　　林丽把长命锁递给李天地:要是真找不到打算咋办呀?

　　李天地:俺打算再找个一年来的,要是还找不到就回老家,现在土地都承包了,总不回去也不是个事儿。

　　林丽:没想过在这儿做点儿生意啥的,国家现在对发展个体经济挺扶持的,我见不少个体户都发了。

　　李天地:不瞒你说,去年俺和刘富贵想办个废品收购站来着。俺对别的不在行,废品回收还摸点儿门。没想到说起来容易办起来难,费了好大劲儿也没办成。

　　林丽:为啥?

　　李天地:办收购站首先得有场地。俺和刘富贵看中了西山底一块儿地方,一打听归劝善坊街道办事处管,就去找办事处的吴主任商量租赁的事儿,吴主任开始还挺热情,后来越来越冷淡,最后又说不行。俺们又给人家买了两瓶好酒和两包好点心送去,结果人家把俺们轰出来了。(说到这儿叹了口气)也许是俺们乡下人不会办事儿。

　　林丽:李大哥,这想法挺好,先别灰心,我也帮你们想想办法。

　　李天地:那就谢谢林老师了。其实俺想办废品收购站也是为了俊儿,如果能多挣些钱让俊儿过上好日子,就算是找不到他父母俺也心安了。

　　林丽敬佩的表情。


**56. 某单位家属宿舍前　日　外**

　　李天地在宿舍前的一个垃圾箱翻腾,俊儿将李天地拣出来的东西往编织袋里装。

　　李天地看见两个五十多岁的妇女提着菜篮子从远处走来,赶忙对俊儿说:俊儿,你在这儿等着,俺去问点儿事儿。

　　李天地快步走向两个妇女:大婶儿,俺问点儿事儿。

　　妇女甲:啥事儿?

李天地:这一片儿有没有丢过孩子的?

妇女甲:没有。问这干啥?

李天地:有人托俺打听打听。

妇女乙:听说东边的铁路宿舍有丢过孩子的,去那儿问问吧。

李天地:啥时候的事儿?

妇女乙:有两三年了,听说是一个四五岁的小女孩让人拐跑了。

李天地:谢谢你们。

## 57. 吴主任办公室　日　内

吴主任坐在办公桌前正看文件。林丽走进。

林丽:吴主任,冒昧来打扰,不好意思。

吴主任:你是……

林丽:我叫林丽,是三中老师,和你妹妹吴玉莲是同事。

吴主任:林老师啊,快请坐。

林丽坐在办公桌前的椅子上。

吴主任:有事儿?

林丽:有点儿事儿想麻烦吴主任。

吴主任:别客气,你说。

林丽:是这么个事儿。有人想在西山底租块儿地方,办个废品收购站。

吴主任:你说的是那个姓李的和姓刘的吧?

林丽:对,他俩去年找过你。

吴主任:我已经和他们说过不租了。这……

林丽:吴主任,帮帮忙吧。那个李大哥是我下乡时一个村的,给过我不少照顾,他找我好几次了,你看……

林丽说着从衣兜掏出个鼓鼓的信封推到吴主任面前。

吴主任瞄了一眼信封:既然是林老师的熟人,那我们就再研究研究。

林丽:那就谢谢吴主任了。

吴主任看了看信封:这个……

林丽:李大哥的一点儿心意,吴主任别客气。

林丽说完站起来走出。

吴主任拿起信封撑开口儿看了看,暗自一笑将信封放进抽屉。

桌上的电话响了。

吴主任抓起话筒:哪位?

对方:大哥,我是玉莲,林老师找你去没?

吴主任:来啦,刚走。

吴玉莲:大哥,林老师说的事儿你一定得帮帮忙,她可是我最好的朋友。

吴主任:行,你放心吧。

他刚放下话筒,佟阳走进。

佟阳:吴大主任,忙着呢?

吴主任:呦,佟老板来啦,快请坐。(待佟阳坐在桌前的椅子上)佟老板,今儿咋这么稀罕,有事儿?

佟阳笑笑:没啥事儿,好久不见吴大主任了,想请你晚上喝点儿小酒儿。有时间吗?

吴主任:有时间,去哪儿?

佟阳:阳光大酒店。哎,我刚才见林丽从你这儿出去了,她干啥来啦?

吴主任:你认识她?

佟阳:以前是老邻居。

吴主任:有个人想在西山底租块地儿办个废品收购站,托她给说一说。

佟阳:啥人?

吴主任:乡下的,叫李天地,林老师下乡时在他们村儿。

佟阳:那我先走了,晚上见。

佟阳说完站起来走出。


## 58. 某饭馆门口　夜　外

宋晓明搂着郭晓燕从饭馆走出。

走到一公用电话处,宋晓明打电话。

宋晓明:今晚加班赶稿子,不回去了。

宋晓明说完挂了电话。

郭晓燕一笑:装的真像,就跟真有那么回事儿似的,

说着挽着宋晓明的胳膊向前走去。

"板寸"、"光头"在暗处窥视。

### 59. 一房门前  夜  外

宋晓明打开门锁,和郭晓燕进去后把门关上。

宋晓明把窗帘拉上。

窗帘上映出宋晓明和郭晓燕拥抱的影子。

"板寸"、"光头"在暗处继续窥视。

### 60. 佟阳办公室  日  内

"板寸"、"光头"向佟阳报告跟踪宋晓明的情况。

"板寸":那小子和他们报社一个叫郭晓燕的女记者勾搭上了,还在外头租了间房经常同居。

佟阳一笑:非常好,(从抽屉里拿出一个相机)逮机会偷拍几张照片,千万别让他发现。

"板寸"接过相机:明白。

### 61. 南郊废品收购站  傍晚  外

李天地、刘富贵、俊儿、四妮儿从废品收购站走出。

李天地:刘大哥,刚才俺在街上碰到林老师了,她说吴主任今儿上午给她打电话了,已答应把那块地方租给咱们,让明天就去办事处签合同。

刘富贵高兴地:太好了。俺从林老师这些日子晚上常来给俊儿和四妮儿讲课就看出来了,真是个热心人。

李天地:她还说了,工商公安等部门的手续她也帮咱们跑,尽快把废品收购站办起来。

刘富贵:到时候得好好谢谢林老师。

李天地:那还用说,滴水之恩当涌泉相报嘛,人家给咱们帮这么大的忙,俺看咋谢都不过分。

俊儿:给林老师买个新自行车吧,她那个自行车旧了。

四妮儿:再给林老师买身新衣裳。

李天地哈哈一笑:行,听你们的。

### 62. 路口　傍晚　外

李天地、刘富贵、俊儿、四妮儿拐过一个路口,见三四个人正围着一个倒在地上的人拳打脚踢。

李天地一惊,拔腿跑了过去。刘富贵、俊儿、四妮儿也跟着跑过去。

被打的人是二狗子,此时已被打得满脸是血。他见跑过来的人是李天地,猛地爬起来扑到李天地跟前:大憨兄弟,快救救俺,他们要往死里打俺呀!

李天地一愣,刚要问什么,那几个人围过来又要打。

李天地伸手将他们拦住:凭啥打人?

一胖子眼睛一瞪:凭啥?你问他。

李天地:二狗哥,咋回事儿?

二狗子:耍钱耍输了,欠他们钱。

李天地:欠多少?

二狗子:五百来块。

李天地对胖子等人:俺替他还。不过俺身上没带那么多钱,你们跟俺回家去取,俺就住在黄土坡,离这儿不远。

刘富贵、俊儿、四妮儿都用惊异的目光望着李天地。

胖子:你小子别骗我们,要是耍花招连你一块儿揍!

李天地:俺长这么大还从来没骗过人,要是骗了认打。

二狗子一下跪在李天地面前:大憨兄弟,这可让俺该咋谢你呀。

李天地赶忙把他扶起:千万别这样,谁还没遇到难处的时候。

### 63. 李天地棚房　夜　内

俊儿睡了。李天地和二狗子坐着聊天儿。

李天地:二狗哥,咋跑安北耍钱来了?

二狗子:俺到这儿都五六年了,本来想做点儿生意,没曾想生意没做成本儿也赔光了,后来就靠打零工混日子。哎,大憨兄弟,你咋跑这儿捡破烂来啦?

李天地:没听俺村儿的人说过?

二狗子:没呀,俺从出来就没回过家。

李天地:怪不得你不知道。说起来话长了……

### 64. 空镜

万籁俱寂,晴朗的夜空中,月亮在云朵中穿行,大地一会儿明一会儿暗。

### 65. 李天地棚房　夜　内

李天地:……三年多了连一点儿线索都没有,看来不好找了。

二狗子听完脸上一阵扭曲。他沉默了一会儿,忽地想起什么:你刚才说利用捡破烂的办法来寻找俊儿的父母,是受刘富贵捡破烂找老婆的启发?

李天地:对,要不俺就带着俊儿回村儿了,在城里没钱一天也待不下去。

二狗子:刘富贵是哪儿的人?

李天地:安徽玉山地区的。

二狗子:他老婆叫啥?

李天地:赵秀花。咋,你有啥线索?

二狗子慌忙摇头:没有没有。俺在饭馆打零工常碰到从安徽河南来要饭的,往后俺也留神帮着打听打听。俺看刘富贵这人挺好的,头一回见面,又买肉又买酒的招待俺,真叫俺感动。

李天地:这几年相处俺也品出来了,他确实是个好人。(说到这儿叹了口气)四年多了他老婆连一次老家也没回过,说实话,俺真怀疑他老婆在外头和别人过上了。

二狗子很不自在:有可能。

### 66. 空镜

湛蓝的天空,正午的太阳。

### 67. 李天地棚房　午　外

李天地和俊儿走近棚房。俊儿跑过去开门。

俊儿看到门缝里塞着两封信,赶忙抽出来:爹,有两封信。

李天地快步走过去接过信看了看。

特写镜头:两个信封上分别写着李天地启和刘富贵启。

李天地赶忙将写给自己的信打开看。

二狗子(画外音):大憨兄弟:俺对不起你。其实,俊儿这孩子不是别人从安北市偷来卖给人贩子的,是那年俺去红岗县风沙口村看姑姑时,听姑姑说她的邻居有个姓林的亲戚是安北市的,林家有个闺女还没结婚就怀了孩子,林家怕丑事传出去,就领着闺女来风沙口村的亲戚家住。孩子生出来后,林家急着想找个要孩子的人家悄悄把孩子送出去,俺知道你娘急着想给你抱养个孩子,就通过俺姑姑把孩子抱回来了。你娘来抱孩子时俺起了贪心,骗你娘说这孩子是人贩子偷来的,人家得要一千块钱。后来你来打听时俺又欺骗你,说这个孩子是别人从安北市偷来转卖给人贩子的。大憨兄弟,俺要是早早和你说实话,你肯定就收养了这个孩子,也不会到安北市来寻找他的父母了。大憨兄弟,是俺害了你,让你费了那么大的心,吃了那么多的苦,俺对不起你,俺不算人呀!二狗子愧书。

李天地看完信若有所悟。

俊儿已把门打开,见李天地看完信发愣,问:爹,谁写的信呀?

刘富贵和四妮儿从远处走来。

李天地赶忙喊道:四妮儿,过来和俊儿练字吧,俺和你爹说点儿事儿。

四妮儿高兴地跑过来和俊儿进了屋。

刘富贵走过来:李老弟,啥事儿?

李天地:走,到你屋去说。


**68. 刘富贵棚房　午　内**

刘富贵、李天地走进。

李天地:二狗子给你写了封信,塞在俺门缝里了,你看看吧。

刘富贵:俺看啥,不知道俺是个睁眼儿瞎?

李天地歉意地笑笑:那俺给你念念吧。(说着打开信念)刘大哥:首先谢谢你的热情招待。俺给你写这封信,是想告诉你一件事。四年前,一个来安北市要饭的女人和一个男人同居了,那个男人是老光棍儿。当时,这个女人说她是离了婚的。三年后,这个女人说了实话,她并没离婚,是因为和丈夫吵架才跑出来的。那个男人知道实情后劝她回家,她也想回家,但又不好意思回去。她现在很痛苦,经常伤心落泪,有时半夜哭醒。这个女人叫赵秀花,是安徽玉山地区人。现在住在安北市铁西区牌楼东大街28号院的一间出租屋里。顺便说一句,那个男人已经离开安北市了。二狗子书。

李天地念完高兴地:刘大哥,秀花嫂终于有下落啦,快弄点儿饭吃了去接她吧。

刘富贵阴沉着脸半天不吱声。

李天地:刘大哥,咋不高兴?

刘富贵生气地:她做出这种事儿来还接她干啥。

李天地:刘大哥,可千万别这么想,谁也有犯错儿的时候。信上不是说她已经后悔了吗?还有,俺念着信就猜出来了,信上说的那个男人就是二狗子自己,他也已经走了,你不去接她让她一个人咋办?再说了,咋也不能让四妮儿像俊儿一样没个娘吧。

刘富贵又沉思了一会儿:那好吧。

**69. 牌楼东大街 28 号院  日  外**

赵秀花正坐在一间屋门前洗衣服。

刘富贵和李天地走进。

赵秀花看见突然出现的刘富贵,表情由惊而羞,由羞而愧,猛地捂住脸哭起来。

**70. 西山废品收购站  日  外**

门柱上挂着一块写着西山废品收购站的牌子。

李天地、林丽、刘富贵、赵秀花、吴主任、吴玉莲站在废品收购站前。周边还有一些围观的人。

不远处,宋晓明躲在暗处注视着林丽。

另一侧,佟阳也躲在暗处注视着林丽。

刘富贵朝摆放鞭炮的俊儿、四妮儿喊道:俊儿、四妮儿,点炮吧!

俊儿、四妮儿点燃鞭炮。

噼里啪啦的鞭炮声落尽。

李天地感激地望着林丽:林老师,为办这个废品收购站,这两个月来可把你累坏了,真不知该咋感谢你。

林丽:李大哥千万别客气,这都是应该的。

李天地又对吴主任:吴主任,谢谢你的大力支持!

吴主任笑着:应该的,应该的。

李天地又对吴玉莲:吴老师,听林老师说你为我们的事儿也操了不少心,也谢谢你。

吴玉莲:林老师的事儿就是我的事儿,没得说,别客气。

刘富贵:俺就像做梦一样,都不敢相信这是真的。

大家笑。

躲在暗处的宋晓明悄悄离去。

另一侧暗处的佟阳也悄悄离去。


## 71. 第三中学门口  傍晚  外

林丽推着自行车走出,"板寸"推着自行车快速走到她面前。

"板寸":您是林老师吧?

林丽:对,有事儿?

"板寸":有人托我给您送封信。

"板寸"把信递给林丽后,骑上自行车飞快地离开。

林丽望了望已远去的"板寸",狐疑地将信封拆开,当她把信抽出来时,几张相片随之掉在地上。

她赶紧将相片捡起来看。

特写镜头:相片上都是宋晓明在和一个年轻女人相拥相吻。

林丽赶忙将信打开。

一男子(画外音):尊敬的林老师,你可能想不到,你的丈夫宋晓明在一年多前就和他们报社一个叫郭晓燕的女记者好上了,两个多月前俩人还租了房经常同居。我之所以告诉你这些,是因为我知道你是一个好人,不忍心看你被他这样欺骗。一个关心你的人。

林丽淡淡一笑。

### 72. 林丽家　夜　内

宋晓明坐在沙发上正看电视。林丽走进。

宋晓明抬头看了一眼挂钟,板着脸:咋这么晚才回来?

林丽淡淡地:去我妈家看孩子去了。

宋晓明冷冷一笑:去你妈家? 是去西山底了吧?

林丽不屑地:去那儿又咋样?

宋晓明啪地一拍茶几:说,你和那个叫李天地的到底是啥关系?

林丽依然不屑地:啥关系有必要告诉你吗?

宋晓明:明白了,怪不得你不是处女,以前你俩肯定混过,那个叫俊儿的孩子就是你俩的,和捡破烂的都上过床,真没想到你这么下贱!

林丽并不置辩:愿咋想就咋想吧。

宋晓明吼起来:你无耻!

林丽轻蔑地:我无耻?(说着从衣兜掏出匿名信和相片甩到茶几上)好好看看,你无耻还是我无耻!

宋晓明扫了一眼相片,又拿起信迅速看了一遍:妈的,这是谁干的?

林丽:谁干的并不重要,这是不是事实?

宋晓明苦着脸:是。……她怀上了我的孩子,咱们只能分手,我……

林丽:既然这样,那我成全你,明天就办离婚手续。……宋晓明,我帮别人办废品收购站的事儿你是咋知道的?

宋晓明:有人给我打了匿名电话,我跟踪了你几次。你和那个李天地到底是啥关系?

林丽:啥关系也没有。

宋晓明:那你为啥那么上劲儿的帮他?

林丽:怎么说呢,缘分吧。

**73. 西山废品收购站　日　外**

李天地、刘富贵、赵秀花、俊儿、四妮儿正在忙活着,林丽推着自行车走过来。

李天地赶忙迎过来:林老师来啦。

林丽将车打住,从车把上取下一个提兜:我给你买了件衣服,(说着从提兜里拿出一件衣服)试试合适不。

李天地:这……

林丽玩笑地:这啥呀,当老板了,没件像样的衣服哪行,快试试吧,不合适我再给你换去。

刘富贵、赵秀花互相望了一眼,望着李天地和林丽笑。

远处,躲在暗处的佟阳,用妒忌的目光望着林丽和李天地。

李天地将衣服穿好:挺合身的。

林丽将衣服拽了拽,笑道:这件衣服一穿还真精神,那就不用换了。

躲在暗处的佟阳黯然离去。


**74. 李天地家　夜　内**

林丽正在给俊儿、四妮儿讲课。

林丽:……这篇课文的中心思想是说,做人要诚实守信,诚实守信是高尚的道德,是中华民族的传统美德,我希望你们一定要做一个诚实守信的人。好了,今天就讲到这儿吧。


**75. 空镜**

仲夏,深邃的夜空繁星闪闪,一轮明月飞彩凝辉,夜色静谧、美丽。


**76. 街道　夜　外**

林丽轻快地骑着自行车前行。

林丽!路边传来一声喊。

林丽下了车一看,一人从便道一棵树后闪出,快速朝她走来。

林丽看清来人一惊(画外音):佟阳?

佟阳走近林丽,笑着:还认识我吧?

林丽:听说你提前释放了?

佟阳:对,因有重大立功表现,提前两年释放的。

林丽:噢,那就好。

佟阳:你离婚了?

林丽:你咋知道的?

佟阳:听别人说的。为啥呀?

林丽:不为啥,就是性格不合。我得走了,这大黑夜的,让人看见不好。

林丽说完,推起自行车就要走。

佟阳赶忙拦住:等等,我还有话说。

林丽:说啥?

佟阳语气真诚地:林丽,我是欺骗过你,我对不起你。但有一点请你相信,我是真心爱你的。说实话,这十年来我没有一天忘记过你。出狱后之所以一直没来看你,一是因为你结了婚,怕给你造成不好的影响。二是我不混出个人样儿来,也没脸见你。现在不一样了,你已经离婚了,我这两年经过奋斗也有了自己的商场,大小也是个老板,而且还有一个酒店正在筹建中。说实话,凭我现在的条件完全可以找一个很好的女人,但我一直没找。为啥?就因为我心里只有你。林丽,答应我吧,给我一次改过的机会,让我报答你曾经给过我的爱。行吗?

林丽冷冷地:佟阳,你知道我这一辈子最恨的是谁吗?就是你。我告诉你,就算这个世界上的男人都死光了,我也不会再跟你。我再告诉你,我的婚姻之所以不幸,主要还是你造成的,你知道吗!

佟阳心虚地辩解:宋晓明背叛你和我有啥关系?

林丽一愣:你说啥?宋晓明背叛我?

佟阳:你和他离婚不就因为这事儿吗?

林丽:宋晓明的事儿我们离婚前有约定,根本就没对外说过,你咋知道的?

佟阳:我……

林丽恍然:我明白了,给我写匿名信的是你,给宋晓明打匿名电话的也是你,卑鄙,你真是太卑鄙了,坐这么多年的大狱也没把你改造过来!

佟阳哭丧着脸:林丽,这都是因为我爱你呀,我是为了……

林丽将佟阳的话打断:你这是枉费心机。实话告诉你,这根本不是我和宋晓明离婚的真正原因!

佟阳:那……

林丽:不用问了,你走吧。

佟阳:林丽,我真的是爱你,求你……

林丽:我听着恶心。滚,给我滚!

佟阳:你是不是看上那个捡破烂的李天地了?

林丽冷冷地:是又咋样?

林丽说完,跨上自行车向前急速驶去。

佟阳阴狠的目光箭一般地盯着林丽远去的背影。

### 77. 吴主任办公室　日　内

吴主任正坐在办公室前看报。佟阳走进。

吴主任放下报纸:佟老板,快请坐。

佟阳坐在办公桌旁的椅子上:吴兄,和你商量个事儿。

吴主任:啥事儿?

佟阳:我想把西山底那片地方租下来,建一个大型贮藏仓库。

吴主任:已经有人租了一块儿建废品收购站了,这事儿你不是也知道嘛,剩下的地方恐怕不够再建大型仓库了。

佟阳:这我知道。你看能不能把他们赶走。

吴主任:这不可能,合同都已经签了,五年。

佟阳:……这样吧,我想办法让他们自己走。

吴主任:啥办法?

佟阳:这你就别管了,你装糊涂就行。

佟阳说着从手包里取出一沓钱放到吴主任面前。

吴主任:这……

佟阳:你放心,保证不会给吴兄添麻烦。

吴主任:别处找个地儿不行吗,干吗非在西山底?

佟阳:我就相中那儿了。

### 78. 西山废品收购站　日　外

李天地、刘富贵、俊儿、四妮儿正忙着收购、分类打包废品。

"长发"、"板寸"、"光头"三人推着自行车走来。

"长发"从车上搬下两卷未拆封的电线扔在地上,冲李天地喊道:喂,收破烂的,过来!

李天地见是"长发"吃了一惊,走过来问道:你要干啥?

"长发":我谢谢你那天晚上把我抓住,不然我还享受不上八个月的劳教呢,今天来给你捧捧场,(指指地上的两卷电线)这些东西卖给你们。

李天地看了看两卷电线:这东西不能收。

"长发"眼一瞪:为啥?

李天地:俺只收购废品,这是成品,所以不能收。再说了,公安局也有规定,工业产品不能收,俺就是想收也不敢收。

"长发":我自己的东西,想当废品卖,公安局管得着吗?

李天地:那也不能收,除非你到公安局开证明。

"长发"冲"板寸"、"光头":咱们走!

三人推起自行车就走。

李天地忙喊道:把电线拿走!

"长发"头也不回:不要了,送给你了!

李天地:要不拿走俺马上给派出所打电话!

"长发"回头看了看。又返回来把两卷电线搬上自行车,恼横横地推着自行车走了。

### 79. 佟阳办公室　日　内

"长发"、"板寸"、"光头"正在向佟阳报告。

"长发":……妈的,乡巴佬警惕性还挺高,看来他知道收成品电线是违反规定的,这招不行。

佟阳:再想别的办法,一个月内必须把他们整垮,不能让林丽随了心。

"板寸":佟哥,你说林丽真能看上那个乡巴佬?

佟阳:这个可能性不大。不过她对那个废品收购站特别上心倒是真的,三天两头往那儿跑。

"光头":那是为啥?

佟阳:估计是想报恩,听吴主任说,林丽下乡时就在乡巴佬他们村,乡巴佬给过她不少照顾。所以,整垮了收购站,就等于打击了林丽。

### 80. 西山废品收购站　日　外

李天地、刘富贵、俊儿、四妮儿等正在忙活。

"长发""板寸""光头"三人推着一平板车水漉漉的废纸箱板又来了。

"长发"冲李天地喊道:过来看看,这不是成品了吧。

李天地走过来看了看:这是刚用水浇过的,不能收。

"长发"大骂:乡巴佬,电线你不收,废纸箱板你又不收,我看你他妈是成心找碴儿跟老子过不去!(骂完冲"板寸"和"光头"喊道)揍他个王八蛋!

三人拳脚相加,将李天地打倒在地。

刘富贵上前阻拦也被打倒。

三人继续踢打李天地。

俊儿急了,抄起一根木棍抡向"长发"。

"长发"大怒,一掌将俊儿打得趴在废品堆上,俊儿呀的一声大叫,用手捂住眼直打滚儿。

### 81. 医院手术室门前　日　外

李天地、林丽、刘富贵、赵秀花、四妮儿站在手术室门前,个个神情焦灼。

一大夫从手术室走出。

林丽焦急地:大夫,咋样?

大夫:左眼球被锐物扎伤,已经失明了。

林丽痛哭。

李天地急切地:大夫,还有办法治好吗?

大夫:没别的办法,只有等伤口好了之后,做眼角膜移植手术。不过这很难,必须得有人愿意捐眼角膜才行,这就看运气了。

### 82. 佟阳办公室　日　内

"板寸""光头"正在向佟阳报告。

"板寸":鬼三儿被转捕了。致人眼瞎属于重伤害,少说也得判个两三年。

佟阳:刚解教两月又入狱,也他妈够倒霉的。你们想办法给他捎个话儿,让他别乱说,等出来之后我会重赏他。哎!那个叫俊儿的孩子出院了吗?

"光头":出了,昨天出的。自从俊儿扎瞎眼后,林丽整天跟个泪人儿似的。佟哥,你说俊儿会不会是林丽跟那个乡巴佬混出来的?

佟阳:这不可能,林丽不是那种人。……先甭管那么多了,能让林丽不痛快我也算出了口气。对了,酒店那个工程的资金又快跟不上了,你们还得再想想办法。

"板寸":连着撬了两个厂子的财务室之后,现在各企业的保卫都加强了,不好下手了。

"光头":要不再找那几家经营建材的个体老板强赊,不行就威胁他们。

佟阳:咱们建这个商场的材料基本上都是强赊和敲诈来的,这种办法不能再用了,要知道,兔子急了也会咬人。鬼三儿刚进去,你们不能再出事儿了。这样吧,我估计行政事业单位的防范不一定那么紧,你们先踩踩点儿,看看这类单位有没有下手的机会。

"板寸""光头":行。

### 83. 西山废品收购站　日　外

刘富贵、赵秀花、四妮儿正在收购废品,林丽骑着自行车过来。

林丽下了车:刘大哥,忙着呢。李大哥和俊儿是不是在屋里呢?

刘富贵:没在,他早上领着俊儿回老家沙柳村了,说是让俊儿到乡下散散心。

林丽:咋没给我打个电话?

刘富贵:他说怕影响你上课,等你来了让俺和你说一声。

**84. 行驶的长途客车　日　内**

坐在车内的林丽忧心忡忡。

**85. 沙柳村　日　外**

林丽走到村口,迎面走来一个中年村妇。

林丽:大姐,请问李天地家在哪儿住?

村妇一愣:李天地?(想了想)你是说大憨吧?

林丽:对。

村妇用手指了指:就前头那个院儿。他不在家,领着俊儿去安北市找俊儿的父母去了,都走了三年多了。

林丽:他今天不是回来了吗?

村妇:没听说呀!除了过大年回来几天,平常从没回来过。要不你去看看。

**86. 沙柳村李天地家门口　日　外**

林丽来到李天地家院门口。

大门紧闭,上面挂着一把锈迹斑斑的锁。

林丽望着门锁陷入迷茫。

**87. 刘富贵家　夜　内**

四妮儿睡着了。赵秀花和刘富贵正坐在桌旁说话。

赵秀花:……俊儿扎瞎眼,林老师都快难受死了,你说她咋那么疼俊儿?

刘富贵:好人呗。

赵秀花:不知你看出来没,林老师对李兄弟好像有那个意思,看李兄弟的眼神儿都不一样。

刘富贵:那还看不出。俺跟李老弟说过,给他俩牵牵线儿,可他死活不叫说。

赵秀花:那为啥?

刘富贵:他说他是个农民,文化……

敲门声将刘富贵的话打断。

刘富贵走过去打开门一看,是林丽。

林丽急慌慌地:刘大哥,我今儿去沙柳村了,李大哥和俊儿根本就没回去。你跟我说实话,他俩到底去哪儿了?

刘富贵:他就说回老家了呀。

赵秀花也走了过来:真是这么说的,俺也听见了。

林丽:可他没回去呀,大门都锁着,村里人也没见他回去。

刘富贵:这是咋回事儿?


**字幕**:一个多月后


## 88. 教师办公室 日 内

林丽拿着教案走进。

吴玉莲正在接电话,见林丽进来:……你等等,她下课了。(对林丽)林姐,刘富贵的电话。

林丽赶忙将教案扔在办公桌上接过电话:刘大哥,有事儿?

刘富贵:林老师,李天地和俊儿回来了,他是……

林丽没等刘富贵把话说完:我马上过去。

林丽放下话筒匆匆向外走去。

吴玉莲忧虑地望着林丽。


## 89. 西山废品收购站 日 外

刘富贵、赵秀花、四妮儿正在忙活。林丽骑着自行车匆匆过来。

林丽下了车:刘大哥,李大哥呢?

刘富贵:在他屋里。

林丽:这一个来月他和俊儿去哪儿了?

刘富贵叹了口气:想也想不到,他领俊儿去北京了,找了家大医院,把他的眼角膜移植给俊儿了,他安了个假眼。

林丽急忙向李天地的屋子跑去。

### 90. 收购站后院李天地家　日　内

李天地和俊儿正在打扫屋子,林丽匆匆走进。

李天地赶忙停下手中的活儿:林老师来啦。

林丽赶忙打量李天地和俊儿。

李天地的左眼呆滞,眼球不会转动,俊儿的左眼则明亮如初。

林丽望着李天地,泪水滚滚而下,一句话也说不出来。

### 91. 林丽家　夜　内

林丽躺在床上,李天地的一幕幕不断在她眼前浮现。

### 92. 一组闪回镜头:

李天地:……俺怕毁了俊儿的前程,就带他到安北市寻找他的父母。

……

李天地:……就是这个锁,去年让那个小偷抢走过,后来俺又夺回来了。

……

李天地:……俺觉得这个办法挺好,就在刘大哥的棚房旁也搭了这么个棚棚,也边捡破烂边寻找俊儿的父母。这一找就是三年多,结果还是一点儿线索也没有。

……

李天地:……其实俺想办废品收购站也是为了俊儿,如果能多挣些钱让俊儿过上好日子,就算找不到他父母俺也心安了。

……

李天地左眼呆滞,眼球不会转动,俊儿左眼则明亮如初。

### 93. 林丽家　夜　内

林丽泪流满面(自语):必须得告诉李大哥,绝不能再让他蒙在鼓里了。

### 94. 西山废品收购站　日　外

李天地、刘富贵、赵秀花、俊儿、四妮儿正在忙活。林丽骑着自行车过来。

林丽下了车：李大哥，家里有点儿活儿，想请你帮着干干行吗？

李天地：那还不行，这就去。

刘富贵和赵秀花相视一笑。

### 95. 林丽家楼房前　日　外

林丽和李天地将自行车停在楼前锁上，然后一同向楼道走去。

躲在路边树后的佟阳望着林丽和李天地走进楼里，妒火中烧，一拳狠狠地砸在树上。

### 96. 林丽家　日　内

林丽和李天地走进。

林丽：李大哥你坐，我给沏杯茶。

李天地：别忙活了，俺不渴。林老师，啥活儿？

林丽笑笑：其实没啥活儿，叫你来是想和你说件事儿。

李天地：啥事儿？

林丽：你先坐下。

林丽说着拉李天地坐到沙发上，她也挨着他坐下来。

李天地见林丽和他挨得挺近，不自在地往边儿挪了挪。

林丽：李大哥，我对不起你，这件事儿早该和你说了，但一直没说。其实，俊儿就是我的孩子。

李天地并没感到吃惊，只是轻轻地说：俺知道了。

林丽倒是吃了一惊：你咋知道的，啥时候知道的？

李天地：俺不是和你说过二狗子给刘大哥写了封信，刘大哥才找到秀花嫂的吗，其实二狗子也给俺写了封，说了俊儿的真实来历。那时俺就知道了。（说完从贴身衣兜掏出一封信递给林丽）就这封信，俺怕俊儿看着，就一直装在身上。

林丽打开信看完后说:你咋一直不问我?

李天地:你那么喜爱俊儿又一直没认,俺想你肯定有啥难处。

林丽感动地:真是让你为难了。李大哥,俊儿确实是私生子,但我绝不是轻浮放荡的坏女人,我是被人骗了呀……

林丽说着哭了起来。过了一会儿止住泪又说:那是十年前的事儿了。那时我才二十一岁,还是下乡知青。一次,我从乡下回安北市,在去县城长途汽车站的路上,遭到两个流氓的调戏……

**97.(闪回)乡间路上 日 外**

两个流氓调戏林丽,林丽又恼又羞,怎么也摆脱不开。

一个高大英俊的小伙子赶过来将流氓斥责走。

林丽感激地望着小伙子。

**98. 林丽家 日 内**

林丽:……他也是回安北市的,他告诉我他叫鲁阳,二十四岁,高中毕业后到部队当兵,那年刚复员,正等待安置工作。还说他父亲是安北市驻军首长,母亲是部队后勤处主任,家在部队大院住。他那次去乡下是看望战友的。我对他很有好感,回安北市不久就和他相爱了……

**99.(闪回)湖边 夜 外**

林丽依偎在鲁阳怀中。

林丽:阳,咱俩都已经……我想见见你父母。

鲁阳:按说是该见见了,但我父母对我要求很严,没正式工作之前不许我谈恋爱。丽,等我安置了工作再见他们行吗?

林丽撒娇地:行,听你的。

**100. 林丽家 日 内**

林丽:……就在和他热恋时,他突然被捕了。原来,两个多月前他盗窃了一个企业的财务室,还把一名执勤人员打成重伤。他被判了十年。由此我才知道,他并不叫鲁阳,而叫佟阳。父母也不是部队的,更不是什么首长,而是一家集体企业的工人。他本人也不是复员兵,而是连初中都没读完的社会混混。他那次到乡下也不是看什么战友,而是作案后到乡下避风头去了。我承受不住这巨大的欺骗,大病了一场。更令我没想到的是,没过多久发现自己怀孕了……

**101.(闪回)林丽父母家　夜　内**

林丽坐在床边掩面而泣。林父林母阴着脸。

林父:林家的脸算是让她丢尽了。

林母:说啥也没用了,送她去医院刮了吧。

林父:证明咋开? 没结婚就刮孩子,丢得起这个人吗?

林母:那你说该咋办?

林父想了想:这样吧,让她去她大姨家,等孩子生下来悄悄送人。红岗县是安北最偏远的县,风沙口又是县里最偏远的村,或许还能把丑事儿包住。

**102. 林丽家　日　内**

林丽:……后面的事儿就是二狗子信上说的。孩子被抱走那天,我把自己的长命锁摘下来挂在了孩子身上。恢复高考后我考上了安北市的师范专科学校,毕业那年我去风沙口村大姨家打听过孩子的下落……

**103.(闪回)风沙口村林丽大姨家　日　内**

林丽:大姨,那个孩子送给谁了? 他们家是哪儿的?

大姨:孩子是村儿里的一个寡妇婆抱走的,听寡妇婆说她送给一个狐岭县的人啦,具体啥地方的就不知道了。

林丽:那个寡妇婆还在村里吗?

大姨:去年就死了。咋,你想要回孩子?

林丽:不是。我是想知道孩子给了一个什么样的人家,人家对他好不好。

**104. 林丽家　日　内**

林丽:……打听不到孩子的下落,我一直很愁闷。没想到去年夏天在"长发"小偷身上看到了我的那个长命锁。那个锁上的小孔眼儿,是我小时候顽皮用钉子钉出来的。我想追问长命锁的来历,可他跑了,没问成。今年五月我到市劳教所讲课时又见到了他,我问了他长命锁的得失经过后,就意识到俊儿很可能是我的孩子。那天,你向我讲了俊儿的来历后更证实了俊儿就是我的孩子。我曾多次设想过孩子的命运,但无论如何也没想到……我之所以没认俊儿不是因为怕有负担,是因为我丈夫宋晓明。我们结婚后他发现我不是处女,和我大吵大闹,并由此导致两人的关系越来越糟。他这个人还特别自私,心胸也特别狭窄,我断定他肯定不会接受俊儿。我本打算和他离婚后,再想办法认回俊儿。一天晚上,我准备和他协议离婚……

### 105.(闪回)林丽家　夜　内

林丽坐在沙发上将写好的离婚协议书看了一遍放在茶几上,抬头看了看挂钟。

宋晓明醉醺醺地推门走进。

林丽站了起来:咋这么晚才回来?

宋晓明舌根发硬:有人请我吃饭。

林丽:谁请的你,咋喝成这样儿?

宋晓明:一个劳改释放犯,现在成他妈大老板了,总编让我去采访他,说要大力宣传,真是狗有了钱都有人抬轿子……我给他写的报道见报了……(说着从兜里掏出一张报纸递给林丽)你看看吧。

宋晓明摇摇晃晃地朝卧室走去。

林丽将报纸丢在茶几上,赶忙跟了进去。

宋晓明往床上一躺就呼噜起来。

林丽叹了口气,走回来坐在沙发上拿起那张报纸,翻看宋晓明写的那篇报道。

特写镜头:(报道标题)不畏艰难的创业者——记我市个体经营典范佟阳。

林丽一惊,赶忙往下看。

林丽看完报道将报纸放在茶几上,沉思一会儿后将离婚协议书拿起慢慢撕碎。

### 106. 林丽家　日　内

林丽:……报上说,佟阳是因为有重大立功表现提前两年释放的。西大街的向阳商场就是他经营的,还说他为了事业一直没结婚。我担心他知道我离婚后来纠缠我,他在监狱时多次托人给我捎过信,让我等他,我就是为了让他死了这个心,才和一直追求我但我并不爱他的宋晓明结的婚。所以,我又暂时放弃了离婚的打算。后来之所以又离了婚,是因为宋晓明和别的女人混出了孩子,不离也不行了。离婚后,我确实想马上认回俊儿,但在该怎么认的问题上又一直拿不定主意。这就是我为啥知道了俊儿是自己的孩子后又没有认回的原因。李大哥,一直没和你说我和俊儿的关系,心里特别不踏实,甚至有种负罪感。真是对不起你。

李天地:这不能怨你,这么大的难处,搁给谁也不好办。对啦,你离婚后佟阳纠缠过你没?

林丽:纠缠过,有天晚上我给俊儿和四妮儿讲完课回家的路上,他截过我一次。我狠狠斥责了他一顿,后来没再纠缠。

李天地:那你也要小心,这种人是啥事儿也能干出来的。

林丽:我知道。(望了望李天地的左眼)李大哥,其实应该给俊儿移植眼角膜的是我呀,你好端端的一个人弄成这样,我心里……

林丽说着又流出了眼泪。

李天地:林老师千万别这么说,俊儿从小跟俺长大,在俺心目中就是亲儿子。别说你没认走,就是认走了俺也会这么做。说实在的,宁可俺死,也不能让俊儿受一点儿罪。

林丽感动的难以自抑,猛地抓住李天地的手:李大哥,话说到这份儿上,我想求你件事儿,希望你能答应我。

李天地:啥事儿?

林丽深情地望着李天地:李大哥,你身边应该有个照顾你的人,让我来照顾你,行吗?

李天地明白林丽的意思,他赶紧把双手从林丽的手中抽出来,慌乱地:使不得,这可使不得。

林丽盯着李天地:你不愿意? 是不是嫌我……

李天地满脸通红低着头:不是不是,俺是个农民,又没啥文化,配不上你。

林丽又猛地抓住李天地的双手,两眼火辣辣的望着他,柔声地:李大哥,说实话,你是我长这么大见到过的最好的人。你不知道,在你和俊儿突然离开我的那一个多月,我既想俊儿也想你,吃不下饭睡不着觉,就像丢了魂儿一样。李大哥,我不在乎你是啥身份,也不在乎你有多少文化,你要真不嫌弃就答应我吧,这样,俊儿既能在你身边也能在我身边,我也不用再为认俊儿犯难了。

李天地低头不语。

林丽近乎哀求:李大哥,答应我吧,我说的都是真心话。

李天地慢慢抬起头:林老师,你让俺再考虑考虑行吗?

林丽:行,我等着你,啥时候考虑好了啥时候告诉我。

### 107. 收购站后院李天地家　夜　外

林丽从屋里走出,后面跟着李天地、俊儿、四妮儿。

林丽边推起自行车边说:俊儿、四妮儿,给你们留的数学作业一定要全部做完,下次讲课前我要检查。

俊儿、四妮儿:保证做完。

李天地:林老师慢走。

林丽:你们回吧。

林丽说完骑车离去。

### 108. 街道　夜　外

林丽骑着自行车正走着,佟阳从路边闪出将她拦住。

林丽下了车怒视着佟阳:你想干什么?

佟阳:林丽,我想再和你谈谈,你看……

林丽将他的话打断:没什么好谈的。

林丽说着推起自行车要走,佟阳一把抓住车把,哀求道:林丽,求你再给我一次机会,我是真爱你呀。

林丽:滚,我永远不想再见你!

佟阳:你要不答应,我天天来找你!

林丽气得发抖:无耻!

林丽推车欲走,佟阳死死地抓住车把不放。

林丽:放开!

佟阳:不放,除非你答应我!

放开! 一个洪钟般的声音突然响起。

佟阳大吃一惊,抬头一看,李天地突然出现在他的面前。

林丽看到李天地,也感到十分意外。

佟阳盯了李天地一会儿,转身走向便道,骑上摩托车离去。

林丽望着李天地:你一直跟着我?

李天地:俺怕他再纠缠你,没想到真碰上了。

林丽感动的泪水直流。


### 109. 佟阳办公室　夜　内

佟阳从抽屉取出林丽的照片欲撕又突然停住了。

他看了一会儿照片,一拳狠狠地砸在桌子上。


### 110. 西山废品收购站后院　傍晚　外

李天地、林丽、刘富贵、赵秀花、俊儿、四妮儿围坐在一起吃饭。

李天地:俺又有个想法。

刘富贵:啥想法?

李天地:俺到市铸造厂送废金属时,发现铜啦、锡啦、铝啦啥的,经溶化后铸成简单的坨坨、块块、条条、柱柱就成了产品,同样的重量,再卖给加工企业后价格比卖废品要高出十几倍甚至几十倍。俺想,要是咱们自己办个小铸造厂,然后和一些加工企业联系为他们铸造铸件儿,就可以赚更多的钱,你们说行不?

刘富贵:那敢情好,地方也不用找了,就建在西山底这儿。就是不知手续好办不。

林丽:手续我帮着跑。吴玉莲老师的朋友也不少,必要时我再请她给帮帮忙。对了,我想还得请两个懂铸造技术的,咋说这也是个技术活儿。

李天地:这个俺也想到了,俺已经打听了,市铸造厂有不少退休工人,咱们高薪聘上两个技术好的。

林丽:好,明天我就去工商局咨询一下,看办个小铸造厂都需要啥手续。


### 111. 佟阳办公室 日 内

"板寸""光头"正在向佟阳说近些天来的盗窃情况。

"板寸":……虽然行政事业单位的防范较松,但都没什么钱,我两连着撬了三个单位的财务室,总共才弄了两千来块。

"板寸"说完从衣兜掏出钱递给佟阳。

佟阳:这远远不够。这样吧,你们还继续弄着,我再找几个干个体的朋友先拆借点儿,怎么也得把酒店这个工程维持下来。

"光头":佟哥,李天地那个乡巴佬又准备在西山底建铸造厂呢,越闹越他妈大发,看来不好往走撵了。

佟阳:林丽是不是又帮他跑手续呢?

"光头":是。就跟跑自己的事儿似的,可卖劲儿啦。

佟阳目露凶光:难道林丽和那个乡巴佬真好上了? 咱们先抓紧筹措资金,过一段儿再想办法整治他们。


### 112. 酒店一雅间 傍晚 内

一桌丰盛的菜。李天地、林丽、刘富贵、赵秀花、俊儿、四妮儿、吴主任、吴玉莲及两名技术工人围坐在桌旁。

李天地端着酒杯站起:经过两个多月的努力,小铸造厂不但建成了,还成功地生产出第一批铸件儿。这首先要感谢林老师、吴主任和吴老师,感谢张师傅和王师傅。来,这第一杯酒我们共同敬你们几位有功之臣!

大家站起碰杯,饮酒。


### 113. 酒店外路边 夜 外

佟阳站在路边一树下,透过大玻璃窗阴阴地望着雅间儿内的李天地和林丽。

酒店内,李天地正向林丽敬酒。

佟阳愤然离去。

### 114. 西山废品收购站　夜　外
废品收购站火光冲天,浓烟滚滚。

### 115. 佟阳办公室　夜　外
"板寸""光头"正在向佟阳报告。

"板寸"得意地:佟哥,点着了,神不知鬼不觉。

"光头":浇了一大桶汽油,火着得可旺呢。

佟阳:好。过些日子再想办法把那个铸造厂也毁它一家伙。

"板寸":行。对了,佟哥,有个弄大钱的事儿不知能不能干?

佟阳:啥事儿?

"板寸":今天下午我俩去城南踩点儿时,发现有个储蓄所离几家民房很近,有的民房没住人,如果租下一家,利用挖地道的办法就可以进入储蓄所。这事儿要是弄成了,酒店那个工程的资金就不成问题了。

佟阳眼睛一亮:可以干。不过这是件大事儿,不能有丝毫漏洞。正好'黑虎'和'二牛'他们把干完二期工程的那个包工队刚打跑,新包工队还没骗上呢。明天把'黑虎'和'二牛'也叫回来,好好谋划谋划这事儿。

### 116. 西山废品收购站　日　外
废品收购站被大火烧的一片狼藉。

李天地、林丽、刘富贵正在向劝善坊派出所的张所长和两个民警分析着火原因,一旁站着赵秀花、俊儿和四妮儿。

李天地:……这火是半夜一点多着的,俺怀疑是有人故意放火。

张所长:有啥根据吗?

李天地:俺和林老师、刘大哥都认为是有人报复。

张所长:谁?

李天地:"长发"小偷的那两个同伙儿。很可能是"长发"小偷被判刑了,他们进行报复。

张所长:不排除这个可能,我们抓紧调查一下,如果发现什么新线索及时和我们联系。

李天地:知道。

张所长和两个民警离去。

李天地走近被烧的废品收购站,默默地清理废墟。

刘富贵也上前清理。

赵秀花、俊儿、四妮儿也上前清理。

林丽擦了一把泪,也上前帮着清理。

躲在暗处的佟阳看到化为灰烬的废品收购站,一副幸灾乐祸的样子。

## 117. 空镜

深冬。北风呼啸,雪花漫卷,大地茫然一片。

## 118. 佟阳办公室　日　内

佟阳踱来踱去,一副心神不宁的样子。

"板寸"走进。

佟阳:进展咋样?

"板寸":很慢。都他妈不是干活的人,干一会儿就干不动了,半个多月了横洞才挖了五六米,照这样下去两个月也挖不通。

佟阳:夜长梦多,实在不行就算了,别他妈出事儿。

"板寸":佟哥,我们几个商量了个办法不知行不行。

佟阳:啥办法?

"板寸":那个乡巴佬壮得跟头牛似的,劲儿也特别大,去年在新开路我们打他时,他一下就把一块儿一百多斤的大石头举起来了。我们想把他弄去给咱们挖。

佟阳:他认识你们,这么做不安全吧?

"板寸":保证安全,我们打算这样(耳语)……

佟阳听后有些犹豫:这……

"板寸":绝不会有人知道。佟哥,这次干成了就永远不用当贼了,干吧。

佟阳又思索了一会儿,然后咬咬牙:行,就这么办吧,也让林丽彻底死了心。

### 119. 西山废品收购站   日   外

废品收购站已基本恢复,刘富贵、俊儿、四妮儿正在忙活。

李天地蹬着三轮车从铸造厂下来,车上装着铸件。

刘富贵:李老弟,今儿就别去了,这么晚了还刮着白毛风,明儿再去吧。

李天地笑笑:咱得讲信用,说今儿送就得今儿送,人家加工厂还等着加工呢。

李天地边说边用力蹬车走了。

### 120. 公路   夜   外

李天地蹬着空车往回返。

一辆黑色轿车从后面超过他停下。

车上下来四个人把李天地从三轮车上拉下来套上黑头罩强行推进汽车。

这四个人正是"板寸""光头"黑虎、二牛。

汽车飞快地开走。

### 121. 地道   夜   内

"板寸"等人把李天地推进地道。

紧贴洞壁的电线上串联着几个灯泡,洞内很亮。地道不高,人刚刚能站起来。地道也不长,只有五六米。

"板寸"把黑头罩从李天地头上扯下来。

李天地前后看了看:你们把俺弄到这儿干啥?

"板寸":别害怕,把你请来是看中你壮实有力的体格,(说着拍了拍李天地的肩膀)让你帮着干点儿活儿。你看,这个地道已经挖了五六米了,还需要再挖四五十米,挖完就放你回去。

李天地:俺知道了,你们这是报复。收购站也是你们放的火吧?

"板寸":说对了,就是报复,谁让你老跟我们作对呢。

李天地:俺要不干呢?

"板寸"阴阴一笑:也行,那就把你活埋在这个洞里。还有,你儿子也活不了,我们能把你绑来就能把你儿子绑来。对了,你儿子不是叫俊儿吗,听说你还是非常爱他的。

李天地霎时软了下来:好吧,俺干。能不能告诉俺挖这个地道干啥用?

"板寸":当仓库,放东西。

## 122. 张所长办公室  夜  内

林丽、刘富贵正在向张所长反映李天地失踪的事儿。

林丽:……情况就是这样,我们分析,李大哥很可能被人绑架了。

张所长:他来安北市几年了,得罪过什么人没有?

刘富贵:快四年了,他这人本分老实,除了那个"长发"小偷谁也没得罪过。

张所长:叫"长发"小偷已经被关进监狱了呀。我们也调查了,到现在也没有发现废品收购站着火和"长发"小偷的那两个同伙有关的证据。

林丽:我也想了,就算是"长发"小偷没进监狱,像他们这种小混混也不可能干出绑架人的事儿来呀。

张所长:会不会是有人想敲诈钱?

林丽:收购站刚办了半年,小铸造厂投产才一个多月,人们应该知道他不会有钱呀。再说,绑架他要真是为了诈钱,绑匪也早该来电话了呀,可李大哥失踪都五六个小时了,一直也没人来电话呀。

张所长:看来这不是一般的案子,我们马上向区公安局报告。

## 123. 地道  夜  内

李天地在挖地道,汗珠不断地从脸上往下滴。

黑虎、二牛一人提着一根棍子站在一旁。

李天地停下活儿喘息。

黑虎从背后敲他一棍子:别他妈偷懒,快点儿干。

### 124. 收购站后院李天地家　夜　内

林丽陪俊儿睡在床上,俊儿早已熟睡了。

林丽呓语:李大哥,都二十来天了,你到底在哪儿呀……

林丽渐渐进入梦境……

### 125. 梦境

林丽和李天地举行婚礼。

宋晓明举着酒杯走来,笑嘻嘻地:祝你俩新婚愉快!

林丽厌恶地欲拉李天地走开。

宋晓明突然变成了佟阳,手中的酒杯也变成了一把雪亮的匕首。林丽惊恐地:你要干什么,快滚开!

佟阳狞笑着猛地一刀将李天地刺倒在地,又笑嘻嘻地对林丽:跟我走吧,你本来就是我的。

林丽愤怒极了,狠狠抽了佟阳一巴掌,然后扑在李天地身上大声哭喊……

### 126. 收购站后院李天地家　夜　内

林丽被噩梦惊醒,一下坐了起来。

窗外的寒风鬼哭狼嚎般地嘶吼着,一阵紧似一阵,令人毛骨悚然。

林丽心中蓦然一惊:难道是他? ……不可能呀,李大哥和他无冤无仇,他为啥要绑架李大哥呢? ……难道是因为那天晚上李大哥护我? ……这也不至于呀,要为这绑架李大哥又有啥意义呢? ……

### 127. 向阳商场　日　外

向阳商场外,佟阳正指挥员工从一辆大货车上往下卸货。

林丽躲在暗处窥视着佟阳。

### 128. 饭店大厅　傍晚　内

佟阳和七八个人围坐在一桌喝酒聊天。

林丽坐在不远处的桌前边吃饭边注意听着他们说话。

### 129. 佟阳家　夜　外

佟阳打开门锁进屋后把门关上。

林丽躲在暗处窥视着佟阳。

屋内的灯亮了,从窗户可以看到,佟阳打开电视坐在了沙发上。

林丽(画外音):一切都正常,不像是做了坏事儿的样子呀。

### 130. 地道　夜　内

地道已挖的很长了,此处的地道已呈上坡趋势。

李天地仍在挖着,此时,他已筋疲力尽,每挖一锹都十分费力。

黑虎、二牛依然站在后面监视着他。

"板寸""光头"用皮尺边丈量边往过走来。

丈量到地道尽头,"板寸"边卷皮尺边说:李天地,恭喜你,你的任务完成了。

李天地扔下铁锹瘫坐下来。

"板寸"向"光头"使了个眼色:送他回家。

"光头"扑上去将李天地摁倒,拔出匕首向李天地身上刺去。

### 131. 市区　日　外

市区各出口都设了卡,街道上不时地有警车穿过。

### 132. 三中教师办公室　日　内

林丽正在备课,电话响了。

林丽走过去抓起话筒:喂,你是哪位?

对方:我是派出所张所长,请问林老师在吗?

林丽:我就是。张所长,有事儿吗?

张所长:林老师,你叫上刘富贵赶快来我办公室一趟,有重要事儿和你们说。

林丽:好的,我们马上过去。

### 133. 张所长办公室　日　内

张所长正在向林丽、刘富贵讲述李天地的事儿。

张所长:把你们叫来是和你们说一件事儿。昨天夜里,城南的一个储蓄所被盗了,盗匪是利用挖地道的办法进入储蓄所的。他们进去后将值班员打死,盗走了三十多万元。值班员当时没死,醒过来后按了报警铃才死的。警察赶到现场勘察时,在地道里发现还有一个人被杀,这个人就是李天地。

林丽大惊:李大哥?

张所长:对,就是他,不过他没死,被送到医院后抢救过来了。盗匪绑架他就是为了逼他挖地道。根据他提供的情况,四名盗匪都已经被抓了,其中就有"长发"小偷的那两个同伙儿,放火烧废品收购站的就是他俩。遗憾的是这个盗窃案的主犯逃跑了,他叫佟阳。

林丽大吃一惊:佟阳? 就是西大街向阳商场的那个个体老板?

张所长:就是他,他是这个案件的策划者和幕后总指挥。不过他肯定逃不出去,全城所有的出口都已经封锁了。对啦,"长发"小偷他们到废品收购站寻衅滋事和放火焚烧废品收购站也是他指使的。

林丽(画外音):真的是他。

### 134. 医院病房　日　内

李天地面色惨白,躺在床上输液。

俊儿站在床边哭泣。

林丽搂着俊儿,大滴大滴的泪珠从脸上直往下滚。

旁边,站着刘富贵、赵秀花、四妮儿、吴主任、吴玉莲、张师傅、工师傅。

李天地声音微弱地:俺没事儿,林老师你别难过……

林丽再也忍不住,呜呜地哭了起来。

其他人也泪流满面,唏嘘声一片。

李天地的泪水从眼角滚了下来。

字幕:七天后

### 135. 医院病房　夜　内

李天地正坐靠在病床上和刘富贵说话,他的精神状态已有了明显的好转。

李天地:……刘大哥,俺打算明天出院。

刘富贵:再住几天吧,刚拆了线。

李天地:回去慢慢养吧,活儿那么多,你总陪着俺也不是个事儿。

刘富贵:也行吧。哎,李老弟,俺还是给你做个媒吧,难道你看不出来,林老师真是有那个意思呀。

李天地:刘大哥,不瞒你说,林老师和俺说过,俺没答应。

刘富贵:你这个人真是,她不嫌弃不就得了。农民咋了,咱又不低谁一头。再说了,现在的政策这么好,只要好好干,农民照样能挣大钱过上好日子。

李天地:不全为这,俺总觉得她有报答俺的意思,俺不想让她受这个委屈。

刘富贵:报答? 啥意思?

李天地:俺一直没和你说,其实俊儿就是林老师的孩子,俺和林老师都已经知道了。

刘富贵大感意外:啊,俊儿是林老师的孩子,这是咋回事儿?

李天地:是这么回事儿……

### 136. 林丽家　夜　内

卧室内,林丽打开崭新的床单铺在床上,然后又从大立柜抱出两个新被子放在床上。

摆放好后,她又环视了一下已收拾的干净整洁的房子,露出满意的微笑。

### 137. 医院病房　夜　内

李天地继续向刘富贵讲述着。

李天地:……这就是俺跟林老师都知道了俊儿身世的经过和林老师没有马上认回俊儿的原因。俺把眼角膜移植给俊儿后,林老师和俺说了俊儿就是她的孩子,又和俺说(说到这儿不好意思地一笑)……所以,俺觉着她有报答甚至是还债的意思,俺不想让她受这个委屈,就没答应。

刘富贵:李老弟,你处处先为别人着想这没错儿,可俺觉着不是这么回事儿。俺说不出啥道道儿,可俺能看出来,林老师真的是喜欢你。你嫂子也早就看出来了,和俺说过好多次。你是不知道,你上次领俊儿去北京和这次失踪,差点儿没把林老师急死。李老弟,你再好好想想,千万别寒了林老师的心呀。

李天地沉思了一会儿:刘大哥,也许是俺想偏了,你让俺再想想。

### 138. 医院门口　日　外

刘富贵扶着李天地走出医院大门,后面跟着林丽、赵秀花、俊儿、四妮儿。

林丽向前急走两步:李大哥,你刚出院身子还虚,得好好调养些日子,没个人照顾不行。你和俊儿就先住我家吧,我那儿比较宽敞,咋说条件也比你那儿好些。

李天地有些犹豫:这……

刘富贵:就听林老师的吧,万一调养不好,再留个后遗症啥的就麻烦了,好多事儿都还指望你呢。

赵秀花:是呀,富贵和我还得忙收购站和铸造厂的事儿,也没时间照顾你,就让林老师先照顾你吧。

林丽目光殷切地望着李天地。

李天地有些不好意思地:那就麻烦林老师了。

林丽高兴地笑了:用不着这么客气,你和俊儿住的屋子我都已经收拾好了。

其他人也都高兴地笑了。

### 139. 一民房内　夜　内

佟阳正披着被子蜷缩在床上,紧张地听着外面的声音。

不远处响起敲门声和喊话声:开门,派出所查户口!

佟阳慌忙甩脱被子,打开窗户跳了出去。

### 140. 城市一出口　夜　外

佟阳躲在一暗处向前方观察。

前方,警察正在对一辆汽车盘查。

佟阳赶忙返身离去。

### 141. 城市另一出口　夜　外

佟阳又潜到一暗处观察。

前方路口也有警察设卡盘查。

佟阳又慌忙返身离开。

### 142. 林丽家　夜　内

一房间内,林丽正在睡觉。

敲门声。

林丽惊醒,赶忙下床走到客厅门口:谁呀?

门外:警察,查户口。

林丽打开门一下愣住了:门口站着的竟是佟阳。

林丽刚要关门,佟阳挤进屋把门关上。

林丽既惊恐又恼怒地:你来干什么?

佟阳扑通一声跪下:林丽,救救我。

林丽:你犯的是惊天大案,我救不了你,谁也救不了你,快投案自首去吧。

佟阳:你能。只要让我藏在你这儿就行,等风头不紧了我就走。林丽,看在咱俩好过一场的份上,就救救我吧。

林丽:痴心妄想,赶快滚,不然我喊人了。

佟阳一下变了脸,站起来从腰后抽出匕首指向林丽:你他妈真是无情无义。我告诉你,你不答应也得答应,不然就杀了你!

林丽:杀了我也不会答应你!

林丽刚说完,李天地突然从另一间屋冲了出来,大声喝道:把刀放下!

### 143. 林丽邻居家　夜　内

躺在床上的老年夫妇被惊醒。

老夫:林丽家出事儿了,可能有坏人。

老妇哆嗦着:快,快报警吧。

老夫赶紧下了床,走到桌前抓起电话话筒。

## 144. 林丽家　夜　内

佟阳看到突然出现的李天地一下愣住了,半天才说:怪不得公安局知道的这么快,原来你没死。(随后用怪异的目光盯着林丽)林丽,闹半天你和这个乡巴佬真的混上了。

李天地:不许你侮辱林老师!

佟阳恶狠狠地:老子不会让你们随了意。乡巴佬,想夺老子的老婆,没门儿,我先杀了你!

林丽怒喝:佟阳,还想罪上加罪吗?

佟阳像发了疯的凶兽:老子咋也是个死,杀一个赚一个!

他说完对李天地挥刀便刺。李天地一闪身抓住佟阳挥刀的手,俩人扭打在一起。

林丽去拉扯佟阳,佟阳一脚将林丽踢倒,林丽的头撞击在茶几的棱角上昏了过去。

## 145. 街道　夜　外

两辆警车鸣着警笛飞快地行驶着。

## 146. 林丽家　夜　内

李天地和佟阳仍在厮打着。

李天地由于体力不支,逐渐趋于下风,胳膊上、身上被匕首划破了好几处,鲜血直流。

俊儿从屋里跑出。

佟阳把李天地摁倒在地,挥起匕首便往下扎。

俊儿猛扑上去咬住佟阳的耳朵。

佟阳呀地大叫一声,从李天地身上拔出刀,抓住俊儿举刀欲刺。

林丽正醒来,急得大喊:住手,他是你儿子!

佟阳一愣,匕首停在半空,懵懂地盯着林丽:你说啥?

林丽流着泪,无力地:他是你儿子……

佟阳大感意外:你说的是真的?

林丽:你好好看看他……

佟阳盯着俊儿看了一会儿,刀当啷一声掉在地上,朝俊儿伸出双手:我的儿子!

俊儿惊恐地往后退。

佟阳又猛一伸手将俊儿抱住:没想到,真没想到我还有个儿子。

林丽看到倒在地上的李天地,急忙爬过去大喊:李大哥,李大哥……

李天地没反应。

俊儿从佟阳怀里挣脱出来,扑到李天地身上哭喊:爹,爹……

李天地依然没反应。

林丽疯了似的扑过去厮打佟阳:畜生,你是畜生……

佟阳默然无言。

林丽悲痛欲绝:你知道吗,他是为找孩子的父母才到安北市捡破烂的,他是把眼角膜给了孩子才瞎了一只眼的。他为了孩子费了那么大的心,吃了那么多的苦,还把自己弄成了残废,可你却一而再再而三的祸害他,你不是人,你是猪狗不如的畜生!

佟阳面露愧色:为啥不早告诉我,要是……

外面传来警车的警笛声。

佟阳愣了一下,快步走到李天地跟前,用手在李天地鼻前试了试:林丽,他还没死,快找东西给他包扎一下送他去医院。

门被撞开,几个警察冲了进来。

林丽大喊:警察同志,快救李大哥,他受伤了。

两个警察赶忙抬起李天地向外走去。

一警察用手枪对准了佟阳,另一警察欲给佟阳戴手铐。

佟阳平静地:请稍等一下。(说完从上衣内兜掏出一张照片转向林丽)还给你。

林丽接过照片。

特写镜头：林丽二十一二岁时的那张照片。

佟阳伸出双手，警察给他戴上手铐。

佟阳注视了林丽和俊儿一会儿，扑通一声跪在了林丽和俊儿面前。

字幕：十几年后，安北市出了个著名的民营企业家，他创办的天地集团公司有四个附属分公司，总资产达两亿之多。他热衷于公益事业，先后为学校、养老院、儿童福利院及灾区捐款达五千多万元。

他就是曾经捡过破烂的李天地。

（剧终）

（此剧本刊载于《中国作家·影视》2016 年第五期）

# 扫大街的女人

序幕

## 1. 大礼堂　日　内

礼堂布置得庄严肃穆。主席台上端的横标上写着"全市十大杰出人物先进事迹报告会",台两侧的竖标上分别写着"向模范人物学习""向模范人物致敬"。

会场座无虚席,大家都在全神贯注地聆听着模范人物的报告,个个神情肃然。

台上正在做报告的是个年约五十岁的中年妇女,相貌纯朴善良。她叫秦仲丽。

秦仲丽沉稳质朴的语音通过扩音器传出,溢满了全会场。

秦仲丽:……我本来是鞋厂的一名质量检验员,后因企业不景气下岗。不久,国家出台了下岗工人再就业政策,我又被分配到河东区环卫处当清扫工。从一名质量检验员一下变成了扫大街的,心里感到真不是滋味儿。但恰在那时,正上初三的女儿患了股骨头坏死症,行走都困难。丈夫虽然没下岗,但工资低微,为了给女儿积攒治疗费,我急需一份稳定的工作。处境不允许我再等待、再挑拣。那是十年前春节过后的一个寒风凛冽的日子,我拿着区环卫处的介绍信,到第三环卫组去报到……

推出片名:扫大街的女人

## 2. 第三环卫组院内　日　外

寒风凛冽。

十年前,年约四十、围着红围巾的秦仲丽推着自行车走进院门。

院内停放着几辆破旧的垃圾车,大扫帚、小笤帚、铁锹、洋镐、簸箕等随处可见。

秦仲丽停下脚步环视了一下,然后将自行车停放在一旁,向一排平房走去。


### 3. 同上

秦仲丽刚走近平房,一间屋门突然被推开,一名四十来岁的男子怒气冲冲地从屋里走出,向院门走去。

一名五十来岁的中年妇女追出屋门,冲正往院门口走的男子喊道:你等等!

男子头也不回:反正我是不去了,你看着办吧!

男子边说边走出院门。

中年妇女望着已走出院门的男子叹了口气。

秦仲丽:大姐,请问刘兰英组长在吗?

中年妇女:我就是。(又恍然地)你是秦仲丽吧?

秦仲丽:对,我是来报到的。

刘兰英喜悦地:处里刚才给我打电话说了,我还以为你得过两天才来呢。快进来。


### 4. 刘兰英办公室　日　内

秦仲丽随刘兰英走进。

坐吧。刘兰英边说边坐在了办公桌前。

秦仲丽坐在了刘兰英对面,从衣兜掏出介绍信递给刘兰英:刘组长,这是我的介绍信,给我派活儿吧。

刘兰英接过介绍信,笑笑:别叫组长,听着别扭。就叫我刘姐吧,大伙儿都这么叫。

秦仲丽笑笑:行。刘姐,给我派活儿吧。

刘兰英将介绍信看了看放在桌上:看来也是个急性子。(想了想)北关街你熟悉吗?

秦仲丽:不太熟,有好几年没去过了。

刘兰英:北关街差不多有二里地长,街道不算宽,店铺较多。那条街上有不少不自觉的人,不分钟点儿的乱倒垃圾,还乱泼脏水,甚至尿罐子都往街上倒,可以说是条典型的脏乱差的大街,清扫起来很累。负责清扫那条街的周山死活不想干了,最近找了我好几次,非得要求调换。

秦仲丽:是不是刚才出去的那个人?

刘兰英:对,就是他,他也四十五六岁了,在咱们第三环卫组还算最年轻的。原先负责那条街的邢大姐退休了,他刚去了还不到两个月。

秦仲丽明白了刘兰英的意思:刘姐,您是不是想让我去清扫北关街?

刘兰英:是这意思。(笑笑)你要不愿意也行,我再重新考虑。

秦仲丽:我愿意。刘姐,我先去北关街熟悉熟悉那儿的环境,明天就正式上班。

刘兰英:好。要不我陪你去吧?

秦仲丽:不用了,您忙别的吧。


**5. 北关街路口  日  外**

路口被各种车辆拥塞,人们吵吵嚷嚷,一片混乱。

秦仲丽推着自行车来到路口。

她站在一旁看了一会儿,朝一位推着自行车的老人问道:老伯,咋堵车了,是不是前面发生交通事故了?

老伯:不是。两个多月前路口这家鱼肆扩摊儿,在门前搭了个棚子把便道给占了,从那以后这个路口就经常出现堵车现象。鱼肆还乱倒脏水垃圾啥的,你看看,马路都快成冰场垃圾场了。唉,真是太不像话了。

秦仲丽朝前看了看,发现路口处一家鱼肆门前的便道上果然搭了个棚子。棚前的路面上到处都是冰,还有不少垃圾。

秦仲丽又问老人:老伯,占道经营是违章的呀,城管大队就不管吗?

老伯:刚开始管了两次,后来就不管了。

秦仲丽:为啥?

老伯:那还用问,上边有人呗,听说鱼肆的老板有个舅舅是市建委的领导。

路口松动了,老人赶忙随着人流向前走去。

秦仲丽又朝鱼肆望了望,也向前走去。

### 6. 北关街南段　日　外

秦仲丽推着自行车顺着大街往前走,边走边向两边看。

路两边到处是垃圾及污水结成的冰面。

秦仲丽走到路边一个较大的污水井处。

污水井的井口早已被冰封,由于人们不断地往这儿倒污水和杂物的缘故,井口已成了一座小"冰山"。

秦仲丽将自行车停放在一旁正看着,一个约三十出头的年轻女人提着一桶脏水从路边一小饭馆走了过来。

秦仲丽:先别往这儿倒了,井口已经被堵死了。

年轻女人叫邓秀华,是小饭馆的老板娘。她瞪了秦仲丽一眼,冷冷地:不往这儿倒往哪儿倒,往你们家倒? 真是!

邓秀华说着将一桶脏水及杂物泼到污水井处。

污水顺着"冰山"流下,四处漫延。

邓秀华转身走进小饭馆。

秦仲丽不知所措的样子。

三只小狗不知从何处窜了过来,在刚泼倒出来的杂物中寻找吃的。三只小狗都很瘦弱,浑身脏兮兮的,显然是流浪狗。

秦仲丽蹲了下来,她看到三只小狗中,有一只是独眼,一只是瘸腿。

三只狗没有找到什么可吃的东西,用哀求的目光望着秦仲丽。

秦仲丽抬头望了一下,站起身快步走进路边的一个包子铺。

三只小狗见秦仲丽离去,有些失望的样子。

秦仲丽很快又从包子铺走了出来,手里拿着三个包子。

三只小狗又盯住了秦仲丽。

秦仲丽蹲下身将三个包子放在三只小狗跟前。

三只小狗的眼睛一下亮了,望了秦仲丽一会儿,然后欢快地啃食起来。

秦仲丽笑笑,然后站起身推着自行车离去。

**7. 秦仲丽家　傍晚　内**

秦仲丽和丈夫冯大军、女儿彤彤正坐在桌前吃饭。

秦仲丽：……这是个早出晚归的活儿。老冯,从明天起你就惦记着接送彤彤吧。

冯大军(42岁)：行。(停了停)仲丽,我知道你这人好强,干啥都想干出个样儿来,咋说也是四十出头的人了,该悠着点儿还是悠着点儿吧。

秦仲丽：都混到扫大街的份上了,还有啥好强的。只不过是刚到个新单位上班,不想让人家说出个啥来。

彤彤(14岁)：妈,听我们同学说,这次下岗工人再分配有十来个单位呢,你咋不挑一个好点儿的呢?

秦仲丽：妈哪有挑的资格,要是能挑的话,说啥也不会干这扛帚扫大街的活儿。

冯大军笑道：要是能挑的话,你妈肯定当演员,她可是从小就能歌善舞。

秦仲丽也笑道：行啦,别拿我开玩笑了。

**8. 北关街南段　凌晨　外**

夜色尚未散尽,街道上一个行人都没有,空旷、冷清。

身着环卫服的秦仲丽拉着一辆垃圾车快速地走到那个已被冰封的污水井旁。

她从车厢里取出一把洋镐开始刨冰。

一镐、两镐……洋镐有力地破击冰层的声音在静谧的凌晨发出声声脆响。

**9. 空镜**

太阳冉冉升起,金色的阳光洒满了整座城市。

**10. 北关街南段　晨　外**

秦仲丽正在用铁锹将碎冰块儿一锹一锹地铲进垃圾车。此时的她,已是汗流满面。

街上已有了来来往往的行人,但人们似乎谁也没有在意秦仲丽。

碎冰块儿已被铲净。秦仲丽俯下身看了看污水井内干净的水箅子,脸上露出了笑容。

三只小流浪狗不知什么时候聚在了秦仲丽的身边。"独眼"抬起前爪挠了挠秦仲丽的裤腿。

秦仲丽看到三只小狗,欣喜地蹲了下来。

三只小狗拥近秦仲丽,目光直直地望着她,尾巴不停地晃动。

秦仲丽明白小狗是想向她要吃的,她抬头看了看街上的店铺,对三只小狗说:都还没开门呢,不能给你们买吃的了,去别处找点儿吃的吧。

秦仲丽说完站起身,将铁锹、洋镐、扫帚、簸箕等放到车上,拉起已装满冰块儿的垃圾车向南走去。

三只小狗在后面可怜兮兮地望着秦仲丽。

秦仲丽扭回头笑了笑:对不起。

秦仲丽说完继续向前走去。


## 11. 北关街路口　晨　外

秦仲丽拉着空垃圾车由南面走了过来。

一对七十多岁的老年夫妇从北关街口走出,老妇搀扶着老夫。

秦仲丽上前打招呼:大伯大妈,这么早就出来转啊!

老妇:不是,去医院给老头子看看病,早点儿去好挂号。

秦仲丽:大伯咋啦?

老妇:老是失眠,整宿整宿的睡不着,血压还高。

秦仲丽:那可得好好治治,睡不着觉可是个大事儿,岁数又这么大。

老妇:可不是。(看了看秦仲丽的工作服)闺女,又换你打扫北关街了?

秦仲丽笑笑:对,今天刚换过来的。你们快去吧,别耽误了挂号。

老妇:哎。

老妇答应着搀扶着老夫走去。

秦仲丽又喊道:路上小心点儿!

老妇回头应道:知道,谢谢啦!

### 12. 北关街路口　鱼肆　晨　外

秦仲丽到了鱼肆前。她朝鱼肆看了看,鱼肆还没开门。

她将鱼肆棚子前的垃圾清扫完装入垃圾车后,又用洋镐刨路面上的冰。

鱼肆的门打开了,两个小伙子从屋里拖出两个大铁皮水槽子摆放到棚子口靠路边的地方。两个小伙子都是二十三四岁,一个叫小军,一个叫小亮,是鱼肆的小伙计。

接着,小军从屋里搬出鱼虾蟹贝等往货案上摆放,小亮从屋里扯出一条胶皮管子往水槽子里注水。

路边,秦仲丽刨着刨着,突然发现路边的冰下有个水箅子。她感到十分高兴,刨的速度不由得加快了。

鱼肆。两个水槽子分别注了多半槽子水之后,小亮又从屋里提出两桶鱼分别倒进两个槽子里,一个槽子里是鲤鱼、草鱼、白鲢等,一个槽子里是鲫鱼,两个槽子里的鱼活蹦乱跳。

路边。秦仲丽将碎冰块儿装进垃圾车,擦了擦脸上的汗,向鱼肆走去。

小军见秦仲丽走来,热情地:大姐,买鱼呀,咱这儿可是鱼类大全,啥鱼都有。

小亮:还有各类虾蟹、龟贝啥的,都是刚进的新鲜货。

秦仲丽:我不买鱼。我是想和你们说说,以后别往马路上倒水了,前面路边有个排水口。也别乱倒杂物,不然就把排水口的水箅子堵了。

小军的态度顿时冷了下来:说得倒容易。这一大铁槽子水,我们抬的动吗?

秦仲丽:抬不动可以用盆子端嘛。

小亮讥讽地:我们要是把卫生都搞好了,你不就失业了嘛。

小亮说完和小军哈哈大笑。

秦仲丽恼怒地:你们怎么能这么说话,把你们老板叫来!

谁找我呀! 秦仲丽话音刚落,身后传来一个男子的声音。

秦仲丽回头一看,一辆摩托车停在了她跟前,车上坐着一个约三十五六岁、身穿皮夹克戴着茶色墨镜的男子。

秦仲丽:你是这儿的老板?

小军:彪哥,她……

男子摆摆手止住了小军,然后下了车冲秦仲丽:呦,这不是大英雄秦仲丽吗?咋,不认得我了?

男子说着摘下了墨镜。

秦仲丽看了看不由得一愣:是你……

## 13.(闪回)鞋厂  夜  外

八年前。

身穿鞋厂工作服的秦仲丽从墙边的厕所出来,看到一个人正搬着一个大纸箱子向围墙走去,她赶紧隐蔽在一旁窥视。

那个人走到围墙扭回头看了看,然后蹬上一摞砖头,将大纸箱举放到墙头上。

墙外伸出一双手将大纸箱接了下去。

那个人从一摞砖头上轻轻跳下来,蹲在暗处朝前看了看,又快步走到存放成品鞋的仓库门口,将仓库大门拉开一个小缝儿,闪进去之后又将大门关上。

秦仲丽悄悄走到仓库门口看了看,锁门的铁锁链已经不见了。

她从地上捡起一根长木棍悄悄插进大门的两个把手的空档,然后大喊:有贼,快来抓贼呀!……

里面的那个人听到喊声欲开门逃跑,但由于大门的把手被木棍别住,拉开一个小缝后怎么也拉不开了。

他急忙小声喊道:秦姐,别喊,是我!

秦仲丽急忙扭回头,当她从门缝中看到里面的那个人时不由得一愣:李彪?

李彪急切地:秦姐,快放我出去,不然我就全完了。

秦仲丽:墙外面那个人是谁?

李彪:是我一个哥儿们。秦姐,看在咱们多年的同事份上,就放过我这一回吧。

秦仲丽犹豫。

李彪急切地:秦姐,快放我出去,再晚就来不及了。

秦仲丽刚要拔掉别住大门的木棍,一伙人跑了过来。

李彪被押出仓库大门时,狠狠地瞪了一眼秦仲丽:当你的英雄吧!

### 14. 北关街路口　晨　外

鱼肆的老板正是李彪。他冷冷一笑,嘲弄地:真是没想到呀,当年见义勇为的大英雄,竟然成了个扫大街的了,报应啊!

秦仲丽反唇相讥:你不就是个鱼贩子吗,有啥了不起的? 扫大街怎么了,我愿意!

李彪冷冷一笑:好,祝贺你荣升为清道夫。说吧,找我啥事儿?

秦仲丽:希望你这个鱼肆不要再往马路上倒脏水,前面路边有个排水口,我已经把上面的冰刨尽了。更不要乱倒杂物,以免再把排水口堵了。再有,占道经营是违章的,希望你把外面这个棚子拆了,把便道让出来。

李彪又是冷冷一笑:八年前你要是放我一马,别说是让我把这个棚子拆了,就是让我把这个房子扒了我都听你的。现在你说话还不如放屁呢,老子不听你这一套!

秦仲丽正色道:嘴巴放干净点儿。你应该知道,当初我是想放你来着,但已经来不及了。我虽然憎恨贼,特别是憎恨偷自己厂子的贼,但看到你那可怜相……

李彪打断秦仲丽的话:说这还有屁用! 要不是你多事,我能在大狱里受三年罪吗? 还有,要不是有个姓普的大姐在这三年里替我照顾体弱多病的母亲,我可能都见不到我母亲啦,你知道吗?

秦仲丽轻蔑地:我真是替你感到悲哀,到现在你都没有找到你真正的病根在哪里。该说的我已经都说了,你看着办吧。

秦仲丽说完走到垃圾车前将车拉起,一步一步地走去。

李彪望着秦仲丽的背影,狠狠地"呸"了一声。

### 15. 北关街中段　日　外

秦仲丽拉着一车垃圾由北向南走着。

前方,一个老太太提着菜篮子过马路。

一辆摩托车飞速从老太太的身边驶过,老太太向后一闪,一下子坐倒在地上,骑摩托车的小伙子回头看了一眼,一轰油门扬长而去。

老太太望着远去的摩托车,气愤地:畜生,真是畜生!

秦仲丽赶忙将车放下,跑过去将老太太搀扶起来:大娘,没摔坏吧?

老太太:没有。谢谢你。

秦仲丽将散落在地上的蔬菜捡起来装进菜篮子,然后提着篮子搀扶着老太太过马路。

老太太边走边朝摩托车逃走的方向看,依然愤愤:畜生,都不说停下来看看,真是畜生!

一个三十四五岁的胖女人从路对面的一个烟酒店走出,将满满一簸箕炉灰"哗"地一下倒在马路边上,炉灰被风一吹,荡起一层灰雾。

胖女人是烟酒店的老板,叫何美娟。她看到老太太被一个人搀扶着走了过来,惊问:妈,怎么了?

老太太:唉,躲摩托车摔倒了,差点被撞着。那个畜生连个道歉的话都没有就跑了,多亏这个大姐把我扶起来,还送我过马路。

何美娟赶忙从秦仲丽手中接过菜篮子,又扶住老太太,对秦仲丽:大姐,谢谢你啊。

秦仲丽笑笑:不用谢。大妹子,我提个建议你看行不?

何美娟:啥建议?

秦仲丽:我是负责咱们这条大街的卫生的,以后能不能晚上或早晨往出倒垃圾,最好是用塑料袋子装起来。你看,大白天将炉灰倒在马路上,又不雅观又脏,多影响咱们这条街的容貌。

何美娟看了看路边的炉灰,有些不好意思地:行,那有啥不行的。


**16. 北关街南段　日　外**

秦仲丽拉着垃圾车走到污水井处。

她将车停在一旁走到污水井看了看,见污水井内又堆了不少杂物,把井箅子堵住了。

她从车上取下铁锹,将污水井内的杂物清理出来装到车上。

她刚清扫完,路边小饭店的老板娘邓秀华又提着一桶脏水走了过来,准备往污水井里倒。

秦仲丽看到脏水桶里漂浮着杂物,赶忙说道:大妹子,别这么倒,井口容易堵。

邓秀华不满地:不这么倒咋倒?

我来。秦仲丽说着摘下手套放到一旁,然后从邓秀华手中接过脏水桶,一只手捂着桶边一只手将桶慢慢向污水井倾斜。将水倒完后,又将桶内的杂物倒在垃圾车上,完后将桶递给邓秀华。

邓秀华有些感动:大姐,到屋里洗洗手暖和暖和吧。

秦仲丽笑笑:不用啦,说着将冻得红红的双手在工作服上擦了擦,戴上手套拉着车向前走去。

邓秀华面露愧意,望着拉车的秦仲丽愣怔了半天,才提着脏水桶向小饭馆走去。


## 17. 秦仲丽家　午　内

秦仲丽、冯大军、彤彤围坐在桌前吃饭。

冯大军看了看有些疲惫的秦仲丽:累了吧?

秦仲丽:还可以。(忽地想起什么)老冯,你还记得咱们厂那个叫李彪的吧?

冯大军:记得呀。听说他出狱以后干个体啦,先是倒腾水果,后来又倒腾鱼虾啥的。咋说起他来了?

秦仲丽:我早起碰着他了,北关街路口那个鱼肆就是他开的。

冯大军有些紧张:那你可得小心点儿,他肯定记恨你。

秦仲丽:记恨也好不记恨也罢,有件事儿我想和你商量商量。

冯大军:啥事儿?

秦仲丽:两个多月前,他的鱼肆在屋外搭了个棚子,把便道给占了,路口本来就不宽,听人们说,自从搭了那个棚子以后,北关街路口经常堵车,我昨天亲眼见了一回,堵得都不像样了。另外还往马路上乱倒脏水杂物。他占道经营明显是违章的,我想向有关部门反映反映,让他们拆掉那个棚子,你看咋样?

冯大军连忙说:别价,还是少管这事儿。本来他就恨你,要是让他知道了,肯定得报复你。我看好好扫你的大街得了,多一事不如少一事。

彤彤:我看就该管,这不是典型的横行霸道吗?

冯大军:小孩子别乱插嘴。

彤彤不满地"哼"了一声。

秦仲丽:我再和我们组长商量商量吧。

## 18. 北关街路口　傍晚　外

秦仲丽拉着空车走近路口。

鱼肆正在收摊儿。

小军对李彪:彪哥,把槽子的水倒到前面的排水口吧,省得……

李彪看到秦仲丽正走了过来,打断小军的话:就倒在路边儿,难道我还怕她个扫大街的不成。

李彪说完弯下腰把一槽子水掀翻。

小军也将另一水槽子掀翻。

散发着腥臭味的污水四下漫延。

小亮也随着用笤帚把一堆鱼头、鱼鳞、鱼内脏等杂物推扫到马路上。

秦仲丽目睹了这一挑衅性的丑恶行为,她愤怒了,放下车向鱼肆走去。

李彪、小军、小亮注视着秦仲丽。

秦仲丽走了几步又站住了,强压怒火克制住自己,然后返回去从车上取下一把大扫帚,将路上的污水扫入前面的排水口,扫完后又用簸箕将路边的杂物撮起倒入垃圾车内,然后拉起车向前走去。

在秦仲丽清扫的过程中,李彪一直冷笑,小军、小亮内心似乎有所触动,神色发生了微妙的变化。

小军望着秦仲丽的背影,小声地:彪哥,是不是有点儿过分了?

李彪冷冷地:就得给她制造点儿麻烦,不能让她痛快了。

## 19. 北关街北段　傍晚　外

冷风嗖嗖,街上几乎没什么行人了。

76

秦仲丽坐在一棵大树下埋头哭泣,装着垃圾的车挡在她的面前。

三只小狗围在她的身边呜呜地叫着,似乎是在安慰她。

秦仲丽哭了一会儿,擦了擦泪猛地站起来拉起垃圾车向南走去。

## 20. 第三环卫组院内　傍晚　外

秦仲丽拖着疲惫的身子拉着空车走进。

她将车放在院内,向刘兰英办公室走去。

## 21. 刘兰英办公室　傍晚　内

刘兰英正坐在桌前看报纸,秦仲丽推开门走进。

刘兰英将报纸推到一边:这么晚才回来,累了吧。

秦仲丽坐在刘兰英对面:不累。刘姐,我想和您说两件事儿。

刘兰英:啥事儿?

秦仲丽:我数了一下,北关街那么长一条街两边一共才有五个垃圾箱,而且都破的不像样子了,这也是造成人们乱扔乱倒垃圾的一个原因。是否能向处里建议一下,增加一些垃圾箱,最好五十米左右就有一个,按这个数计算,整条街大约得三十来个。

刘兰英:你说的这事儿处里早就做计划了,准备所有的街道都更换新的、更适合倾倒和清理的垃圾箱,只是资金上有困难,迟迟还没有落实。你这个建议很好,我再向处里反映反映吧。

秦仲丽:谢谢刘姐。还有件事儿。

刘兰英:你说。

秦仲丽:刘姐,北关街口有家鱼肆您知道吗?

刘兰英:听周山说过,老板叫李彪,两个多月前扩摊儿,在门口搭了个棚子把便道给占了。

秦仲丽:对。占道经营明显是违章的,应该取缔呀。

刘兰英:是该取缔,可这事儿咱们管不了呀。

秦仲丽:刘姐,我打算向市城管大队反映,让他们来管。

刘兰英:听周山说,街道有人反映过,但最后不了了之,据说人家有后台呀。

秦仲丽:这我也听说了,李彪有个舅舅是市建委的领导。不过我不相信建委领导会纵容非法占道违章经营。

刘兰英叹了口气:这也难说呀,利用职权谋私利搞不正之风的事儿这些年还少吗?(想了想)仲丽,你要反映这事儿我也支持。这样吧,你就以咱们第三环卫组的名义反映吧,出了事儿我给兜着。

秦仲丽:不用,一人做事一人当,就以我个人的名义反映吧,有您支持就够了。

刘兰英:那可是个坐过大牢的,这种人是啥事儿都干得出来的呀。我没和你说,周山非要调换街道,和这个人也有关系。

秦仲丽:我不怕。我这个人只怕软不怕硬,只怕流泪的不怕拿刀的。


**22. 北关街中段　凌晨　外**

秦仲丽拉着多半车垃圾由北向南走着。

突然,她看到一只小狗从路边一处小院院墙的流水口钻了出来,紧接着又有两只小狗也钻了出来。

三只小狗跑到秦仲丽跟前,蹦跳着不停地摇动尾巴。

秦仲丽将车放下:原来你们在这儿住呀。

秦仲丽走到小院门口看了看,见院门上挂着一把已锈迹斑斑的锁。她又将院门推开一条缝朝里看了看,院内全是枯草,看样子很久没人住了。

秦仲丽走回来从车把上解下一个提兜,从里面掏出三个大馒头放在地上,朝三只小狗:快吃吧。

三只小狗呜呜地叫了几声,欢快地吃了起来。


**23. 同上**

秦仲丽拉着车走到烟酒店处,见烟酒店门前放着两个装满垃圾的塑料袋。

她放下车走了过去,又看到两边的店铺门前也各放两三个装满垃圾的塑料袋。

她立即明白了这是怎么回事儿,望着烟酒店轻轻地说道:谢谢你,胖妹子。

### 24. 北关街南段　凌晨　外

秦仲丽拉着车走到污水井旁。

她放下车走到污水井一看,不由得愣住了,污水井上明显地多了一个铁丝网罩,一堆杂物堆放在污水井旁边。

她激动得流下了泪水,望着小饭馆轻轻地说道:谢谢你,年轻妹子。

### 25. 城管大队一办公室　日　内

两个三十岁左右的年轻人正坐在办公桌前下象棋,一个叫胡长勇,一个叫佟小刚。

敲门声。

胡长勇赶紧拉过一张报纸将棋盘盖住,然后喊道:请进。

秦仲丽推开门走进:请问这儿是城管大队吗?

胡长勇:是。啥事儿?

秦仲丽:非法占道经营咱们这儿管不管?

佟小刚:当然管了。谁非法占道经营了?

秦仲丽:一个叫李彪的,他在北关街路口的便道上搭了个卖鱼的棚子。这是我的举报信。

佟小刚和胡长勇相视了一下。

佟小刚接过信看了看,递给胡长勇。

胡长勇将信看完放在桌上:很好,我们一会儿向大队长汇报,然后进行调查,如果情况属实,一定会严肃处理,你先回去吧。

秦仲丽:谢谢。

秦仲丽说完转身走出。

胡长勇:得赶紧和彪哥说一声。(抓起话筒拨打电话)彪哥,有麻烦了,又有人举报你非法占道经营了。

李彪:是不是一个叫秦仲丽的女人?

胡长勇:就是她。你怎么得罪她了?

李彪:一言难尽。这样吧长勇,咱们中午坐坐,你把小刚也叫上,正好新进

79

了一批上好的大闸蟹,顺便一人给你们带一份。

胡长勇:行,去哪儿?

李彪:去东来顺涮羊肉吧。

胡长勇:行。


**26. 北关街路口　午　外**

路口又发生车辆拥堵现象,秦仲丽正在进行疏导。

秦仲丽对一个蹬三轮的:师傅,您先往后退一下,让这辆汽车先过去,要不大伙儿都动不了。

蹬三轮的朝前看了看,无奈地向后倒车。

秦仲丽又走向一辆不断向前移动的大货车,冲司机:师傅,您稍停停,让这两辆小车先过去。

司机不知嘟囔了句什么,大货车停了下来。

秦仲丽又朝两个推自行车的:师傅,先让让,别往前挤了。


**27. 东来顺饭店一雅间　午　内**

李彪和胡长勇、佟小刚围坐在一起吃涮羊肉,李彪正在讲述他和秦仲丽之间产生矛盾的原因。

李彪:……鞋厂的库房夜里没值班的,每回都挺顺利,没想到那天夜里被她撞上了,结果被判了三年刑。真是冤家路窄,北关街的清扫工又换成她了,昨天……


**28. 北关街路口　午　外**

拥塞的路口被疏通了,秦仲丽舒了口气,拉上车朝前走去。

鱼肆。小军、小亮正站在棚内的摊位前叫买,见秦仲丽过来,他们的叫卖声更大了。

小军:买鱼啦,买活鱼啦!

小亮:新鲜的对虾,新鲜的大闸蟹,快来买啦!

秦仲丽厌恶地把脸侧向一旁,快步地向前走去。

### 29. 东来顺饭店—雅间　午　内

李彪继续向胡长勇、佟小刚讲述着。

李彪:……她非让我把那个棚子拆了,我没答应她,她就骂骂咧咧地走了。我以为她骂骂也就算了,没想到还他妈真的摽上劲儿了。长勇、小刚,哥待你们就像亲兄弟一样,你们可得给哥顶着点儿,哥让她害得够份了。

胡长勇:我们俩倒是没问题,关键是怕她继续闹,一旦让队长知道了就麻烦了。

佟小刚:是呀,我看那个女人有股子拗劲儿。

李彪:我这儿也想办法让她知知趣儿,我就不信斗不过她一个扫大街的。来,先干一杯。

### 30. 北关街北段　日　外

秦仲丽将路上的垃圾用大扫帚扫到一起,返回身去拉车。

她拉起车刚走了两步觉着不对劲儿,又将车放下。

她走到车轮前看了看,一个车轮已经瘪了。

她感到纳闷儿:昨天刚补了今儿咋又……(她恍然明白了)肯定是他支使人偷偷干的,真卑鄙!

### 31. 路边修车摊儿　日　外

秦仲丽拉着空垃圾车走到修车摊前:师傅,补补胎。

修车师傅:昨天不是刚补了吗,咋又破了,没补住?

秦仲丽:不是,是有人跟我过不去,故意扎的。

修车师傅:谁这么缺德呀!

### 32. 北关街路口　鱼肆　日　外

李彪、小军、小亮正在棚内的摊位前忙活。秦仲丽拉着垃圾车走了过来。

秦仲丽朝棚内看了看,冲李彪喊道:李彪,你出来一下!

李彪看了小军小亮一眼,边往外走边问:啥事儿?

秦仲丽待李彪走到跟前,怒视着他:有本事明刀明枪的干,别跟贼似的偷偷摸摸干损事儿!

李彪一副无辜的样子:哎,我干啥损事儿啦,别冤枉人行不行?

秦仲丽:你心里清楚,少跟我装洋蒜。我告诉你,你这点儿损招儿吓不住我!

秦仲丽说完拉上车向前走去。

李彪望着秦仲丽的背影阴笑:我就不信你不知趣儿。


### 33. 北关街中段　日　外

街道比以前干净多了,秦仲丽正在做保洁。

一位老妈妈和一位年轻女人走了过来。年轻女人挺着个大肚子。

老大妈对秦仲丽:这个大姐,你可真是个勤快人呀,一会儿也闲不住。你来了这一个多星期,街上可比以前干净多了。以前这路上到处是垃圾不说,还到处是脏水结的冰,走路都怕滑倒了。

秦仲丽笑笑:谢谢大妈夸奖。其实也不是我一个人努力的结果,是大伙儿共同维护的结果。大妈,这是你闺女?

老大妈:不是,是儿媳妇。

秦仲丽:真漂亮,叫啥名字?

老大妈:叫白雪。

秦仲丽:白雪,名字真好听。

白雪朝秦仲丽笑笑。

秦仲丽:快生了吧?

白雪:预产期还有半个多月呢。

秦仲丽:肚子可真够大的,走路可得小心点儿。

白雪笑笑:谢谢大姐。

秦仲丽又问老大妈:儿子在哪儿上班呢?

老大妈:在新疆当兵呢,是个小排长。

秦仲丽:还是军属呢,真叫人羡慕。大妈多陪白雪走走吧,生的时候好生。

老大妈:哎,谢谢啦。

**34. 同上**

秦仲丽边往前走边继续做着保洁。

一个四十岁左右的中年妇女和一个十三四岁的女孩儿走了过来。

小女孩儿吃完手中的香蕉,前后看了看,将香蕉皮扔在马路上。

中年女人责备道:跟你说了多少遍了,不要随地扔果皮,怎么老是记不住。

小女孩儿委屈地:我看了看,这附近没有垃圾箱嘛。

中年妇女将香蕉皮从地上捡起来,又从挎包里掏出卫生纸将香蕉皮包住塞到小女孩儿手中:拿着!

秦仲丽把这一切都看在眼里,欣喜地走过去,对小女孩儿说:来,扔到我簸箕里吧。

小女孩儿将香蕉皮扔进簸箕。

中年妇女盯着秦仲丽看了一会儿,突然喊道:秦仲丽!

秦仲丽看了看中年妇女,惊喜地喊道:彭亚萍!

彭亚萍打量了秦仲丽一下:哎呀老同学,怎么扫起大街来了,你不是在鞋厂上班吗?

秦仲丽:下岗了,后来国家出台了再就业政策,又分配到河东区环卫处了,负责清扫北关街。

彭亚萍:干多长时间了。

秦仲丽:不长,刚七八天。哎,你不是结婚以后就随军了吗,现在在哪儿呢?

彭亚萍:我爱人前些年就转业了,落户郑州市,我也在郑州市一个小学当老师呢。

秦仲丽:是不是回来看你爸妈来了?

彭亚萍:不是,我爸退休后和我妈这些年一直跟着我们呢。我这次回来一是给孩子看看病,二是想把我妈的房子给租出去,闲着也是闲着。

秦仲丽:孩子怎么了?

彭亚萍:风湿性关节炎,挺严重,北京上海都去了哪儿也看不好,听说咱们市有个老中医是看这个病的专家,回来找他看看。

秦仲丽:你妈家在哪儿?

彭亚萍朝前指了指:那不,就那个小院,脏的不像样子了,今儿过来先打扫打扫。

秦仲丽:原来那是你们家呀,我说咋老是锁着门一直没人住呢。哎,你们家不是在皮匠巷住吗,啥时候……

彭亚萍:我结婚以后我爸我妈搬过来的。

秦仲丽:怪不得呢。哎,你回来住哪儿啦?

彭亚萍:住旅馆了,这儿根本没法住。

秦仲丽:要不去我家住吧,省得花钱。

彭亚萍:不用了,待不了几天,我是请假回来的。

秦仲丽:走吧,我帮你打扫去,这是我的专业。

彭亚萍:那就谢谢你了。

秦仲丽:老同学了还客气啥。


**35. 北关街北段　凌晨　外**

秦仲丽拉着车来到北关街北段时,不由得大吃一惊。她看到,一大堆小山似的建筑垃圾堆在了大街当中,把路都堵住了。


**36. 刘兰英办公室　晨　内**

秦仲丽正在向刘兰英说着有人往北关街倾倒建筑垃圾的事儿。

秦仲丽:……这肯定是李彪支使人夜里偷偷干的。

刘兰英:没错儿,真是太损了。这样吧,我赶紧通知组里的人去清理,你去向派出所报案,这事儿不能放过他。


**37. 公安派出所一办公室　晨　内**

两个民警刚进屋,秦仲丽就跟了进来。

民警甲看了看秦仲丽:这么早就来了,有事儿?

秦仲丽:我是来报案的。

民警甲:坐下说吧。

民警甲和民警乙坐在了办公桌前(两个办公桌对桌),秦仲丽坐在了办公桌侧面。

民警乙:啥案子?

民警乙从抽屉拿出纸和笔准备做记录。

秦仲丽:我叫秦仲丽,是负责清扫北关街的清扫工。今儿早上发现,北关街堆了一大堆建筑垃圾,我认为这是北关街路口那个鱼肆的老板李彪支使人干的。对啦,我那个垃圾车的车胎前几天也连着被扎破了两次,肯定也是他支使人干的。

民警甲:理由呢?

秦仲丽:他和我以前都是鞋厂的,他伙同别人偷厂子仓库的鞋被我发现了,并由此被判了三年刑,他记恨我。再有,我到市城管大队举报过他非法占道经营的事儿,可能被他知道了。所以,我认为是他在报复我,找我的麻烦。

民警甲:这可以作为怀疑的理由,但不能作为定案的证据。

秦仲丽:这不是明摆着的事儿吗,还要啥证据?

民警甲:退一步说,就算这两件事儿都是他支使人干的,没有证据我们也无法处理他。再说,有些建筑公司深夜乱倒建筑垃圾的现象也是时有发生的,仅凭你说的那两条理由还不能认定就一定是他支使人干的。

秦仲丽:那就没办法了吗?

民警乙:办法只有一个,那就是通过调查取得证据。如果证据证明这两件事儿就是他支使人干的,那就能处理他了。

秦仲丽无奈地:那好吧,希望你们能尽快调查。

民警乙:我们会的。


## 38. 北关街北段　晨　外

刘兰英、周山等八九个第三环卫组的人正在往垃圾车上铲装垃圾,秦仲丽走了过来。

刘兰英迎上去:和派出所说了?

秦仲丽:说了。

刘兰英:派出所咋说?

秦仲丽:他们说需要证据,等调查完了再说。

刘兰英正要说什么,何美娟、邓秀华等十多个店铺的老板扛着铁锹走了过来。

何美娟朝秦仲丽:大姐,我们来帮你们装车来了。

秦仲丽感动地:谢谢你们,谢谢各位老板!

邓秀华:不用谢,搞好街道卫生我们也有责任和义务。再说了,这么大一堆垃圾靠你们这些人得干到多会儿去。

路边围观的人议论纷纷:

谁他妈干的,太缺德了!

尽是砖头瓦块儿的,肯定是哪个建筑公司干的!

李彪隐在人群中窃笑。


**39. 秦仲丽家    午    内**

桌上摆放着已经做好的饭菜,冯大军和彤彤坐在桌旁。他们谁也没动筷子,显然是在等候秦仲丽。

秦仲丽推门走进。

彤彤:妈,咋这么晚才回来?

秦仲丽将外衣脱下边往衣架上挂边说:昨天夜里有人往北关街倒了一大堆建筑垃圾,跟小山似的,我们环卫组的和街道上的一些人都帮着清理,刚清理完。

冯大军:肯定是哪个建筑公司干的,去年咱们厂后面那条街上就有人半夜倒过建筑垃圾。

秦仲丽又走到脸盆架前边洗手边说:这次肯定不是建筑公司干的。

冯大军:那是谁干的?

秦仲丽洗完手坐在桌前:肯定是李彪,跟前几天扎车胎一样,是为了报复我。

冯大军:我说别招惹他你偏不听,麻烦大了吧。

彤彤气愤地:真是个无赖,咋不到派出所告他?

秦仲丽:告了,派出所说抓紧调查,找到证据就处理他。算了,先不说他了,快吃饭吧。

### 40. 城管大队—办公室　日　内

胡长勇、佟小刚正在议论李彪支使人暗中扎垃圾车轮胎和往北关街倾倒建筑垃圾的事儿。

胡长勇:……你觉着彪哥这两招棋咋样?

佟小刚:我觉着都是臭棋,弄不好会适得其反。

胡长勇:为啥?

佟小刚:万一把秦仲丽激怒的话……

敲门声把佟小刚的话打断。

胡长勇小声地:闹不好是她。(又大声地)请进!

秦仲丽推开门走进。

佟小刚赶忙站起来:过来啦,请坐。

秦仲丽:不坐了。我是来问问,我举报的事儿你们调查了没有?

胡长勇:还没顾上呢,再等等吧。

秦仲丽不满地:都一个多星期了,还得等到啥时候?

胡长勇:我们接到的举报信多了,总得有个顺序有个过程吧。

秦仲丽:那能不能明确告诉我,我举报的事儿啥时候能有结果。

胡长勇:这可说不准。你回去等着吧,我们尽量抓紧,有了结果会向你反馈的。

秦仲丽意识到他们在拖:我再等一个星期,如果还没结果的话,我只能越级举报了。

秦仲丽说完转身走出。

佟小刚:让我说着了吧。我看让彪哥把那个棚子拆了算了,再拖下去非把咱俩也带个跟头。咱俩欺上瞒下的已经给他顶了两个多月,也算对得起他了。

胡长勇想了想:你说的有道理,事儿真的闹大了也他妈麻烦。走,咱们现在就去找他。

### 41. 北关街路口　鱼肆　日　内

胡长勇、佟小刚正在劝李彪把搭在便道上的棚子拆掉。

胡长勇:……彪哥,你这两招不但没把她镇住,反而把她给激怒了。她刚才找我们说,要是一个星期还没结果,她就要向上举报。真要到了那一步,别说你的棚子保不住,我们哥儿俩也得落个不作为的罪名,跟着受牵连。我俩想跟你商量商量,不行就先把那个棚子拆了吧,等有机会再说。

佟小刚:我看那个女人是王八吃秤砣铁了心了,不达目的决不罢休。

李彪想了想:她要是不再告是不是就没事儿了?

胡长勇:那当然。她要是不再告最起码短时间内不会有事儿。

李彪:要是这样的话我还有办法让她闭嘴。

佟小刚一惊:彪哥,你可千万别玩儿邪的,真捅出篓子来可得不偿失呀。

李彪笑笑:我不会那么蠢,犯罪的事儿我肯定不会再干了。

胡长勇:那你准备咋办?

李彪:我打算这样……


## 42. 空镜

阴沉的天空飘起了雪花,洋洋洒洒。


## 43. 北关街路口　傍晚　外

身披雪花的秦仲丽拉着一车垃圾从北面走来。当她看到鱼肆棚子前的一幕时,不由得愣住了。

鱼肆棚子前,小军和小亮正在用盆子将水槽里的水舀出来倒进桶里,然后提着桶将水倒到前面路边的排水口。

秦仲丽拉着车走了过去,对小军和小亮笑笑:这不很好嘛。

小军:秦姐,我们老板说了,他那天不该那么对你,还说他也想明白了,搞好环境卫生对鱼肆的经营也有好处,让我们从今往后不要再随便倒脏水,一定要倒到前面的排水口去。

小亮:还让我们别再乱倒垃圾,一定要把垃圾装在塑料袋里。秦姐,我们帮你装到车上吧。

小亮说完,和小军每人从摊位前提起两大塑料袋垃圾扔到了车上。

秦仲丽微笑着:谢谢。你们看这多好,干干净净的,自己看着也舒心吧。

小军和小亮：就是。

秦仲丽：你们老板呢？

小军：他家里有事儿，提前走了。

秦仲丽：你们替我转告一声，谢谢他。

小亮：一定转告。秦姐放心。

小亮说完和小军相视一笑。

秦仲丽拉起车向前走去。

秦仲丽边走边思索（自语）：真是怪了，怎么突然转变了？

**44. 秦仲丽家　傍晚　内**

秦仲丽走进屋不由得一愣：冯大军坐在沙发上低着头抽烟，彤彤坐在桌旁绷着脸。

秦仲丽掸掸身上的雪：爷儿俩这是咋了？

彤彤：那个横行霸道的刚才来了，给送了一盒螃蟹一盒对虾。

彤彤说着指了指桌下的东西。

秦仲丽这才看到，桌旁放着两个大泡沫盒子。

秦仲丽：咋不让他拿走？

冯大军：推扯了半天，死活不往走拿，还说和你说了，你答应让他送的。

秦仲丽：放他的狗屁。还说啥了？

冯大军：别的啥都没说。

彤彤：那还用说，肯定是想堵住妈的嘴，别再告他了。

秦仲丽：门儿都没有。（说完将两个大泡沫盒子提起）我给他退回去。

冯大军：这么晚了他的店肯定关门了，又不认识他的家，明天再说吧。

秦仲丽想了想：我有办法。你赶紧给彤彤做饭吧。

秦仲丽说完提着两个大泡沫盒了走出。

**45. 东来顺饭店—雅间　夜　内**

李彪、胡长勇、佟小刚正围坐在饭桌前边吃涮羊肉边喝酒。

李彪：……她这人我太了解了，是个吃软不吃硬的货。我估计她这会儿已经改变主意了。

胡长勇笑道:彪哥这两步棋走得好。既然你知道她的个性,其实一开始就该用软招儿,不该用硬招儿激她。

李彪笑笑:我当时也是咽不下这口气。

佟小刚笑道:小不忍则乱大谋,大丈夫就得能伸能屈嘛。

李彪端起酒杯:来,走它一个。

## 46. 李彪母亲家院门口　夜　外

秦仲丽推着自行车走来,车后座上捆绑着两个大泡沫盒子。她走到院门口仔细看了看,然后敲门。

院内的屋里传出一个老妇人的声音:哎,来啦。

不一会儿,一个年近七十的老太太将院门打开,她就是李彪的母亲。

李母打量了一下秦仲丽:你找谁呀?

秦仲丽:大娘,不认识我啦?

李母又仔细看了看,突然惊喜地:哎哟,这不是他普大姐吗? 你看我这老眼花昏的,连大恩人都没认出来。咋下着大雪就来啦,快进屋,快进屋。

## 47. 李彪母亲家　夜　内

李母将秦仲丽让到屋里又让到沙发前坐下,然后又要沏茶。

秦仲丽赶忙将李母拦住:大娘,我在家刚喝了,不渴。咱娘儿俩坐下说说话。

李母也坐在沙发上:他普大姐,彪子入狱那几年要不是你经常照顾我,我这把老骨头恐怕早烧成灰了。自从彪子出狱你就没来过,你知道我有多想你,我跟彪子不知说了多少回,让他打听你,可总也打听不着。我还以为你去了外地啦呢。唉,咋不来看我呀。

秦仲丽:后来就一直瞎忙,其实我心里也常惦记着您呢。

李母:他大姐,你到底在哪个单位工作呀,以前问你好几回你也没告诉我。

秦仲丽:原来在一个厂子当工人,后来下岗了,现在又上了岗,成了扫大街的了。

李母:咋下岗了,厂子垮了?

秦仲丽:还没呢,但不景气,养活不了那么多工人啦。

李母:这几年也不知是咋的啦,厂子一个接一个的垮。有份工作就好,扫大街也不错。

秦仲丽:大娘,我想问问您,李彪这会儿在哪儿住呢?我有点儿事儿想找他。

李母意外地:你认得彪子?

秦仲丽笑笑:认识。

李母:你这孩子,咋一直不和我说。你别去了,他家离这儿挺远的,天这么黑又下着大雪,我给他打个电话让他过来。他有摩托车,快。

李母说完走到桌前去打电话。

## 48. 东来顺饭店一雅间　夜　内

李彪和胡长勇、佟小刚还在吃喝。

李彪将酒瓶中剩下的酒分倒在三人的酒杯里:再来一瓶吧。

胡长勇:算啦,今儿就喝到这儿吧。彪哥,别怪我多想,那个女人要是不吃这一套,还要告该咋办?

佟小刚:是呀,我也担心这事儿。

李彪:我已经给足她面子了,要是再告那就是给脸不要脸,我豁出去拆了那个棚子,也得收拾……

李彪正说到这儿手机响了。

他掏出手机接听电话:……啥?大恩人到了?好,我马上过去。(合上手机对胡长勇和佟小刚)我倒霉那些年,有个姓普的大姐常去照顾我妈,自从我回来之后她就没去过,多次打听也打听不着。她刚才去我妈家了,我得赶紧去看看。

胡长勇:知恩不报非君子,你快去吧,好好谢谢人家。

## 49. 李彪母亲家　夜　内

李母放下话筒走回又坐在沙发上。

李母:他说马上就来。闺女有十三四了吧,记得那会儿你跟我说她八九岁。

秦仲丽:对,这会儿十四岁了,上初三呢。哎,大娘,李彪是不是有个舅舅在市建委当领导呢?

李母:是有个在建委当副主任的舅舅,不过不在咱们市,在河南的新乡市呢,也不是亲舅舅,是表舅。人家在部队时就是官儿,后来转业了。因为离得远,很少和我们来往。两年前来这儿出差时看过我一次。哎,他大姐,问这干啥?

秦仲丽:没事儿,随便问问。

李母:他大姐,找彪子啥事儿呀?

秦仲丽犹豫了一下:大娘,我跟您说实话吧,我不姓普,姓秦,叫秦仲丽。当初您问我时我是随便说了个姓,我和李彪过去曾是同事,都是鞋厂的工人。

李母:那咋不跟我说实话呢,难怪一直找不到你。

秦仲丽:李彪那年偷鞋厂的鞋时是被我发现后才被抓的,我怕您怨恨我,又怕您不愿接受我对您的照顾,所以没说实话。

李母:傻孩子,这咋能怨恨你呢,他是自作自受呀。俗话说,要想人不知除非己莫为。就算是不被你发现也会被别人发现的。(说到这儿似乎悟到什么)他大姐,彪子是不是又犯事儿啦?

秦仲丽:没有。他在北关街路口开了个鱼肆您知道吧?

李母:知道。他说生意挺好的,我没去过。他大姐,你跟我说实话,他是不是黑了心缺斤短两的坑人了?

秦仲丽:也不是。是这么回事儿,我现在就负责那条大街的卫生,我发现他在鱼肆门前搭了个棚子当鱼摊儿,把便道给占了,结果造成那个路口经常堵车。占道经营是违章的,我是想让他把那个棚子拆了,结果他不同意,我是想再和他谈谈。

李母听了很气愤:这是损人利己呀,这个畜生咋能这么干呢!他大姐,等会儿我骂他,让他明天就把棚子拆了!

秦仲丽:大娘您别生气,其实这也不是啥大事儿,道理讲清他会知道该怎么做的。

李母:违章经营,这也不算小事儿呀。我三十多岁才有了他这么个儿子,他爹死的又早,是我把他从小惯坏了呀。要不然,他也不会当贼蹲了大狱。我以为他改造好了,谁知道他还是恶根没除呀,这么下去迟早还会出大事儿的。

李母说着流下了眼泪。

秦仲丽赶忙安慰:大娘,没这么严重,您也别想的太多了。

李母:我是被惊吓出病根来啦,直怕他再出啥事儿。他大姐,我得谢谢你,你要不说我还不知道呢。

秦仲丽:大娘,李彪给我送了点儿东西,我不能要,待会儿您帮我给他退回去,行吗?

李母:啥东西?

秦仲丽:一盒螃蟹一盒对虾。

李母:这算个啥呀,你留下吃吧。

秦仲丽:大娘,我真不能留,要是留下就不好说话了。

李母:我懂了,把东西交给我吧。

秦仲丽:哎,您等着,我把它拿进来,在车子上呢。

秦仲丽说完站起来向门外走去。

## 50. 李彪母亲院内    夜    外

秦仲丽解开自行车后座架上的绳子,提起两个大泡沫盒子刚要进屋,李彪推着摩托车走进。

秦仲丽:回来啦?

李彪一愣:你咋来啦?(说着看到秦仲丽手中提着的盒子)噢,明白了,你是来退东西的。

秦仲丽:对不起,这东西我真不能要。

李彪将摩托车停放好:秦姐,看来你是真不给面子啦。行,(说着从秦仲丽手里接过两个盒子)你先回吧,咱们明天再说,我家里今儿有客人。

李彪说完向屋里走去。

## 51. 李彪母亲家    夜    内

李彪进屋后环视了一下,问母亲:妈,普大姐呢?

李母看了看李彪手中的两个泡沫盒子:这是啥?

李彪:听说普大姐来啦,我从店里给她拿了点儿螃蟹和对虾。普大姐走啦?

没走。背后传来一个声音。

李彪回头一看,秦仲丽正微笑地看着他。

李母看了看空着两手的秦仲丽,顿时明白了:彪子,这螃蟹和对虾到底是送给普大姐的还是送给秦大姐的?

李彪蒙了:妈,这,这到底是咋回事儿?

李母严厉地:别叫我妈!你多次跟我说,你现在是规矩做人,守法做事,没想到是在欺骗我!

李彪已意识到什么,心虚地:您别听她胡说!

李母盯着李彪:人家胡说?我问你,你是不是在便道上搭了个棚子当鱼摊儿啦?是不是因为你那个鱼摊儿闹得路口老是堵车?路是大伙儿的路,你凭啥一个人独占了?损人利己,你也太缺德了吧?

李彪:妈,就是她害得我进了监狱的呀,她一直跟我过不去!

李母:放屁,那是你自己造的孽,罪有应得!

李彪转身冲秦仲丽吼道:你这个恶毒的女人,你给我滚!

李母气得浑身直哆嗦,狠狠捆了李彪一巴掌:畜生,你……你……

李母骂着身子向后倒去。

李彪急忙把手中提着的盒子扔在地上将李母扶住,连声叫道:妈,妈!

秦仲丽也赶忙过来:大娘,大娘,您消消气!

李彪恼怒地将秦仲丽推到一旁:别假慈悲了,我妈要是有个三长两短,我跟你没完!

李彪说着将母亲扶到沙发上坐下。

李母喘了喘:畜生,你可以骂我这个当娘的,但你不能骂她!要是没有她,我这条老命早就没了。

秦仲丽:大娘,过去的事儿就别提它了。

李母:不,今天我得让这个畜生都知道。当初你刚出狱那会儿没有钱,我怕给你造成压力,普大姐,不,应该是秦大姐,秦大姐照顾我的事儿没全告诉

94

你。在你入狱的第二年,有一天,我的胃溃疡突然穿孔,大口大口地吐血,就在我快要死的时候,你秦大姐来了,她赶忙叫救护车把我送到医院抢救,还给我输了血,我才保住这条老命。手术后又白天黑夜的伺候我,把她累得面黄肌瘦,还晕过去一回。出院时我一问大夫才知道,连手术带住院一共花了将近五千块钱。她当年每月才挣五六百块钱,肯定是把家里的积蓄都花光了,闹不好还有借的。今天我才明白,你秦大姐当时没告诉我她叫啥,甚至连真姓也没告诉我,就是不想让咱还钱,不想让咱报恩呀。要不是因为你这个畜生又作孽,你秦大姐恐怕永远都不会来咱家了。你见过这么好的人吗?就算是真有菩萨在世也不过如此吧。你和你秦大姐相比,你还算人吗?我都替你感到羞耻。可你居然还敢骂她⋯⋯

已泪流满面的李彪打断了母亲的话:妈,您别说了,我错了。

李彪说罢,扑通一声跪在了秦仲丽面前:秦姐,对不起。

## 52. 秦仲丽家　夜　内

冯大军和彤彤神色忧虑地坐在桌旁。桌上摆放着用碗盆扣着的饭菜和三双筷子。

院内传来停放自行车的声音。

彤彤高兴地:我妈回来啦!

冯大军忧虑的神情消失了。

秦仲丽走进,看到桌上的饭菜都没动,边拍打身上的雪边说:还没吃呢?

冯大军:哪有心思吃呀。见着他了?

秦仲丽:见着了。

冯大军:没为难你吧?

秦仲丽走到桌前坐下:没有。不但没为难,还答应把占道的棚子拆了。

彤彤意外地:是吗?咋一下变好了?

冯大军也有些不解地望着秦仲丽。

秦仲丽笑笑:边吃边和你们说吧。

## 53. 空镜

雪越下越大,夜幕笼罩下的城市一片白茫茫的。

### 54. 秦仲丽家　夜　内

秦仲丽继续向冯大军和彤彤讲述着去见李彪的经过。

秦仲丽:……就这样,他彻底转变了,不但承认了扎垃圾车的轮胎、往北关街倾倒建筑垃圾都是他花钱支使人干的,还答应明天就把那个占道的棚子拆掉。这个结果是我也没想到的。

彤彤赞叹:妈妈真伟大。

冯大军:我想起来了,怪不得那三年你常不着家,闹半天……

秦仲丽笑笑:是不是当时还怀疑过我……

冯大军嘿然一笑:哪能呢。咋不告诉我?

秦仲丽:还不是因为你胆小怕事。要是让你知道我和一个劳改犯的家人牵扯到一块儿,还不把你吓死。

冯大军不好意思地:你也太小瞧我了。

彤彤:爸爸就是胆小鬼,刚才还一个劲儿地埋怨妈妈不该管闲事儿呢。

冯大军:不是埋怨,是担心。你不也愁眉苦脸的饭都不想吃吗?

彤彤:咱俩不一样,虽然都是担心,可我是支持,而你是反对。

秦仲丽笑笑:行啦,别吵啦,我知道你们都是为我好。哎,彤彤,这儿天我忙乎的也没顾上问你,腿疼好点儿了没?

彤彤:这次大夫给开的药好像挺管用,疼的不那么厉害了。您看,自个儿都能慢慢走了。

彤彤说着站起来慢慢走了几步又坐下。

秦仲丽眼圈有些发红:彤彤,妈对不起你,不能早点儿把你的病治好。

彤彤:妈,您别这么说,家里不是一直给我治着呢嘛。

秦仲丽:等钱攒得差不多了就给你做手术,彻底把你的病治好。

彤彤懂事儿地:不着急,这就够让你们费心的了。

秦仲丽终于忍不住掉下眼泪。

冯大军低下头叹了口气。

### 55. 北关街中段　凌晨　外

天还黑蒙蒙的,秦仲丽已开始清扫街上的积雪和垃圾,三只小狗在她身边跑来跑去。

突然，秦仲丽看到一个人从临街的院里走出来，站在路边东张西望。她仔细一看，原来是老大妈。

秦仲丽走了过去：大妈，咋这么早就起来了？

老大妈焦急地：白雪可能要生了，疼得直叫唤，我想找个出租车送她去医院，可一辆车也看不着，你说急人不急人。

秦仲丽果然听到院内的屋子里传来阵阵痛苦的呻吟声。

秦仲丽：离预产期不是还有些日子呢么？

老大妈：可能要早产。一个车都没有，真是急死人啦。

秦仲丽前后看了看，一辆车的影子都看不见。

她一下看到了垃圾车，心中一动：大妈，您要是不嫌弃，我用这辆车送她吧，好歹这儿离医院不算太远。

院内的屋里传出的呻吟声一阵紧似一阵。

老大妈：也只能这样啦。那就谢谢你啦。

秦仲丽赶忙将垃圾车推到院门口，随大娘进了院。

三只小狗站在院门口向里张望。

不一会儿，秦仲丽抱着两床被子出来，老大妈搀扶着不断呻吟的白雪跟在后面。

秦仲丽将一床被子铺在车上，帮大妈把白雪扶上车坐下，又将另一床被子围在白雪身上，然后拉起车快步向前走去。

老大妈紧跟在后面。

三只小狗跟了一段儿停了下来。


### 56. 同上

秦仲丽快步向前走着，白雪的呻吟声加剧。

秦仲丽回头看了看已是气喘吁吁的老大妈：大妈，您自个儿慢慢走吧，别累坏了，我先送白雪去医院，得争取时间。

秦仲丽说完拉着车小跑起来。

老大妈感动地流出了泪水。

### 57. 医院急诊室　凌晨　内

一年轻女大夫给白雪检查完,对秦仲丽说:孕妇要早产,而且胎位不正,必须马上做剖腹手术,你去交费处先把押金交了。

白雪不停地呻吟着。

秦仲丽:大夫,钱她婆婆拿着呢,她婆婆上岁数了,走得慢,得过一阵儿才能来。你看能不能先给她做手术,等她婆婆来了再交押金。

年轻女大夫:那不行,医院有医院的制度。

秦仲丽气愤地:我们这是看急诊,就不能灵活点儿特事特办吗?

年轻女大夫:啥诊也得先交钱。

白雪疼痛加剧,呻吟已变成喊叫,汗珠子从苍白的脸上不断地往下滚。

秦仲丽吼了起来:你这像个大夫说的话吗,出了事儿你负得起责任吗!

一中年男大夫走进:吵什么呢?

年轻女大夫:主任,刚才检查了,这个孕妇得做剖腹产手术,让家属先去交押金,家属非让先给做手术。

秦仲丽不满地看了年轻女大夫一眼后对中年男大夫:我刚和这个女大夫说了,钱在孕妇的婆婆手里,她婆婆上岁数了走得慢,估计还得一会儿过来,你看看孕妇都难受成啥样了,咋就不能先给她做手术,钱当紧还是命当紧?

中年男大夫:你是孕妇的什么亲戚?

秦仲丽:非亲非故,我是个扫大街的,她们找不到出租车,我见情况危急就用垃圾车先把她送来了,为的是争取时间。

中年男大夫:做手术是需要孕妇家属签字的,你能签这个字吗?

秦仲丽似乎没想到这一点,一时愣住了。

她望了望白雪,白雪咬着牙冲她点点头。

秦仲丽把脸转向中年男大夫,坚定地:我签!

中年男大夫露出敬佩的目光,冲年轻女大夫:送手术室,马上手术。

### 58. 医院手术室门外　凌晨　内

秦仲丽和老大妈焦急地在手术室门外等着。

不一会儿,手术室里传出婴儿清脆的啼哭声。

秦仲丽高兴地:大妈,生啦,生啦!

老大妈泪水直流,紧紧握住秦仲丽的双手,激动地:他大姐,该咋感谢你呀!


### 59. 北关街路口 日 外

秦仲丽拉着垃圾车走到路口时,看到鱼肆前搭在便道上的棚子已经拆除干净了,路口显得一下宽敞了许多。

许多人站在路口议论纷纷:

……

谁这么大本事,能让他拆了这个棚子。

我昨天见城管大队的人来过,肯定是他们责令他拆的,不然的话,谁管得了这事儿。

不是说这小子有个舅舅是市建委的领导吗,城管的人敢不给建委领导面子?

说不定还是他舅舅让拆的呢。这年头儿腐败领导有,清廉领导也不少啊。

要是这样的话早就让他拆了,还能拖到这会儿。我看还是有人告他,弄不好捅到市领导那儿了,他舅舅也不敢包庇了。

管他咋拆的呢,拆了就好,这下路口多宽敞,看着心里都舒畅。

秦仲丽笑笑,向鱼肆走去。


### 60. 北关街路口 鱼肆 日 内

李彪正在屋内收拾。屋内面积不大,显得非常凌乱。

秦仲丽走进。

李彪:呦,秦姐来啦。

李彪说着放下手中的活儿迎了过来。

秦仲丽笑笑:这么快就拆啦?

李彪也笑笑:要不是昨天太晚了,连夜我就拆了它了。

秦仲丽:小军和小亮呢?

李彪:倒垃圾去了。秦姐,刚才去哪儿了?我在街上转了半天也没见着你。

秦仲丽:前边儿一家有个孕妇临产了,当时天还没亮,没找到出租车,我用垃圾车送她去医院了。找我有事儿?

李彪:我妈让我把这个交给你。

李彪说着从衣兜掏出一个大红纸包递给秦仲丽。

秦仲丽接过打开一看,里面是一沓钱。

秦仲丽连忙推辞:这我不能要,我当时为大娘花钱是心甘情愿的。留给大娘好好补养身体吧。

李彪:秦姐,我妈说了,你要是不收下,她就亲自来找你,你忍心让她跑这么远的路吗?

秦仲丽想了想:好,那我先收下。

李彪:我妈还给你写了封信。

李彪说完又从衣兜掏出一封信递给秦仲丽。

秦仲丽接过信打开看。

李母(画外音):他大姐,我不知是哪辈子修来的福,遇到了你这么个大好人,真是死也知足了。他大姐,过多的客气话我就不说了,只想拜托你一件事。你要不嫌弃的话,希望你能认彪子当个弟弟,指引他走个正道。我不指望他大富大贵,只想让他做个好人。你要是能认下他,我就是死了也放心了,因为你是我最信任的人。

李彪企盼的目光。

秦仲丽流下了眼泪:我认,我认。

李彪跪了下来,流着泪叫了一声:姐!

秦仲丽连忙将李彪扶起来:走,姐领你去看个地方。

李彪:啥地方?

秦仲丽:去了你就知道了。

## 61. 北关街中段　日　外

秦仲丽领李彪来到一处临街的小院门口。

秦仲丽掏出一把钥匙把门锁打开,推开院门:进来吧。

## 62. 小院内　日　外

秦仲丽和李彪走进。

秦仲丽:你看,三间房一个独院,你要是租下来开个鱼肆咋样?院子和房子都可以改造。

李彪:那当然好啦。这是谁家的房子?

秦仲丽:我一个同学家的,他们一家都在郑州,委托我把房子租出去。你要是愿意,等会儿我就给她打电话,房租尽量给你压低点儿。

李彪高兴地:那就太谢谢姐啦。

秦仲丽嗔道:一家人啦还说啥谢。但我有一个小要求。

李彪:啥要求都行,说吧。

秦仲丽指着一处小狗窝:有三只小流浪狗一直住在这个院子里,这个狗窝是我前不久才垒的。你要是租下这个院子,最好别把小狗赶出去,流浪狗也挺可怜的。

李彪:姐放心,我不但不赶走它们,还要把它们养起来,让他们成为有家的狗,不再流浪了。

## 63. 北关街南段　日　外

秦仲丽和李彪边说话边往南走,迎面,老妇走了过来。

秦仲丽:大妈,大伯的病好点儿吗?

老妇:还不太见效。

秦仲丽:那还得接着治,不能着急。您这是干啥去呀?

老妇左右看了看,语气神秘地:过来找个神医。

秦仲丽:神医?

老妇依然神秘地:对,神医。刚才领老头子从医院看完病出来,有个热心的大姐悄悄告诉我们,外地来了个神医,啥病都能看,看一个好一个,还不要钱,说是为了做善事儿积德。

秦仲丽:有这事儿? 不可能吧?

老妇:咋不可能,听那个大姐说,都已经治好了好多人啦。

秦仲丽:是吗,这么神奇?

老妇:还不用吃药,只要让神医在你的钱上发发功,然后把钱拿回家压在枕头底下,枕着睡三天就行了。

秦仲丽已意识到什么:给钱发功? 得多少钱?

老妇:那个大姐说了,钱越多越好,越多表明你的心越诚,心越诚就越灵。

秦仲丽:那个神医在哪儿住?

老妇指了指前面的一个小旅馆:就这儿。那个大姐说就住北关街的这个旅馆。

秦仲丽:大伯咋没来?

老妇:唉,老东西不相信,也不让我来,我是瞒着他来的。不多说了,我得赶紧去。

老妇说着朝小旅馆匆匆走去。

秦仲丽对李彪:大妈肯定得上当受骗。

李彪:一听就是假的。姐,要不咱们跟进去看看,要是骗子的话把他抓起来。

秦仲丽想了想:先别,等大妈出来问问再说。

**64. 小旅馆门前　日　外**

不一会儿,老妇从小旅馆走了出来,一副虔诚的样子。

秦仲丽和李彪赶忙迎了过去。

秦仲丽:大妈,看了吗?

老妇:看了,真不愧是神医,说得可准了。

秦仲丽:大妈,别怪我多嘴,您的钱很可能被骗了。

老妇:人家可不是骗子。这不,刚发了功的钱还在这儿吗。

老妇说着从衣兜掏出一个包裹着的布包。

秦仲丽:这里包着多少钱?

老妇:五千块。

秦仲丽:五千块? 大妈,您快打开看看吧,我怀疑……

老妇不等秦仲丽说完:不能打,神医说了,三天以后才能打开呢,不然就不灵了。

李彪:大妈,打开看看吧,很可能钱已经被调包了。

老妇:不可能,我一直看着呢,他们根本就没打开过。

秦仲丽:大妈,还是打开看看吧,真上了当后悔可就晚了。五千块可不是小数呀!

老妇仍犹豫着。

李彪:大妈,我姐说得没错儿,快打开看看吧,您就不想想,天下哪有这样看病的?

秦仲丽焦急的目光。

老妇疑疑惑惑地将布包打开后一下愣住了。

特写镜头:布包里根本不是钱,而是一沓纸。

### 65. 小旅馆　日　内

一个六十多岁的光头老汉和一个三十多岁的年轻女子从楼梯下来时,秦仲丽和李彪扶着老妇正匆匆走进。

老妇看到光头老汉和年轻女子:就是他俩,(说着喊了起来)骗子,快把钱还给我!

光头老汉和年轻女子神色大变,返身欲往楼上跑,李彪冲上去将他们拦住:把钱还给大妈!

秦仲丽冲服务员喊道:他俩是骗子,赶快报警!

### 66. 空镜

城市盛夏的景色,街道两旁的大树浓绿如盖,郁郁葱葱。

### 67. 第三环卫组院内　日　外

刘兰英正在院内修理垃圾车,秦仲丽走进。

刘兰英赶忙放下手里的活儿迎过来:走,进屋。

秦仲丽:不进啦。刘姐,有件事儿我弄不明白,过来问问。

刘兰英:啥事儿?

秦仲丽:今儿早上,我发现北关街两旁都摆上新垃圾箱了,每边十五个,共三十个,可又发现别的街道都没有,是不是环卫处先给北关街配置啦?

刘兰英:没有呀。昨天我还催处长来着,他说资金还没凑齐,还得等两个来月。

秦仲丽想了想:闹不好是他。

刘兰英:谁呀?

秦仲丽:等我问清楚再跟您说。

秦仲丽说完转身离去。

### 68. 北关街中段　鱼肆　日　外

这个鱼肆,就是经秦仲丽牵线、李彪租下的那个小院改造的,比原先北关街路口的那个鱼肆大多了,也气派多了。

小军和小亮正在鱼肆摊位前嘀咕着什么,见秦仲丽匆匆走来,赶紧停止了嘀咕。

秦仲丽走过来朝鱼肆里面看了看,冲小军和小亮问道:李彪呢?

小军犹豫了一下:被警察带到派出所去了。

秦仲丽一惊:为啥?

小军:打架。

秦仲丽:跟谁打架,顾客?

小亮:不是,是两个年轻人。

秦仲丽气愤地:咋就不学好呢,真是恶习不改!

小军:秦姐,您别生气,是有原因的。

秦仲丽:啥原因也不能打架呀。到底咋回事儿?

小军看了小亮一眼。

秦仲丽:说呀!

小军:有两个年轻人在一个新垃圾箱里烧纸玩儿,把垃圾箱引着了。彪哥看到了,就……

秦仲丽似乎明白了:你们说实话,街上摆放的这些新垃圾箱,是不是你们放的?

小亮:秦姐,彪哥不让告诉您。其实,这些垃圾箱……

### 69. 公安派出所—办公室　　日　内

民警甲和民警乙坐在办公桌前,李彪和两个年轻人坐在一旁。此刻,李彪正在述说打架的原因。

李彪:……她无怨无悔的助人精神把我彻底感动了。除此之外,她对工作还特别认真,一丝不苟。她在鞋厂时就年年都是先进工作者,当了清扫工后,她每天天不亮就开始清扫,一直扫到天黑,无论寒风烈日、无论下雨下雪,从来都没有间断过。后来我发现,人们乱扔果皮乱倒垃圾和垃圾箱太少也有关系,就从外地一家塑料厂定做了三十个垃圾箱,想利用垃圾箱把垃圾收集起来,给她减轻点儿负担,她实在是太累了。(说到这儿动情地流下了眼泪)看到垃圾箱被烧毁,就像烧了我的心一样,我一下控制不住自己……我错了,我不该动手打人。我向两个兄弟赔礼道歉。

李彪说完站起来给两个年轻人鞠了个躬。

两个年轻人也赶忙站了起来。

年轻人甲:真没想到垃圾箱背后还有这么感人的故事。我们佩服扫大街的那位大姐,也佩服你这个大哥,错的是我们,大哥没错,像我们这样干缺德事儿的人该揍。大哥,我们两个给你赔罪。

年轻人甲和年轻人乙扑通跪在了李彪面前。

李彪赶忙将他俩扶起来:别这样,千万别这样。

年轻人乙:大哥,那个垃圾箱多少钱,我们赔。

李彪:不用了。

民警甲:赔还是不赔你们回去商量吧,你们都能认识到错误我们很高兴。

民警乙:咱们都应该向那个扫大街的秦大姐学习,多做好事儿,多做善事儿。你们回去吧。

李彪和两个年轻人正要往出走,秦仲丽走了进来。

李彪看了秦仲丽一眼低下了头:姐,我又犯错误了,对不起。

秦仲丽一把把李彪搂住,泪水哗哗地流了下来。

**70. 北关街中段　日　外**

秦仲丽正在沿街做保洁,忽听有人喊了她一声,抬头一看,原来是白雪。白雪抱着个孩子,身旁是老大妈和一个年轻军人。

秦仲丽赶忙走了过去。她看了看孩子:哟,白胖白胖的,真可爱,六个月了吧?

白雪:快七个月啦。

老大妈对年轻军人:大宝,这就是我跟你说的秦仲丽秦大姐。(又对秦仲丽)这就是我儿子王大宝,回来休探亲假,昨天刚回来。

王大宝冲秦仲丽感激地笑笑:秦大姐,你救助白雪的事儿,我妈和白雪都和我说了,真是感谢您!秦大姐,今儿晚上咱们一块儿吃个饭吧,让我表表心意。

秦仲丽笑笑:不用客气。这样吧,等孩子过周岁的时候我一定来祝贺。

王大宝:那也行,到时候您可一定参加。

秦仲丽:一定。

**71. 北关街南段　日　外**

秦仲丽继续做着保洁。

一辆高档小轿车开到她跟前停了下来,车上下来一个西服革履的中年男人,他叫王子豪。

王子豪冲秦仲丽喊道:秦仲丽!

秦仲丽愣了一下,猛地认出来了:哎呀,王副厂长!有两三年不见了,来这儿干啥来了?

王子豪:专门来找你的,听冯大军说,你现在成了环卫工,在北关街扫大街呢,就赶紧过来了。

秦仲丽意外地:找我,有啥事儿?

王子豪:当然有事儿,而且是好事儿。

秦仲丽:啥好事儿?

王子豪:你可能还不知道我的情况。你下岗不久我也离开咱们厂了,受聘到天津一家叫大华的鞋业公司当副总。还是老本行,主要负责技术工作。这家鞋业公司是台湾人开办的,专门生产各类高档皮鞋,效益非常好。现在厂里急需技术过硬、特别是有实践经验的质量检验员。我一下想起了你,就和老总说了你的情况,老总听了非常高兴,让我专程回来找你。老总说了,待遇是月薪三千元外加提成,一年最少也能收入四五万。咋样,好事儿吧?

秦仲丽笑笑:是好事儿,你要是半年前来找我,我会毫不犹豫地答应你,可现在我不能答应你了。

王子豪不解地:那为啥?

秦仲丽:我已经离不开这条街,也离不开这条街的人了。

王子豪:这我就不明白了,你只不过是这条街的清扫工,和街上的人也非亲非故,有啥离不开的?

秦仲丽笑笑:我也说不清楚。对不起王总,谢谢你的好意,也谢谢你对我的信任。

王子豪:机不可失呀。听大军说,你女儿彤彤得了股骨头坏死症,就是因为没钱才一直没做手术,你当清洁工一个月还不到一千块钱,得攒到啥时候呀。到那儿干半年就够彤彤的手术费了,多好的机会,千万别犯傻呀。

秦仲丽:彤彤的病我会想办法,但我真的不能离开这儿。这半年来,可以说我的根已经扎在这儿了,我的魂也已经留在这儿了。真要离开的话,我的良心会一辈子不安宁的。

王子豪仍不死心:你再好好考虑考虑咋样?(说着从衣兜掏出一张名片)这是我的名片,上面有联系电话,考虑好了随时可以给我打电话。

秦仲丽将名片推回:不用考虑了,我肯定不会离开这儿的。

王子豪长叹一声,钻进了小轿车。

小轿车快速驶去。

秦仲丽愣怔了一会儿,又继续做保洁。


**72. 秦仲丽家　卧室　夜　内**

秦仲丽和冯大军躺在床上,冯大军也劝秦仲丽。

冯大军:……仲丽,你再考虑考虑,这是别人做梦都得不到的好事儿呀。

秦仲丽:我已经说了多少遍了,不用再考虑了。

冯大军:你就不为彤彤想想,这么拖下去对她不利呀。

秦仲丽:彤彤的事儿我已经想好了,今年年底就做手术。

冯大军:年底钱也攒不够呀。

秦仲丽:差多少和我哥哥、妹妹家还有其他亲戚家先借上,然后慢慢还。

冯大军无奈地叹了口气,将灯拉灭。


## 73. 北关街南段　日　外

秦仲丽将垃圾车停放在一处菜市场前,清扫地上的菜叶子等杂物。

三只小狗窜了过来,在她身边跑来跑去。这时的小狗已壮了许多,毛色也干净发亮。

摊主见了秦仲丽都热情地和她打招呼。

秦仲丽走到另一处清扫。

一中年妇女正在菜摊前专心致志地挑选蔬菜。

一小偷左顾右盼了一会儿后,贴到中年妇女身后将一长铁夹子伸进中年妇女的挎包,从里面夹出一个钱包。

这一幕正好被正在清扫的秦仲丽看见,当小偷将钱包装进裤兜刚要离开时,秦仲丽冲过去一把将小偷抓住,厉声地:把钱包还给人家!

中年妇女已发现自己的钱包被偷,惊吓的浑身发抖,干张嘴发不出声来。

去你妈的! 小偷猛地推开秦仲丽欲逃。

秦仲丽扑上去又将他抓住,语气更加严厉:把钱包掏出来!

小偷恶狠狠地:你他妈找死呀!

小偷骂着用力将秦仲丽操倒在地上转身就逃。

三只小狗追上去围住小偷狂叫乱咬。

小偷将三只小狗踢得直打滚儿,又赶紧逃,三只小狗毫不畏惧地又追上去围住小偷狂叫乱咬。

小偷慌乱地左躲右闪,十分狼狈。

秦仲丽从地上爬起来,又冲过去把小偷紧紧抓住。

几个摊主和群众被秦仲丽见义勇为的行为感动了,胆量顿增,一块儿冲上去将小偷拧住。

秦仲丽从小偷裤兜掏出钱包,走回去递给那个中年妇女:大姐,这是你的钱包吧?

中年妇女接过钱包,感激连声:是,谢谢你,谢谢你。

民警甲和民警乙跑了过来。

民警甲:咋回事儿?

大伙儿七嘴八舌:抓住个偷钱包的。

一摊主指指秦仲丽:是她抓的。

民警甲敬佩地:谢谢你秦大姐。

秦仲丽笑笑:应该的。

民警甲和民警乙将小偷押走。

秦仲丽蹲下来将三只小狗一一抱起来亲了亲。

一摊主感叹地:小狗也懂得见义勇为呀!

另一摊主:小狗哪懂得见义勇为呀,是报恩。要不是好心的秦大姐,这三只流浪狗恐怕早就饿死了。

## 74. 同上

秦仲丽清扫到一处水果店前时,突然感到头晕眼花,赶忙扶住一棵树坐了下来。

女摊主捧着一牙鲜红的西瓜走了过来:秦大姐,吃块儿西瓜解解渴吧。

秦仲丽接过西瓜:谢谢。

## 75. 街道诊所　午　内

秦仲丽正在输液。

此时液已输完,一女大夫过来给秦仲丽拔掉针头。

女大夫:秦姐,你这重感冒可得好好休息,千万别不当回事儿,不然有可能引发别的病。

秦仲丽:我知道,谢谢沈大夫。

### 76. 街道  午  外

秦仲丽骑着自行车行走着。

天空乌云翻滚,随着一道道耀眼的闪电,骇人的巨雷一声接一声炸响。

### 77. 秦仲丽家  午  内

饭已做好摆上了桌子。由于外面天色太暗,屋里不得不拉着灯。

彤彤坐在桌前,冯大军站在门口向外张望。

一场暴雨终于降了下来,急促的雨点儿将窗户玻璃扫打的"啪啪"直响。

彤彤焦急地:咋还不回来?

冯大军从衣架后面拿起一把雨伞:彤彤,我去接你妈。

冯大军刚说完,秦仲丽推着自行车跑进院子,又将自行车停放在院中的一个棚子下,然后跑进了家。

冯大军将雨伞又放到一旁,埋怨地:看天不好就该早点儿回来,天天这么晚。

秦仲丽:谁想到变得这么快,刚才还清朗朗的,说阴就阴上来了。

秦仲丽边说边坐在桌前:快吃吧。以后我要回来晚了你们就先吃,别等我,要不都得跟着吃凉饭。

三人吃饭。

冯大军看了看秦仲丽:脸色儿咋这么难看,是不是病了?

彤彤看到了秦仲丽手背上的止血胶布条儿:妈,你输液了? 怎么了?

秦仲丽笑笑:没啥事儿,有点小感冒。诊所的沈大夫非让输点儿液。

窗外的雨越下越大,形成了白茫茫的雨幕,外面的房子和树都看不清了。

秦仲丽望望窗外:长这么大还真是头一回见到这么大的雨。

冯大军:真是倾盆大雨。

秦仲丽猛然想起了什么,急忙走到门口将门打开。

从院门口可以看到,马路上的水已经像河水一样的流淌。

秦仲丽:我得赶紧去北关街,那条街是全市地势最低的一条街,要是排水口堵了,两边的房子非淹了不可。

秦仲丽说着跑出了屋子。

冯大军:拿上雨衣!

冯大军说着站起来从衣架上取下一件雨衣也跑了出去。


### 78. 秦仲丽家院内　午　外

秦仲丽从冯大军手中接过雨衣匆匆穿上,推起自行车跑出院门。

冯大军大喊:骑车小心点儿!

院外秦仲丽已经离去的回应:知道啦!


### 79. 北关街中段　午　外

暴雨仍在哗哗地倾泻着。

马路上的水已经漫上便道,街两边所有的住户、店铺都在用各种东西挡在门前、院前,防止雨水流入。人们大呼小叫,像是在进行一场激烈的战斗。

何美娟站在烟酒店前忙乎着,她已被大雨浇得浑身水湿,衣服紧紧贴在了身上。

何美娟冲屋里喊:妈,不行了。水往屋里流了,赶快再找点儿东西!

屋里传出老太太的声音:正找着呢,没啥能挡水的东西啦!

何美娟焦急地:把柜里的旧被子和旧褥子先拿出来!


### 80. 北关街南段　午　外

同北段一样,街两边所有的住户、店铺也都在用各种东西阻挡门前、院前的水。

小饭馆门前,邓秀华也在忙乎着用东西挡水。随着水位的不断增高,水还是哗哗地流进了屋里。

邓秀华冲屋里喊:老公,快把那个长条桌子搬出来!

从门外可以看到,饭馆的客人有的站在了凳子上,有的坐在了桌子上。

一个三十多岁的男人(邓秀华丈夫)将一个长条桌子搬到门口。

邓秀华边和丈夫把长条桌子挡在门前边咒骂:天他妈是漏了还是塌了,还让人活不活了?

### 81. 北关街路口　午　外

暴雨越下越猛,丝毫没有停歇的意思。

秦仲丽穿着雨衣推着自行车跑到路口一看,北关街已是一片汪洋。

秦仲丽将自行车扔到一旁,淌着水快步走到路口的排水口处。

她弯下腰从水中捞出一堆杂物扔向便道远处,又弯下腰去捞。

随着杂物的清理,这个排水口开始排水了。

### 82. 北关街南段　午　外

秦仲丽来到又一排水口处,当她把杂物清除后,这个排水口也开始排水了。

秦仲丽正要往前走时,冯大军蹚着水快步走了过来。

秦仲丽:你咋来啦?

冯大军:你带着病,我不放心。

秦仲丽心中一热,笑笑:当初看上你还算没走眼。我没事儿,你回去吧,别误了送彤彤去学校。

冯大军:我已经找了辆出租车让师傅送彤彤去学校了。仲丽,你别掏了,告诉我排水口在哪儿,我来掏。

秦仲丽:街两边的排水口有六七十个呢,你一个人哪能掏得过来。这样吧,你顺着这儿往前走,大概三四十米处就有一个,你用手摸着找吧。

冯大军:好。千万别着急,别累趴下了。

冯大军说完快步朝前走去。

### 83. 同上

秦仲丽来到小饭馆门前的污水井处。

邓秀华正在小饭馆门口用簸箕往门外撮水,看到秦仲丽赶忙喊道:秦姐,快进来避避雨吧,雨太大了。

秦仲丽:排水口都堵了,得赶紧清除杂物,不然水越来越大,等会儿就把屋子淹了。

秦仲丽说完弯下腰清理污水井口的杂物。

邓秀华向屋里喊道:老公,先别扫啦,咱们赶紧先帮秦姐去疏通排水口吧!

### 84. 北关街中段　午　外

秦仲丽走到又一排水口处清理杂物。

何美娟和王大宝、白雪跑了过来。

何美娟:秦姐,哪儿还有排水口,我们帮你清理。

秦仲丽:都被水漫住看不见了。你们到马路对面问问吧,看看对面的人有谁知道哪儿有排水口。

何美娟对王大宝和白雪:你们俩先过去,我再给招呼几个人。

### 85. 同上

秦仲丽向前走了一会儿,看到李彪和小军、小亮正在前面疏通排水口,赶紧走了过去。

李彪和小军将排水口的杂物清除后,小亮用钢筋钩子将水算子勾起来,水哗哗的从排水口往下泻。

秦仲丽走到跟前,高兴地:这个办法好!

李彪:姐,你别管了,这活儿交给我们吧,你去店里歇歇吧。

秦仲丽:我不累,快点儿疏通快点儿将水排下去。鱼肆没进水吧?

李彪:进了点儿,不多,没关系。

后面突然传来喊声:仲丽!

秦仲丽回头一看,见刘兰英走了过来,赶忙迎了过去。

秦仲丽:刘姐,你怎么来啦?

刘兰英:咱们组的人都来啦,大伙儿知道北关街地势低,雨这么大排水口肯定会堵,都过来帮着疏通来啦。

### 86. 北关街全景　日　外

马路两边到处是疏通排水口的人,场面非常壮观。

### 87. 一组近镜头

刘兰英、周山、何美娟、邓秀华、王大宝、白雪、李彪、冯大军等在不同地点奋力清掏着排水口的杂物。

暴雨势头不减,随着多个排水口的疏通,水位逐渐下降了。

### 88. 北关街北段　日　外

秦仲丽疏通完一个排水口后,看到已逐渐下降的水位,脸上露出欣喜的笑容。

突然,她感到一阵头晕目眩,身子晃了晃,仰面倒在了水中,水面溅起一片水花。

秦姐! 附近的何美娟、王大宝、白雪惊叫着跑了过去。

### 89. 医院一病房　日　内

秦仲丽躺在病床上打着点滴,双眼紧闭,面色苍白。冯大军坐在她身边。

病床周围站着刘兰英、周山等第三环卫组的人以及李彪、何美娟、邓秀华、王大宝和白雪等人。

秦仲丽慢慢睁开了眼睛。

大伙儿喜悦地:醒过来了,醒过来了。

秦仲丽慢慢环视了一下周围的人,轻轻吐出几个字:谢谢你们。

秦仲丽说完,眼角滚出了感动的泪水。

### 90. 空镜

晴空万里,阳光明媚。

### 91. 北关街路口　日　外

路口竖立着一块大大的蓝底白字的牌子,上面写着:卫生模范街。落款是:ｘｘ市爱卫会。

### 92. 秦仲丽家　卧室　凌晨　内

秦仲丽和冯大军躺在床上睡着。

秦仲丽猛地睁开了眼,她扭头朝窗户看了看。

透过窗帘,可以看到天已蒙蒙亮。

秦仲丽赶忙坐起来穿衣服。

冯大军也醒了:刚出院,在家歇两天吧。

秦仲丽边穿衣服边说:不放心。

冯大军:刘姐不是说了让周山替你些日子嘛。

秦仲丽下了床:那也不放心。再说,老让人家替心里也不踏实。你再睡会儿吧。

秦仲丽说着走出卧室。


### 93. 北关街路口　凌晨　外

秦仲丽拉着垃圾车走近路口,看到了路口竖着的"卫生模范街"的大牌子。

秦仲丽向前走了几步,又看到了一条巨大的跨街横幅,上面写着一行字。

秦仲丽快步走到跟前一看,红色的横幅上写着一行金黄色的大字:秦仲丽——北关街热爱你!

她久久地望着横幅,眼睛湿润了。


### 94. 北关街中段　凌晨　外

秦仲丽拉着车边走边看,她看到街道非常干净。

唰——唰——前面突然传来扫街的声音。

秦仲丽抬头一看,远处有两个人正在挥动着大扫帚清扫大街。

她快速走过去。


### 95. 同上

扫街的是何美娟和邓秀华。

何美娟看到秦仲丽走了过来,惊喜地对邓秀华:秦姐来啦。

邓秀华抬头看了看,转身朝后喊道:秦姐来啦,秦姐来啦!

随着邓秀华的喊声,李彪、小军、小亮、王大宝、白雪等八九个人扛着扫帚从北面跑了过来。

秦仲丽走到大伙儿跟前:不是有周山替我吗,你们咋……

何美娟:头一天我们就让他回去了,咱们街道有这么多人呢,用别人帮忙多不好意思。

李彪:姐,咋不多歇几天?

秦仲丽笑笑:待不住,再说病也好了。

何美娟:秦姐,你等着,我去拿点儿东西。

何美娟说着转身跑去。

街两边不断地有人跑过来,亲热地问候秦仲丽,秦仲丽笑着应答。

三只小狗跑过来扑在秦仲丽腿上晃动着尾巴,用爪子直挠。

秦仲丽赶忙蹲下将三只小狗一一抱了抱。

何美娟跑了回来,手里拿着个红绸布包。

何美娟走到秦仲丽跟前:秦姐,前两天咱们这条街的商户代表和住户代表开了个会,一致通过了两个决定。一是凡是国家规定的法定休息日,你必须休息,这些日子的卫生由我们轮流负责;二是捐款,早点儿把你女儿的手术做了,让孩子健康地生活学习。(说着把红绸布包递向秦仲丽)全是自愿的。

秦仲丽没接,感动地:大伙儿的心意我领了,这钱我不能收。

邓秀华动情地:秦姐,其实这不是钱,是我们的心,是为了孩子的一片心。秦姐,为了孩子,你无论如何也得收下,千万别冷了大伙儿的这片心呀。

大伙儿齐声地:收下吧,收下吧!

秦仲丽望着大伙儿热情真挚的目光,泪水夺眶而出,哽咽着:我收,我收。

东方,现出金色的霞光。


**尾声**


**96. 大礼堂　日　内**

秦仲丽的报告在继续着。

会场的听众有不少人已是泪花闪闪,有的甚至泪流满面。

秦仲丽:……这十年来,我深深地体会到,一个人的幸福不在于他地位多高,也不在于他多么富有,只要他和老百姓心贴心,得到老百姓的认可和喜爱,那他就是最幸福的人。近两年来,清扫工作的条件虽然有了较大变化和改善,电动三轮车替代了手推车,而且还有汽车运送垃圾,但有一点是不能完全被替代的,那就是扫帚。因此,我也有一个梦,一个平凡的梦,那就是用我手中的扫帚,绘出一个干净美丽的城市!

全场掌声雷动,经久不息。

主题歌《清扫工之歌》起。

手中的大扫帚啊,

唰唰地响,

来把路上的污秽扫荡。

扫啊、扫啊,

扫来了黎明,扫走了霞光;

扫啊、扫啊,

扫来了酷暑,扫走了寒霜。

手中的大扫帚啊,

唰唰地响,

来把路上的污秽扫荡。

扫啊、扫啊,

城市洁净了,像换了新装;

扫啊、扫啊,

城市美丽了,像漂亮新娘。

这就是清扫工——

平凡的梦想;

这就是清扫工——

最高的辉煌!

歌声中闪出秦仲丽一个又一个经典画面,最后定格在秦仲丽用大扫帚扫街的画面上。

(剧终)


(此剧已由河北电影制片厂等单位联合拍成电影,改名为《爱的红围巾》)

# 的哥遇险记

**序幕：**

**1. 一房间　日　内**

昏暗的房间内，刘诚（黑团伙儿头目之一，三十四岁）正在向杨彪（黑团伙儿成员，三十岁）和陆飞（黑团伙儿成员，二十八岁）布置任务。

刘诚：……大哥指示，绑架行动今天傍晚进行，你们俩负责绑架小宝，然后把他藏到刘家沟村后山的那个山洞里。那个山洞不但隐蔽，而且还有信号，便于相互联系。大哥还吩咐，绑架后你们只和大哥单线联系，一切行动听从大哥指挥。

杨彪：谁开车送我们？

刘诚：大哥说不能用咱们的车，现在城内到处都有监控镜头，用咱们的车不安全。盗车时间上又来不及，只能利用出租车。

杨彪、陆飞：明白。

推出片名：的哥遇险记

**2. 青源县县城　夏季傍晚　外**

随着镜头的移动可以看出，这是一座富有山城特征的县城。县城不算太大，绿荫遍覆、高楼林立、色泽鲜明，极具现代化城市气息。

此时，落日的余晖已散尽，笼罩在淡淡暮色中的县城显得十分静谧。

**3. 街道　傍晚　外**

镜头推向一条街道。

街道不算宽，两旁树木浓绿，形成了一条长长的林荫道。

街上来往车辆不多,一辆出租车快速地行驶着。

### 4. 行驶的出租车　傍晚　内

驾车的司机叫毛三,约三十四五岁,相貌朴实善良。此刻,他正用手机和家里通话。

毛三:……刚送完一个客人,正往回赶呢,再有十来分钟就到家了。

通话时,他减缓了车速。通完话他将手机装进裤兜,又提高了车速。

突然,他看到一个瘦高的年轻人从便道跑到路上拦车,赶忙减速将车停下。

### 5. 街道　傍晚　外

拦车的年轻人正是杨彪。

杨彪匆匆走过来拉开前车门,语气很急:师傅,我们去刘家沟村。

在杨彪和毛三说话的同时,便道上一个矮胖的年轻人从地上抱起一个装有东西的大编织袋也匆匆走过来,拉开了后车门。这个年轻人正是陆飞。

毛三见两个年轻人要上车,赶忙笑了笑,歉意地:对不起二位,我儿子今天生日,得早点儿赶回去,刚刚家里还来电话催呢。再等一辆吧。

杨彪着急地:大哥,我们哥儿俩在县城打工,刚刚家里打来电话,说俺娘病危,眼看就不行了,我们等了半天才等着你这辆车。

毛三有些作难:这……

陆飞赶紧地:大哥,到刘家沟村也就十来里地,耽误不了多长时间,您就送送我们吧。

杨彪近乎哀求:再晚了怕见不上老娘了,大哥行行好吧。

毛三动了恻隐之心:那就快上车吧。

谢谢大哥。杨彪和陆飞说着赶紧上了车。

### 6. 街心公园　傍晚　外

王福海(四十岁,县远胜房地产开发公司总经理)和阮丽萍(三十八岁,王福海之妻)从街心公园走出。

阮丽萍着急地:跑哪儿去了呢?

王福海:别着急,再去别处找找。

一辆现代驶过来停在他们身旁,刘忠(三十六岁,远胜房地产开发公司副总)从车上下来。

刘忠:王总,陪嫂子遛弯儿呢?

王福海:哪有心思遛弯儿,小宝不知跑哪儿去了,出来找找。你这是去哪儿?

刘忠笑笑:去健身中心打会儿乒乓球,活动活动,减减肥。

王福海:那快去吧。

刘忠:算啦,我也帮你们找小宝吧。

王福海:那就辛苦你啦。(想了想)刘忠,你去游艺厅看看吧,会不会去哪个游艺厅打游戏去了。

刘忠:行,找到小宝我马上给你打电话。

阮丽萍:那就谢谢你了。

刘忠:嫂子别客气,王总待我跟亲兄弟似的,还提拔我当了副总,为王哥干啥都是应该的。

刘忠说完上了车朝前开去。

王福海望着远去的现代若有所思。

阮丽萍:看啥呢,快找吧。

王福海:走。

王福海和阮丽萍匆匆向前走去。


## 7. 行驶的出租车　傍晚　内

毛三驾车快速向前行驶着。

杨彪望着毛三感激地:大哥,车费我们加倍。

毛三笑笑:那倒不必,该多少是多少。

陆飞赞叹地:好人,大哥真是好人。

毛三突然想起:差点忘了,得给家里打个电话,别让他们等得着急。

杨彪:对对,快打吧。

毛三减缓了车速,从裤兜掏出手机。

## 8. 毛三家客厅　傍晚　内

客厅面积不大,布置简单得体。

饭桌上摆放着几盘刚炒好的菜和一瓶白酒、一瓶红酒,桌边放着一部手机。

小亮(毛三之子,八岁)坐在一旁,喜滋滋地摆弄着一支崭新的塑料冲锋枪。显然,这是他的生日礼物。

兰香(毛三之妻,三十二岁)端着一盘鱼从厨房走出,嘴里哼着:祝你生日快乐……

她刚把鱼盘放在饭桌上,桌边的手机响了。

她拿起手机看了看来电显示,对望着她的小亮:你爸的电话,别不是又拉上客人了吧。(说着按下通话键,对毛三儿)是不是又拉上客人了?……我一猜就是,……知道了,去刘家沟村尽是山路,小心点儿。……别着急,我们等着你。

兰香说完挂了电话。

小亮:我爸又送客人去了?

兰香叹了口气:是。有两人是刘家沟村的,他们的母亲病危。你爸这人就是面子软,架不住人家三句好话。

小亮:那得多会儿才能回来呀?

兰香:刘家沟村离县城不算太远,估计半个来小时就回来了。

敲门声。

兰香赶忙走过去开门,小亮也跟着跑了过去。

兰香打开门,站在门口的是王福海和阮丽萍。

兰香:呦,表哥表嫂来啦,快进来。

小亮礼貌地叫道:大伯大妈。

王福海和阮丽萍应着走进。

王福海看了看饭桌:毛三还没回来?

兰香:没有。说的是早点儿回来给小亮过生日,可客人老是不断,刚来电话说又去刘家沟村送客人去了。找他有事儿?

  王福海:没事儿,我们是来问问小亮,刚才见小宝没。

  小亮:见了,刚那会儿我俩还在楼下踢皮球呢。

  王福海:他后来去哪儿了?

  小亮:回家了呀。我说回家过生日,他说他也回家吃饭。

  王福海:你俩分手多长时间了?

  小亮抬头看了看墙上的挂钟:大概有半个来小时吧。

  王福海:怪了,跑哪儿去了呢?

  兰香:小宝不见了?

  阮丽萍着急地:是呀,该吃饭了没回家,转半天也没找着他,真急死人了。

  兰香:都八九岁了,不会跑丢的。走,我也帮你们去找找。(对小亮)小亮,你在家等你爸。

  王福海:别啦,等毛三回来赶紧给小亮过生日吧,我们再到别处找找。

  兰香:没事儿,快走吧。


**9. 山坳口　傍晚　外**

出租车行至山坳口停下。


**10. 出租车　傍晚　内**

  毛三对杨彪:只能把你们送到这儿了,沟里的路汽车不能走。

  杨彪:这就非常感谢大哥了。多少钱?

  毛三:三十。

  杨彪掏出一张面值五十元的递给毛三:不用找了。

  毛三:那哪儿行。

  毛三说着从衣兜掏出钱,抽出一张二十元的塞给杨彪。

  在他往杨彪手里塞钱的时候,发现后排座下车的年轻人抱起的那个大编织袋晃动了几下,还发出两声“呜呜”声,随之又见那个年轻人神色有些慌张地赶紧将车门关上,抱着大编织袋匆匆朝山坳走去。

  毛三问正要下车的杨彪:装的啥?

　　杨彪似乎也闪出一丝惊慌,赶忙说:噢,走得急没顾上给家买啥,路过集贸市场时顺便买了只羊。(望了望已走出十多米的陆飞)快回家给孩子过生日吧,耽误你这 么长时间真不好意思。

　　杨彪说完关上车门,快速朝陆飞走去。

　　毛三望了望杨彪和陆飞急行的背影,调转车头往回驶去。


**11. 山坳　傍晚　外**

　　山坳里的路崎岖不平,呈上坡之势。

　　走进山坳的杨彪和陆飞回头看了看。

　　杨彪:走了,赶紧上山。

　　俩人匆匆拐向山坡向山上走去。


**12. 行驶的出租车　傍晚　内**

　　毛三放慢了车速,边驾车边思索着什么。


**13. 山林　傍晚　外**

　　杨彪和陆飞走进山林。

　　陆飞把编织袋放在地上:累死我了,歇会儿吧。

　　编织袋里装着的正是王福海和阮丽萍急于寻找的儿子小宝。此时,小宝在里面不停地晃动着,不断地发出"呜呜"声。

　　陆飞朝编织袋踢了两脚,凶狠地:不许乱动不许叫,不然就杀了你!

　　小宝不敢动也不敢叫了。

　　陆飞和杨彪坐了下来。

　　陆飞:大哥说麻醉剂能管两个多小时,咋刚一个来小时就过劲儿了?

　　杨彪:这小子醒来的真不是时候。那个司机刚才看见也听见编织袋里的动静了,很可能会起疑心。

　　陆飞有些惊慌:这可麻烦了。

　　杨彪:刘家沟村后山的那个山洞不能去了,得换个地方。

　　陆飞:那该去哪儿呢? 这一带除了那个隐蔽的山洞,没啥好藏人的地方了。

　　杨彪:去北边的青龙山吧,那儿有个山洞也挺隐蔽的。

　　陆飞:青龙山离这儿少说也有三十多里,该咋去呀?

　　杨彪:给大哥打个电话吧,让他派辆车来。

　　陆飞:大哥不是说了吗,城里到处都有监控镜头,咱们的车出城不安全。

　　杨彪:那就只能到路上再拦个车了。

　　陆飞:可这小子的麻药劲儿已经过了,不好带呀。

　　杨彪:用胶带纸把他的嘴再多缠几层,再把他的手和脚都缠紧了,我看问题不大。

　　陆飞仍不放心:那也不一定保险,万一被司机看出来……

　　杨彪:没事儿,看出来就把他做掉,抢了他的车。

　　陆飞:也只能这样了。咳,刚才要是把那个司机做了就好啦。

　　杨彪:现在说啥也晚了。快缠吧,我给大哥打个电话,把不得不转移藏人地点的原因和他说一声。


**14. 行驶的出租车　傍晚　内**
　　毛三仍在边驾车边思索。


**15.（闪回）出租车　傍晚　内**
　　在他往杨彪手里塞钱的时候,发现后排座下了车的年轻人抱起的那个大编织袋晃动了几下,还发出两声"呜呜"声,随之又见那个年轻人神色有些慌张地赶紧将车门关上,抱着大编织袋匆匆朝山坳走去。

　　毛三问正要下车的杨彪:装的啥?

　　杨彪似乎也闪出一丝惊慌,赶忙说:噢,走得急没顾上给家买啥,路过集贸市场时顺便买了只羊。


**16. 行驶的出租车　傍晚　内**
　　毛三(画外音):咋听着像是小孩的声音呢。……这一带农村家家都养羊,咋还 从城里往回买羊呢?……再说了,急着回家看望病危的老娘,咋还会有心思去买羊呢? 就算是想给家里买点儿啥,也不可能买羊呀,还是只活羊。……很可能有问题,赶紧报警吧。

他从裤兜掏出手机刚要拨号又停住了(画外音):还是先到村里打听打听吧,万一报错了就闹大笑话了。……该以啥理由去呢,万一碰到他们该咋说呢?

他边思索边点着了一支烟。

看到打火机,他一下想到了什么,赶紧打开右边的手抠箱,从里面取出一个既漂亮又高档的打火机。

他把打火机举在眼前看了看(画外音):对,就说在车上发现了这个打火机,想问问是不是他们落下的。表哥送的这个好打火机一直没舍得用,想不到这时候派上用场了。

**17. 山林　暮色　外**
陆飞扛着编织袋,跟在杨彪后面向山下走去。

**18. 山坳口　暮色　外**
出租车驶到山坳口停下,毛三从车上下来,快步向山坳里走去。

**19. 山坡　暮色　外**
陆飞和杨彪正往山下走着,杨彪突然转身将陆飞拉到一棵树后。
陆飞:咋回事儿?
杨彪指指山下:你看,那个出租车司机又回来了,正往刘家沟村走呢。

**20. 山坳　暮色　外**
毛三顺着山坳快步向前走着。

**21. 山坡　暮色　外**
陆飞朝山下看了看:果然是他。
杨彪:看来这家伙真是怀疑上咱们了,是到刘家沟村去打听的。

陆飞:乘他进村正好抢了他的车去青龙山。

杨彪:不行,抢了他的车堵不了他的嘴,公安局很快就会知道。

陆飞:那就下去把他截住做了。

杨彪:这儿离村子不远,在这儿做他不安全。咱们这样(说着附在陆飞耳边)……

陆飞听完:好。


**22. 刘家沟村　暮色　外**

村边,几个老人正坐在树下聊天儿,几个小孩在一旁玩耍。

毛三走了过来:大伯大娘,打听一下,咱们村有没有在县城打工的?

老伯甲:在县城打工的倒是有几个,你找谁呀?

毛三:是哥儿俩,都在县城打工,刚刚回村的。

老伯乙:哥儿俩都在县城打工?(想了想)没有。我们都在这儿唠嗑唠了大半天啦,也没见谁进村儿。

毛三:对啦,是家里打电话叫他们回来的,说是老娘病危快不行了。

老伯甲:没听说谁家的老人病危呀。(问大伙儿)你们听说了吗?

大伙儿:没有,没听说。

老伯甲:你肯定是找错村儿啦,南边还有个彭家沟村,你再去那儿打听打听吧。

毛三:谢谢大伯大娘。

毛三说完转身离去。


**23. 山坳　暮色　外**

毛三边往回走边想(画外音):肯定是绑匪,得赶紧回去向公安局报案。


**24. 山坳口　暮色　外**

毛三走到出租车前用遥控钥匙开了车锁,拉开车门正要上车时,潜伏在大石头后面的杨彪冲上来一棍子将他打昏在地上。

**25. 一组寻找小宝的镜头　夜　外**

王福海、阮丽萍在公园寻找呼喊小宝。

兰香在体育场寻找呼喊小宝。

王福海、阮丽萍在建筑工地寻找呼喊小宝。

兰香在小河边寻找呼喊小宝。

**26. 山间公路　夜　外**

出租车在夜幕下快速行驶着。

**27. 行驶的出租车　夜　内**

驾车的是陆飞,杨彪坐在副驾座,装着小宝的大编织袋放在后座上。

**28. 行驶的出租车　后备厢　夜　内**

毛三被胶带纸缠着双手(缠在身后)双脚塞在后备厢内。

此时,毛三醒了过来。

他明白了是怎么回事儿,用力挣脱着被胶带纸缠着的双手和双脚,但挣扎半天也无济于事。

**29. 行驶的出租车　夜　内**

陆飞:我琢磨了,到青龙山之后,把他放到驾座上,然后把车推到山崖下,造成 他自己开车坠崖的假象,神不知鬼不觉,你说好不好?

杨彪诡谲地一笑:让他这么死价值太小了,对他的利用得取得价值最大化。

陆飞不解:价值最大化? 啥意思?

杨彪:大哥不是说过吗,还票还是撕票要看事情的发展来定。一旦撕票的话,再按你说的办法,让他俩都坠崖而死。这样,绑架的罪名就落在他头上了。让他当替罪羊,咱们全身而退,这就是价值利用最大化。

陆飞高兴地:好,还是你想的远,想的周全。

## 30. 王福海家客厅 夜 内

客厅宽敞、豪华。

王福海和阮丽萍走进。

王福海和阮丽萍边喊着小宝边拉开各屋及厨房、卫生间的门看了看,均没有小宝的影子。

阮丽萍失望地:没回来。

王福海扶阮丽萍走到沙发前:先歇会儿吧。

阮丽萍一下软瘫在沙发上哭了起来:小宝到底去哪儿了呀……

## 31. 青龙山公路 夜 外

出租车驶下公路,开进茂密的森林。

## 32. 森林 夜 外

出租车停下,杨彪和陆飞从车上下来。

杨彪对陆飞小声地:我去那边儿给大哥打个电话,你在这儿守着。

杨彪说完朝一边走去。

陆飞警惕地四下张望。

不一会儿,杨彪走了回来。

陆飞:打完了?

杨彪:没有,山上是盲区,没信号。

陆飞:这可麻烦了。

杨彪:先找那个山洞吧,把他们藏起来再说。

陆飞拉开后车门,将装着小宝的编织袋从车里拽了出来放在地上。

杨彪打开后备厢见毛三已醒过来:这一觉睡得够香的吧?

毛三怒视着杨彪。

杨彪将毛三拽到地上,然后蹲在毛三跟前,伸手拍了拍毛三的脸,阴笑着:到刘家沟村干啥去了,是不是想知道我们是什么人?

毛三依然怒视着杨彪:是。

杨彪:你认为我们是什么人?

毛三愤愤地:绑匪!

杨彪:猜对了,我们就是绑匪。那个编织袋里装的就是我们绑架的人质,是个孩 子。既然你什么都知道了,就老老实实跟我们走,只要你听话,我们可以不杀你,不然的话,(说着从腰里抽出一把匕首在毛三脸前晃了晃)就一刀捅死你。

杨彪说完,用匕首将缠着毛三双脚的胶带纸挑断,又一把将毛三拽了起来:走!

在杨彪和毛三说话的时候,陆飞折了一些树枝将出租车掩盖住。

## 33. 王福海家客厅　夜　内

王福海和阮丽萍拿着手电筒正要出去,刘忠匆匆走进。

刘忠:王总,我把县里的十几个游艺厅都找遍了也没见着小宝。要不发动一下员工找找吧?

王福海:太晚了,不要惊动别人了。你先回吧,我和你嫂子再去小宝的几个同学家看看。

王福海刚说完手机响了。

王福海赶忙从裤兜掏出手机按下通话键:哪位?

对方声音低沉:我是谁不重要。我知道,你现在正为你的宝贝儿子小宝的事儿着急呢。我告诉你,小宝现在在我们手上,而且非常平安,请你放心。

王福海:你想咋样?

对方:这还用问吗,当然是拿钱换小宝。

王福海:要多少钱?

对方:不多,一百万。

王福海:太多了吧,我没那么多,能不能再少些?

对方:一口价。谁不知道你是青源县最大的房地产开发商、全县首富,要一百万已经是最优惠的价格了。

王福海:好吧,我答应你。什么时间交换?

对方:你把现金尽快准备好,等我通知。记住,不要报警,否则……难听的话我不想说,你明白。

王福海:让小宝和我说句话。

对方:不准提任何条件,你只有无条件服从。

对方说完挂了电话。

阮丽萍已然明白是怎么回事儿,腿一软跌坐在地上,哭喊着急问:小宝是不是被绑架了?

王福海:是。他们让拿钱换小宝。

阮丽萍:他们要多少钱?

王福海:一百万。

阮丽萍边哭边急切地:二百万也得把小宝换回来,钱不够就卖房子卖车。

王福海:丽萍,我看还是报警吧。绑匪根本就没有人性,也不可能说话算数,我担心就是给了钱他们也不一定能把小宝还给咱们,报警或许还有可能……

阮丽萍不等王福海把话说完:不行,坚决不能报警。这种事儿我听多了,他们要是知道报了警肯定撕票,这么做就等于毁了儿子!

刘忠把阮丽萍扶起来后对王福海说:王总,我看嫂子说得也对,还是先别急于报警,明天绑匪肯定还会来电话,看看事态的发展再说。

王福海想了想:行吧。刘忠,你明天一上班就让会计去银行提一百万现金,就说业务上用。还有,小宝被绑架的事儿对任何人都不要说。

刘忠:知道,那我先回去了,你们也赶紧休息吧。

刘忠说完走出。

王福海若有所思。


## 34. 山林　夜　外

杨彪手握匕首押着毛三在前面走着,陆飞扛着大编织袋紧跟在后面。

穿过一片密树丛,一个洞口出现在眼前。

杨彪:到了,就是这个山洞。

陆飞四下看了看:真够隐蔽的,是个藏人的好地方。

### 35. 王福海家客厅　夜　内

阮丽萍坐在沙发上哭泣,王福海坐在她身边劝慰着。

王福海:……他们绑架小宝是为了要钱,咱们也答应了他们,不会有事儿的,别太担心。

阮丽萍:咋不担心呀,那帮畜生能好好给他吃给他喝吗,万一再骂他打他……

阮丽萍说着哭得更厉害了。

兰香匆匆走进。

她走到痛哭的阮丽萍跟前:还没找着?

王福海站了起来:兰香,小宝被人绑架了。

兰香大惊:啊,被绑架了,谁告诉你们的?

王福海:他们来电话了,让明天准备好一百万现金换人。

兰香:一百万? 这么多呀? 报警了吗?

王福海:丽萍不让报,怕他们知道了撕票。我琢磨也是先不报为好,先把小宝换回来再说。兰香,你赶紧回家吧,毛三也不知回来没。

兰香:肯定回来了,都这么晚了。

兰香刚说完,小亮拿着手机苦着脸走进:妈,我爸到这会儿都没回来,给他打电话老是关机。我一个人在家害怕。

小亮说完把手机递给兰香。

兰香大感意外,边接手机边说:按说早该回来了呀,难道又送客人去了?

阮丽萍赶忙站了起来:福海,你再给毛三打个电话试试。

王福海:好。

王福海说完从裤兜掏出手机匆匆拨打毛三的电话,手机里传出的声音依然是:您拨打的电话已关机。

王福海:这是咋回事? 就算是送客人也该给家里打个电话呀。……会不会是手机没电了?

兰香:不可能,他还装了块儿备用电池呢。(忽地想到了什么,一下惊慌起来)会不会是翻了车,手机也摔坏了? 去刘家沟村尽是山路。

王福海:先别急。这样吧,我开车和你去趟刘家沟村,沿路找找。

兰香对小亮:小亮,你先在大妈家等我。

阮丽萍:拿上手电。

阮丽萍说着从茶几上拿起两个手电筒走过去递给兰香和王福海。

王福海和兰香匆匆走出。

阮丽萍拉住小亮的手:来,和大妈坐下等。

## 36. 青龙山山洞　夜　内

杨彪和陆飞把火笼着,山洞里亮了起来。

这时可以看到,被胶带纸缠住双手双脚的毛三坐在洞的右边;被胶带纸缠住双手双脚、蒙着眼并封住嘴的小宝坐在洞的左边。

杨彪向陆飞使了个眼色,两人向外走了十几米后停住。

杨彪小声地:我下山去给大哥打个电话,告诉他咱们已经到青龙山了,连问问他们给王福海打了电话没,顺便再买点儿吃的喝的。

陆飞:再想办法弄根绳子,夜里把他们捆在石头上,咱们也好睡会儿。

杨彪:好。

杨彪说着匆匆向洞外走去。

## 37. 路边山沟　夜　外

王福海在山路下的沟里打着手电边向前走边仔细察看。

## 38. 公路边　夜　外

兰香望着沟里时隐时现的手电光也慢慢向前走,不时地向下喊道:表哥千万小心!

## 39. 山洞　夜　内

陆飞坐在火堆旁边抽烟边不断地往火堆上添加枯树枝。

毛三见只有陆飞一个人,觉得是逃跑的好机会。他使劲儿挣扎了一下被胶带纸缠在身后的双手,可怎么也挣脱不开。他又暗暗使了几次劲儿,依然徒劳。

火堆的火势弱了,陆飞又往火堆上添加枯树枝,火又旺了起来。

毛三看到火堆,心里一下有了主意。

他停了一会儿,朝陆飞哀求道:兄弟,给支烟抽吧,我也是一天两包烟的人,见你抽实在瘾得不行了。

陆飞看了看一副可怜相的毛三:看你小子还算老实,就赏你一支吧。

陆飞从烟盒抽出一支烟,用打火机(毛三的那个既漂亮又高档的打火机)把烟点着,站起来向毛三走去。

毛三:谢谢。

陆飞:不用谢,这盒烟本来就是你的。(说着晃晃手里的高档打火机)我还得谢谢从你身上得到这个高档打火机呢。

陆飞刚要把烟塞到毛三嘴里,毛三迅速蜷起双腿奋力猛踹,将猝不及防的陆飞踹倒在地。

毛三又迅速滚过去用头狠狠地磕向陆飞的头,陆飞被磕得昏了过去。

毛三又迅速滚向火堆,将背后的双手伸进火里。

他咬着牙忍了一会儿,缠绑着双手的胶带纸被烧断了。

他又急忙解掉缠住双脚的胶带纸,跑过去将缠着小宝双手双脚的胶带纸解开。

当他将蒙着小宝双眼和封着小宝嘴的胶带纸扯掉时不由得一愣:小宝?

小宝看到毛三也是一愣:表叔?

毛三:小宝,快跑!

毛三说着拉起小宝快速往洞外跑。

小宝由于双腿被捆绑的时间太久,迈不开步,没跑几步就摔倒了。

毛三赶忙将小宝扛起来往外跑。

### 40. 山路　夜　外

王福海从沟坡爬上了公路。

兰香迎了过去。

王福海:这段沟里没有,再往前找找吧。

**41. 山洞口  夜  外**

杨彪提着两个装满东西的大塑料袋走近山洞口。

**42. 山洞  夜  内**

毛三扛着小宝深一脚浅一脚地跑到洞口时,杨彪正走进山洞。

杨彪看到扛着小宝的毛三愣了一下,随即将两个大塑料袋丢在地上,拔出匕首指向毛三,厉声地:站住!

毛三也愣了一下,他将小宝放下,准备和杨彪搏斗时,突然听到后面响起急促的脚步声,回头一看,陆飞握着匕首追了过来。

**43. 山坳口  夜  外**

奥迪驶到山坳口停下,王福海和兰香下了车。

王福海:路上和沟里都没见到毛三的车,这个山坳又根本进不去汽车,我分析毛三有可能被什么人劫持了。

兰香:他一个穷出租车司机,劫持他干啥?

王福海:很可能是为了抢他的车。

兰香惊恐地:那会不会把他……

王福海:现在还不好说。兰香,得赶紧去公安局报案,小宝遭绑架的事儿也必须报。我刚才之所以没报,除了丽萍坚决不让报之外,更主要的是我担心有人监视,所以我不能直接和公安局接触,一旦让绑匪知道了,小宝也就危险了。

兰香:表哥的意思是……

王福海:咱们先上车,边走边和你说。

**44. 行驶的奥迪  夜  内**

王福海边驾车边对兰香说:我的意思是由你代我向公安局报案,并说明我不能直接出面的原因,需要我怎么配合让公安局联系我,或者通过你转告。

兰香:知道了。

### 45. 山洞  夜  内

洞内的火堆依然很旺。

毛三和小宝又被胶带纸缠住了双手双脚。

此时,杨彪和陆飞正在对毛三进行殴打,毛三已鼻青脸肿,嘴角流着血。

小宝在一旁哭喊:别打我表叔,别打我表叔……

杨彪和陆飞打累了,停了下来。

杨彪恶狠狠地:再他妈敢跑我就做了你!

杨彪骂完冲陆飞使了个眼色,向外走去。

### 46. 洞口处  夜  内

杨彪和陆飞走到洞口处。

杨彪:刚才在山下和大哥通了话,大哥说他们已经和王福海交涉了,王福海答应用一百万换小宝,也答应不报警。

陆飞:那太好了。

杨彪:不过大哥又说了,王福海这个人城府挺深,他的话也不能全信,还得观察观察,让咱们别着急。

陆飞:抓了这个出租车司机的事儿和大哥说了吗?

杨彪:说了。大哥说挺好,先留着他,一旦得知王福海报警需要撕票的时候就按咱们说的办法做。

陆飞:如果王福海不报警是不是就放了小宝?

杨彪:大哥是这意思。

陆飞:杨哥,我想无论王福海报不报警小宝都不能放了,必须撕票。

杨彪:为啥?

陆飞:刚才不是都弄清楚了吗,司机叫毛三,是小宝的表叔。毛三必须死,可如果放了小宝,不就等于告诉公安局毛三是咱俩杀的吗?小宝虽然不知道咱俩叫啥,可他已经看到了咱们,模样儿也能说个差不多呀。弄不好哪天再碰了面……

杨彪恍然:还真是。我光顾着乐啦,没想这么多。这样吧,我明天再下山给大哥打个电话,把小宝和司机毛三的关系说一下,建议按咱们说的那个办法把他俩都做了。

陆飞:不是建议,跟大哥说必须这么办,不然麻烦就大了。

### 47. 青源县公安局李局长办公室　夜　内

刑警大队郑队长(三十八岁)正在向李局长(五十岁)汇报案情。

郑队长:……兰香所反映的情况就是这些。刚才我们调取了街上相关路段的录像,从录像中看,毛三的出租车是傍晚七点一刻左右从城东出去的,而王福海夫妇发现小宝失踪是在傍晚六点半左右。从时间来推,小宝遭绑架很可能和毛三失踪有关。一种情况是,毛三和绑匪是同伙儿,他们共同绑架了小宝,用他的车将小宝送往藏匿地点。但这个可能性不大,据兰香讲,他们两家不但是表亲,而且关系也非常好。再者,如果是毛三参与了绑架小宝,一定会很好的掩饰,不可能藏起来不露面,这等于自我暴露。另一种情况是,绑匪绑架了小宝之后,碰巧劫了毛三的出租车去藏匿地点。兰香接到毛三最后一个电话是傍晚七点左右,说是送两个客人到刘家沟村看病危的老娘。我们给刘家沟村的村主任打了电话,他说村里没有谁家的老人病危。这两个客人很可能就是绑匪,他们是用欺骗手段劫持了毛三的车往藏匿地点送人质。遗憾的是提取的录像不清晰,看不清车里人的相貌。当然,也不排除这两个案子并不相关,只是时间上巧合。

李局长:我认为你说的第二种情况可能性极大。可真要是这种情况的话,小宝和毛三就危险了。绑匪一旦知道了小宝和毛三是表侄叔的关系,他们哪一个也不可能放过。

郑队长:是这么回事儿。也可能他们不会那么快就弄清小宝和毛三的关系。再有,这两个案子也可能是互不相关的两个案子。

李局长:这两种可能当然存在,但我们不能存有侥幸心理。鉴于绑匪绑架小宝后,又劫持毛三的出租车将小宝送往藏匿地点的可能性极大,我们必须以此确定侦破思路,在设法尽快引出绑匪的同时,还必须主动出击,争取在最短的时间内查到绑匪藏匿小宝和毛三的地点,安全地把他们解救出来。毛三给兰香打电话说是去刘家沟村送人,刘家沟一带很可能有藏匿地点。但也不能排除这是绑匪故意通过毛三放迷雾,掩盖他们真正的藏匿点。所以,既要把刘家沟那边的南屏山作为搜查重点,也不要放过北边的青龙山和东边的燕子岭。这些地带都是群山密林,山洞也多,极容易藏匿。由于二案合一,有一点必须要注意,为了麻痹绑匪,所有行动都需要秘密进行。

郑队长:明白。

### 48. 王福海家客厅　日　内

阮丽萍坐在沙发上,神情呆滞,王福海陪坐在一旁。

王福海的手机响了。

他从裤兜掏出手机看了看来电显示,赶紧按下通话键:喂,喂,听不清。(他站起来朝阳台方向走了几步)这回听清了,说吧。

### 49. 毛三家客厅　日　内

给王福海打电话的是兰香。

兰香:……郑队长让我转告你,绑匪无论提出在哪儿交换、什么时间交换都要先答应下来,你的手机和表嫂的手机公安局二十四小时都有监听,你们周围随时都有便衣警察监视。

### 50. 王福海家客厅　日　内

王福海:知道啦。

王福海说完挂了电话。

阮丽萍:谁的电话?

王福海:公司会计的,说有笔款打过来了。

阮丽萍:他们咋到这会儿也不来电话呀,真是急死人了。(叹了口气)三十多岁上才有了小宝,他要是出了事儿,我可咋活呀……

阮丽萍说着又流下了泪水。

王福海安慰:别尽往坏处想。我不是说了吗,绑匪的目的是要钱,咱们既然答应了他们的要求,他们不会把小宝咋样的。

阮丽萍又想到毛三:你说毛三会不会出啥事儿?

王福海:我想劫匪劫他是为了用他的车,应该不会有啥事儿。

阮丽萍:但愿如此吧。毛三要是出了事儿,兰香她娘儿俩可咋办呀。

刘忠提着一个皮箱走进。

刘忠:王总,钱备齐了。(走到茶几前将皮箱放到茶几上)您点点吧。

王福海:不用点了。刘忠,我随时都得等他们的电话,公司暂时不能去了,业务上的事儿你就多费心吧。

刘忠:业务运转都很正常,您放心吧。

王福海:对啦,无论公司的人还是外面的人,谁找我都告诉他们我去市里办事儿去了。

刘忠:行。

王福海的手机响了。

他从裤兜掏出手机看了看来电显示,赶忙按下通话键。还没等他开口,对方先说话了。

对方:王总,钱准备好了吗?

王福海:准备好了,一分不少。说吧,什么地方什么时间交换?

对方:那就好,看来王总是个爽快人。等通知吧。

对方说完挂了电话。

阮丽萍着急地:他咋说?

王福海:问钱准备好了没,让等通知。

阮丽萍:这个王八蛋,拿钱咋还这么不痛快。

刘忠:嫂子先别急,我估计他们更急,也许待会儿又来电话了。王总,我先回公司了,有啥事儿需要我办打电话,随叫随到。

阮丽萍:唉,让你也跟着受累了。

刘忠:嫂子别总这么客气,都是应该的。

王福海:好,你先忙去吧。


## 51. 山洞　日　内

毛三和小宝依然被胶带纸缠着双手双脚,并被用绳子捆绑在一块大石头的两侧。

陆飞手里握着一把匕首,坐在一旁边抽烟边盯着他俩。

毛三试图劝说陆飞终止犯罪:兄弟,我看你也不过二十六七岁,还这么年轻,我想劝你两句。

陆飞:劝什么?

毛三:别在犯罪的路上走下去了,犯罪会是什么下场,你不会不知道,我劝你打住吧。

陆飞:你是想让我放了你们?

毛三:对,放了我们就等于放了你自己。你想想,如果杀了我们,你会是什么下场? 俗话说,天网恢恢疏而不漏,你能逃脱法律的制裁吗?

陆飞:放你的狗屁。你以为老子是三岁小孩呢,放了你们就等于老子把自己送进大狱!

毛三:不放我们你进的就不是大狱了,是地狱!

陆飞气恼地:你敢咒老子,(说着走过去把匕首伸到毛三脸前)信不信我现在就杀了你!

毛三哀叹一声:我现在才真正理解什么叫与虎谋皮了。

陆飞吼道:老子就是虎,是吃人的虎!

毛三蔑视地:可悲,真可悲。

陆飞依然喊道:可悲的是你,你很快就会去阎王爷那儿报到!

杨彪走了进来:干什么呢?

陆飞:这小子想策反我呢。(又冲毛三)你也不看看你是个啥东西,一个开出租车的臭司机!

杨彪:先别理他了。走,跟你说个事儿。

陆飞跟着杨彪往外走去。


**52. 洞口处　日　内**

杨彪和陆飞走到洞口处。

杨彪:我打电话和大哥说了小宝和毛三的关系,大哥说他已经知道了。

陆飞:大哥咋知道的?

杨彪:是监视王福海的人打听到的。他们昨天夜里发现王福海和一个女人去了刘家沟了,后来一打听才知道,那个女人叫兰香,是毛三的老婆,他们是去找毛三的。由此又打听到,他们两家是表亲,毛三是王福海的表弟。

陆飞:咋会这么巧,竟然拦了他的车。和大哥说了咱们的意思了吗?

杨彪:说了,大哥和咱俩想的一样,把他俩都做了。

陆飞:太好了,白天黑夜地盯着都快把我累死了。等晚上就动手吧。

杨彪:大哥说暂时还不能做他们。

陆飞:为啥?

杨彪:大哥说万一在拿到钱之前汽车和他们的尸体被人发现了,那一百万就落空了。大哥的意思是等拿到钱之后再做他们。

陆飞:估计啥时候能拿上钱?

杨彪:这不好说。对啦,大哥还让咱们今天夜里转移到东边的和庆县去,说这儿不能待了。

陆飞:为啥?

杨彪:毛三他老婆没找到毛三,昨天夜里报案了,公安局正在查找毛三呢。大哥说既然毛三给他老婆打电话说过去刘家沟村送人的事儿,公安局肯定会把南屏山和青龙山这一带山区作为搜查重点。

陆飞:这可麻烦了。去和庆县藏哪儿呀,我对那边可不熟。

杨彪:我熟。我以前跑大车时常去和庆县卧虎山拉煤,那儿有几个早已废弃的小煤窑,藏在那儿肯定安全。

陆飞:路上不知安全不,公安局肯定注意上毛三的车了。

杨彪:半夜两三点走问题不大。先前跑大车时为了躲避超载检查,我还知道两条山间小路,可以绕开大路。


### 53. 王福海家客厅　傍晚　内

阮丽萍躺靠在沙发上,面容憔悴。王福海在客厅踱来踱去。

刘忠走进:王总,来电话没?

王福海:没来。

阮丽萍坐了起来:他们怎么这么不讲信用,都一天了也不说在哪儿交换。

王福海:绑匪讲啥信用,估计是怕咱们报警,还在观察呢。

阮丽萍:可咱们并没报警呀。

王福海:关键是他们不一定相信。再等等吧,急也没用,主动权在他们手里,只能听他们安排。

王福海刚说完,手机响了。

王福海从裤兜掏出手机看了看来电显示,赶忙按下通话键,生气地:你们太不够意思了吧,我可是完全按照你们说的做了,钱一分不少也没有报警,甚至连街坊邻居都没让他们知道小宝的事儿。

对方嘿嘿一笑:不好意思,我们的业务也很忙。王总,我现在通知你,半个小时 后在体育场门口见。记住,只能你一个人来。

对方说完挂了电话。

阮丽萍急切地:是不是可以换人了,啥时候,在哪儿?

王福海:体育场门口,半个小时后。

阮丽萍高兴地:我也去,我得亲自把儿子接回来。

王福海:人家说了,只让我一个人去,你要去了人家不出来见该咋办?

阮丽萍:好好,那我不去了,你快去吧,快去吧。

刘忠:王总,是不是和公安局打个招呼,让他们派人暗中保护一下,别出啥意外。

王福海:不用了。既然说了不报警咱就不报警,虽说代价大了点儿,能换回小宝的平安也值。

刘忠:要不我开着车悄悄在后面跟着你吧,一旦有个啥情况也好照应。

王福海:千万别,万一让他们察觉出来还以为是便衣警察跟着呢,更坏事儿了。你就在家陪你嫂子吧,我估计一会儿就能回来。

刘忠:行,那你千万小心。

王福海:我知道。

王福海边说边从茶几上提起皮箱往外走去。


## 54. 高楼一房间 傍晚 内

两个人正站在窗前,注视着对面的体育场。

一辆奥迪向体育场门口驶来。

一人举起望远镜望了望:王福海的车。

另一人用对讲机报告:郑队,王福海的车已到体育场门前。

郑队:好,绑匪一旦出现,一定要死死盯住他们,摸清他们的去向。

报告人:明白。

### 55. 奥迪　傍晚　内

王福海将车停在体育场门前刚要下车,手机响了。

他赶忙从裤兜掏出手机按下通话键:我到了,你们过来吧。

对方:看到了。不过交换地点又变了,你马上赶到胜利大桥东头。

### 56. 高楼一房间　傍晚　内

报告人继续报告:郑队,王福海的车又往南开走了。

郑队:知道了。你们远远地跟上,千万不要被绑匪发现。

报告人:明白。

### 57. 王福海家客厅　傍晚　内

阮丽萍正和刘忠说着话。

阮丽萍:……总算有着落啦,这两天都快急死我了。

刘忠:嫂子,不是我多想,你说王总一个人去会不会有啥危险?

阮丽萍:不会。他们是为了要钱,一百万都给他们了,还能咋样。

刘忠:可他们毕竟是没有人性的绑匪呀。你说咱们是不是给公安局打个电话,让……

阮丽萍不等刘忠把话说完:千万不能打,千万不能打,这要让绑匪知道了不但会停止交换,闹不好还会撕票。

刘忠:那就听嫂子的。

### 58. 行驶的奥迪　傍晚　内

王福海驾车驶近胜利大桥时,手机又响了。

他从裤兜掏出手机刚按下通话键,里面就传出:不要停车,继续往前开。

王福海:到什么地方？

对方:一会儿再告诉你。

对方说完挂了电话。

王福海无奈,只得继续往前开。

### 59. 县公安局李局长办公室　夜　内

郑队长正在向李局长汇报监视情况。

郑队长:……绑匪先后换了五个地点,但一直都没露面,最后又通知王福海改时间。

李局长:真够狡猾的。搜查情况咋样?

郑队长:今天先集中力量搜查南屏山一带,到目前为止还没消息。明天准备对青龙山一带搜查。

李局长:除了搜查之外还要走访一下山区的村民和饭店、小卖部啥的,看看能不能发现什么线索。如果他们真的藏匿在山里,很有可能要出来买吃的喝的。

郑队长:已经安排了。

李局长:好。

### 60. 王福海家客厅　夜　内

阮丽萍着急地:天都黑了,咋还没回来呀? 不会是把福海也绑了吧?

刘忠:我也担心发生这事儿,刚才真应该……

刘忠话没说完,王福海提着皮箱走进。

阮丽萍赶忙站起来:小宝呢?

王福海走过来把皮箱放在茶几上:这些王八蛋说话根本不算数,一会儿让我去这儿一会儿又让我去那儿,换了四五个地方也没见着他们的影子,最后又说另选时间。

阮丽萍一下瘫坐在沙发上哭了起来。

### 61. 山洞　夜　内

陆飞扛着编织袋往外走,编织袋里装着小宝。

杨彪手握匕首押着毛三跟在后面,毛三虽然被解去了缠住双脚的胶带纸,但双手依然被缠在背后,嘴也被胶带纸封住了。

## 62. 王福海家客厅　夜　内

刘忠:王总、嫂子,既然他们说话不算数,我看就报警吧。

阮丽萍立即回应:不行,坚决不能报。

王福海:这么长时间都等了就再等等吧。

刘忠:我是怕这么拖下去……

王福海:他们的目的是要钱,估计不会把小宝咋样的。

刘忠:那就再等等看。

## 63. 山林　夜　外

陆飞扛着编织袋、杨彪押着毛三在山林走着。

毛三(画外音):公安局肯定在找我们,怎么才能让公安局知道我们在青龙山呢?

杨彪低声催促:快点儿走!

毛三看到前面的一大石块,一下有了主意。

他走到大石头块时一下坐倒在大石头旁,嘴里发出"呜呜"声。

走在前面的陆飞转回身:咋的了?

毛三抬抬右脚,"呜呜"声更凄惨了。

与此同时,他将背后的手在石棱上划破了一个手指,在石壁上用血写下"SOS"——求救标记。

杨彪:这小子把脚崴了啦。(随之用力将毛三拽起来)老子搀你走。

毛三故意装出一瘸一拐的样子,在杨彪的搀扶下向前走去。

特写镜头:大石头上的"SOS"。

## 64. 青龙山公路　夜　外

出租车从山林里倒出来又倒到公路上,黑着灯向前驶去。

**65. 行驶的出租车　夜　内**

陆飞驾车,副驾座上放着编织袋。

杨彪手握匕首,和毛三坐在后座上。此时的毛三又被胶带纸蒙住了双眼。

毛三(画外音):坏了,看来他们是要离开青龙山了。留下的那个求救标记很可能会误导警察。

**66. 青龙山山下公路　凌晨　外**

一辆中型面包车停在路旁。

车上下来十几个人,从他们的装束和拿的东西来看,像是一个旅游团队,大有"莫道君行早"的意境。

领队的向大伙交代了几句什么,大伙儿便分散开上了山。

两个年轻人走在一起,边走边聊。

年轻人甲:我还是第一次来青龙山,真够壮观的。

年轻人乙:我听说这个山上有狼,你可小心点儿。

年轻人甲:甭吓唬我,有狼也不怕。

年轻人甲说着用手拍拍腰。

**67. 空镜**

卧虎山山区,苍山如海,云遮雾罩,茫茫无际。

镜头由卧虎山山区全景推向一处废弃的煤窑口。

**68. 卧虎山废弃煤窑　日　内**

毛三眼上的胶带纸已被扯掉,但双手还被胶带纸缠着,并被用绳子捆在一根立柱上。

小宝依然被胶带纸缠着双手双脚,靠着窑壁坐着。

陆飞坐在一块石头支着的大木板上,边抽烟边打开手机看了看时间(自语):咋还不回来,都两个多小时了。

毛三看了看陆飞:兄弟,这是什么地方?

陆飞合上手机:看不见吗？废煤窑。

毛三:我是说地名。

陆飞:放你的时候会告诉你的。

毛三冷冷一笑:骗鬼去吧,我知道你们是不可能放了我的。就是死,也得让我知道死在哪儿吧?

陆飞:那就等你死的时候再告诉你吧。

杨彪走进,大包小包提着一堆东西。

陆飞:咋买这么多东西?

杨彪边把东西放下边说:吃的喝的,买次东西不容易,多买了点儿,还买了两块儿毛巾被,山里头晚上太冷。

陆飞:咋去这么长时间?

杨彪没回答,使了个眼色向外走去。

陆飞赶紧跟了过去。

## 69. 窑口处　日　外

杨彪和陆飞走到窑口处。

杨彪:咱们藏车的那个地方离煤窑太近,万一被人发现了咱们这儿就不安全了,我又把车藏到别处才下的山。

陆飞:安全吗?

杨彪:绝对安全。大峡谷里面一个刚能开进车的山缝里,我又在山缝口做了伪装,就是走到跟前也看不出来。

陆飞:和大哥通话了吗?

杨彪:通了,大哥说昨天傍晚约王福海出来试探了一下,证明王福海确实没报警。

陆飞:那还不赶紧把事儿办了,还等啥?

杨彪:大哥说还得再观察观察,这可是掉脑袋的事儿,必须得有百分之一百二的把握。

陆飞:没办法,那就等吧。

**70. 青龙山山林　日　外**

旅游团的那两个年轻人走进一片山林,边走边四处察看,似乎在寻找什么。

走到一个大石块旁,年轻人甲说:歇会儿吧,这一上午马不停蹄的,腿都不听使唤啦。

年轻人甲说着坐在了大石块上。

年轻人乙站在他对面正要说什么,目光突然落在了大石块上。

年轻人甲:看啥呢,发现宝贝啦?

年轻人乙赶忙把年轻人甲从石块上拉下来,指着大石块的下方说:你看,求救标记。

年轻人甲一看,大石块下方写了个"SOS"。

年轻人乙蹲在大石块前仔细看了看:像是血迹,写上的时间不算太长。

年轻人甲兴奋起来:看来就在这一带,赶快找。

年轻人甲说着从腰间拔出手枪。

现在可以看出,他们并不是来旅游的,而是公安局的便衣警察。


**71. 县公安局李局长办公室　傍晚　内**

李局长正坐在办公桌前用手机听电话。

李局长:……好,就这样,你们往回赶吧。

李局长刚合上手机,郑队长走进。

郑队长:李局,有线索了。

李局长:噢,快说说。

郑队长坐在办公桌前:刑警大队在青龙山搜索了一天,发现了三个重要情况。一是在一块大石头的石壁上,发现了用血写的"SOS"求救标记,从血迹的颜色来看写上去的时间不算太长;二是发现了一个非常隐蔽的山洞,洞里不但有食物垃圾、酒瓶和矿泉水瓶啥的,还有一大堆灰烬,灰烬还有余热;三是在一片密林深处发现了汽车轮胎的印迹,印迹还非常新。此外,还从山下路边店的一个老板那里了解到,前天夜里九点来钟,有个三十来岁的年轻人到他店里买了两大塑料袋吃的喝的。由此来看,咱们起初的分析没错,劫持毛三的和绑架小宝的就是同一伙儿人。他们先是把毛三和 小宝藏在这个洞里,后来可能听到什么风声又转移了,那个求救标记极有可能就是毛三在被转移的过程中留下的。再从汽车不见的情况来看,转移的地点不会太近。

李局长:你的推断没错。你估计绑匪会把毛三和小宝转移到什么地方?

郑队长:我估计也不会太远。绑匪也清楚,毛三失踪后他的出租车肯定会被公安局作为查找的重要目标,如果走得太远路上不安全。具体会转移到什么地方还没发现明显线索,我也说不准。

李局长:咱们县除了南屏山和青龙山之外,容易藏身的地方还有东边的燕子岭。而燕子岭离青龙山不远,相距也不过几里地,既然他们认为青龙山不安全了,那么藏在燕子岭的可能性也不大。我认为,他们很有可能会去东边的和庆县。而和庆县最有可能藏人的地方是和咱们县相连的卧虎山山区。卧虎山山区方圆几十里,不但山多林密,而且地形复杂,有的地方甚至人迹罕至,这一带应当作为搜查重点。由于卧虎山山区地域广阔,你们的人手肯定不够,你跟和庆县的刑警大队联系一下,请他们给予支持。

郑队长:好。李局,今天到现在绑匪也没和王福海联系,会不会是知道王福海报警了?

李局长:应该不会。如果他们知道了王福海报警的话,就没有转移毛三和小宝的必要了。他们肯定是还不放心,仍在观察。对了,有件事儿忘了和你说了。

郑队长:啥事儿?

李局长:赵局刚才来电话了,他们在鞍山市通过调查,已经发现了诈骗王福海他们公司二百万材料款一案的线索了,嫌疑人也已经锁定。

郑队长:是吗,太好了。


## 72. 王福海家客厅　傍晚　内

阮丽萍坐在沙发上哭泣,坐在她身旁的王福海正在劝说。

王福海:……别哭了,也许一会就来电话了。

阮丽萍:我可怜的小宝,不知遭多大的罪呢,他从小没吃过一点儿苦呀……

王福海:事已至此,就多往宽里想吧。

阮丽萍:咋往宽里想,落到那帮畜生手里能有好儿吗? 小宝要是出了事儿我就不活了……

阮丽萍说着哭得更厉害了。

刘忠走进:王总,还没消息?

刘忠说着走过来坐在一旁。

王福海:没有,今儿一天都没来电话。

刘忠愤愤地:这帮畜生,到底是咋回事儿?

王福海:会不会是怀疑我报警了,不放心。

阮丽萍哭骂:一帮胆小鬼,没胆量就别干这事儿。还是一帮蠢猪,连报没报警都看不出来!

**73. 废弃煤窑　傍晚　内**

陆飞坐在木板上抽烟,毛三依然被绑在木柱上,小宝坐在一旁。

杨彪走进来朝陆飞招招手,陆飞随杨彪朝外走去。

**74. 窑口处　傍晚　内**

杨彪和陆飞走到窑口处。

杨彪:打次电话真不容易,来回得走一个多小时。

陆飞:大哥他们拿到钱了吗?

杨彪:还没有。不过大哥说了,明天晚上了结此事,让咱们明天后半夜把他俩葬身悬崖。

陆飞:总算有盼头了,这两天都快把我熬死了。一会儿喝点儿酒预祝一下。

**75. 废弃煤窑　傍晚　内**

毛三朝外看了看,对小宝悄声地:小宝,有机会想办法逃跑。

小宝:手和脚都捆着呢,咋逃跑呀?

毛三:胶带纸不结实,看他们不注意的时候靠在石头棱上蹭,能蹭断。

小宝点点头。

### 76. 王福海家客厅　夜　内

王福海的手机响了一声短信提示音。

王福海从裤兜掏出手机打开看了看又合上。

刘忠:是不是他们发来的?

王福海淡淡地:不是,推销产品的。

刘忠站起来:王总,看来他们今天不会来电话了,和嫂子早点儿休息吧。

刘忠说着站了起来。

王福海也站了起来:刘忠,你明天去趟公安局吧,问问诈骗咱们公司二百万材料款的案子有点儿眉目没,都一个多月了,我心里着急。为避免绑匪产生错觉,我不便去公安局,也不便给公安局打电话。

刘忠:行,我明天一上班就去。

刘忠刚说完,王福海拿在手中的手机响了。

阮丽萍腾地站了起来。

王福海赶忙打开手机按下通话键,气愤地:太过分了吧!

对方嘿嘿笑了两声:别生气王总,你也知道,我们干的是高危作业,玩命的活儿,不得不谨慎,请你理解。

王福海依然气愤地:还要拖到什么时候?

对方:具体时间不能告诉你,但肯定不会太久。今天给你打电话是告诉你,交换地点不在咱们县,是外地,你有个思想准备。同时也向你报个平安,小宝现在一切都好,请放心。

对方说完挂了电话。

阮丽萍急切地:他们说啥?

王福海:交换地点定在外地,时间没定,只说不会太久,还说小宝一切都好。

阮丽萍气愤地:这帮畜生,咋这么能折磨人呀!

### 77. 废弃煤窑　夜　内

杨彪和陆飞吃着烧鸡喝着酒,两人都已有些醉意。

小宝坐靠着窑壁,后面的手在一块石头上不断地用力蹭着。

毛三紧张地一会儿看看小宝,一会儿看看杨彪和陆飞。

杨彪:兄弟,完事儿后你准备干啥呀?

陆飞:啥也不干,先足足睡上两天,把这两天的觉都补回来。

杨彪:我也先得睡两天。兄弟,完事儿后咱俩出趟国吧,长这么大还没出过国呢。

陆飞:去哪儿?

杨彪:去泰国吧,听说那儿有脱衣表演,开开眼。

陆飞:行,连看看那儿的人妖,听说人妖都是男的,但比真女人还女人。

杨彪哈哈一笑:行,就这么定啦。已经喝不少啦,别喝了,别误了大事儿。……哎呀,真犯困。兄弟,咱俩轮着睡会儿吧,你盯前半夜,我盯后半夜。

陆飞:行。

杨彪站起来走到毛三跟前看了看捆绑的绳子:你……你小子可别打逃跑的主意,你要……要是跑了,我们就杀了小宝。

毛三:我倒是想跑,让你们捆得跟捆粽子似的,跑得了吗。

杨彪嘿嘿一笑:量你也跑不了。

杨彪说完摇摇晃晃地走到木板前躺倒在木板上,又把毛巾被盖上,顷刻间鼾声大作。

陆飞抽完一支烟,感到有些冷,把毛巾被披在身上,靠着木板坐了下来。

小宝背后的手继续在石头棱上蹭着,双手已被蹭出了血。

### 78. 空镜

夜幕笼罩下的卧虎山,万籁俱寂,茫然无边,显得阴森恐怖。

### 79. 废弃煤窑　夜　内

陆飞也不知不觉地睡着了,身子斜靠在木板上,鼾声更响。

小宝已将缠着双手的胶带纸蹭断,他举起双手朝毛三笑笑,又去解缠着双脚的胶带纸。

毛三盯着杨彪和陆飞。

小宝将缠着双脚的胶带纸解开,急着往起站。

毛三小声地:先别动。

毛三故意咳了两声,见杨彪和陆飞依然鼾声大作,冲小宝小声地:起来吧。

小宝站起来一瘸一拐地悄悄走到毛三跟前,给毛三解捆在身上的绳子。

毛三紧张地盯着杨彪和陆飞。

小宝解了半天解不开:太紧了,我解不开。

毛三:别解绳子了,先把我手上的胶带纸解开。

小宝很快解开了缠住毛三双手的胶带纸。

毛三用力挣脱了一会儿,将两只胳膊从绳子中抽了出来,然后又迅速将缠着双脚的胶带纸解开。

他拉起小宝正要走,陆飞突然说起了话:别走,先别走……

毛三吓了一跳,赶忙拉小宝蹲下。

俄而,陆飞又响起鼾声。原来他是在说梦话。

毛三拉着小宝,轻轻地挪动步子,绕过杨彪和陆飞向外走去。

杨彪突然惊叫一声猛地坐了起来。

陆飞也被惊醒了,他看了看杨彪:咋的啦?

杨彪额头上渗出一层汗珠,惊恐地:真可怕,做了个噩梦,梦见咱俩都被枪毙了,太可怕了。(他突然两眼发直)他俩跑啦!

陆飞扭头一看,毛三和小宝都已不见踪影。

杨彪腾地从木板上跳下来:快追!


**80. 窑口处　夜　内**

毛三拉着小宝快速往外跑着,跑到窑口处时,小宝一下闪倒了。

毛三赶忙把小宝拉起来:快跑!

小宝跑了两步站住了:表叔,我的脚崴了,疼得厉害。

毛三赶忙将小宝背起来,快速跑出窑口。

后面,杨彪和陆飞快速地追了过来。

## 81. 废弃煤窑外　夜　外

毛三背着小宝慌不择路地飞跑。

杨彪和陆飞在后面猛追。

毛三跑着跑着一下闪倒了,小宝滚到了一旁。

他赶紧爬起来欲拉小宝时,杨彪已经追了上来。

毛三奋力和杨彪厮打,将杨彪打倒在地上。

赶上来的陆飞又冲上去抓毛三,毛三又和陆飞厮打在一起。

杨彪爬起来欲冲上去,小宝一把抱住他一条腿,冲毛三大喊:表叔快跑!

杨彪欲挣脱开,但小宝死死地将他的腿抱住,一时挣脱不开。

小宝继续大喊:表叔快跑……

毛三猛地将陆飞推倒,转身向山林跑去。

杨彪用另一只脚狠狠踢了小宝几脚才挣脱开,对爬起来的陆飞说:你看住小宝,我去追。

杨彪说着拔出匕首快速追了过去。

## 82. 山林　夜　外

毛三在林中飞速地奔跑。

杨彪在后面快速地猛追。

## 83. 山崖　夜　外

毛三跑到山崖上,他探头朝下一看,山崖非常陡峭,下面是一条河。

他转回身再想往别处跑时,杨彪已追到跟前。

杨彪冷冷一笑:毛三,你跑不了啦,老老实实跟我回去,不然我就捅了你!

杨彪边说边往前走。

毛三:老子就是死也不会死在你这个畜生手里。

毛三说完,转身跳下山崖。

杨彪大惊,他走到山崖边朝下看了看,转身离去。

### 84. 废弃煤窑 夜 内

小宝又被用胶带纸缠住了双手和双脚,躺在地上。

陆飞狠狠踢了小宝两脚:小兔崽子,再敢跑就杀了你!

陆飞走回木板前坐下,边抽烟边朝窑外看。

杨彪走进。

陆飞急问:跑了?

杨彪:跳崖了。

小宝大哭:还我表叔,你们还我表叔……

陆飞冲小宝喊道:别哭,再哭就杀了你!(转向杨彪)会不会摔死?

杨彪:难说。下面是条河,不一定能摔死。

陆飞:咋不下去看看?

杨彪:山崖太陡,天又黑,不知从哪儿能下去。

陆飞:这可麻烦了,该咋办呀?

杨彪:明天问问大哥吧。这儿不能待了,毛三要是没摔死肯定会报警。

陆飞:那去哪儿?

杨彪:我下山买东西的时候路过一个废弃的砖瓦窑,离村子也挺远,咱们就去那儿。

陆飞:出了山不更危险吗?

杨彪:人们不是常说吗,越是危险的地方越安全,就算是毛三没摔死报了警,警察也不会想到咱们敢藏在那儿。

陆飞:也是,那就赶快走吧。

### 85. 山崖下河边 夜 外

趴在河边的毛三醒了过来,他的下半身依然浸泡在河水里。

他抬头看了看山崖(画外音):真是万幸,没摔死。……得赶紧报警,把那俩王 八蛋抓起来。

他站起来顺着河边向前走去。

走着走着他忽地想起了什么,又站住了。

**86.（闪回）废弃煤窑　夜　内**

杨彪站起来走到毛三跟前看了看捆绑的绳子:你……你小子可别打逃跑的主意,你要……要是跑了,我们就杀了小宝。

**87. 河边　夜　外**

毛三(画外音):走出大山不知得多长时间,得先把小宝救出来。

他朝山壁看了看,选择了一处开始往上攀爬。

**88. 山崖上　夜　外**

毛三爬上山崖。

他站在山崖辨别了一下方向,匆匆向山下走去。

**89. 田野　夜　外**

杨彪一手提着大塑料袋,一手提着毛巾被走在前面。陆飞扛着装有小宝的大编织袋紧跟在杨彪后面。

陆飞:还有多远?

杨彪:快了,翻过前面那个土坡就到了。

**90. 废弃煤窑口　夜　外**

毛三双手握着一根粗木棍走近窑口。

他站在窑口仔细听了听,然后悄悄地向窑里摸去。

**91. 废弃煤窑　夜　内**

毛三双手握着木棍向前走几步停下来听听,然后再悄悄往里走。

毛三走到窑底一看:窑里一个人都不见了。

毛三(画外音):看来是转移了,小宝还没被害。

**92. 废弃的砖瓦窑　夜　内**

被胶带纸缠着双手双脚的小宝坐靠在窑内一角,陆飞站在一旁不时地向窑口张望。

杨彪匆匆走进。

陆飞赶忙迎过去:大哥咋说?

杨彪:大哥很生气,让咱们务必赶快找到毛三,活要见人死要见尸,如果明天天黑之前找不到毛三,就放弃这次行动,让咱俩到海南躲一阵子。

陆飞:他要是摔死还好说,要不然这茫茫大山还真不好找。

杨彪:没办法,只能碰运气了。(扭头看了看小宝)把他绑到砖架子上,再用胶带纸封住嘴,咱俩一块儿去找。

### 93. 县公安局李局长办公室 凌晨 内

李局长坐在办公桌前用手搓搓脸,然后站起来走到窗前将窗帘拉开。

窗外,天色已发亮。

郑队长走进:李局,刑警大队的同志们已经赶到和庆县卧虎山下,在和庆县刑警大队的配合下,搜索行动已经开始了。

李局长:好。这边有什么动静吗?

郑队长:没有。

李局长:继续监视,他们不会拖得时间太长,今天很可能会出现。

郑队长:明白。

### 94. 山洞口 凌晨 外

毛三提着棍子从一个山洞走出。

他四下望了望(画外音):他们会藏到哪儿呢?

### 95. 山崖下河边 凌晨 外

杨彪和陆飞在山崖下寻找毛三。

陆飞朝山崖上看了看:是不是从这儿跳下来的?

杨彪:没错,就是从这儿跳下来的。

陆飞又看了看大河:会不会掉到河里被水冲走了?

杨彪:有可能。咱们沿着河边往前找找。

**96. 又一废弃煤窑　晨　外**

毛三走到煤窑口听了听,双手握住棍子悄悄往里走去。

**97. 煤窑里　晨　内**

这个煤窑不深,毛三走到窑底看了看,一个人影都没有。

**98. 山崖下河边　晨　外**

杨彪和陆飞沿着河边继续向前找。

走在前面的陆飞突然喊道:杨哥你看,这儿有脚印儿!

杨彪走过来一看,河边果然有一溜清晰的脚印儿。

杨彪:看来没摔死也没被河水冲走。咱们顺着脚印儿赶快追。

他俩向前跑了不远,脚印儿没了。

杨彪看了看水势汹涌的大河,又朝崖壁看了看:他不可能过河,肯定是从这儿爬上去了,赶快上去找。

**99. 又一山洞洞口　日　外**

毛三悄悄走到洞口听了听,握着木棍朝洞里走去。

**100. 山洞里　日　内**

毛三走进洞里,一直走到洞底也没见人影。

毛三(画外音):他们到底藏哪儿了呢?

**101. 山林　日　外**

杨彪和陆飞在山林搜寻毛三。

陆飞看到一片茂密的矮树丛:会不会藏在这里?

杨彪扒开茂密的矮树丛看了看:没有。

陆飞:那会不会逃回青源县了?

杨彪:忘了和你说了,大哥听说毛三逃走后也想到这儿了,他说县里他会安排人截查的。

### 102. 毛三家客厅　午　内

兰香和小亮正坐在桌前吃饭。

小亮吃了两口放下筷子,无精打采地:妈妈,我吃不下,想爸爸。

兰香:警察叔叔会把你爸找回来的,快吃吧,吃完睡会儿,下午还得上学。

敲门声。

小亮一愣,随即欢喜地:是不是我爸回来了?

兰香赶忙站起来去开门,小亮也赶紧站起来跟了过去。

兰香把门打开一看,门口站着两个三十来岁的年轻人,一个长脸,一个圆脸。

小亮失望的样子。

兰香:你们找谁?

"长脸":毛三哥在家吗?

兰香:你们是……

"圆脸":我们是市里的,和毛三哥是朋友。今儿到县里来跑点儿业务,想包毛哥的车用两天。

兰香:噢,怪不得你们不知道,他出事儿啦。

"长脸":出啥事儿啦?

兰香:他大前天晚上失踪了,到现在一点消息都没有。

"长脸":真是想不到。

兰香:进来坐会儿吧。

"圆脸":不坐啦。嫂子也别着急,毛哥是个好人,好人自有天佑,不会有事儿的。我们改天再来。

### 103. 居民楼一单元门口　午　外

"长脸"和"圆脸"从单元门口走出。

"长脸"边走边用手机通话:大哥,我们刚去他家了,从他老婆的神色和说话的口气看,他确实没回家……好,我们马上过去看看。

"长脸"合上手机:大哥让咱们再去汽车站看看。

### 104. 山林　下午　外
杨彪和陆飞继续在山林寻找毛三。

杨彪:我想起来了,那小子会不会再返回煤窑去救小宝?

陆飞:有这个可能。

杨彪:赶快再回煤窑看看。

两人快步向山下走去。

### 105. 山岗　下午　外
毛三从山岗的林中走出,一副焦急的样子。

他站在山岗朝前望了望。

顺着他的视线望去,可看到远处有个村庄。

毛三(画外音):前面有个村子,既然找不到就先报警吧。

他从山岗上下来,朝着远处的村庄走去。

### 106. 废弃煤窑　下午　内
杨彪和陆飞走到窑底。

杨彪察看了一下:也许是没来这儿。你看,咱们落下的半瓶矿泉水和两个橘子都没动。

陆飞:杨哥,这么长时间了,他就是没回青源县也肯定出了山了。我看赶紧下山给大哥打个电话吧,取消这次行动算了。

杨彪:费了这么大的劲儿真是不甘心。再找一会儿试试看,如果还找不到就给大哥打电话。

### 107. 村边小卖部　下午　内
一个二十来岁的姑娘正趴在柜台上看书,头发蓬乱、浑身脏兮兮的毛三拿着木棍走进。

年轻姑娘一抬头吓了一大跳:你要干啥?

毛三赶忙把棍子扔在地上:妹子别误会,我是被劫匪劫到山里刚逃出来的,手机被劫匪抢走了,想借用一下电话报警。

年轻姑娘:那快打吧。

年轻姑娘说着把柜台上的电话推给毛三。

毛三赶忙抓起话筒拨打"110"。

## 108. 山洞口　下午　外

杨彪和陆飞从一山洞口走出。

陆飞:杨哥,别再耽误工夫了,毛三肯定不在山上了,快下山给大哥打电话吧。出来时也忘带吃的啦,我都饿不行了。

杨彪四下望了望,无奈地:好吧。

## 109. 村边小卖部　下午　内

毛三放下话筒:谢谢妹子。(看了看货架)妹子,我身上的钱也被抢走了,能不能给我个面包吃,都一天没吃东西了。

听毛三报警后,年轻姑娘对毛三相信了:没问题。

年轻姑娘说完从货架上取了两个大面包放在柜台上,又转身取了两根火腿肠和一瓶矿泉水:吃吧,吃完喝点儿水。

毛三:谢谢妹子。(说着拿起东西)我还得进山,有个小孩儿还在他们手里呢,我得去救他。对啦,待会儿警察要是来了你和他们说一声。

年轻姑娘:等警察来了再去吧,你一个人去多危险呀。

毛三:我怕他们祸害那个小孩儿。拜托了。

毛三说完捡起木棍走出。

年轻姑娘担忧的表情。

## 110. 山林　下午　外

杨彪和陆飞在山林走着。

陆飞突然"啊"地惊叫一声。

杨彪:咋啦?

陆飞惊恐地:蛇,蛇!

杨彪一看,前面的树上盘着一条蛇:一条蛇把你吓成这样,真是胆小鬼。

陆飞惊魂未定:我从小就怕这玩意儿。

杨彪走到树前猛地一伸手攥住了蛇头,将蛇从树上拉了下来,然后用匕首将蛇一砍两节扔到了远处。

受到惊吓的陆飞浑身发软,走到一块大石头前坐了下来:歇会儿吧杨哥,这一天马不停蹄地走,实在走不动了。

杨彪也坐了下来:好,歇会儿。

陆飞:杨哥,我觉得这次行动取消了也好,谋财害命毕竟是死罪呀,就算是成功了也他妈整天提心吊胆的。

杨彪:害怕了?

陆飞:有点儿。

杨彪:上了这个道儿就身不由己了。想住手大哥也不会放过你,二嘎子想反水不就让他灭了嘛。啥也别想了,闭着眼混吧。好过一天算一天,哪天栽了哪天算。

### 111. 黄土沟　下午　外

毛三提着木棍快步往前走,吃饱喝足的他显得比刚才精神了许多。

他走着走着,又想起小宝拼命地抱着杨彪的一条腿,喊他快跑的一幕。

### 112.（闪回）废弃煤窑外　夜　外

杨彪爬起来欲冲上去,小宝一把抱住了他的一条腿,冲毛三大喊:表叔快跑!

杨彪欲挣脱开,但被小宝死死地抱住。一时挣脱不开。

小宝连续大喊:表叔快跑……

### 113. 黄土沟　下午　外

毛三(画外音):小小年纪就能舍己为人,一定要把他救出来。

突然,右前方一座砖瓦窑进入了毛三的视野。

他停下来仔细看了看(画外音):像是废弃的砖瓦窑,他们会不会藏在这儿呢?……进去看看,宁可碰了也别误了。

### 114. 县公安局李局长办公室 下午 内

李局长正站在墙边看地区地图,郑队长匆匆走进。

郑队长:李局,毛三有消息了。

李局:噢,他在哪儿?

郑队长:刚才和庆县刑警大队的张队给我打来电话,说毛三在卧虎山下的一个村小卖部向公安局报了警,说了他被劫持和逃出来的经过后,又独自进山救小宝去了。

李局长:毛三的逃出很可能迫使黑团伙儿终止这次绑架行动,但毛三又独自去救小宝,也很可能再次落入绑匪手中。一旦出现这种情况,他们的绑架行动很可能还会进行。所以,对这边的监视仍然丝毫不能放松。另外,绑匪给王福海打电话说交换地点安排在外地进行,很可能是声东击西,想就近取款。因为他们非常清楚,从通知交换到他们拿到钱的这段时间越短,他们的安全系数就越大。所以,就近监视的力量还要加强。

郑队长:明白,我马上重新部署警力。对了,张队还说,和庆县公安局鲁局得知毛三报警的消息后,又增派了搜索的警力。

李局长:非常好。待会儿我给鲁局打个电话,向他表示感谢。

### 115. 砖瓦窑 下午 外

毛三悄悄走到窑口听了听,里面没声音。

他悄悄向里面走去。

### 116. 砖瓦窑 下午 内

毛三悄悄走进砖瓦窑。

窑里很昏暗。

毛三蹑脚蹑手地走到左边看了看,没发现什么。接着又向右边走去。

突然,前面传来"呜呜"的声音。

毛三顺着声音朝前一看,发现了被捆绑在砖架子上的小宝。

他一阵惊喜,又仔细朝周围看了看,然后跑了过去。

他扔下手中的棍子,先扯掉封着小宝嘴的胶带纸,又将缠着小宝双手双脚的胶带纸解开。

小宝叫了一声"表叔",趴在毛三怀里哭了起来。

毛三小声地:小宝,先别哭了,他们俩呢?

小宝止住哭:来这儿不长时间就出去了,说是去找你。

毛三:小宝,咱们快走。

小宝:表叔,我饿,一天都没吃东西了。

毛三:叔一会儿给你找吃的。

小宝指了指砖架:这儿有。

毛三抬头一看,发现砖架上有个大塑料袋,旁边还有一个装着毛巾被的大编织袋。

他赶忙走过去打开塑料袋,取出一个面包,撕开包装递给小宝。

小宝接过面包狼吞虎咽地吃了起来。

毛三:小宝,那俩坏人也许很快就回来,边走边吃,快走。

毛三说着提起大塑料袋捡起木棍,拉着小宝往外走。

小宝刚走两步就"哎呀"一声蹲了下来。

毛三:咋啦?

小宝:脚疼得厉害。

毛三:我都忘啦,你的脚崴了。来,叔背上你。

毛三说着蹲下让小宝趴在背上,然后站起来快步向窑口走去。


## 117. 砖瓦窑　下午　外

杨彪和陆飞快步走到窑口时,毛三拉着小宝正从窑口走出。

双方都是一愣。

杨彪和陆飞拔出匕首。

毛三赶紧丢下手中的大塑料袋,放下小宝,双手紧紧握住木棒。

杨彪和陆飞慢慢往前逼。

毛三怒喝:别过来,过来就打死你们。

杨彪边往前走边说:你一根木棒能抵得住我们的两把刀吗?

小宝一时愣住了,不知所措。

毛三大喊:小宝,快往后退!

杨彪冲陆飞一摆头:上!

陆飞握着匕首向毛三扑过去。

毛三抡起棍子向陆飞头上打去,陆飞避之不及用胳膊一挡,木棍重重地打在陆飞胳膊上,陆飞"呀"的一声倒在地上。

杨彪乘势冲过来一把揪住小宝,把匕首横在小宝脖子上,冲毛三喊道:放下棍子,不然我就杀了他!

陆飞也爬了起来,握着匕首虎视眈眈盯着毛三。

毛三无奈地把木棍丢在地上。

### 118. 一组警察搜索卧虎山的镜头　下午　外　内

几名警察在山林搜索。

几名警察在废弃煤窑搜索。

几名警察在山洞里搜索。

几名警察在砖瓦窑里搜索。

### 119. 玉米地里　下午　外

毛三和小宝坐在地上。毛三被绳子捆住双手双脚,小宝被胶带纸缠着双手双脚,两个人的嘴都被胶带纸封着。

陆飞握着匕首,坐在一旁看着他俩。

杨彪从外面走了过来。

陆飞:大哥咋说?

杨彪:大哥说这是天意,该着成功,继续按计划行动。

### 120. 王福海家客厅　夜　内

阮丽萍从沙发上坐起来看了看墙上的挂钟,无力地:都快九点了,今天肯定又没希望了。

仰靠在沙发上的王福海:我想咋也快了,或许明天能交换吧。

阮丽萍:但愿如此吧,再拖下去我真挺不住了。

刘忠走进。

王福海坐了起来:咋这么晚来啦?

刘忠坐在一旁:北京来了个同学,刚陪他吃完饭。王总,我今天去找李局问了那个诈骗案的进展情况了,他说由于案犯的诈骗手段极其高明,没有留下任何可以突破案件的线索,目前还没有什么进展。李局长让我转告你,让你先别着急,他们会继续努力的。

王福海:别着急,能不着急吗? 二百万呀,说没就没了。

刘忠显出愧意:关键是怨我,对那个所谓的兴业高尖端材料公司的底数没摸清,误导了你。

王福海:也不能全怨你,我也亲自去鞍山市考察过他们嘛,那么大的办公楼,那么多的员工,还有那么多的现代化办公设备,谁也不会想到那都是他们租来给咱们演戏的。再说,他们还把别人的大材料库假冒自己的让咱们看了,咋也想不到……算啦,不说这事儿啦,说起来烦心。刘忠,他们今儿一天都没来电话,你分析分析这是咋回事儿。

刘忠:说不好。估计是还不放心,继续观察吧。

阮丽萍:我还得骂他们既是胆小鬼又是蠢猪,他们也不想想,我们要是报了警,公安局能没动静吗,全县的人不早就都知道了。

阮丽萍刚说完,她放在茶几上的手机响了。

阮丽萍拿起手机按下通话键:谁呀?

对方声音低沉:把手机给王福海。

王福海也听到了手机里的声音,他赶忙拿过手机:我是王福海。

对方不容置否的声音:听着,交换现在开始,你马上打开后窗,把皮箱从后窗扔下去,不许往窗外看,十分钟后小宝就会走进房间。我给你三分钟时间,三分钟之内如果不扔出皮箱,你连小宝的尸体也见不着。还有,扔完后十分钟之内不许出屋。开始吧。

对方说完挂断了电话。

阮丽萍急急地:他们说啥?

王福海:让三分钟之内把皮箱从后窗户扔出去,说十分钟后小宝就会走进屋。

阮丽萍:那就快扔下去吧。

绑匪的这种交换方式,王福海无论如何也没想到,他在犹豫。

阮丽萍急了:快扔吧,还等啥呀!

王福海想起兰香的话(画外音):郑队长让我告诉你,绑匪无论提出在哪儿交换、什么时间交换都先答应下来,你的手机和表嫂的手机公安局二十四小时都有监听,你们周围随时都会有便衣警察监视。

阮丽萍见王福海不动更急了:快往出扔呀!

阮丽萍说着去提茶几上的皮箱。

王福海:好,我扔!

王福海说完从阮丽萍手里拿过皮箱,向后窗走去。


**121. 王福海家房后 夜 外**

王福海打开后窗将皮箱扔了下去,然后又将后窗关上。

一个戴着头盔的身影迅速走了过来,提起皮箱后又迅速离开。


**122. 王福海家客厅 夜 内**

阮丽萍一直在盯着墙上的挂钟:十分钟了。

阮丽萍说着快步走到门口拉开门朝院里看。

王福海、刘忠也跟了过去。

院里一个人影都没有。

阮丽萍向院外跑去。

王福海、刘忠也跟着跑了出去。


**123. 王福海家院门口 夜 外**

阮丽萍、王福海、刘忠跑出院门。

四周漆黑,既没行人也没车辆。

### 124. 空镜

空中浓云翻滚,一道一道的闪电不断划出,一声一声的巨雷不断响起。

### 125. 王福海家院门口　雨夜　外

阮丽萍焦急地东张西望。

王福海掏出手机看了看时间:已经二十多分钟了。

刘忠愤愤地:真不是东西!

暴雨哗哗而降。

王福海拉起阮丽萍:丽萍,雨太大了,进屋等吧。

### 126. 王福海家客厅　雨夜　内

王福海、阮丽萍、刘忠走进。

王福海走到后窗打开窗户朝外看了看。

窗下的皮箱不见了。

阮丽萍:拿走了吗?

王福海:拿走了。

阮丽萍:钱拿走了咋不见人回来,不会骗了我们吧!

王福海:应该不会,既然拿上钱了,留下小宝还有啥用。先别急,再等等。

兰香一手拉着小亮一手拿着雨伞推门走进,她将雨伞合上放在门旁。

王福海:这么大雨你咋来啦?

兰香没回答,走到王福海跟前带着哭腔:刚才有人敲我家门,打开门没见人倒见门缝上掉下个纸条,纸条上说有人在和庆县见毛三和一个野女人过上了。毛三会不会变心了呀。(兰香说着从衣兜掏出一个纸条递给王福海)你看看。

王福海接过纸条展开。

(特写镜头)纸条上写着:郑队长让你把刘忠稳住。

王福海佯装愤怒:尽他妈胡编。

王福海边说边把纸条撕碎,扔进茶几前的果皮篓里。

阮丽萍上前把小亮拉到身旁,赶忙劝慰:毛三老实本分,长这么大也没做过出格的事儿,你和他结婚都快十年了还不了解他,千万别相信。

王福海:肯定是劫匪想搅浑水,干扰公安局调查毛三的案子。

兰香:我也不相信毛三是这种人,可看完后心里挺乱的,过来和你们说说,你们这一说我踏实多了。表哥表嫂,绑匪还没把小宝还回来?

阮丽萍:刚才来电话了,说让把钱箱子从后窗户扔下去,小宝十分钟后就能进家,结果箱子扔下去了人没见回来,都过了半个多小时了。

阮丽萍说着泪水又流了下来。

兰香:钱也给了他们了,你们又没报警,按说不应该呀。

阮丽萍:说的是呀,谁知道这些王八蛋耍的是啥花招。

兰香:先别急,再等等。

王福海:兰香,你先陪丽萍说会儿话吧,连等等小宝看能不能给送回来,我和刘忠说点儿事儿。(对刘忠)走,咱俩去那边坐。

王福海和刘忠走向客厅另一边的小圆桌。


**127. 县公安局李局长办公室　雨夜　内**

郑队长正在向李局长汇报抓捕绑匪的情况。

郑队长:在县城的黑团伙儿成员已全部被抓获,他们的老大刘忠还被蒙在鼓里,一点儿也不知道。不过和庆那边还没消息。

李局长:刘忠没有机会把拿到钱的消息传给绑匪杨彪和陆飞,毛三和小宝暂时还不会有事儿,先去逮捕刘忠吧。


**128. 王福海家客厅　雨夜　内**

王福海和刘忠坐在小圆桌前仍在说着什么。

刘忠:……王总,就按咱们说的办吧,如果再过一个小时他们还不把小宝送回来,就去公安局报案吧。时候不早啦,我先回。

王福海:先别走,你还得给我帮个忙。

刘忠:啥忙?

王福海小声地:我怕你嫂子还心存幻想,不同意报案,待会儿你帮我劝劝她。

刘忠犹豫了一下:好吧。

刘忠刚说完,郑队长走了进来,身后还跟着两个警察。

屋里的人都站了起来,神情各异。

郑队长径直走向刘忠:刘忠,你被捕了。

郑队长说着将逮捕证举到刘忠脸前。

两个警察上前给刘忠戴上手铐。

刘忠不服地:凭啥抓我?

郑队长:我们已经查实,你是一个深藏不露的黑团伙儿老大,以前的罪行先不说,就说说最近的吧。诈骗你们公司二百万,是你一手策划,你弟弟刘诚组织实施的;绑架小宝强索一百万,也是你一手策划,你弟弟刘诚组织实施的;还有毛三,因为发现了你们的绑架罪行,也被你们绑架。这就是逮捕你的原因。

刘忠:纯属诬陷,证据呢?

郑队长:你是不见棺材不落泪。(转身冲门口)带进来!

一警察押着戴着手铐的刘诚走进,警察一手握枪一手提着一个皮箱。

刘诚哭丧着脸:哥,除了杨彪和陆飞外,弟兄们都被抓了。

郑队长从警察手里接过皮箱:这就是你们费尽心机敲诈的一百万,在你们手里也不过待了十来分钟。(将皮箱递给王福海)王总,完璧归赵。

王福海接过皮箱放在小圆桌上:谢谢郑队长,谢谢公安局的同志们。

刘忠对王福海:我明白了,刚才你是故意把我留住的吧?

王福海:对。

刘忠:其实小宝一失踪你就报了警,而且一直和公安局暗中联系着,对吧?

王福海:对。我不但报了警,而且一开始就怀疑上你了。

刘忠:为什么?

王福海:因为一个多月前公司被诈骗二百万的案子发生后我就怀疑上你了。

刘忠:根据什么?

王福海:我不能不承认,你设计的骗术确实高明,但你百密一疏,还是出现了漏洞。

刘忠:什么漏洞?

王福海:诈骗案发生不久,我就了解到,鞍山市那个所谓的兴业尖端材料公司真正出现是在一个多月之前,也就是在实施诈骗的前一个星期,而你却在两个多月前就向我吹风,说鞍山市有个高尖端材料公司,他们经营的建筑材料不但质量好,而且价格大大低于同行业。你的目的是提前做铺垫,却不料露出了马脚。

刘忠:说得不错。怀疑小宝被绑架和我有关又是根据什么?

王福海:有了前一个怀疑第二个怀疑自然就产生了,但起初我还不能确定。因为你不但骗术高明,演技也高明,只不过和诈骗案一样,你设计的绑架案仍是百密一疏,还是露出了破绽。

刘忠:什么破绽?

王福海:从始至终绑匪每次给我打电话,总是在你来到我这儿之后,你是想用这个办法来观察我是否报了警,这反而更证实了我对你的怀疑。

刘忠冷冷一笑:我想起来啦,你昨天让我去公安局问诈骗案的进展情况,其实你已经知道公安局破了这个案子,只不过是和公安局联手给我布迷魂阵,我说的没错吧?

王福海:没错。你还记得吧,昨天我说让你去公安局问案情进展情况之前不是接到一个短信吗,那个短信就是李局给我发过来的,那时我就知道公安局已经把你锁定了。

刘忠冷冷一笑:王福海,你的城府确实很深,我自愧不如。我承认我失败了,但你也不是个胜利者,因为你再也见不着小宝了。

阮丽萍扑上去厮打刘忠:你这个畜生,你把小宝弄到哪儿去了。福海对你那么好,还把你提成副总,你为啥恩将仇报呀……

郑队长把阮丽萍拉开:嫂子你放心,我们一定会把小宝和毛三救出来的。

刘忠依然冷笑:你们没有救他们的机会了。别说是你们,就是我想让他们住手也办不到了,因为他们所在的那个大山里根本就没信号,想联系也联系不上了。

阮丽萍又扑上去厮打刘忠:畜生,畜生……

### 129. 玉米地　雨夜　外

雨还在下着,但已经小了许多。

陆飞打开手机看了看:都两点多了,行动吧。

杨彪:好。你在这看着他们,我去开车。

陆飞:先给大哥打个电话吧,看看有啥变化没?

杨彪:不用啦,大哥办事儿历来周密,不会失手。

杨彪说完向外走去。

### 130. 大峡谷　雨夜　外

这是一条南北走向的大峡谷。

杨彪悄悄地走到大峡谷左边的一个山隙前,将立在山隙口的几棵小树拔掉扔在地上。

小树都没有树根,显然是用来遮挡山隙口的。

杨彪向山隙里面走了几步,又将一堆树枝挪开,露出了一辆出租车。

### 131. 同上　雨夜　外

两个穿着雨衣的警察从大峡谷右边的一个山洞走出。

他们正往北走着,突然听到后面传来汽车行驶的声音。

他们急忙转回身,看到远处一辆小汽车从峡谷一侧的山隙间倒了出来,黑着灯向南快速驶去。

一警察:终于出现了。

### 132. 盘山公路　夜　外

雨已经停了。

一辆出租车在盘山公路上行驶着。

### 133. 行驶的出租车　夜　内

杨彪驾车,陆飞坐在副驾座,被胶带纸缠着双手双脚又被胶带纸封住嘴的小宝坐在后排。

陆飞朝外看了看:杨哥,路边就是悬崖,就在这儿推下去算啦。

杨彪:这儿的悬崖不深,要是摔不死就麻烦了。前面有一处又陡又深,足有二百多米,从那儿推下去他们肯定活不了。

### 134. 行驶的出租车　后备厢　夜　内

后备厢里的毛三被绳子捆着双手双脚,用胶带纸封着嘴。

他奋力挣脱着被捆在身后的双手。此时,绳子已有松动,但手依然出不来。

### 135. 另一段盘山公路　夜　外

两辆警车顺着出租车行驶的方向快速行驶着。

### 136. 盘山公路坡道　夜　外

出租车顺着坡道向上行驶。

### 137. 行驶的出租车　夜　内

陆飞:快了吧。

杨彪:快了,上了这段坡道就是。

### 138. 行驶的出租车　后备厢　夜　内

毛三的双手已从绳子中挣脱出来,他正要撕掉封住嘴的胶带纸,想了想停住了。又赶忙去解捆着双脚的绳子。

### 139. 另一段盘山公路坡道　夜　外

两辆警车依然在快速地向前行驶着。

### 140. 山顶公路　夜　外

出租车停了下来,杨彪和陆飞下了车。

杨彪和陆飞从路边各捡了一块石头,塞在了汽车的后轮下,然后走到车后打开后备厢。

毛三双手背在后面双腿蜷着。

杨彪:毛三,让你死个明白。本来,我们拿到钱之后会放了小宝,因为起初小宝是被蒙着双眼的,他认不出我们。但由于你发现了我们的秘密,又导致小宝也认得了我们,所以你们俩都必须死。死的方法就是把你和小宝放在车里推下悬崖,这样就会造成小宝是你绑架的,只不过因行车不慎坠崖而死。我们知道这么做很损,但为了我们的安全不得不这么做。这也是你好管闲事儿应有的下场。

杨彪说着伸手去拽毛三,毛三乘势一脚将杨彪踹倒,又迅速跳出后备厢,举起大扳手砸向陆飞,陆飞被砸中头部倒在地上,昏了过去。

毛三赶忙撕掉封嘴的胶带纸,跑过去拉驾驶室的车门。

杨彪跑过来举起匕首刺向毛三。

毛三赶忙一闪,杨彪的匕首扎在车玻璃上,发出"当啷"一声响。

毛三用大扳手砸向杨彪,杨彪躲闪开,大扳手砸在了车窗玻璃上,玻璃"哗啦"一声碎了。

杨彪又将匕首刺向毛三,毛三抓住了杨彪握匕首的手猛地磕向车门,匕首从杨彪手中掉了下来。

毛三和杨彪厮打在一起。

## 141. 出租车 夜 内

车中的小宝紧张地看着车外的毛三和杨彪厮打,嘴里发出"呜呜"声,似乎是在给毛三助威。

## 142. 山顶公路 夜 外

毛三和杨彪继续厮打着,两人都倒在了地上。

俩人互相掐着对方的脖子滚来滚去。厮打中,一会儿毛三占优势,一会儿杨彪占上风。

两人快滚到悬崖边时,依然不分胜负。

厮打中的毛三这时占了上风,他看了一下悬崖,怒骂道:畜生,老子和你同归于尽。

毛三骂完抱着杨彪欲往悬崖下翻滚。

杨彪见已到了悬崖边上,惊恐万状,赶忙连声哀求:大哥饶了我吧,我错了,我不敢了……

毛三站起来将杨彪拽起:老子教训教训你这个畜生!

毛三说着一拳接着一拳击在杨彪脸上,杨彪被打得满脸是血,连连后退。

陆飞醒了过来,他挣扎着爬起来,从腰里抽出匕首跌跌撞撞地朝毛三走了过去。

被毛三击倒在地上的杨彪看到陆飞走来,又胆壮起来,大喊:捅死他! 捅死他!

陆飞举起匕首正要刺向毛三,两辆警车从山顶方向开过来停下。

与此同时,山下方向也有两辆警车开过来停下。

杨彪、陆飞既迷茫又惊恐地望着警车。

几名警察从车上跳下来大喊:住手,不许动!


### 143. 空镜

东方晞明,苍山如染。


### 144. 王福海家客厅　晨　内

王福海、阮丽萍、兰香、小亮在沙发上坐着,都在焦急地等待小宝和毛三。

阮丽萍着急地:说马上就到咋这么半天还不到?

王福海站起来朝院里看了看:来啦!

王福海刚说完,毛三抱着小宝走进,后面跟着李局长、郑队长和两名警察。

毛三将小宝放下来。

小宝哭着:妈妈,爸爸,呜呜……

阮丽萍扑过去紧紧地把小宝抱住:我的孩子,你受苦了。

阮丽萍说着哭了起来。

小亮扑过去抱住毛三,泪流满面地:爸爸,我想你。

兰香的泪水扑簌簌地流淌下来。

王福海眼含热泪走到李局长等人面前,感激地:谢谢李局,谢谢郑队,谢谢警察同志!

李局长、郑队长和两名警察望着这激动人心的场面,热眶盈泪。


**145. 空镜**

青源县县城,一派平静、祥和而有序的景象。


**146. 街道　日　外**

毛三驾着出租车由远而近驶来。

毛三微笑着冲镜头招招手(随即定格)。

(剧终)

# 圆 梦 者

**序幕：**

**1. 田间大杏扁林　日　外**

初春时节。

一片树龄约十年左右的大杏扁林。

几个农民正在奋力地砍伐大杏扁树。

**2. 田边公路　日　外**

一辆老式嘎斯69由远而近驶来。

**3. 行驶的嘎斯69　日　内**

车内后排座上,坐着一个身着灰色中山装、留着平头、年约六十六七岁的人。他叫魏民,是东口地区主管农业的副专员。司机约三十四五岁,叫包卫平。

此刻,魏民双目微闭,似乎思索着什么。

包卫平目视前方:魏专员,前面又有砍的。

魏民睁开眼朝前看了看:过去看看。

**4. 田间大杏扁林　日　外**

一农民砍倒一棵树,边擦汗边发牢骚:劳民伤财,当官儿的尽瞎指挥!

另一农民:这回好了,土地归咱自个儿了,用不着听他们摆布了。

**5. 公路边　日　外**

魏民望着一堆一堆被砍倒的大杏扁树,陷入痛苦的回忆……

**6.（闪回）田间　日　外**

十年前（七十年代初）开展的"万亩大杏扁运动"：田间到处红旗招展，"不怕流血流汗，造出万亩杏扁"等誓言式的大横幅随处可见。在"下定决心"的歌声中，成群的农民正在热火朝天地栽种着大杏扁树苗。

**7. 公路边　日　外**

砍伐声中，魏民痛苦地：真没想到，十几年的大杏扁梦竟会是这种结果。

推出片名：圆梦者

**8. 魏民办公室　日　内**

办公室十分简陋，一张办公桌、两把椅子、一对简易沙发、一个书架。

魏民正在收拾东西，桌上放着一些物品，地上放着两个已打包好的纸箱。

张同年走进。他是刚上任的东口地区地委书记，约五十二三岁。

魏民：呦，张书记来啦。

张同年：过来看看老领导。（环视了一下，笑道）这么快就腾办公室呀，我可没撵你啊。

魏民玩笑地：等你撵多没面子。既然退了就没必要再占着了。有事儿？

张同年：王专员来电话说会议结束了，他今儿晚上从省里赶回来。我俩电话里商量了一下，想给你开个欢送会。老革命啦，不能这么不声不响地离开。

魏民：领导的心意我领了，欢送会就免了吧。

张同年：为啥？

魏民：来，咱们坐下说。

二人走到沙发前坐下。

魏民：我打算明天去狐岭县。

张同年：去狐岭县干啥？

魏民：圆梦。

张同年：圆梦？圆啥梦？

魏民：大杏扁梦。

张同年:别人说你是个大杏扁迷我还不相信呢。老魏呀,我虽然来的时间不长,但"万亩大杏扁运动"的事儿也听说了。我劝你还是打消这个念头吧,毕竟是奔七的人了,战争年代身上又多处受过伤,还是在家好好颐养天年吧。再说了,现在土地都已经承包到户了,农民想种什么有自主权,也不好再统一规划了。

魏民:你可能不知道,抗战时期,我所在的那支游击队在经费最困难的时候,就是靠从咱们地区的龙山县往外倒腾大杏扁才维持下来的,当时一斤大杏扁就可换一块大洋。从那时起,我对大杏扁就有了感情。

张同年:我听说过。你对大杏扁的感情我可以理解,可实践已经证明行不通呀。地区虽然做出可以退林还耕也可以保留大杏扁的决定,但大多数农民的选择还是退林还耕,这不已经说明问题了嘛。

魏民:"万亩大杏扁运动"是在我的建议下开展的,它的失败给我的教训是深刻的。通过考察,我认为失败的主要原因是只注重了种植数量,没注重科学引导和服务。狐岭县是当年全地区种植大杏扁最多的县,太平乡是狐岭县种植大杏扁最多的乡,王家沟村是太平乡种植大杏扁最多的村。我想按照毛主席说的"试验、示范、推广"的路子,先在王家沟村搞个科学种植的样板,引导农民自愿去种,然后再逐步推广。咱们东口地区大部分都是山区和丘陵,不但耕地面积少,而且土壤瘠薄,如果不探索新的出路,还是按照传统的办法耕种那几样农作物,农民是永远也不会脱贫的,更别说奔小康了。

张同年:你这么说我就不好再说什么了。我想这条路可能会很艰难,对一个离职的老干部来说可能就更难了,有需要我的地方可随时来找我,我会尽力帮助你的。

魏民:谢谢张书记。我现在就有个请求,原准备去找你说的,正好你来了。

张同年:你说。

魏民:我想把我坐的那辆嘎斯69留下,往山区跑没个车不方便。

张同年:没问题,跑坏了可以给你再换一辆。老魏,还是参加一下欢送会吧,也不差乎这一两天。再说了,你要这么不声不响的离开,我和王专员脸上也没面子。

魏民:行吧,那就听书记的。(笑笑)哎,是不是还要给我买个纪念品呢?

张同年:那是一定的。

魏民:那就给我买双胶底儿布鞋吧,在山里跑防滑。

张同年:行,没问题。

### 9. 山坡下　日　外

一条坎坷不平的砂石路。

嘎斯69颠簸着从远处驶来,停靠在路边的空旷处。

魏民、包卫平从车上下来。

魏民:走,到地里看看。

### 10. 山坡地　日　外

山坡地呈梯田形,地块面积都不大,可以看出土地是已经耕种过的,但还没出苗。

魏民和包卫平走上山坡地。

地边到处堆放着干枯的树根。

魏民望着一堆堆的树根,伤感地:这儿的大杏扁也都砍光了。

远处传来歌声:山圪梁梁长来山圪梁梁高,山圪梁梁上面没树也没草。昨个个夜里俺做了一个梦,梦见那圪梁梁上都是金元宝,梦见那圪梁梁上都是金元宝。

包卫平:歌声挺凄凉,听着叫人挺心酸的。

魏民:这是农民在渴望富裕呀。

### 11. 山坡集体大杏扁林　日　外

一片树龄约十年左右的大杏扁林。此时正是杏花盛开的时节,但这里的杏花却开得稀稀拉拉。

林边,园林队队长王奔子(约二十五六岁)和队员二蛋(约二十三四岁)、狗子(约二十一二岁)等人正在玩儿牌耍钱,其他队员或蹲或站围着观看。

一把牌结束,二蛋高兴地:哈哈,赢啦,掏钱,掏钱!

一队员突然喊道:老支书来啦!

大伙儿朝坡下一看,王忠富正朝着杏扁林走来。

王奔子:快收拾!

### 12. 山坡地　　日　外

魏民和包卫平正在地里边走边看,远处传来吵吵声。

包卫平:山那边好像有人吵架。

魏民:过去看看。

### 13. 山坡集体大杏扁林　　日　外

王忠富正在训斥王奔子等人。王忠富是王家沟村支部书记兼村委会主任,约五十二三岁,典型的农民形象。

王忠富粗门大嗓:……你们可倒好,不干活玩儿牌耍钱,这片林子早晚得毁在你们手里!你们看看人家王铁柱承包的那三亩林子,棵棵树都开满了花儿,再看看你们园林队的这片林子,花儿开得还没鸟拉的屎多呢,人家是咋掇弄的,你们是咋掇弄的!

王奔子辩解:王铁柱的林子是耕地,能浇上水,集体的这片林子是山坡地,浇不上水。

王忠富:你们是缺胳膊了还是断腿了,不会去挑水浇?年年产的大杏扁还不够给你们发工钱呢,村里还得倒贴,亏心不亏心!

二蛋:忠富叔,我看不如砍了种谷子黍子啥的,收成咋也比这强。

狗子:就是,这片杏扁林就像不会下蛋的鸡,不会生娃的女人,真不如砍了种庄稼。

大伙儿哈哈笑。

王忠富:放屁!不想干都滚蛋,我明天换人!

王奔子赶忙地:别介别介,忠富叔您别生气,我们园林队以后保证好好掇弄。(扭头对大伙儿)走,都下山挑水去!

一伙儿人跟着王奔子向山下跑去。

王忠富望着远去的王奔子等人,深深地叹了口气,从兜里掏出烟点上。

魏民和包卫平走了过来。

魏民:是忠富书记吧?

王忠富转过身一愣:呦,魏专员,可有几年不见了,多会儿过来的?

魏民:刚到。刚才吵吵啥呢?

王忠富:咳,园林队的臭小子们不干活儿要钱,让我骂了一顿。咋不进村?

魏民:先到山上转转再去。

王忠富:您这习惯是改不了啦,哪次下来都是先到地里、山上看看。

魏民:我见地里的大杏扁树差不多都砍光了,这片林子咋没砍?

王忠富:本来村里决定也是要砍的,乡党委书记李志领着县林业局的技术员邢得顺过来看了看,邢技术员说这片林子树根扎得深,根基好,管理好了是可以多结杏果儿的,李书记就让我们留下了。

魏民:这片林子有多少亩?

王忠富:二百来亩吧。

魏民:我记得当初开展"万亩大杏扁运动"时,你们王家沟村种了三千多亩,没错吧?

王忠富:对,树种得多也长得好,可不知为啥就是不咋结果儿,平均一棵树产大杏扁也就是一二两,花期一旦遇到晚霜或寒流,花儿就全冻死了,基本上就是绝收。不然老百姓也不会都砍了种庄稼。

全村就剩这二百亩了?

王忠富:耕地里还留了三亩,村里的王铁柱承包了。对了,那三亩大杏扁现在长得特别好,原先每棵树产大杏扁也不过二三两,他掰弄了两年后,每棵树都能产一斤来的,今年的杏花儿开得又多又大,估计还能增产。

魏民有些意外:是吗,咱们看看去。


**14. 王铁柱大杏扁林　日　外**

林内杏花盛开,娇艳夺目,和集体大杏扁林稀稀拉拉的杏花形成明显的对照。

王铁柱约二十七八岁,身高体壮。此刻,他正在林子里给树施肥。

王忠富领着魏民、包卫平走过来。

王忠富朝王铁柱喊道:铁柱,魏专员看你来啦!

王铁柱应了一声,放下手里的活儿朝外快步走来。当他看到魏民时一愣:是您?

魏民也是一愣:是你?

王忠富迷茫地:咋,你们认识?

王铁柱:忠富叔,三年前我领我娘去东口市看病,下了长途汽车后我娘突然昏倒在大街上,就是他俩用小车把我娘送到医院的呀。大夫说幸亏送来的及时,要是再晚几分钟恐怕就救不过来了。可我当时连他们的名字也没顾上问,一直不知道恩人是谁……魏专员,这位大哥,我给你们磕头!

王铁柱说着扑通跪了下来。

魏民赶忙将王铁柱扶起:快别这样,这是我们应该做的。(指了指包卫平)他叫包卫平。

王铁柱:谢谢卫平哥。

包卫平笑笑:别客气。

魏民:铁柱,你这片大杏扁树花儿开得又多又大,咋掇弄的?

王铁柱:也没咋掇弄。我觉得种树和种庄稼一个理儿,也得经常浇水、施肥、防病、灭虫啥的,我就是用种庄稼的办法来对待大杏扁树的。

魏民:用种庄稼的办法来对待大杏扁树,说得好。铁柱,你是咋想到这么做的?

王铁柱笑笑:自个儿琢磨的,我在我家院里种过葡萄和杏树。

魏民:这就是科学管理呀!看来是个肯动脑子的小伙子。走,咱们去林子里转转。

### 15. 山坡集体大杏扁林　日　外

王奔子等人蜻蜓点水般地给一些树浇了些水。

狗子:奔子哥,还挑不?

王奔子:算球了吧,这么浇还不得把咱们累死。不好好开花儿结果儿是土质不好,浇水管屁用。(朝山下望了望)老支书不可能再来啦,接着玩儿。

二蛋掏出牌:王队长英明!来呀哥儿几个,甩呀!

### 16. 王铁柱大杏扁林　日　外

王铁柱和王忠富领着魏民、包伟平在林中边走边看。

魏民:这三亩大杏扁都是"龙王帽"吗?

王铁柱:都是"龙王帽"。我到咱们地区的龙山县看过,"龙王帽"确实是杏扁树中的优质品种,不但结果儿多,抗旱性还强,就是不太耐寒。咱们县比龙山县不但偏北,地势也高出许多,平均气温比龙山县低四五度,花期一旦遇到晚霜或寒流,花儿就会被冻死。

魏民:你有没有防冻的办法?

王铁柱:没有。我去龙山县时,听说烧秸秆儿熏烟可以驱寒。去年花期来寒流时,我用这个办法试了试,但效果不太理想,冻死的花儿仍然不少。

魏民:看来解决花期抗冻问题是个关键。

王忠富:没错儿。要不是花期容易被冻死,三千亩大杏扁也许不会被砍掉。(突然想起)说来也怪,有两棵树自从第四年开花结果儿后,年年都没被冻死过。有一年花期遇到强寒流,气温到了零下五六度,所有的花都被冻死了,就那两棵树的花儿没事儿。那两棵树结果儿还特别多,每棵产大杏扁都在三斤以上,去年产了三斤半。

魏民眼睛一亮:你说的这两棵树在哪儿?

王铁柱:就在这片林子里。

魏民:领我去看看。

### 17. 同上

王铁柱和王忠富领着魏民、包卫平走到一处。

王铁柱指着两棵树:就是这两棵。

魏民仔细看了看,这两棵树虽然比其它树矮　些,但树冠大,枝干粗,开花多,且花色重、花瓣厚。

魏民:这两棵也是"龙王帽"吗?

王忠富:不是。我们比对过了,也不是"白玉扁"和"一窝蜂",说不清是啥品种。

魏民又看了一会儿,问道:如果用这两棵树的杏核作种子,能不能种出抗冻的大杏扁树来?

王忠富:五年前邢技术员用这两棵树的杏核育过苗,结果去年开花儿之后,寒流一来还是都冻死了。

魏民:啥原因?

王忠富:这就不清楚了。

王铁柱抬头看了看天空:快晌午了。魏专员,到我家吃饭去吧。

魏民:行,连看看你老娘。

王铁柱:忠富叔,您也一块儿去吧,陪陪魏专员和卫平哥。

王忠富:行。我家还藏着一瓶好酒呢,我去拿。

魏民:忠富书记,你顺便到村委会给李志书记打个电话吧,告诉他我吃完饭到乡里去,找他有事儿商量。对了,让他把邢技术员也请到乡里。

王忠富:行。


## 18. 山坡集体大杏扁林　日　外

王奔子等人还在玩儿牌。

二蛋甩出牌:哈哈,又赢了,一人两毛,掏钱掏钱!

狗子甩给二蛋两毛钱:都让你个兔子卷了。

二蛋边收钱边得意地:甭说这,怨你们手臭!

王奔子:快晌午了,就玩儿到这儿吧。收工!

大伙儿挑起水桶朝山下走去。

走在后面的狗子和二蛋嘀咕了几句什么,二蛋朝王奔子喊道:奔子哥,你等等!

王奔子停下将水桶放下:干啥?

二蛋和狗子快步走到王奔子跟前。

二蛋:跟你说个事儿。

王奔子:啥事儿?

二蛋朝前看了看,小声地:你亲爱的丹玲最近可老是往王铁柱家跑,你可得小心点儿,别让那小子给抢走了。

王奔子:尽胡说。

二蛋:我亲眼见的,狗子也见过两次,不信你问他。

狗子:就是,真的。

王奔子脸色黯了下来,挑起水桶快步朝山下走去。

### 19. 村供销社门前　日　外

王铁柱提着二斤猪肉从供销社走出。

一个年轻漂亮的姑娘和几个小学生唱着歌儿从一旁走来。这个姑娘就是丹玲,约二十二三岁,是村小学的民办老师。

### 20. 山坡下　日　外

走下山坡的二蛋看到了供销社前的王铁柱和丹玲,赶忙对王奔子说:奔子哥你看!

二蛋说着抬手朝供销社方向指了指。

### 21. 供销社门前　日　外

丹玲朝正往前走的王铁柱喊道:铁柱哥!

王铁柱回过身:放学啦?

丹玲:啊。咋割这么多肉,来客人啦?

王铁柱:是。

丹玲:哪儿的客人?

丹玲说着走到王铁柱跟前。

王铁柱:地区行署的魏专员来啦。

丹玲:呦,这么大的官儿。咋认识的?

一学生:丹老师,我们先走啦。

丹玲:走吧,慢点儿啊。

几个学生蹦蹦跳跳地向前跑去。

王铁柱:我哪能认识人家,是忠富叔领他们来看杏扁林的。对啦,三年前我娘在东口市的大街上昏倒,就是魏专员和他的司机用车把我娘送到医院的。

丹玲:你咋知道的?

王铁柱:一见面我就认出来啦,慈眉善眼的,给我留下的印象太深了。

丹玲:那可该好好请请人家。铁柱哥,我帮你做饭去吧,大娘岁数那么大了别累着。

王铁柱:那就谢谢你啦。

丹玲:客气啥,快走吧。

二人并肩朝前走去,边走边说着什么。


**22. 山坡下　日　外**

王奔子嫉妒的目光。

二蛋:我说的没错吧。

狗子:看他俩那亲热劲儿,没准儿都……

王奔子吼道:少胡说八道!

王奔子说完恼横横地快步向前走去。

狗子和二蛋相视一笑。


**23. 王铁柱家　日　内**

桌上摆放着一大盆热气腾腾的猪肉炖土豆、一盘咸菜丝、一盘腌酸菜。魏民、王忠富、包卫平、王铁柱、王母围坐在桌旁。

魏民:我说吃点儿小米饭山药蛋就行了,非闹这么复杂。

王母:那哪儿行呀。头一次上我家来,又是大恩人,咋也得有肉。这就够寒酸的了。

魏民:老大姐,你就铁柱这么一个儿子?

王母:他上头还有两个姐姐,早都出嫁了。都嫁得挺远,很少回来。

丹玲端着一盘葱花炒鸡蛋走进。

她将盘子放在桌上:菜齐了,趁热吃吧。

王母:丹玲,你也坐下一起吃吧。

丹玲笑笑:不啦,家里还等着我呢,你们快陪客人吃吧。

丹玲说完转身走出。

魏民:一看就是个好姑娘。铁柱,是你对象吧?

王铁柱不好意思地笑笑:人家是老师,哪能看上我。

王忠富:嗳,我可看得出丹玲对你有意思。

魏民:那可得赶紧追,让别人抢跑了后悔一辈子。

大伙儿笑。

## 24. 王奔子家　日　内

王奔子、王母、王父围坐在炕桌旁吃饭,王奔子阴沉着脸。

王母:你这是咋的啦,从回来就耷拉个脸,跟谁怄气呢?

王奔子:给丹玲转国办老师的事儿咋到这会儿都没信儿,我姐夫到底管不管?

王母:是丹玲那个丫头又给你甩脸子了吧?

王奔子:啥脸子不脸子的,再套不住就让别人抢跑了。

王父:你姐夫也就是县教育局的一个小科长,能转不能转又不是他说了算。

王奔子:他不是说了给帮忙的吗!

王母:他肯定也在想法儿呢。跟丹玲说说,别着急,再等等。

王奔子吼道:再等就成了王铁柱的媳妇了!

## 25. 王铁柱家　日　内

大伙儿吃完饭。

魏民:忠富书记、铁柱,你们俩跟我一块儿去趟乡里吧。

王铁柱有些意外:我也去?

魏民:对,我要和李书记商量的事儿,离不开忠富书记也离不开你。

王铁柱:行,那我去。

## 26. 王铁柱家院门口　日　外

院门口停着嘎斯69。

魏民、王忠富、王铁柱、包卫平从院门口走出。

## 27. 村街口　日　外

几个村民站在村街口,朝着从王铁柱家走出的魏民看,王奔子也在其中。

村民甲:乖乖,坐小卧车来的,看样子是个大官儿。

村民乙:你没见过他?

村民甲:没见过。

村民乙:他就是地区的魏专员,前几年来过咱们村儿。听说打日本鬼子的时候还当过游击队的队长呢。

村民甲:怪不得呢。哎,铁柱那小子咋巴结上人家了?

村民乙:你也去巴结巴结。

村民甲:去你的,你巴结去吧。

大伙儿笑。

王奔子不解的表情。

## 28. 太平乡乡政府院门前　日　外

李志和邢得顺正站在大门前等候魏民。李志约三十五六岁,人很精干。邢得顺约四十七八岁,乍一看不像个知识分子,倒像个农民。

嘎斯69开过来停下。魏民、王忠富、王铁柱、包卫平从车上下来。

李志迎上来和魏民握手:魏专员,您总是这样,一下来不是先到地里就是先到村里。

魏民笑笑:毛主席不是说了吗,没有调查就没有发言权,不把情况摸清楚,咋和你们谈任务呀。

李志:您这次来是啥任务?

魏民:啥任务也得让我们进屋吧,不能站在这儿说吧。

李志笑笑:快请进,快请进。

魏民看看邢得顺:这位就是邢技术员吧?

邢得顺赶忙上来和魏民握手:我叫邢得顺。

魏民:邢得顺,就是干啥都顺利的意思,好名字。李书记,这位你认识不?(说着指了指王铁柱)

李志:那还不认识,王家沟村的种地把式。走,先进屋。

一个二十七八岁的小伙子从院里跑了出来,他叫刘斌,是乡党委办公室主任。

刘斌:李书记,会议室收拾好了。

李志:魏专员,咱们直接去会议室吧?

魏民:好。

## 29. 乡政府会议室　日　内

会议桌上摆放着沏好茶的茶杯、瓜子、干枣、杏脯。大伙儿走进先后落座。

李志:魏专员,啥任务您吩咐吧。

魏民:我先问邢技术员一件事儿。听忠富书记说,你用王铁柱杏扁林中那两棵抗冻树的杏核作种子,培育能抗冻的大杏扁树结果没成功,啥原因?

邢得顺:用抗冻树的种子培育能抗冻的树,从理论上讲应该是行的。之所以没成功是我知识太少,毕竟只是个林校的中专生。

魏民:谦虚吧?

邢得顺:不是谦虚,是实际情况。

魏民:那得多高的知识?

邢得顺:最起码得大专以上的专业人才。

魏民:我再问问忠富书记。土地承包以后,农民常年种植那几种农作物,能不能富裕起来,能不能奔小康?

王忠富:如果风调雨顺,解决个温饱还差不多,富裕是不可能的,更别说奔小康了。

魏民:平均起来看,现在每亩地打得粮食能值多少钱?

王忠富:八十来块。

魏民:人均呢?

王忠富:二百来块。

魏民:好。我再问问铁柱。你承包的大杏扁每亩有多少棵?

王铁柱:一百棵。当年种得有点儿稀了,耕地的土质比较好,水也跟得上,如果种到一百一十棵更合适。

魏民:去年收入咋样?

王铁柱:去年因受寒流影响,每棵树平均产大杏扁一斤,三亩地共产三百斤。现在的收购价是每斤五块,三亩地共卖了一千五百块,平均每亩五百块。

魏民:大家都听到了,在遭遇寒流的情况下,大杏扁每亩收入五百块,而种庄稼,每亩连一百块都不到。听忠富书记说,那两棵抗冻树每棵产大杏扁都在三斤以上,如果按这个数字算,一亩地就可以收入一千五百块。这简直就是摇钱树啊!我通过调查发现,"万亩大杏扁运动"之所以失败,根本原因是没有解决好科学管理问题,最关键的是没有解决好花期抗冻问题。我要和你们商量的是,我想在王家沟村搞两个试验:一个是培育能抗冻的大杏扁新树种;一个是如何搞好对存留大杏扁树的科学管理。走一条先试验、再示范、然后再推广路子,引导老百姓自愿的去种植大杏扁。顺便和你们说一句,我已经退休了,我不是以副专员的身份给你们部署任务,而是以一个普通老百姓的身份和你们商量。你们看咋样?

李志:我赞同,我代表乡里全力支持。

王忠富:这要是搞成了老百姓可就真富起来了,我也赞同。

王铁柱:需要我干啥魏专员您就说吧。

邢得顺:这两年我就一直在琢磨杏扁树为啥结果儿少的问题,只是还没摸出门道儿,关于如何搞好对存留树的科学管理我一定尽力。只是培育抗冻新树种的问题,咱们这些人是解决不了的。

魏民:这方面的专家我去找。既然你们都支持,这事儿咱们就这么定了。铁柱,那两棵抗冻树一定要看管好,千万别出啥岔子,培育抗冻的新树种离不开那两棵树的杏核。

王铁柱:没问题,您就放心吧。

魏民:还有,这事儿我建议暂时保密,等有点儿眉目了再往外说,我怕弄不成惹人笑话。

大伙儿笑笑:行。

## 30. 丹玲家院门前　夜　外

王奔子来到丹玲家院门前。

院门关着,王奔子抬手刚要敲门,门一下子被拉开了。

拉门的正是丹玲,手里拿着一个布包。她见门口站着一个人吓了一跳:谁呀?

王奔子笑嘻嘻地:我,连我都认不出来了?

丹玲有些生气:黑咕隆咚的站在这儿干啥,吓我一跳。

王奔子:我是来找你的,正好你出来了。

丹玲冷冷地:找我干啥?

王奔子:我娘说明天再去县里催催我姐夫,让他快点儿给你转成国办老师。

丹玲:跟你说多少次了,我的事儿不用你管。

王奔子:是不是王铁柱托魏专员给你办呢?

丹玲:胡说啥呀。前几天我们校长说了,上面有文件,民办转国办必须参加地区教育局的统一考试,走后门儿根本就没用。你和你娘的好意我都领了,告诉你娘别费这个心了。

丹玲说完转身欲走。

王奔子:丹玲,我想跟你聊会儿。

丹玲:有啥聊的。

丹玲说着向前走去。

王奔子:去哪儿呀?

丹玲头也不回:管我去哪儿呢。

王奔子失望的样子。

### 31. 王铁柱家院门前　夜　外

丹玲快走到王铁柱家院门前时,看到王铁柱扛着一把铁锹正走了过来。

### 32. 村街大树后　夜　外

王奔子躲在一棵大树后面盯着丹玲和王铁柱。

### 33. 王铁柱家院门前　夜　外

丹玲上前迎了两步:铁柱哥,咋么这么晚才回来?

王铁柱:下午我和忠富叔跟着魏专员去了趟乡里,回来晚了,在林子里多干了会儿。咋这么晚来了?

丹玲:天暖和了,可一早一晚儿的还挺凉,我抽空给你织了件毛背心。(说着把手中的布包裹递给王铁柱)回家试试看合不合身儿。

王铁柱接过布包裹:谢谢你。

丹玲嗔怪地:老是谢呀谢的,就不会说句别的。

王铁柱憨憨地一笑:进屋坐会儿吧。

丹玲:不啦,我还得批改作业呢,明天再过来。

丹玲说完转身离去。

王铁柱目送丹玲,脸上洋溢着幸福的表情。

### 34. 村街大树后　夜　外

树后的王奔子嫉恨的表情。

### 35. 地区行署林光祖宿舍　夜　内

这是一间十五平方米左右的单身宿舍,室内很凌乱,书架、床头、桌上到处都堆放着书刊。

林光祖是地区林业局的工程师,约五十岁,体型偏瘦,戴着一副高度近视眼镜,典型的知识分子形象。此刻,他正坐在桌前看书。

敲门声:呼呼呼。

林光祖头也没抬:请进!

魏民推开门走进:呦,还孜孜不倦呢。

林光祖扭头看了一眼,慢慢站了起来:魏专员,您怎么这么晚过来啦?

林光祖说话带有明显的广东口音。

魏民:去了趟狐岭县,回到家就八点多了,吃完饭就到你这儿来啦。不打扰你休息吧?

林光祖:不打扰,我每天睡得都很晚。坐吧。(说着把椅子让给魏民,自己坐在床上)给您沏杯茶吧?

魏民:不用了,喝的稀粥,不渴。

魏民说着瞟了一眼桌上的一本书。

特写镜头:书名是《热爱生命》,封面显得很旧了。

魏民拿起书看了看:这本书好吗?

林光祖:这是我长这么大遇到的最好的一本书。

魏民将书放在桌上,环视了一下:哎呀,看你这屋乱的。林工呀,咋不张罗个媳妇成个家呢?

林光祖:当右派的时候没人敢跟,现在岁数大了又没人愿跟,就是打光棍儿的命。魏专员,您不是来找我闲聊的吧,是不是有事?

魏民:是有事儿,还是大事儿。

林光祖:什么大事?

魏民:种大杏扁的事儿。

林光祖一愣:您还要干这事呀,这十来年的苦头您还没吃够吗? 刚开始搞的时候有人说您是拿生产压革命,后来又有人说您是为了给个人树碑立传劳民伤财。您可能还不知道,最近还有人拿您说事呢。

魏民:说啥?

林光祖:一推广什么新技术,就有人说,可千万别又成了魏民的大杏扁。

魏民哈哈大笑:马克思不是说过吗,走自己的路,让别人说去吧。

林光祖:您这是何苦呢,这么大岁数了,也离开领导岗位了,还操这份心干什么?

魏民:还债。当年开展"万亩大杏扁运动"时,我们的宣传给了老百姓很大的希望,后来这个希望化成了泡影。因为这件事儿是我首倡的,我总有一种负债感。

林光祖:您这种负责任的精神挺令我感动,可实践已经证明不行了呀。

魏民:那只是表象。真正导致失败的原因是缺乏科学指导,尤其是没有解决好花期抗冻的问题。狐岭县王家沟村有两棵抗冻的人杏扁树,零下五六度的强寒流杏花儿都冻不死。我想请你出山,用这两棵树的杏核作种子,培育出能抗冻的大杏扁新树种。

林光祖听了连连摆手:不行不行,我可没那本事。

魏民:你是北京林业大学毕业的,咋不行呢?

林光祖:我是学林业的不假,可我学的是防病虫专业,对树种育苗一窍不通,您还是另请高明吧。

魏民:真不行?

林光祖:真不行。

### 36. 地区林业研究所所长办公室　日　内

魏民正在向阮所长说培育抗冻大杏扁新树种的事儿。

魏民:……就这么个事儿。阮所长,我想请你们林业研究所给帮这个忙。

阮所长(约五十四五岁):魏专员,这个课题我们可承担不了。您也知道,咱们这个林业研究所是八〇年才恢复的,后来的几个老工程师不是调走了就是离世了,现在的技术人员,有五个是只上过不到一年大学就赶上了停课闹革命,专业知识等于没学。还有三个是工农兵大学生,他们目前所能承担的也只是绿化、树木防病和移栽等方面的课题,培育新树种根本就没接触过,也没听说过。

魏民:那到什么地方才能找到这方面的人才呢?

阮所长想了想:去北京林业大学吧,或许他们那儿有这方面的人才。

魏民:你这一说我想起来了,我倒是认识那个学校的一个教授。

### 37. 北京林业大学周教授家门口　傍晚　外

魏民和包卫平走上四楼。包卫平提着一布袋大杏扁。

魏民看了看门牌号:403,就是这家。

魏民轻轻敲门。

门拉开一个缝儿,一个六十五六岁的老妇人探出头:你们找谁?

魏民:这是周教授家吗?

老妇人:是。

魏民:你是周夫人吧?

老妇人:对。(打量了一下魏民和包卫平)你们是哪儿的?

魏民笑笑:打搅了。我们是东口地区的,找周教授有点儿事儿。

周夫人:北京园林处把他接走讲课去了。

魏民:啥时候回来?

周夫人:估计得十来点了,你们明天再来吧。

周夫人说完欲关门。

魏民:周夫人请稍等。(从包卫平手里拿过布袋)这是我们给周教授带的大杏扁,你收下吧。

包卫平有些看不惯周夫人冷漠的样子,大声地:这是我们东口地区的领导,魏专员!

周夫人一下换了副面孔,接过布袋把门打开:噢,进屋坐会儿吧。

魏民:不啦,我们明天再来。

**38. 周教授家楼道口  傍晚  外**

魏民和包卫平从楼道口走出。

包卫平愤愤地:还知识分子家庭呢,一点儿礼节都不懂。

魏民笑笑:见咱们是生人嘛,可以理解。卫平,周教授也许不会回来那么晚,咱们就在这儿等等吧。

包卫平:您不吃饭了?

魏民:不饿,等见完周教授再吃吧,见不着他心里不踏实。

魏民说完找了个台阶坐了下来。

包卫平也跟着坐了下来。

**39. 空镜**

夜幕降临,周围的环境完全淹没在夜色中。

**40. 周教授家楼道口  夜  外**

包卫平看了看手表:快九点了,没准真得十点多回来,咱们别等了。

魏民:已然等了这么久了,再等等吧。

魏民刚说完,一辆小轿车开过来停在楼前。

一个人从车上下来之后,小轿车调头返回。

借着路灯的光亮,可以看到这个人约六十七八岁。

魏民和包卫平赶忙站起来迎了过去。

魏民:你是周教授吧?

那人看了看魏民:你是谁呀?

魏民:周教授,你还认得我不,我是东口地区的魏民。

周教授:哎呀呀领导,你怎么找到这儿的?

魏民:从你们学校的老师那儿打听到的。

周教授:十来年没见了。快进家。

魏民:这么晚不进了,有几句话在这儿和你说说就行了。

周教授:那哪儿行呀,啥话进家再说。


## 41. 周教授家　夜　内

魏民和包卫平随周教授走进。

周教授喊道:老伴儿,来贵客啦!

周夫人从一房间走出:他们刚才就来啦,还给你拿了一袋大杏扁,我说你回来得晚,他们就先走了。在哪儿碰上的?

周教授:他们就在楼下等我呢。(埋怨地)你呀,怎么不留他们在屋里等我?

周夫人:留啦,留不住。

魏民:是留我们来着,我们本打算明天再来,想想也没啥事儿,就在街上转了会儿又返回来等你,没想到还真碰上了。

周教授:吃饭了吗?

魏民:吃了,在旅店吃的。

周教授:老伴儿,你知道他是谁不?

周夫人:刚才听这个小伙子说了,是东口地区的魏专员。

周教授:他就是我常说的那个东口农场革委会的魏主任。

周夫人:噢,魏专员就是魏主任呀,刚才有些怠慢,对不起。老周经常念叨你,说他在东口农场接受改造那会儿经常闹病,要不是你暗中照顾他,他这条命恐怕就丢在那儿了。

魏民笑笑:那是应该的。

周教授:啥应该呀,当时我们都是被改造对象,你担着多大的风险啊。老伴儿,快把我的好茶叶拿出来给他们沏上。

周夫人应着去沏茶。

周教授:有啥话说吧。

魏民:是这么个事儿。我们地区种的大杏扁花期不抗冻,一遇到晚霜或寒流花儿就冻死了,造成绝收。最近我们发现了两棵不怕冻的杏扁树,花期遇到零下五六度的寒流都冻不死。我们想用这两棵树的杏核作种子,培育出能抗冻的大杏扁新树种。但我们缺乏这样的人才,想请周教授从你们学校给推荐一个。

周夫人端着两杯茶走过来放到魏民和包卫平面前:请喝茶。

魏民、包卫平:谢谢。

周教授:就这事儿?

魏民:就这事儿。

周教授笑笑:魏主任,不,现在应该叫专员了。魏专员,要是这事儿的话你可舍近求远了。

魏民不解地:舍近求远?

周教授:对,你身边就有这样的人才呀。

魏民疑惑地:谁呀?

周教授:当年在东口农场劳动改造的右派,你还让我给他送过书。

魏民:你是说林光祖?

周教授:对。五十年代时我们学校有位树种育苗专家刘大伟教授,林光祖就是他的得意门生,在学校时林光祖就发表过好几篇有关树种育苗的论文。只可惜后来被打成右派,没好好发挥他的作用。"文革"后学校曾想把他调回来,听说你们地区不同意放结果没办成。你就找他吧,肯定没问题。

魏民:我找过他,他说他学的是防病虫专业,对育苗一窍不通。

周教授:他肯定是有情绪,没说实话。想想也是,二十多岁就被打成右派,一辈子几乎都毁了,咋能没情绪呢。对了,你让我给他送书的事儿他知道了不?

魏民:不知道。一直没和他说过。

周教授:怎么不和他说呀?

魏民:那么点儿小事儿,不值得一说。

周教授:那可不是小事儿呀,你是救了他一命呀。当年要不是你再三叮嘱不让我告诉他是你送的,我早就和他说了。

魏民:那时候是"封资修"的东西,我怕传出去……

周教授:我理解,毕竟你那时也刚从"牛棚"解放出来。时过境迁了,你把送书的事儿告诉他,他肯定会帮你的。

魏民:这不好吧,有让他报恩的意思。

周教授:十多年了,该让他知道了。再说,他如果知道他身边还有你这样的好领导,也许会振作起来。这样吧,我给他写封信。


**42. 地区行署林光祖宿舍　夜　内**

林光祖坐在桌前边看信边流泪。

林光祖:为什么不告诉我呀,为什么不告诉我呀……


**43.（闪回）东口农场　日　外**

十五年前。

林光祖坐在一棵树下哭泣。

周教授走了过来:小林。

林光祖抬起头擦擦泪:周教授,您中午怎么不睡会儿?

周教授:我是专门来找你的。

林光祖:有事儿?

周教授四下看了看,从怀里拿出一本书:这本书你看看吧,对你有好处。

林光祖接过来看了看。

特写镜头:杰克·伦敦的小说《热爱生命》。

林光祖有些吃惊:您怎么会有这种书?

周教授:你看过?

林光祖:没有,我很少看小说。杰克·伦敦这个美国作家我倒是听说过。

周教授:抽时间看看吧,可千万别让别人看见。

林光祖点点头:我知道。

### 44. 地区行署林光祖宿舍　夜　内

林光祖放下信,拿起桌上的小说《热爱生命》站起来向外走去。

### 45. 魏民家　夜　内

魏民书房内,林光祖正在问魏民给他送书的事儿。

林光祖手里拿着小说《热爱生命》:……您当时怎么会给我送这本书?

魏民:那时我见你情绪特别不好,又从周教授那儿了解到你有轻生念头。我怕你真想不开出事儿,就委托周教授多注意你。后来觉得这也不是个长法儿,有一天我在家整理东西时一下看到了这本书。(说完从林光祖手中拿过书看了看)这本书是我刚参加游击队时,有一次受伤后我们队长送给我的。当时我伤势严重、伤口恶化,可游击队又缺医少药。伤痛折磨得我产生了想死的念头,我曾哀求队长给我一枪。后来队长就给了我这本书。队长是我中学老师,他说,故事不长,你坚持看完这本书如果还想死,我就满足你。结果是我看完这本书后以顽强的毅力活了下来。我感到这本书有一种神奇的力量,能鼓舞人、激励人去战胜一切困难和痛苦,坚强地活下去。所以我就委托周教授把这本书悄悄送给你。

魏民说完又把书递还给林光祖。

林光祖接过书:你说的一点儿没错,后来我之所以有勇气活下来,就是看了你送的这本书。

魏民:生命是宝贵的,无论在什么环境下,什么条件下,都要顽强地活下去。你后来做到了,我很高兴。

林光祖:魏专员,你说的事我干。

魏民笑笑:想好了?

林光祖:想好了。

### 46. 王铁柱大杏扁林　日　外

镜头切换:满林的杏花化成累累的青杏果。

镜头移至那两棵抗冻的大杏扁树下,王铁柱正仰望着满树的杏果,脸上洋溢着笑容。

丹玲走了过来。她穿着一件花衬衫,显得更加苗条、漂亮。


## 47. 同上

远处,躲在杏扁林中的王奔子窥视着丹玲。


## 48. 同上

王铁柱看到了丹玲:你咋来地里了?

丹玲:去你家大娘说你还没回来,有件好事儿想赶紧告诉你。

王铁柱:啥好事儿?

丹玲:我考试合格,已经转成国办老师了。你看,这是地区教育局寄来的通知书。

王铁柱接过通知书看了看:真好。

丹玲调皮地:祝贺一下。

王铁柱:咋祝贺?

丹玲往前一凑:亲一口。

王铁柱脸唰地红了:让人看见了。

丹玲佯装威胁:哪儿有人呀。亲不亲,不亲我走啦。

王铁柱四下看了看,抱住丹玲亲了一口。

丹玲笑笑:这还差不多。晌午了,回家吃饭吧。

王铁柱:我还不能走,我得看着这两棵树,就是这两棵。(说着指了指两棵抗冻树)得等忠富叔来替我才能回去。

丹玲:这两棵树和别的树不都一样吗,为啥要看着?

王铁柱:其实不一样,这两棵树花期不怕冻,魏专员准备用这两棵树的杏核作种子,培育抗冻的新品种,然后再推广。魏专员找的林工程师对这两棵树也特别重视,经常过来看。我和忠富叔怕孩子们给糟蹋了,就轮班看着。你先回去吧。

丹玲:那行吧。今儿晚上去我家吃饭,我把忠富叔也叫上。

王铁柱:行。对啦,培育新树种的事儿先别往外说,魏专员让暂时保密。

丹玲:知道啦。

丹玲说完转身走去。

王铁柱幸福地微笑着。


**49. 同上**

躲在树林中的王奔子看到了刚才的一切,他妒火中烧,从树上狠狠揪下一个杏果刚要往地上摔,忽地想到了什么。

他冷冷一笑,转身离去。


**50. 丹玲家　夜　内**

丹玲、丹母、丹父正坐在屋里说话。

丹母:……你和铁柱的身份不一样啦,可想好了,别到时候后悔。

丹玲:想好了,不会后悔的。

丹父:转成国办老师一个月也不过三十来块钱,一年也就三四百块钱,铁柱承包的三亩大杏扁去年一年就收成一千五百多块,有钱就能过上好日子,我信这个理儿。

王母拿着手电走进。

丹玲:大娘你咋过来啦,快坐。

王母:不坐了,铁柱没在你家?

丹母:他和他忠富叔吃完饭就走了。咋,没回去?

王母:没有呀。

丹玲:他肯定去杏扁林了。大娘,你在这儿坐会儿,我去叫他。

丹玲说着拿起手电向外走去。


**51. 王铁柱大杏扁林　夜　外**

王铁柱正坐在一棵抗冻的杏扁树下哭泣,丹玲打着手电走了过来。

丹玲一惊:铁柱哥,咋的啦?

王铁柱抹了把泪:这两棵树的杏果全毁了。

丹玲用手电朝地上一照,地上一片青杏果和树叶。

丹玲:咋回事儿?

王铁柱:被人敲了。

丹玲:谁这么缺德?

王铁柱:不知道。该咋和魏专员林工程师交代呀……

王铁柱说着又哭泣起来。

## 52. 王铁柱家　日　内

王铁柱躺在床上默默流泪。王母走进,身后跟着王忠富、魏民、林光祖。

王母:铁柱,你忠富叔和魏专员他们来啦。

王铁柱坐了起来:魏专员、林工程师,我对不起你们,没看好那两棵树。

魏民:听忠富书记说了。别难过,今年不行还有明年。

林光祖:无非就是多等一年,没关系的。

王忠富:有村民看见了,敲杏果儿的是王奔子和二蛋狗子他们,派出所刚才来人把他们带走了。听说王奔子也看上丹玲了,我琢磨是王奔子见丹玲和你好了,他心生嫉妒,报复你。

王铁柱:那他们为啥不敲别的树,专敲那两棵树呢,那两棵树的事儿咱们没和别人说过呀。

王忠富:我也觉得奇怪。

## 53. 太平乡派出所　日　内

警察正在讯问王奔子、二蛋、狗子。

警察:……想报复王铁柱为啥专敲那两棵树不敲别的树?

王奔子低着头:王铁柱和丹玲说那两棵树的事儿时我偷听到了,想让魏专员恼他。

警察气愤地:你们这是犯罪,知道不?

王奔子、二蛋、狗子都低着头不吭声。

## 54. 魏民家　夜　内

这是一个简朴的家庭,室内几样老式家具显得很陈旧。此时,魏民的老伴儿(约六十二三岁)正坐在桌前看电视(黑白的)。

魏民无精打采地走进。

老伴儿关掉电视:咋了这是?又有啥不顺心的事儿啦?

魏民走到桌旁坐下:那两棵抗冻树的杏果儿全毁啦。

老伴儿:咋回事儿?

魏民:村儿里有人和王铁柱有矛盾,敲杏果儿报复。

老伴儿:咋这么缺德。那该咋办呀?

魏民:没办法,只能再等一年了。

老伴儿:那就再等一年吧。已经这样了,生气也没用呀。

魏民叹了口气:对我来说别说一年,一天都耽搁不起呀。

老伴儿:唉,你这人就这命,一辈子干啥事儿都没顺利过。


## 55. 王铁柱大杏扁林　日　外

画面叠印出字幕:一年后

树上挂满了金黄色的杏果。

两棵抗冻树下,魏民、林光祖、邢得顺、李志、王忠富、王铁柱及刘斌、包卫平正站在树下观看杏果。

魏民:杏果儿长得真好,比去年结的还多。

王忠富:铁柱怕再被人给毁了,自打结果儿,就常在这里守夜。

魏民感动地:铁柱,真是辛苦你了。

王铁柱笑笑,问林光祖:林工程师,可以摘了吗?

林光祖:再让它挂半个月,等彻底吸足了养分杏核才饱满,作种子效果才好。这几天还得多浇水。

王铁柱:行,没问题。


## 56. 村街　日　外

十来个村民站在一起议论着王铁柱的大杏扁,王奔子、二蛋、狗子在其中。

村民甲:……你们知道今年一棵树上能产多少大杏扁不?

村民乙:多少?

村民甲：二斤多，三亩地就能收成三千多块呀！

村民乙：真了不得。咱受一年累个半死，一亩地收成还不到一百块，跟人家比真是天上地下呀。早知道咱也承包了。

村民甲：现在也不晚呀，山坡上不还有二百亩林子吗，你去承包呀。

村民乙：那二百亩能跟那三亩比，年年结不了几个果儿，遇到寒流还绝收，傻瓜才承包呢。

王奔子眼睛转了转，似乎想到了什么。

### 57. 村委会会议室　日　内

会议室十分简陋，魏民和王忠富、李志、林光祖、邢得顺正在聊天儿，王铁柱提着一袋子杏核走进，后面跟着刘斌、包卫平。

王铁柱把袋子放在桌上：我们仨把杏肉都脱完了。

林光祖从袋子里抓起一把杏核看了看，然后挑出两粒：像这种扁平的、颜色又发暗的不适合做种子，得挑出来。（放下杏核拿起桌上的一个大瓶子对王铁柱）这是我配制的一瓶浸泡液，你找个大盆兑二十倍的水稀释后把杏核浸泡三天，然后捞出来晾干。

魏民：为啥要浸泡？

林光祖：这瓶浸泡液既有营养成分又有灭菌作用，既可保证种子强盛的生命力，增强对土壤的适应性，又可防止种子霉烂，还可防病虫害。

魏民：看来不懂科学真不行。

外面突然传来吵闹声。

魏民：咋回事儿？

王忠富：不知道。

魏民：走，出去看看。

### 58. 村委会院门口　日　外

门口围着十几个村民，王奔子、二蛋、狗子在其中。一村干部在拦着他们。

村干部：……我再说一遍，忠富书记和上级领导正研究工作呢，你们明天再来！

王奔子:不行,我们的事儿不能等,今天必须给答复!

二蛋、狗子:对,今天必须给答复!

王忠富、魏民等人走出。

王忠富:咋回事儿? 吵吵啥呢?

村干部:他们说那三亩林子不能让王铁柱再承包了,要轮流承包。

王忠富:四年前大喇叭喊了好几天也没人承包,今儿咋啦? 眼红啦? 这些年铁柱是咋受来着,你们又不是看不见,人家掇弄好了你们都伸手来了,好意思吗?

王奔子:那三亩林子咋说也是集体的,好处不能一个人得。再说了,他和村委会也没订合同。

王忠富:怎么没合同,铁柱和村委会有口头协议,口头协议也是合同。

王奔子:那不能算数。

二蛋、狗子:对,那不能算数。

王忠富:算数不算数不是你们说了算,也不是我说了算,明天召开村民议事会研究。

### 59. 村委会会议室  日  内

王忠富、魏民等人走进会议室。

王忠富愤愤地:太不像话了。

魏民:你打算咋处理这事儿?

王忠富:通过村民议事会否了他们。

魏民:我觉得这也不是坏事儿。这说明老百姓只要看到杏扁树能结果儿,有好收成,他们还是感兴趣的。咱们搞抗冻新树种试验,不就是为了引导老百姓由种低产农作物向种高产大杏扁转变吗? 我建议这事儿再好好琢磨琢磨,要化解矛盾别激化矛盾。

王忠富:您说该咋办?

没等魏民回答,王铁柱接话:忠富叔,魏专员说得有道理。我想和王奔子换个个儿,让他来承包这三亩林子,我去当园林队队长。咱们不是也要摸索对存留树的科学管理办法吗,我想在林工程师和邢技术员的指导下试试。如果那片林子还由王奔子管理,就他那懒散劲儿,就是有林工程师和邢技术员指导恐怕也不行。

魏民露出敬佩的目光:我赞同。

王忠富:那行吧,倒是便宜了那小子。(朝外看了看)呦,又晌午了,今儿中午到我家吃饭吧。

魏民:总到你家铁柱家吃也不是个常事儿。我建议在村委会建个小食堂,再从村里找个做饭的,以后咱们就在村委会吃吧。

王忠富:怕我俩管不起饭?

魏民:不花钱的饭长期吃就不好意思了。再有,开春之后试验一搞起来就忙了,有时还得住在这儿。

王忠富:那行吧。(想了想)村里有个叫红三巧的,四十多岁,干净利落,她是个寡妇,孩子在县城读高中,没啥负担,就让她来做饭吧。

魏民:男人咋死的?

王忠富:咳,三巧儿也是个苦命人,孩子刚出生男人就病死了,一直守着婆婆没改嫁,前两年婆婆也死了。

魏民:行。把工钱和人家讲好,多少钱大伙儿摊。

王忠富:工钱由村里出。

魏民:那不行,时间长了村民会有意见的。


### 60. 山坡集体大杏扁林　晨　外

王铁柱正在给园林队队员开会。

王铁柱:……我想和村里签订合同,咱们园林队承包这二百亩林子,你们说行不?

二蛋:这么多年都没咋结过杏果儿,别闹的光倒贴承包费。

王铁柱:林工程师和邢技术员说过,这片林子管理好了每棵树产大杏扁至少在一斤半以上,就按一斤半算,这二百亩林子共计一万四千棵,能产大杏扁两万一千斤。现在大杏扁收购价是每斤五块钱,两万一千斤就能卖十万零五千块,承包费大概四万块,还剩六万零五千块,留下两万五千块购买化肥、农药啥的,还剩四万块。咱们园林队共十一人,也就是说每人可以分到三千六百多块。

狗子:这几年每棵树最高也就产一二两,花期遇到寒流还绝收,你说的靠谱不靠谱?

王铁柱:那是管理没跟上去。只要咱们按照林工程师和邢技术员的指导好好掇弄,肯定没问题。

一队员:行,那就听队长的!

其他队员:同意!

王铁柱见二蛋、狗子没吱声:你俩呢?

二蛋:大伙儿同意我也没意见。

狗子:行吧。

王铁柱:好,那以后大伙儿必须听我的,我说咋干就咋干。

大伙儿:行!


**61. 空镜**

初春的田野,草发芽树吐绿,大地呈现出淡淡的绿色。


**62. 村委会会议室　日　内**

魏民正站在一块儿黑板前边写边作阶段总结。在座的有李志、林光祖、邢得顺、王忠富、王铁柱、刘斌、包卫平。

魏民:……去年开春,咱们从两棵抗冻树的杏核中优中选优,种了三千棵树苗,今年开春嫁接后成活率为百分之九十五。为观察树苗对不同土质的适应情况,咱们搞了两个试验林,一是往耕地移栽了十亩,每亩110棵;二是往山坡地移栽了二十亩,每亩八十棵左右。目前,这些树苗的长势都非常好。俗话说,桃三杏四,我相信,四年后这些树一定会开花结果。为了培育出抗冻的新树种,林工程师和邢技术员查阅了大量的资料,精心育苗、科学嫁接,可谓呕心沥血。特别是林工,为掌握育苗的相关数据,有时整夜地蹲在地里;忠富书记和王铁柱不但投入了资金,还把自家的责任田献出来当试验田,连口粮田都没留;乡里给予了大力支持,李书记不但给调拨了化肥、农药,还给忠富书记和王铁柱补助了口粮款。没有各位的辛勤努力、无私奉献和大力支持,是不会有这个良好开端的。我衷心地感谢大家!

魏民说完向大伙儿深深鞠了一躬。

大伙儿赶忙站了起来。

王忠富:魏专员,您这么大岁数辛辛苦苦的图个啥呀,还不是想让老百姓过上好日子,我们应该感谢您呀!

李志:忠富书记说得对,您是在为老百姓探索致富的路子,说感谢的应该是我们。

魏民笑笑:那就都别客套啦。(像是突然想起了什么)哎呀,差点儿忘了,我向上级申请了五千块试验经费。忠富书记,交给你吧。

魏民说着从提包里掏出一个装钱的大信封递给王忠富。

王忠富接过信封看了看:太好了,感谢上级的支持。(说着从信封里掏出一个手绢包)呦,还用手绢儿包着呢。

魏民愣了一下,笑道:那手绢儿可不能给你。

王忠富解开手绢,看到是块儿花手绢,笑道:魏专员,大老爷们儿咋用块儿花手绢儿呀。

王忠富说着将手绢儿递给魏民。

魏民接过手绢笑道:我哪能用花手绢儿呀,老伴儿的。昨晚我让她把钱装到信封里,没想到还给包上了。

一个既精神又漂亮的中年妇女走进。她就是红三巧。

红三巧:先吃饭吧,都过点儿了。

魏民笑着:三巧儿,今儿又给我们编算啥好吃的了?

红三巧:推莜面窝窝,炖羊肉蘑菇汤,还有小葱拌豆腐。

魏民:太好了,听着就有胃口。走,先吃饭!


### 63. 山坡集体大杏扁林　日　外

又是杏花盛开的时节,艳丽的杏花挂满枝头。魏民、林光祖、邢得顺、李志、王忠富、王铁柱、刘斌、包卫平及园林队的队员正在观看杏花。

魏民:真没想到开了这么多花儿。和我大前年来这儿看时相比,反差实在是太大了。

王铁柱:这全靠林工程师和邢技术员的科学指导。

林光祖:哪里,主要还是你们园林队辛勤劳动的结果。

李志:全面的说应该是科学指导加辛勤劳动。

王忠富:说到底还得感谢魏专员,要不是魏专员前年给咱们确定了走抗冻新树种试验和对存留树进行科学管理试验这两条路,二百亩林子也不会出现今天这个结果。

魏民笑道:行啦行啦,别啥功劳都往我身上安,没有大伙儿我只能是个空想家,啥也干不成。

狗子:铁柱哥,你说今年平均每棵树能不能产一斤半大杏扁?

二蛋:肯定在一斤半以上,咱们就等着分钱吧!

王忠富:臭小子,就想着分钱,得好好劳动!

大伙儿笑。


**64. 王家沟村　夜　外**

村里的大喇叭传出王铁柱的喊声:园林队的队员们,今夜有寒流,大伙儿赶紧扛上秸秆儿上山熏烟……


**65. 王奔子家王奔子房间　夜　内**

王奔子正睡着。

王母急急地走进推王奔子:奔子,快醒醒!

王奔子睁开眼,迷迷瞪瞪地:干啥呀?

王母:你听,铁柱在大喇叭里喊呢!

王铁柱在大喇叭里的喊声继续着:……今夜有寒流,大伙儿赶紧扛上秸秆儿上山熏烟……

王母:奔子,你爹去你姐家没回来,快起来去你的林子里熏熏烟吧。

王奔子不耐烦地:大暖和的天儿哪来的寒流,别听他瞎嚷嚷。

王奔子说完用被子蒙住了头。

王母叹了口气。

### 66.山坡集体大杏扁林　夜　外

王铁柱、二蛋、狗子等队员都穿着大衣扛着大捆的秸秆儿来到杏扁林。

二蛋:铁柱哥你看,忠富叔和林工程师邢技术员也来了。

王铁柱回头一看,王忠富、林光祖、邢得顺穿着军大衣打着手电正走了上来。

王铁柱赶忙迎了几步:你们咋也来啦?

林光祖:怕你们掌握不好方法。熏烟也有科学,方法不对效果就不会好。

王铁柱:咋熏才好?

林光祖用手电照着手中的温度计:你看,现在是零上一度,温度虽然降下来了,但寒流的高峰还没到来,如果这时候熏烟,寒流的高峰到来时烟势就减弱了,抵御能力就差了。

王铁柱:那啥时候熏合适?

林光祖:零下一度时。寒流的高峰过程一般持续三个小时左右,熏烟不但要保证持续三个小时以上,而且熏烟的范围要大,不要局限在林子里。同时,在上风口要多熏,这样才能保证熏烟御寒的效果。

王铁柱:明白了。(对队员们)刚才林工程师说了,得大范围熏烟,还得保证持续三个小时以上,这些秸秆儿远远不够,大伙儿再下山扛秸秆儿去!

王铁柱刚说完,魏民和包卫平穿着军大衣打着手电也走了上来。

二蛋和狗子感动地看了看魏民,快步向山下走去。

王忠富:您老咋也上来啦?

魏民笑笑:你们都来战寒流我不能躺在被窝里躲寒流呀。

王忠富:不行,您快回去吧,这儿有我们就行了,别冻坏了身子。

魏民:穿这么厚没事儿,我也来学学熏烟技术。

王忠富嗔怪包卫平:卫平,你咋不拦着他。

包卫平:拦啦,拦不住呀!

风声起。

林光祖又用手电照了照温度计,差不多了,赶紧摆放秸秆儿吧。

**67. 山坡集体大杏扁林　晨　外**

林子周边到处是燃烧过的秸秆灰烬。

王铁柱和二蛋、狗子从山下走上来。

王铁柱看了看林中的杏花:昨天夜里的寒流是零下六度,可冻死冻落的花儿没多少,多亏了林工程师和邢技术员上山给咱们指导。

二蛋:哪想到熏烟还这么多道道呀,现在我才知道要想种好大杏扁有多不容易了。

狗子:铁柱哥,前年我们跟着王奔子敲你的杏果儿真不应该,你可别记恨我们。

王铁柱笑笑:咋这么多心眼儿,过去的事儿了还提它干啥。

二蛋:关键是耽误了魏专员和大伙儿一年的试验时间呀。派出所说我们是犯罪,一点儿都没错。多会儿想起来都后悔的不行。

王铁柱:知道错就行了。魏专员这个人特别善良,知道这事儿后也没说过你们啥。

二蛋和狗子一副惭愧的样子。

王铁柱:我一下想起来了,也不知王奔子熏烟了没?

二蛋:大喇叭一喊全村人都能听着,他肯定也熏了。

**68. 王奔子大杏扁林　日　外**

王铁柱来到林边。

林中,地上处处都是被冻落的杏花,即使是还挂在树上的杏花也都萎缩了。

王奔子坐在树下哭泣。

王父恼怒地:哭哭哭,哭有个屁用,能把花儿哭活了!稍微勤谨点儿也不至于成这个样子!唉,咋就牛了你这么个懒货!

王铁柱转身离去。

**69. 村委会会议室　日　外**

魏民、李志、林光祖、邢得顺、王忠富、刘斌、包卫平正坐在屋里说话,王铁柱走进。

魏民:昨夜熏烟的效果咋样?

王铁柱:非常好,冻死的花儿特别少,科学知识真是太重要了。

王忠富:要搁往年就绝收了。

王铁柱:王奔子那三亩林子除了那两棵抗冻树,其他的杏花儿全冻死了。

王忠富:他没熏烟?

王铁柱:我以为他熏了,路过看了看才知道没熏。

王忠富气愤地:这个懒货,这片林子非毁在他手里不可。明天开村委会研究,不让他承包了。

魏民:我也忽略了,昨天夜里应该去看看。

王忠富依然愤愤:自个儿承包的林子自个儿不上心,难道还得别人替他管。真后悔让他承包。

魏民:忠富书记,先别生气。我是这么想的,这三亩林子也是如何搞好存留树管理的一个样板,咱们不能让它毁了,以后也要加强科学指导。至于承包人的问题,我建议暂时不要换,咱们既要救树,也要救人。王奔子要是堕落了,对咱们村来说也不是件好事儿。王奔子是有毛病,特别是懒惰,但我相信他是可以教育好的。只要咱们真心帮他,他会被感化的。

王铁柱:忠富叔,魏专员说的在理儿,以后我多帮他。说实话,那片林子我毕竟掇弄了四年多,已经有了感情,毁成这样我心里也特别难受。就让他再承包两年看看吧。

王忠富:既然你们这么说那就让他再承包两年看看。要不是看在他爹是老支书的面子上,那年就算铁柱让出来我也不会让他去承包。

院内传来红三巧的喊声:饭做好了,吃饭吧!

王忠富应道:知道了,马上过去!(对大伙儿)先吃饭吧。

大伙儿站起来往外走去。

魏民:林工,你等等,我和你说两句话。

林光祖返回来:您说。

魏民笑着:林工,你觉得红三巧这个人咋样?

林光祖:挺好的啦,漂亮又大方,开朗又热情,人还勤快。

魏民:你也是五十开外的人了,该成个家了。你要是愿意,我和忠富书记给你和三巧儿牵牵线咋样?

林光祖有些不好意思:人家能看上我吗?

魏民:这你就别管了,先说你愿意不?

林光祖红着脸:我当然愿意。

## 70. 村委会小食堂　日　内

魏民在王忠富耳旁嘀咕了几句什么。

王忠富笑道:太好了,我现在就去说。

## 71. 小食堂厨房　日　内

红三巧盛了一盘菜端起来正要往外走,王忠富走进。

红三巧以外王忠富是来帮忙的:不用你帮,快去吃吧。

王忠富笑道:这个忙我非得帮。

红三巧:不用,这么点儿活儿哪还用你。

王忠富:我不是帮你端菜,是帮你找对象。

红三巧一笑:尽开玩笑。

王忠富一本正经:我说的是真的。三巧儿,你看林工程师咋样?

红三巧脸一红:人家是城里人,又是工程师,哪能看上我这个农村人,又没啥文化。

王忠富:林工程师已经同意了,就看你同不同意。

红三巧:他要同意我没意见。

红三巧说完红着脸端起菜盘走了出去。

## 72. 村委会小食堂　日　内

王忠富笑着对魏民:成了。

魏民高兴地:太好了。(站了起来)今天给大家宣布一件大喜事儿……

红三巧红着脸欲往厨房走,王忠富赶忙拉住了她:有啥不好意思的。

魏民接着:林工程师和红三巧就要喜结良缘了。王铁柱和丹玲在"五一"

劳动节结婚,我建议林工和三巧儿的婚礼和铁柱丹玲一块儿办,就在村委会办,大伙儿说咋样?

大伙儿拍手叫好。

林光祖和红三巧不好意思地相互看了一眼。

### 73. 耕地大杏扁试验林　夜　外

画面叠印出字幕:四年后

试验林的大杏扁树都开了花。魏民此时已是七十二三岁,他正和林光祖、王忠富、包卫平打着手电,在寒流袭来之时测试杏扁树的抗冻情况。几个人都穿着军大衣。

魏民:四年头上都开花儿了,看来"桃三杏四"的说法挺准的。

王忠富:是呀,这都是老辈儿人从实践中总结出来的。

林光祖从树杈上拿起温度计看了看:气温已经回升了。刚才杏花儿在零下六点五度的寒流中度过了三个多小时,既没有落花儿也没有萎缩现象,看来抗冻没问题了。

李志、王铁柱、邢得顺、刘斌打着手电走了过来,他们也都穿着军大衣。

魏民:山坡试验林的花儿咋样?

李志:非常好。让邢技术员说说吧。

邢得顺:山坡上的寒流是零下七度,这是历年来最寒冷的一次寒流。经过三个多小时的测试,杏花儿依然长势正常,一朵都没冻死。

魏民高兴地:太好了,抗冻的新树种终于试验成功了。对了,应该给这个新树种起个名字吧。

林光祖:我看就叫"优一"吧,这是咱们试验的第一个抗冻新树种,以后也许还会有第二个、第三个。

魏民:好,就叫"优一"。林工,你根据开花情况估算一下,每棵树大致能产多少大杏扁?

林光祖:民间虽然有"桃三杏四"的说法,但头一年开花不是太多,当然结果儿也就不会太多,我估计每棵树所产大杏扁不会超过半斤。但两年以后,也就是第六个年头就不一样了,那时就会进入盛果期,每棵树预计可产一斤半左右。十年后会进入高峰期,预计每棵树可产三斤以上,甚至五六斤。

魏民:前景可观。忠富书记,你明天就组织村民参观这两个试验林吧,同时也开展一下宣传,看看村民对种植"优一"有多大兴趣,明年开春后好酌情安排育苗的事儿。

王忠富:行。村民肯定会感兴趣。

魏民:对了,咱们再去那二百亩和那三亩林子看看吧,这么强的寒流不知花儿冻死没。

王铁柱:不用去了,我已经看过了。那二百亩又扩大了熏烟范围,虽然有冻死的但不算多。王奔子那三亩我也让园林队的几个人帮他熏了,冻死的也不多。

邢得顺:熏烟是一个方面。这几年经过科学管理,树本身对环境的适应性和抗寒性也增强了。要不然,这么强的寒流,就算是科学熏烟也不会有这个效果。

魏民:说得对,看来对存留树的管理办法也算摸索出来了。

王忠富:咱们回吧。

魏民:回吧。

魏民刚走了几步一下跪倒在地上,包卫平赶忙把他搀扶起来。

王忠富:咋回事儿?

魏民:这些日子有时腿发软头发晕。没事儿,我这病来得快好的也快。


**74. 耕地大杏扁试验林　日　外**

村民们在参观,林光祖作讲解,魏民、王忠富、包伟平在场。


**75. 山坡大杏扁试验林　日　外**

村民们在参观,邢得顺作讲解,李志、王铁柱、刘斌在场。


**76. 村街　日　外**

丹玲组织学生正在用快板儿的形式进行宣传,红三巧在场。

学生们打着快板儿说着顺口溜:人均百一杏扁树,六年实现小康户。每棵产仁一斤半,人均收入一千五。十年头上就翻番,家家都是万元户,万——元——户!

村民甲问丹玲:种一百一十棵杏扁树一年就能收成一千五百块?

丹玲:能呀。我给你算算,一亩地可种一百一十棵杏扁树,一棵树能产大杏扁一斤半,一百一十棵就能产一百六十五斤。现在大杏扁的收购价可不是几年前的五块啦,是每斤十块,一百六十五斤就能卖一千六百五十块,还不止一千五呢。

村民乙:十年头上就翻番是咋回事儿?

红三巧抢过话:十年头上每棵树就不是产一斤半大杏扁啦,而是三斤以上,也许是五六斤。就按三斤算,产一斤半的时候能卖一千六百五十块,产三斤不就增加一倍,能卖三千三百块吗,这不就是翻番了吗。

村民甲:三千三也不是万元户呀。

红三巧:你傻呀,你家四口人,一人三千三,四个人不就是一万三千二百块吗,咋还不是万元户?

大伙儿哈哈笑。

村民乙问丹玲:这顺口溜编的真好,你编的?

丹玲:我哪有这本事,是魏专员编的。(问大伙儿)咋样,大家愿不愿意种大杏扁?

村民笑而不答。

红三巧:笑啥,到底愿不愿意?

村民甲:我们再好好琢磨琢磨。

## 77. 村委会会议室　日　内

王忠富、李志、邢得顺、王铁柱、刘斌正在等待村民报名,魏民和林光祖、包卫平走进。

魏民:咋样,报名积极吗?

王忠富神色有些黯淡:除了三巧儿,一个报的都没有。

魏民:看来村民还是没感兴趣。

王忠富:我就奇怪了,这么好的事儿他们为啥不积极。

　　魏民:我考虑有两个原因。一是"万亩大杏扁运动"失败的阴影还没有从老百姓心里抹去。二是我们让老百姓虽然看到了抗冻的新树种,但毕竟只是看到了杏花儿,没看到杏果儿,老百姓心里还没底。我想,后年,也就是第六个年头,当试验林的每棵树产大杏扁达到一斤半以上的时候,这种局面就会大大转变。"优一"给我们打下了坚实的基础,我们必须有信心。

　　王奔子、二蛋、狗子走进。

　　王忠富:有事儿?

　　王奔子:忠富叔,我想报名种大杏扁。

　　二蛋、狗子:我们也想。

　　王忠富既意外又高兴:好呀,欢迎。奔子,你想种几亩?

　　王奔子:十亩。

　　王忠富:你爹娘同意吗?

　　王奔子:就是我爹我娘让我来报名的。

　　王忠富:好。你俩呢?

　　二蛋:我也种十亩。

　　狗子:我也种十亩。

　　王忠富:老人都同意吗?

　　二蛋:开始不同意,后来我说服了他们,就同意了。

　　狗子:我也是。我给我爹我娘讲了那二百亩杏扁林由不怎么结果儿到每棵树能产一斤半大杏扁的经过,又说了"优一"不但花期抗冻,不用熏烟,而且还能多结杏果儿,他们就同意了。

　　王忠富:好,你们带了个好头儿,该表扬。我给你们登记上。

　　王奔子:忠富叔,我那年撺掇人到村委会闹事儿,争那三亩林子是跟铁柱哥怄气。我错了,对不起您也对不起铁柱哥,我想秋后把林子退还给铁柱哥,以后好好摆弄我那十亩大杏扁林。

　　王忠富:你可想好了。

　　王奔子:想好啦,我爹也让我退给铁柱哥。

　　王忠富:好,我们尊重你的想法。至于那三亩林子以后由谁承包,等村委会商量了再说。

王奔子:魏专员,前几年我毁了那两棵抗冻树的杏果儿,耽搁了一年试验,我对不起您对不起铁柱哥,也对不起在座的各位,我给你们赔罪。

王奔子说着跪了下来。

王铁柱赶忙把王奔子扶起来:都过去的事儿了,千万别这样。

魏民:浪子回头金不换。奔子,忘掉过去向前看,我相信你以后一定能干出成绩来。

王奔子泪流满面:谢谢魏专员鼓励,我不会让您失望的。


## 78. 村委会院内魏民房间　夜　内

魏民正坐在桌前听半导体收音机,包卫平走进。

魏民:这么晚咋还没睡觉?

包卫平:不困。我见您屋的灯还亮着,估计您还没睡,过来跟您说会儿话。

魏民:坐吧。

包卫平坐在床边:魏专员,有件事儿在我心里憋了好些日子了,想想还是跟您说说好。

魏民:啥事儿?

包卫平:前些时咱们回东口时,我听林业局的一个司机说,林工的车票和出差补助局里一直没给他报过。

魏民一愣:是吗,为啥?

包卫平:不清楚。还有,这次局里分房也没他的。

魏民:这些事儿早该和我说呀。


## 79. 耕地大杏扁试验林　日　外

王忠富、王铁柱、包卫平正在林光祖的指导下给树喷药,魏民走了过来。

魏民朝林光祖喊道:林工,你过来一下!

林光祖走了过来:有事儿?

魏民:林工,这些年来你的车票和出差补助是不是局里一直没给报过?

林光祖:您听谁说的?

魏民:别管听谁说的,有没有这回事儿?

林光祖:有。

魏民:为啥?

林光祖:其实不是局里不给报,是我根本就没去报过。

魏民:那为啥?

林光祖:研究大杏扁不是局里的任务,我每次都是请假来的。

魏民:咋一直不和我说?

林光祖笑笑:这有什么说的,再说钱也不多。

魏民:一共多少钱?

林光祖:算上补助也就两千多块吧。

魏民:这还不多呀。你一个月才挣几个钱? 把车票和来这儿的天数统计出来给我,我去找你们单位说这事儿。还有,听说这次局里分房也没你的?

林光祖:僧多粥少,哪能轮上我。

魏民:递过申请没?

林光祖:我知道也没希望,凑那个热闹干什么,没递。

魏民:房子分完没?

林光祖:早分完了,行署一共才给局里分了七套。


## 80. 山坡大杏扁试验林　日　外

画面叠印出字幕:两年后

杏扁树上杏果累累,长势喜人。

魏民已是七十四五岁。此刻,他正和王忠富、李志、林光祖、邢得顺、王铁柱、刘斌、包卫平站在林边喜滋滋地欣赏杏果,旁边围着许多村民。

魏民:林工,这片抗冻树已经是第六个年头了。你估算一下,平均每棵树能产多少大杏扁?

林光祖:保守的说,至少在一斤半以上,十年以后肯定能达到二斤以上。耕地试验林由于水分足,平均每棵树的产量比山坡地的至少要高出半斤以上。

魏民:那就是说耕地试验林平均每棵树能产二斤多了。

林光祖:没错。再过三年就能产四斤以上。我大概估算了一下,山坡地这二十亩林子每亩八十棵左右,共计一千六百多棵,能产大杏扁二千四百斤左右,按现在的收购价十元计算,这二十亩能收入二万四千多块。耕地林是每亩一百一十棵,十亩共计一千一百棵,能产大杏扁二千二百斤左右,也能收入二万四千多块。三年以后的收入就更可观了。

魏民高兴地:太好了。

村民甲:忠富书记,我也想种大杏扁。

村民乙:我也想种。

其他村民:我也想种,我也想种……

王忠富:欢迎,都欢迎,待会儿都到村委会去登记吧!


### 81. 村委会会议室　日　内

王忠富正在对村民登记的数量进行统计,魏民、李志、林光祖、邢得顺、王铁柱、刘斌在座。

王忠富统计完:出来了,全村共登记了二千二百多亩,人均约一亩半。

魏民高兴地:形势大好。李书记,我看在太平乡的其他村也可以推广了。

李志:我也有这个想法。我打算明天就组织各村的村干部和村民代表来王家沟村参观,林工、邢技术员、忠富书记还有铁柱,到时候你们好好给他们讲讲。

大伙儿:没问题。


### 82. 村委会魏民房间　夜　内

魏民正伏在桌前写着什么,林光祖走进。

魏民:坐,我正想明天找你呢,正好你来了。

林光祖坐到床边:有事?

魏民:村民种植大杏扁的积极性起来了,科学指导也得跟上去,我编了个顺口溜你看行不?

魏民说着把桌上的一张纸递给林光祖。

林光祖接过来看了看念道:种植杏扁靠技术,优良品种要抓住。每亩密度一百一,科学管理下功夫。浇水施肥不放松,松土除草绝不误。灭虫防病要及时,修树剪枝要适度。哎呀呀,太好啦,既简要又准确,就是一首科技诗呀! 给我吧,我明天交给忠富书记,让他安排人利用黑板报、村广播给宣传出去。

魏民:你再改改,我文化不高,别有弄错的地方。

林光祖:不用改了,已经非常好了。

魏民:林工,科学指导光靠这个顺口溜是不够的,这只能起到提个醒的作用。我想可以在村里办个技术夜校,由你和邢技术员给村民讲讲科学种植和科学管理等方面的知识,你看行不?

林光祖:这个想法好,明天和忠富书记说一下,马上着手筹办。魏专员,这些钱我得还给您。

林光祖说着从衣兜掏出一沓钱放到桌子上。

魏民:啥钱?

林光祖:我已经知道了,您根本就没去找过我们单位,两次给我报的三千多块出差补助,其实都是你自己的钱。这钱我不能要。

魏民:你听谁说的?

林光祖:前一段我回单位时问过。

魏民:林工,既然你知道了我就和你说实话吧。这几年你为了培育抗冻的大杏扁新树种和探索对存留树的科学管理没少往这儿跑,说白了是为圆我的杏扁梦,是在给我帮忙呀,我无论如何不能让你再吃这个亏。

林光祖:正因为是给您帮忙这钱我才不能要。

魏民:不,你一定要收下。我的工资比你高出一倍还多,孩子们也都成家立业了,我们老两口儿也花不了几个钱。再说,大杏扁的事业还没有最后完成,需要你往这儿跑的时候还不少,我总不能让你倒贴吧。

林光祖:可您……

魏民:啥也别说了。这条路是我自己选的,付出点儿也是应该的。拿上吧。

魏民说着从桌上拿起钱塞到林光祖衣兜。

林光祖还要推辞。

魏民:别推了,听我的吧。我还有事儿和你商量。

林光祖不再推了:您说。

魏民:你也看到了,村民们种植大杏扁的积极性起来了,但有一个问题急需解决。

林光祖:水。

魏民:对。看来咱俩想到一块儿去了。村里的那口井浇个三五百亩还行,要浇上千亩可就远远不够了。再说,老百姓长期挑水上山也不是个事儿。王家沟村是咱们搞的示范村,王家沟村的种植效果直接关系到全乡、全县乃至其他一些县对大杏扁的认识和种植,不知你有没有好办法。

林光祖:这几天我也一直在琢磨这事儿。办法倒是有一个,不过需要资金。

魏民:啥办法?

林光祖:太平乡北边有条白龙河,如果采取修水泥防渗渠的办法把水引过来,再建几个扬水站把水扬到山上,水的问题就解决了。王家沟村是太平乡最南端的村,引水之后,其他村将来也可受益。但无论是修渠还是建扬水站,都得需要资金。

魏民:咱们明天先去考察一下。如果可行,资金问题我来想办法。

### 83. 白龙河河边 日 外

魏民、林光祖、邢得顺、李志、王忠富、王铁柱、刘斌、包卫平站在河边,林光祖正在说着什么。

林光祖:……从这地方开渠,绕白头山穿野狐峡然后再直通王家沟村,不但能经过全乡所有的村,也是一条最短的线路。

魏民:这个工程得多长时间?

林光祖:如果资金到位的话半年左右吧。

魏民:好。我去向地区领导求援。咱们回吧。

魏民刚走几步一下摔倒在地上,包卫平、刘斌赶忙将他扶起。

王忠富:魏专员,这阵子您都摔倒好几回了,别硬挺啦,去医院查查吧,看看啥原因。

大伙儿:就是,去医院查查吧。

魏民笑笑:不碍事儿,可能是上岁数的过,腿脚不利索了。

### 84. 地区行署张同年办公室　夜　内

张同年正坐在办公桌前看文件,魏民走进。

张同年赶忙站起来:呦,您老咋这么晚来啦,快请坐。

魏民走到桌前的椅子坐下:无事不登三宝殿,既然找你就是有事儿。

张同年给魏民沏了杯茶放在桌上,然后坐下:真是老骥伏枥志在千里呀,听说抗冻的大杏扁树种试验成功后,村民种植大杏扁的积极性非常高,不错嘛。有啥事儿说吧。

魏民:村民种植大杏扁的积极性是起来了,但水的矛盾又出现了,如果浇水跟不上,即便解决了抗冻问题,产量还是上不去的。我今天和林工等人去太平乡北边的白龙河考察了一下,如果修条水泥防渗渠把白龙河的水引过来,再建几个扬水站,浇灌的问题就解决了。这样,不只是王家沟村,整个太平乡的所有村子都能受益。

张同年:明白了,是让我解决资金的问题。

魏民笑笑:对,还得协调水利等相关部门给以支持。

张同年:你都做到这个份上了,不支持就说不过去了。但目前资金非常紧张,全解决有困难。我争取从扶贫款中给解决一大部分,剩下的由乡里和村里自筹解决,你看咋样?

魏民:行。还有个问题。

张同年:六七年了没见你提过一个问题,这一提就是俩。说吧。

魏民笑笑:我得走你个后门儿。

张同年感到很意外:啥?我听说你可是最憎恨走后门的,在位时你闺女想解决两地分居问题,让你把女婿调回来你都不管,让闺女去找组织。今儿是怎么了?

魏民:这个后门我非得走。"优一"能试验成功,许多技术难题能解决,全亏了林光祖工程师。他的婚姻问题因右派帽子二十多年没解决,摘帽后因岁数大又成了老大难。六年前经我和王家沟村的王忠富书记撮合结了婚,婚是结了,可一直没有住房。前年他们局里分房因指数少他主动放弃了。我听说行署新盖的两栋家属楼已经竣工了,给林业局又分了五套。

张同年:你是想让我批条子。

魏民笑笑:不是批条子,是想让你亲自给林业局过个话说明情况,照顾照顾林工。

张同年:好吧,我给过个话。因为你张嘴我头一次开了后门,让你破了我的戒了。不过话说到前面,成不成我可不打保票。

魏民:必须得成,不成我还来找你。

张同年笑笑:我拿你算是没办法。老领导,我也快到站了,有啥需要我支持的随时找我,我被你"为民"的精神感动了,能支持多少就支持多少吧。

魏民:谢谢张书记,我尽量不给你添麻烦。


## 85. 魏民家　晨　内

老伴儿正在客厅扫地,魏民从里屋走出。

魏民:卫平还没过来?

老伴儿:没呢。老魏,我见你这些日子腿好像有点儿拐,要不先别下乡了,去医院看看吧。

魏民:没事儿。人老了腿就不利索了,正常现象。

老伴儿:要不就在家多歇几天吧,也许是累的。

魏民:已经歇了几天了,再歇身子就散架了。修渠工程这几天也不知道进展到啥程度了,不去看看心里不踏实。察北县郭书记和刘县长跟我说的事儿还等着回话呢,得赶紧和林工商量商量。

包卫平走进。

魏民:咱们走吧。

老伴儿:卫平,他最近腿有点儿不得劲儿,多上点儿心。

包卫平:知道,我会照顾他的,您放心吧。

魏民和包卫平走出。

老伴儿忧心忡忡。


## 86. 山坡下　日　外

嘎斯 69 驶来停下。

包卫平先从车上跳下来,将魏民从车上扶出。

远处传来歌声:山圪梁梁长来山圪梁梁高,山圪梁梁上面呀花香十里飘。昨个个的梦呀已不再是梦,棵棵的大杏扁都是金元宝,棵棵的大杏扁都是金元宝。

包卫平:魏专员,这歌声和以前可不一样了,充满了自豪感和幸福感。

魏民:是呀,老百姓富了才会有好心情。现在才刚起步,十几年后这里的农村肯定会大变样。

包卫平:魏专员你看,工地的场面多壮观呀。

远处,红旗招展,长长的水渠工地上村民们正在热火朝天地劳动着。

## 87. 修渠工地 日 外

工地一处,王忠富、王铁柱、王奔子、二蛋、狗子正在干活儿,魏民和包卫平走了过来。

王忠富:魏专员来啦。

魏民:啊。李志书记没来?

王忠富:资金跟不上趟啦,筹集资金去了。

魏民:林工呢?

王忠富:他和邢技术员在前面把质量关呢。找他有事儿?

魏民:坝上察北县的郭书记和刘县长昨天找我,说他们县也想推广大杏扁,想让林工去考察考察,看看适合种不。你们忙吧,我去找找他。

包卫平:我扶上您吧。

魏民:不用,路挺平的,没事儿。

魏民刚走了几步,脚下突然一滑重重地倒在地上。

包卫平赶忙去扶。

王忠富、王铁柱、王奔子、二蛋、狗子都跑了过来。

被扶起的魏民一副痛苦的样子。

王忠富:肯定是腿摔断了,快送医院。

## 88. 东口医院 日 内

病房内,魏民躺在病床上,一条腿缠着绷带。老伴儿陪坐在一旁。

魏民:唉,好多事儿还没干完就躺这儿了。

老伴儿:小脑萎缩都这么严重了,早来医院看看也不至于摔成这样儿。

魏民:钱凑齐了吗?

老伴儿:凑齐了。老魏,能不能少捐点儿。搞试验那会儿咱们已经拿出了五千块,给林工出差补助又拿出三千多,已经拿出不少了。你现在身体越来越差,我想留下点儿给你补身子用,行不?

魏民:别留了。你知道,我这辈子就这么一个愿望,可这个愿望到现在都还没有真正实现。能多尽点儿力就多尽点儿力吧,圆不了大杏扁这个梦我死不瞑目。

老伴儿泪花闪闪:听你的,明天就让卫平送过去。

## 89. 修渠工地　日　外

王忠富正在干活儿,王铁柱跑了过来。

王铁柱:忠富叔,卫平来啦,说找你有事儿。

王忠富:他在哪儿呢?

王铁柱用手一指:那儿!

王忠富抬头一看,包卫平站在远处的嘎斯69前正向他招手。

## 90. 嘎斯69车前　日　外

王忠富快步走到包卫平跟前:魏专员好些了吗?

包卫平:好多了,医生说再有几天就可以出院回家养着了。忠富书记,魏专员让我把这个交给你。

包卫平说着将一个手绢包递给王忠富。

王忠富接过手绢包:这是啥?

包卫平:他为修水渠捐的一万块钱。

王忠富:这可不行,他为我们付出得已经够多的了,哪能再……

包卫平:你一定要收下,不然他会生气的,他的脾气你是知道的。

王忠富看了看手绢包一下悟到了什么。

**91.（闪回）村委会会议室　日　内**

魏民笑笑:……哎呀,差点忘了,我向上级申请了五千块试验经费。忠富书记,交给你吧。

魏民说着从提包里掏出一个装钱的大信封递给王忠富。

王忠富接过信封看了看:太好了,感谢上级的支持。(说着从信封里掏出一个手绢包)呦,还用手绢儿包着呢。

魏民愣了一下,笑道:那手绢儿可不能给你。

王忠富解开手绢,看到是块儿花手绢,笑道:魏专员,大老爷们儿咋用块儿花手绢儿呀。

王忠富说着将手绢儿递给魏民。

魏民接过手绢笑道:我哪能用花手绢儿呀,老伴儿的。昨晚我让她把钱装到信封里,没想到还给包上了。

**92. 嘎斯 69 车前　日　外**

王忠富:卫平,你和我说实话,上次搞试验的那五千块是不是也是他自己的。

包卫平点点头。

王忠富泪光闪闪。

**93. 画外音配画面**

画外音:后来,魏民因病导致下身瘫痪,但他仍然没有放弃他的杏扁梦,经常用打电话或写信的方式询问情况、指导大杏扁的种植,其中写给太平乡党委书记李志的信就多达三十七封。

画面一:魏民坐在床上,将特制的小炕桌架在腿上写信。

画面二:李志阅读信件,热泪盈眶。

**94. 魏民家　日　内**

画面叠印出字幕:六年后

魏民的家已由平房换成了楼房,墙上挂着一幅字:"春蚕到死丝方尽,蜡炬成灰泪始干"。

魏民面容清癯,微闭双眼躺在床上。此时,他已是八十一岁。老伴儿坐在床边陪着他。

魏民的女儿走进,后面跟着李志和王铁柱,王铁柱提着水果和营养品。李志提着一个录像播放器。此时,李志已是狐岭县主管农业的副县长,王铁柱已是王家沟村的党支部书记兼村委会主任。

魏民女儿走到床边:爸,狐岭县的李副县长和王家沟村的王书记来看你来了。

魏民睁开眼望着李志和王铁柱,声音微弱地:正想你们呢,快说说大杏扁的情况。

李志:我们给您录了一盘录像,您看看吧。

魏民:好。扶我坐起来。

李志和魏民女儿将魏民扶起来,坐靠在床上。

王铁柱将录像播放器和电视连接上,将电视打开。

电视画面:漫山遍野的大杏扁树,树上杏果累累。

李志:这是王家沟村种的大杏扁,已经达到三千多亩,人均两亩多,家家都富起来了。

电视画面:一排排整齐的新砖瓦平房。

李志:您可能都认不出来了,这就是王家沟村,按照村里的规划,家家都盖了新房,土坯墙茅草顶的房子一间也没有了。

电视画面:一棵高大粗壮的树,树上挂满了杏果。

李志:这就是我在信中跟您说过的那棵树,长在大南山一个叫阎王鼻子的地方,有一百多年的树龄了。人们一直认为是棵肉杏树,林工去看了才知道是大杏扁树。这棵树也抗冻,林工把它作为母树,采用剪枝嫁接的办法又培育出一种能抗冻的大杏扁新树种,定名为"优二"。

电视画面:山坡上的喷灌正在进行。

李志:这是王家沟村山坡上的喷灌网,用自流灌溉一亩的水就能喷灌七亩半,省水省劳力。

电视画面:一片耕地中的杏扁林。

李志:这是太平乡黄土梁村的。

电视画面:一片山坡上的杏扁林。

李志:这是太平乡刘家庄村的。太平乡的十七个村全都种上大杏扁了,全乡的大杏扁现在有两万多亩。

电视画面:一间大教室内,林光祖正在给村民讲课,黑板上写着"嫁接方法"等字样。

李志:这是按照您的建议在太平乡办的园林技术学校,林工正在给各村培训技术骨干。各村也都办了技术夜校。

电视画面:王家沟村百十余名村民,可以看出其中有王忠富、王铁柱、丹玲、红三巧、王奔子、二蛋、狗子等人,大伙儿高喊:魏——专——员,我们想——念——您!

魏民泪水扑簌而下。

王铁柱关了录像。

李志:魏专员,别难过了,您的愿望实现了。除了咱们县以外,察北等许多县也都种上大杏扁了,用的树种全是咱们的"优一"。对了,东北、内蒙和新疆等一些地区也来咱们乡购买"优一"树苗,有的地区还请林工和邢技术员去指导呢。

魏民:我是高兴,是高兴呀,多年的大杏扁梦终于圆了。


## 95. 画外音配画面

画外音:魏民同志谢世二十年后,也就是到了2015年,东口地区种植的大杏扁已覆盖了12个县区,102个乡镇,1700个村,120多万农民受益。这一年全东口地区产的大杏扁将近两万吨,占全国大杏扁总产量的五分之一。同时,围绕大杏扁的产业链也逐步形成,开口杏核、椒盐杏仁、巧克力杏仁、咖啡杏仁、奶味杏仁、蜂蜜杏仁、香酥杏仁、杏仁丁、杏仁粉、杏仁油、杏仁系列饮料等产品纷纷上市。

画面一:漫山遍野、杏果累累的杏扁林。

画面二:不同种类的大杏扁产品生产线。

画面三:大杏扁加工后的各类成品。

## 96. 歌声配画面

歌声(老百姓不会忘记你):条条山径,留下了你的足迹;层层杏林,留下了你的身影。为这片土地,你倾注了热血;为这片土地,你耗尽了生命。老百姓永远不会忘记你,因为你的心里,装着的只有老百姓。

画面一:魏民投身大杏扁实践的典型画面。

画面二:魏民带领李志、王忠富、林光祖、邢得顺、王铁柱、刘斌、包卫平走在山坡上,他们的背后是成片的杏扁林(画面定格)。

(全剧终)

# 复 仇 者

**1. 空镜**

云遮雾罩的群山苍苍茫茫,如同浓墨泼染出来的画卷一般。

**2. 青龙山山娃家院内　日　外**

这是一户坐落在山林之中的猎户人家,正面的住房和东侧的柴房均是树干为墙、茅草为顶的木屋,院子是用木桩和树枝围成的。

一个二十六七岁、相貌清秀的女人正在院内收拾杂物。她叫秀儿。

一个六七岁的小男孩儿正对着草垛子射箭。他叫铁蛋儿。

铁蛋儿射中了草垛子,高兴地:妈妈,我射中了!

正在干活的秀儿扭头朝铁蛋儿笑笑:好,接着练吧!

一个二十七八岁、身材魁梧的男人提着猎枪从正房走出。他叫山娃。

秀儿:这么晚了别出去了。

山娃:闲着也是闲着,转一会儿就回来。

铁蛋儿跑到山娃跟前:爸爸,我也跟你去打猎。

山娃爱怜地摸摸铁蛋儿的头:你还小,等长大了一定带你去,还教你打枪。

山娃说完朝院外走去。

秀儿朝山娃:早点儿回来!

山娃边走边应道:知道啦!

**3. 青龙山刘大川家院内　日　外**

一只狍子挂在院边的一棵树上,一个五十六七岁、身材偏瘦但依然很精神的男人正在用刀子剥狍子皮。他叫刘大川。

刘大川看到正往山上走的山娃,喊道:山娃,咋这么晚才出去!

山娃转回身应道:屋顶漏雨,修屋顶来着!

刘大川:我上午打了只狍子,待会儿给你家送狍子肉去!

山娃:谢谢大川伯!

山娃说完继续往山上走去。

刘大川:早点儿回来,咱爷儿俩喝两盅!

行! 山娃边应着边往山上走。


**4. 山娃家附近树林　日　外**

五六个日本兵在林中走着。

走在前面的是个挎着军刀的军官,约三十五六岁,满脸横肉,一副凶相。他叫小野一郎。跟在他身边的是个翻译装扮的人,四十出头儿,长得尖嘴猴腮。

小野:今天大大的不走运,什么猎物也没碰上。

尖嘴翻译赶忙讨好地:咱们明天再来,肯定有您展示神枪的机会。


**5. 山娃家院内　日　外**

秀儿正在柴房旁边的棚子下做饭,铁蛋儿依然在对着草垛子射箭玩儿。

铁蛋儿又射中了草垛子,高兴地冲秀儿喊道:妈妈,我又射中啦,我又射中啦!


**6. 山娃家南边附近树林　日　外**

尖嘴翻译听到喊声朝院里看了看,脑子里忽然冒出个歪点子,赶忙伏在小野耳边嘀咕了几句。

小野边听边朝院子里看了看,然后一笑:么西!

小野说完,冲日本兵一摆手朝山娃家院子走去。


**7. 山娃家西边附近树林　日　外**

刘大川提着一大块狍子肉正走着,突然听到前面传来吵闹声。抬头一看,发现山娃家院内有五六个日本兵。

他心中一惊,赶忙隐藏在一棵大树后面,探头窥视。

## 8. 山娃家院内　日　外

此时,铁蛋儿被绑在院子西侧的一棵树上,哇哇地哭着。秀儿被两个日本兵架在一旁。

秀儿边挣扎边喊:放开我儿子! 放开我儿子!

尖嘴翻译走到铁蛋儿跟前,把一个碗扣在铁蛋儿头上,转过身对秀儿笑道:你别怕,小野队长本来是想打个猎物展示展示枪法,无奈不走运,转了半天也没碰上啥猎物,只好用这种办法来让小野队长展示一下。小野队长是神枪手,绝不会伤着你的孩子。(说完转向小野)小野队长,请!

小野傲慢地冲哭着的铁蛋儿说道:小孩,游戏的干活,胆小的不要!

小野说完向后走了十几步,然后转过身举枪瞄向铁蛋儿。

秀儿惊恐地朝小野喊道:别开枪,我给你顶碗! 我给你顶……!

秀儿喊声未完枪响了。子弹没有击中碗而是击中了铁蛋儿的前额,铁蛋儿被打死。

秀儿愣了一下,猛地挣脱了两个鬼子,疯了似的朝小野扑去:畜生,我跟你拼了!

小野举枪射击,秀儿胸口中弹。她怒指小野,嘴里骂出"畜生"两个字,然后缓缓地倒在地上。

尖嘴翻译发愣。

日本兵狂呼:幺西! 幺西! 枪法大大的准!

小野狂笑。

## 9. 山娃家西边附近树林　日　外

刘大川大惊失色,转身就跑。

## 10. 山娃家院内　日　外

一日本兵发现了逃跑的刘大川,大喊:有人!

小野抬头看了看正在逃跑的刘大川,命令道:打死他!

日本兵同时举枪射击。

### 11. 山娃家西边附近树林　日　外

飞跑中的刘大川被击中右胳膊,手中提着的狍子肉掉落在地上。

刘大川拼命地向前奔跑。

后面枪声不断。

### 12. 山林　日　外

肩上挎着两只野山鸡的山娃手握猎枪,正在仔细地搜寻猎物。

不远处,一只野兔从草丛中蹦出,左顾右盼。

山娃轻轻举枪瞄准野兔。

他正要扣动扳机,身后突然传来急促的喊声:山娃!山娃!

野兔惊窜。

山娃回头一看,刘大川捂着胳膊朝他跑来。

山娃赶忙朝他跑去:大川伯,胳膊咋啦?

刘大川边喘息边说:山娃,出事儿啦……

### 13. 山下　日　外

小野及日本兵下了山,说说笑笑地往回走。紧跟在后面的尖嘴翻译面带恐惧,不住地回头看。

### 14. 山林　日　外

刘大川:……就这么着,娘儿俩都让小野这个畜生打死了。我要不是跑得快,也得让他们打死。

山娃面色铁青、双目喷火,猛地甩掉肩上的野鸡,飞快地往回跑。

刘大川急喊:别回去,他们人多!

山娃头也不回地继续飞奔,刘大川赶忙追去。

### 15. 黑谷口哨卡　日　内

小野、尖嘴翻译及几个日本兵走到哨卡前。

两个卫兵向小野敬礼。

小野视若不见，昂首阔步地向里面走去。

### 16. 山娃家院内　日　外

山娃跑进院子，看到铁蛋儿和秀儿的尸体躺在地上转身又往出跑，追过来的刘大川急忙把他拦住。

　　刘大川：你要干啥去？

　　山娃：追小野，杀了他个畜生！

　　刘大川：他们肯定回黑谷口了，追不上啦。

　　山娃：回黑谷口也得杀了他！

　　刘大川：你连门进不去就得被他们打死。听我的，先把他娘儿俩埋了再找机会报仇。

　　山娃狠狠地一拳砸在树上，"呜呜"地大哭起来……

### 17. 黑谷口小野办公室　日　内

小野洗完脸坐在办公桌前。

　　尖嘴翻译：小野队长，猎人肯定会报复，您就别再上山打猎了。

　　小野傲慢地：大日本皇军还怕个猎人吗？

　　尖嘴翻译赶忙恭维：当然不怕。我是说，万一他躲在什么地方打黑枪……

　　小野眼睛转了转：有道理，那就先不去了。

### 18. 山娃家院内　夜　外

院内圆起两个坟堆。

山娃蹲在坟前边淌泪边烧纸，刘大川站在一旁。

山娃烧完纸站起，发誓般地：秀儿、铁蛋儿，你们等着，我一定亲手宰了小野给你们报仇！

**19. 黑谷口哨卡　夜　外**

两个日本兵持枪站在哨卡前。

哨卡里面十几米处,靠左侧矗立着一座炮楼。炮楼顶上的探照灯照射着哨卡,哨卡前一片雪亮。

**20. 哨卡附近树林　夜　外**

一个黑影悄悄地从林中摸来,蹲在林边的一棵树后窥视着哨卡前的两个日本兵。这个人正是山娃。

**21. 黑谷口哨卡　夜　外**

一个日本兵向另一个日本兵叽咕了句什么,然后向树林走去。

**22. 哨卡附近树林　夜　外**

山娃见日本兵朝树林走来,以为被发现了,赶忙从腰间拔出一把尖刀,隐藏在树后。

日本兵走到林边将枪靠在一棵树上,解开裤子蹲了下来。

山娃明白了,日本兵是来解手的,并没发现他。他朝哨卡看了看,见哨卡前的那个日本兵正低头点烟,便悄悄摸过去猛地将蹲在林边的日本兵推倒,举刀就刺。

不料这个日本兵的反应非常快,他一把抓住山娃举刀的手,随之大喊:八路! 八路的有!

**23. 黑谷口哨卡　夜　外**

哨卡前的日本兵听到喊声赶忙朝空中放了两枪,然后朝树林跑去。

炮楼上响起刺耳的警报声,随着警报声,几个鬼子从炮楼里跑了出来。

**24. 哨卡附近树林　夜　外**

山娃奋力地往下刺,但由于握刀的手被日本兵硬撑着,左晃右晃,怎么也刺不下去。

山娃回头一看,哨卡前的那个日本兵也冲了过来。

他想逃跑,但由于手被日本兵死死地攥住,怎么也挣脱不开。

他有些慌了,朝日本兵脸上狠击了几拳,但依然无济于事。

正在这危急时刻,两个黑影从林中闪了过来,一人用手枪击毙了正跑过来的日本兵,一人用手枪将攥住山娃手的日本兵击毙。

两人同时对山娃喊道:快跑!

山娃愣了一下,赶忙站起来随着那两个人向树林深处跑去。

后面,枪声、喊声响成一片。


## 25. 山下河边 夜 外

山娃随着两个人跑到山下的一条浅水河边,后面的枪声、喊声依然不断。

三人回头一看,一群日本兵正快速朝他们这个方向追来。

一个戴黑礼帽的人对山娃:你赶紧往前跑,钻山林!

山娃:你们是……

另一人:啥也别说了,快跑!

山娃朝前跑去。

他跑了一段儿回头一看,那两个人边还击边向河对岸跑去。


## 26. 刘大川家 夜 内

山娃正在向刘大川讲述刚才的经历。

山娃:……要不是那两个人救我,我就回不来了。

刘大川:太悬乎了。我不是和你说了吗,要报仇得等机会,你咋……

山娃:我咽不下这口气,实在是等不及了。

刘大川:再急也不能这么干呀。黑谷口把得那么严,你是不可能进去的。我早就观察过了,黑谷口里面至少也有一百多个鬼子,就算你摸进去,也不一定能找得着小野。再说,你也不认得他呀。

山娃不语。

刘大川:山娃,进黑谷口杀小野不现实。听大伯的,还是在山里等机会吧。

山娃:小野不可能一个人上山,就算是有机会也得用枪打,可咱那破猎枪打不远呀。

刘大川:我倒是有一杆日本鬼子的三八大盖,只可惜没子弹。

刘大川说完,走到墙角扒开木柴堆取出一支枪,解开包布走回来递给山娃。

山娃接过枪看了看,欣喜地:还挺新的,哪儿弄的?

刘大川:去年川北游击队在燕子岭和日本鬼子打过一仗,我去捡洋落时捡的,还捡了两个手榴弹。

山娃抚摸了一会儿枪,有些遗憾地:唉,刚才逃跑时要是把那个鬼子的枪抢上就好了。

刘大川猛地想到什么:你一说抢枪我想起来了,西山下的镜子湖常有鬼子去洗澡,我见过好几次。他们洗澡时枪就放在岸边上,咱们可以趁他们洗澡时去抢。

山娃高兴地:这是个好法子。

刘大川:咱们去时我把那两个手榴弹带上,先用手榴弹炸他龟孙子。

山娃:太好了,就这么定。

刘大川:不过得等几天,等我胳膊上的伤好些再去,不然使不上劲儿。

山娃:行。


### 27. 镜子湖　日　外

湖水清澈如蓝。五个日本兵在湖中边洗澡边嬉戏打闹。

岸边,五支步枪架放在一起,周边放着弹匣、衣服等。


### 28. 镜子湖附近树林　日　外

山娃和刘大川悄悄摸到林子边缘,蹲在一片矮树丛后面。

山娃朝五个鬼子看了看,悄声地:大川伯,这几个鬼子里有没有小野?

刘大川仔细看了看:没有。山娃,鬼子不多,是个消灭他们的好机会,拿上枪先把他们打死,免得日后被他们认出来。

山娃兴奋地:行。

### 29. 镜子湖　日　外

五个鬼子依然在湖中嬉戏打闹。

山娃和刘大川飞快地从林中冲了过来。

一鬼子看到了奔跑过来的山娃和刘大川,惊呼:有土八路,快上岸!

五个鬼子慌忙从湖里向湖边走。

刘大川连扔了两个手榴弹,两个鬼子被炸死。

三个鬼子到了湖边,山娃和刘大川拿起枪各击毙一个。

山娃正要击毙最后一个鬼子时,这个鬼子猛地扑过来抱住了刘大川,将刘大川摔倒在地,并顺势拿起一支枪。

未等鬼子站起,山娃扑过来把鬼子摁倒在地上,双手死死地掐住鬼子的脖子。

刘大川赶忙爬起来捡起枪,用枪托狠狠地砸向鬼子的头,将鬼子砸死。

刘大川和山娃拿起枪和弹匣向树林跑去。

### 30. 宁安县县城日本宪兵司令部　日　内

日本宪兵司令井藤大佐正怒气冲冲地训斥小野。井藤约五十岁,留着仁丹胡,微胖。

井藤:……前些日子哨卡被袭,两名皇军士兵玉碎;今天又有五名皇军士兵在镜子湖遭袭玉碎,皇军的脸让你丢尽了!

小野低着头:小野知罪。请井藤大佐惩罚!

井藤语气缓和了些:知罪就好。这两起袭击事件说明,青龙山一带潜伏着八路的川北游击队。从今天起,你要组织一支精干的搜查队进山搜查,尽快把潜伏的游击队消灭。还有,特高课刚刚破译了共党的一份密电,共党对黑谷矿已经产生了怀疑,正在设法刺探。在对青龙山进行搜查的同时,还要强化黑谷矿的防范措施,绝不能让黑谷矿的秘密泄露出去。

小野:哈依,马上照办!

### 31. 山娃家院内　夜　外

山娃坐在院内喝闷酒。

他放下酒碗,看了看两座坟:秀儿、铁蛋儿,我有洋枪了,小野的死期就要到了。

突然,院外闪出一片亮光,还有杂沓的脚步声。

山娃站起来仔细一看,十几个日本兵晃着手电筒正向院子走来。他本想跑,想了想又没动。

日本兵走进院子,其中一个挎着军刀、三十二三岁的军官走到山娃跟前,用手电筒照照山娃,问道:你的什么人的干活?

山娃以为这个人就是小野,盯着他看了看,然后装作听不懂:没干啥活儿,正喝酒呢。

挎军刀的军官:你的八路的?

山娃又装作恍然地:噢,你们找八路呀。我不是八路,是猎人,打猎的。

山娃说着指了指钉在墙上的狍子皮和野兔皮。

挎军刀的军官:这么晚了怎么还不睡觉?

山娃:天太热睡不着,坐在院里凉快凉快,连喝点儿酒解解闷儿。

挎军刀的军官对日本兵:你们,屋里的搜;你们,院里的搜。

五六个日本兵冲进屋子,剩下的日本兵在院里到处翻腾。

不一会儿,进屋的日本兵走了出来,其中一个向挎军刀的军官敬了个礼:报告禾田队长,两间屋都搜查过了,没发现什么!

在院里翻腾的日本兵也接二连三地报告没发现什么。

禾田对山娃:发现八路快快地下山向皇军报告,皇军大大的有赏!

山娃听出这个日本军官不是小野,有些失望。他冲禾田点点头:明白,明白!

禾田冲日本兵一摆手:开路!

日本兵随着禾田走出院子。

山娃盯着远去的禾田:妈的,我还以为是小野那个王八蛋呢。


**32. 刘大川家院内　晨　外**

刘大川正在院内用长柄斧劈木头,山娃匆匆走进。

山娃:大川伯,昨天夜里鬼子来你这儿了吗?

刘大川：来啦,屋里屋外翻腾个六够。

山娃：幸亏把枪藏到地窖里了,不然真麻烦了。大川伯,听口气他们是来搜查八路的,闹不好他们以为那五个鬼子是八路杀的。

刘大川：看来是。我估计这些日子他们不会放松搜查,先别闹出啥动静来,过一段儿等他们放松了警惕再琢磨报仇的事儿。

山娃：行,听大伯的。

### 33. 黑谷口日本宪兵中队指挥部　夜　内

禾田是宪兵中队副队长,此刻他正在向小野队长报告对青龙山的搜查情况。

禾田：……已经搜查了十五天,青龙山一带全搜遍了,没发现有游击队藏匿的迹象。

小野：青龙山的搜查到此告一段落,明天撤回黑谷矿,加强对黑谷矿的防卫。

禾田：哈依!

### 34. 刘大川家　夜　内

刘大川和山娃边喝酒边聊。

刘大川：……说点儿正事儿吧。这两天没见小鬼子进山,看来搜查已经结束,可以瞅机会行动了。

山娃：这几天我一直在琢磨,咋才能认出小野呢?

刘大川：山娃,小野是仇人,其他鬼子也是仇人,能杀哪个就先杀哪个,不能光盯着小野。至于小野,我想总会有机会遇到他。

山娃：行,听大伯的。

### 35. 山娃家院内　夜　外

山娃正坐在院内擦枪,山下突然传来枪声。

他愣了一下,赶忙提起枪朝院外跑去。

**36.** 山下　夜　外

山娃跑到山下,看到一男一女两个村民在前面跑,两个日本兵在后面追。日本兵一人举着步枪,一人举着手枪,边追边射击。

奔跑中的男人被枪击中倒在地上,女人扑在男人身上哭喊着什么。

两个日本兵快速追了上来。

山娃连发两枪,将两个日本兵击倒。

女人一愣,抬起头四下张望。

山娃跑过来对女人说:鬼子被我打死了,快把他扶起来赶紧走。

女人流着泪:他被打死了。

山娃:那你快跑吧。

山娃说完跑过去捡起日本兵的步枪和手枪,又从一个日本兵身上解下弹匣,从另一个日本兵身上摸出弹夹。

他转过身见女人还没走,赶忙走过去:快走吧,鬼子追来就麻烦了。

女人:我不走,他是我丈夫,我得把他埋了。

远处,闪出一片晃动的亮光并伴随着杂沓的跑步声。

山娃回头看了看:鬼子追来了。(说着朝一旁看了看)这样吧,先把他藏在树丛里,明天再来埋。

女人朝亮光的方向看了看:行。

**37.** 山娃家　夜　内

山娃走进屋点着油灯,将挎在肩上的两支枪取下来放在一旁,对跟在身后的女人说:坐吧。

女人环视了一下屋子,走到床边坐下。这时可以看清了,这个女人二十五六岁,相貌秀丽、肤色白净。

山娃看了看女人:你们是哪个村儿的?

女人低着头,支吾道:是……是东柳庄的。

山娃:东柳庄? 我媳妇家就是东柳庄的,你叫啥?

女人不语。

山娃:东柳庄就在山下,早说就直接把你送回去了。这样吧,你喝点儿水歇会儿,我送你回去。

女人:我不回去。

山娃:为啥?

女人:我不是东柳庄的。

山娃一愣:你刚才不是说……

女人:对不起,我……我是日本人。

山娃简直不敢相信,他打量了一下女人:你是日本人?

女人:是,我是日本北海道人,叫川岛洋子。

山娃立时眼中喷火,吼道:滚,滚出去!

洋子惊恐地望着山娃。

山娃一把将洋子从床上拉下来往门外拽。

**38. 山娃家院内　夜　外**

山娃把洋子拽到院里,指着两个坟堆怒声道:你看看,这里面埋的就是我媳妇和我儿子,他们都是被你们日本人杀死的。我本该杀了你,念你是个女人我饶了你,快滚!

洋子看了看两个坟堆,然后朝山娃鞠了一躬:对不起。

洋子说完慢慢朝院外走去。

**39. 山娃家　日　内**

山娃走进屋倒在床上:她咋是个日本人……(又有些琢磨不透)那鬼子为啥要杀他们呢?

外面传来狼嚎声。

山娃一惊,猛地想到了什么,赶忙跳下床拿起枪向屋外走去。

**40. 山林　夜　外**

洋子深一脚浅一脚地往山下走着。

突然,两只狼眼中闪着绿光从林中窜了出来。

洋子惊叫一声倒在地上。

"砰、砰"两声枪响,两只狼惊慌地逃走。

山娃跑过来将洋子从地上扶起来。

洋子感激地望着山娃:谢谢你又救了我。

### 41. 山娃家　夜　内

洋子正在向山娃诉说着她的不幸。

洋子:……我和我丈夫家都是日本侨民,我们家在宁安县县城开了个诊所,他们家开了个绸布店。我和我丈夫是去年结的婚。半个月前,日本宪兵司令部的侦缉队队长小野二郎想强暴我时,被我丈夫撞上将他痛打了一顿。后来宪兵司令部的朋友悄悄给我们传话,说小野准备给我们安上私通共党的罪名将我们处死,我们就赶紧化装成村民逃了出来。昨晚逃到东柳庄借宿时,不知小野从哪儿得到了消息赶来追杀。要不是你相救,我也被他们打死了。

山娃:那个拿手枪的就是小野吧?

洋子:对。

山娃纳闷儿:小野不是黑谷口的日本兵队长吗,咋又成了司令部的侦缉队队长了呢?

洋子:你说的小野不是这个小野。他是小野二郎的哥哥叫小野一郎,是日本宪兵一中队的队长,驻守在青龙山黑谷口。

山娃:我明白了。那你认识小野一郎吗?

洋子:只听说过,没见过。

山娃:我媳妇和我儿子就是被黑谷口的那个小野杀死的,我一定要杀了他报仇!

### 42. 刘大川家　夜　内

山娃正在和刘大川说洋子的事儿。

山娃:……她现在也没地方去了,该咋办?

刘大川:光知道日本鬼子祸害中国人,没想到连他们自己人也祸害,真是畜生。山娃,听你这么一说,我觉得洋子也是个可怜人,就先让她住下吧,等平稳了再送她回娘家。

山娃:行,听大川伯的。

### 43. 山娃家　夜　内

山娃从床上抱起一床被子,对坐在床边的洋子说:洋子,你就在这屋睡吧,我去那间柴房睡。

洋子站起来:不,你在这儿睡吧,我去柴房睡。

山娃:哪能让一个女人睡柴房呢,就在这屋睡吧。(说完走到门口又转回身)别忘了把门插上。有啥动静就喊我,我叫山娃。

山娃说完走出。

洋子愣怔了一会儿,慢慢把门关上。

### 44. 山下树林　日　外

山娃和洋子圆起一个坟。

洋子跪在坟前:山口君,你安息吧,等我回国时一定把你带回去。我的命是一个叫山娃的大哥救的,愿你在天之灵保佑他。

### 45. 山上树林　日　外

山娃扛着铁锹和洋子正走着,十几个日本兵从远处跑了过来。

山娃一惊:鬼子来啦,快跑!

洋子朝前看了看:来不及了,现在跑非被打死不可。

山娃:那该咋办?

洋子赶忙蹲下身,抓起一把泥土往脸上一抹,然后冲山娃喊道:快挖呀!

日本兵围了上来,为首的正是小野。

小野冲山娃:什么人的干活?

山娃:猎人,打猎的。

小野:打猎不拿猎枪,拿个铁锹干什么?

洋子:啊,抽空挖点儿药材。

山娃:对对,挖点儿药材。

小野盯着洋子:你的什么名字?

洋子:啊,我叫小花。

小野在山娃和洋子面前用手比画了一下:什么的关系?

洋子:两口子,他是我男人。

小野:见没见到生人进山?

山娃:没有,没见有人来。

小野冲山娃:手的伸出来!

山娃把手伸出,手上满是老茧。

小野:幺西。接着挖吧。

小野说完向日本兵用日语叽里咕噜了一阵儿,然后一摆手走了。

洋子待日本兵走远:山娃哥,刚才这个日本军官就是驻守黑谷口的小野一郎。

山娃一愣:你咋知道的?

洋子:他和小野二郎长得太像了,就连说话的腔调儿都一样。还有,他刚才用日语对士兵说,一定要抓到山口忠信和川岛洋子,为他弟弟小野二郎报仇。山口忠信就是我丈夫。

山娃:太好了。我正愁着找不出小野呢,这回认得他了。


**46. 山崖下　夜　外**

刘大川和山娃各提着一支枪走到山崖下。

刘大川:山娃,这儿离黑谷口不远啦,我就在这儿接应你。得手后就赶紧往回撤,千万别让鬼子缠住了。

山娃:知道。

山娃说完大步向前走去。


**47. 哨卡附近树林　夜　外**

山娃从林中悄悄摸来,潜伏在林边的一棵树后。


**48. 黑谷口哨卡　夜　外**

炮楼顶上的探照灯依然把哨卡前照得雪亮,两个日本兵持枪守卫在哨卡。

## 49. 空镜

凌晨。夜幕渐渐散去,林木已朦胧可辨。

## 50. 山崖下　　凌晨　　外

刘大川目视前方,焦急地等待着山娃。

山娃匆匆跑了过来:白等了一夜,连小野的鬼影儿都没见。

刘大川:没出事儿就好,再找机会吧。

## 51. 山娃家院内　　晨　　外

洋子正站在院内张望,山娃疲惫地走进院子。

洋子:成了吗?

山娃将枪放靠在墙边,然后坐在小凳子上:没有,小野一直没露面。

洋子:这种钓鱼的办法不行,要是连熬几夜把自己也熬垮了。我有个办法不知行不行?

山娃:啥办法?

洋子:宁安县县城有个樱花园饭店,是日本人开的。我听说日本军官每个礼拜六晚上都要到这个饭店连吃饭带找妓女。这个饭店全是单间,隔音还特别好。小野要是去了,可以在那里把他干掉。

山娃:让中国人进去吗?

洋子:中国人也可以进,但你这身打扮不行。我和你一块儿去,我悄悄回家取两身和服咱们换上,这样进去才安全。

山娃:啥是和服?

洋子:就是日本式样的衣服。

山娃:行。

洋子:就是枪不好带。

山娃:长枪不好带可以带手枪呀。你忘了,小野二郎的手枪在我这儿呢。

洋子:手枪也没法带,城门口把守特别严,进城的人都得被搜查。

山娃想了想:你看这样行不行,我提前打两只野兔,把枪藏在野兔肚子里,就说进城卖野兔。

洋子:行,这是个好办法。

山娃:那就这么定了,我去和大川伯说一声。

山娃说着站起来匆匆向外走去。

### 52. 樱花园饭店附近　傍晚　外

洋子领山娃走到樱花园饭店附近的对面街上站住。

洋子:你看,前头就是樱花园饭店。你就在这儿等我,我回我父母家去拿和服。

洋子说完向前走去。

### 53. 新生医疗所门前　傍晚　外

门上贴着封条的新生医疗所。

匆匆走来的洋子看到门上的封条大惊,赶紧低下头向前走去。

### 54. 东发洋布店门前　傍晚　外

洋子又匆匆走到东发洋布店前。

东发洋布店的大门上也贴着封条。

洋子瞥了一眼继续向前走。

### 55. 樱花园饭店对面街道　傍晚　外

天渐渐黑了下来,山娃提着两只野兔慢慢走到樱花园饭店对面。

山娃看到,樱花园饭店门前不断地有日本军官走进。

山娃朝前看了看,见洋子还没回来,心里有些着急。

一辆黑色小轿车开到樱花园饭店附近停下,一个日本军官从车上下来向樱花园饭店门口走去。

山娃一看这人正是小野。

他一下红了眼,从一只野兔肚里取出手枪举枪就射。

子弹击中了小野的臂膀,山娃正要再开枪时,樱花园饭店大门内闪出两个穿便装的人同时向他开枪。这两个穿便衣的人一个是保安大队的队长严三虎,四十岁,鹰鼻鹞眼;一个是保安大队的副队长贾占彪,三十六七岁,长着一对八字眉。

山娃边开枪边后退。

一队日本兵和一队伪军分别从街道两头儿跑了过来,边跑边开枪。

正赶过来的洋子看到这一幕惊得目瞪口呆,手中的包袱掉在地上。

就在这时,五个人从一胡同口闪出朝日本兵和伪军开枪。

其中一个戴黑礼帽的朝山娃喊道:快跟我走!

山娃赶忙扔掉手中的野兔,跟着戴黑礼帽的人向胡同里面跑去。

其他几个人在后面边掩护边撤进胡同。

鬼子和伪军向胡同里追去。

严三虎走过来把地上的两只野兔捡起来看了看,若有所思。

### 56. 街道旁一院内　夜　外

戴黑礼帽的人带着山娃跑进院子。

一老板模样的人从屋里跑出,他刚要说什么,其他四人也跑了进来。

外面传来喊声:他们没跑远,快追!

老板冲大伙儿:你们快进屋!

老板说着走过去把院门关上、插上门闩。

大伙儿向屋里走去。

### 57. 院内一房间　夜　内

山娃随五人走进房间。

五个人先后坐了下来,山娃没坐。

戴黑礼帽的三十五六岁,冲山娃:坐吧,大英雄。

山娃:谢谢你们救了我。

山娃说完有些拘束地坐了下来。

"黑礼帽":你为啥要杀小野?

山娃:他杀了我媳妇和我儿子,我要报仇。

"黑礼帽"：你还认得我吗？

山娃朝"黑礼帽"看了看：不认得。

"黑礼帽"：十几天前在黑谷口哨卡的树林里……

山娃恍然，打断"黑礼帽"的话：噢，我想起来了，你就是救了我的那个人。

"黑礼帽"指了指坐在他旁边的一个三十多岁的壮汉：还有他。他叫刘铁山，我叫肖云龙。

刘铁山朝山娃笑笑。

山娃：谢谢二位大哥，那次要不是你俩救我，我就被鬼子打死了。

肖云龙：这次不救你你也被打死了。你叫啥，哪个村儿的？

山娃：叫山娃，是青龙山打猎的。咋这么巧，两次都让你们碰上了。

肖云龙笑笑：缘分吧。

刘铁山：山娃，你知不知道，我们的两次行动计划都让你破坏了。

山娃懵懂地：啥行动计划？

刘铁山：小野他们守卫的那个黑谷矿，很可能是以开矿为名，在里面搞化学武器试验。这种武器比飞机大炮要厉害得多。我们那次就是准备潜入到黑谷矿去摸情况，结果你一闹腾鬼子加强了防卫，我们只好取消了那次行动计划。这次我们准备在樱花园饭店里面劫持小野，想从他嘴里获取黑谷矿的情况，你又这么一闹腾，他们必然要加强对小野的保护，我们的行动计划又被迫取消。你想报仇可以理解，就这么草率的单打独斗能报得了仇吗？

山娃：你们是什么人？

刘铁山：我们是八路军川北游击大队的，（指了指肖云龙）他就是我们的大队长。

山娃：川北游击队？我听大川伯说过，是不是去年你们还在燕子岭和鬼子打过一仗？

刘铁山：对。哎，你刚才说的大川伯是干啥的？

山娃：也是青龙山的猎人，到镜子湖抢枪就是大川伯领我干的。

肖云龙：镜子湖的五个鬼子是你们杀的？

山娃：是。

肖云龙：好样的。

刘铁山:你说的大川伯是不是叫刘大川,北平丰台人?

山娃:是。

刘铁山:今年有五十六七岁,黑瘦黑瘦的?

山娃:对。

刘铁山高兴地对肖云龙:肖队长,他说的大川伯就是我二叔刘大川。

肖云龙:太好了。山娃,咱们明天就去青龙山,你领我们去找大川伯。

山娃:行。(忽然想起什么,站了起来)我得去找洋子。

肖云龙:洋子是谁?

山娃:她是日本人……

## 58. 县城街巷　夜　外

洋子正在街上到处寻找山娃。

鬼子、伪军挨家挨户的搜查。

鬼子押着几个人从对面走来。

洋子仔细看了看,这几个人中没有山娃。

## 59. 院内一房间　夜　内

山娃:……她也是小野要追杀的人,要是让鬼子抓住就麻烦了,我得赶紧去找她。

刘铁山:鬼子正到处搜查呢,你现在出去就是送死!

山娃:送死也得去。她是为了让我报仇才跟我进城的,我不能丢下她不管。

肖云龙:山娃,我估计洋子不会出啥事儿,她……

肖云龙话没说完,外面传来砸院门的声音。

老板推开门急促地:快进暗道,我去开门。

店老板说完关上门。

外面砸院门声不断。

肖云龙对大伙儿:快,进暗道!

### 60. 刘大川家　日　内

刘大川正在向刘铁山讲述在青龙山落脚的经过。肖云龙等人坐在一旁。

刘大川：……鬼子炮轰国民党丰台守军的阵地时,把咱们村也炸平了,你爹你娘你妹子,还有你婶子、侄子侄女都被炸死了。我听说你在川北参加了游击队就来找你,找了一年多也没找到,后来就在青龙山落脚打猎为生。

刘铁山：家里的事儿我已经知道了。

刘大川：你咋知道的?

刘铁山：去年我和肖队长去北平执行任务时,顺便回家看了看,听村里人说的。这两年我也一直托人打听你,但一直没信息。

肖云龙：大川伯,山娃是不是祖辈上就是青龙山的猎户?

刘大川：不是。他是西边凤岭县人,离这儿有一百多里地。八年前他姐姐被村里的地主恶霸黄三炮奸污后投河死了,爹娘也被黄三炮打死了。他一怒之下杀了黄三炮逃到了这儿,后来又娶了山下东柳庄的闺女成了家。没承想半个月前媳妇孩子都被小野杀了。

肖云龙长叹一声：也是苦大仇深呀。

### 61. 山娃家院内　日　外

洋子正站在院内焦急地张望,山娃匆匆走了进来。

洋子赶忙迎上去：哎呀,担心死我了,我还以为你被抓住了呢。

山娃笑笑：没有。八路军川北游击大队的肖队长和刘大哥他们救了我。刘大哥就是大川伯的侄子,我把他们送到大川伯家就赶紧回来了。你多会儿回来的,没出啥事儿吧?

洋子：没出啥事儿,今儿早上回来的。(随后埋怨地)你也真是,怎么不等我就动手了。

山娃：是想等你来着,可一看到小野那个王八蛋火儿就压不住了。见着你爸你妈了吗?

洋子神色暗淡下来：没有。我家被封了,山口家也被封了,我又去朋友家借和服,结果耽误了时间。

252

山娃:你爸妈呢?

洋子:听朋友说,小野二郎死后,他们先是被关到了宪兵司令部,后来又被小野一郎弄到黑谷矿做劳工去了。山口的父母也一起被弄去了。

山娃:我去找肖队长和刘大哥,让他们想办法把你父母和山口的父母都救出来。他们有队伍,肯定有办法。

山娃说完向院外走去。

## 62. 刘大川家　日　内

肖云龙和刘大川正在商量什么事儿,山娃走进。

刘大川:说曹操曹操就到。我正要去找你呢。

山娃:有事儿?

刘大川:咱们不是有七杆枪吗,游击队现在很缺武器,咱俩一人留一杆,剩下的五杆给肖队长他们吧,搁着也是搁着。

山娃:行。肖队长,我想求你件事儿。

肖云龙笑笑:呵,还讨价还价。

山娃:不是。洋子也回来了,她说她父母和她公公婆婆都被小野弄到黑谷矿做劳工去了,能不能想办法把他们救出来。

肖云龙:可以,但不能太着急。守卫黑谷矿的是日本鬼子的一个中队,有二百多人,硬闯肯定不行,得想个好办法。

山娃着急地:能不能快点儿。

肖云龙:不会太久。

刘大川笑道:山娃,你咋这么上心洋子的事儿,是不是看上洋子了?

山娃笑笑:大川伯尽开玩笑,我咋可能看上个日本女人呢,我是怕小野为了给他弟弟报仇,把他们折腾死。

大伙儿都笑。

## 63. 保安大队严三虎办公室　日　内

办公桌上放着一只野兔,严三虎正站在桌前对枪击小野事件进行分析。贾占彪站在他身边。

严三虎:……我分析,这个枪击者的手枪就是藏在这个野兔的肚子里带进城的。从他草率的向小野队长开枪来看,可以看出他是一个没有经过训练的人。他很可能是一个普通猎人。但救他的那五个人不但枪法准,而且很有经验,肯定是游击队的。只要找到这个猎人,就很有可能找到游击队的藏身之处。所以,我们要把查找重点放在这个猎人身上。无论是东边的卧虎山、西边的黑狼山还是北边的青龙山,凡是年轻猎人一个都不要放过。

### 64. 山娃家院内　日　外

洋子在厨棚下做饭,山娃扛着猎枪、提着几只野鸡野兔走进院子。

洋子抬头看了看:嗬,收获不小。

山娃将野鸡野兔扔在地上,将猎枪靠在墙边,边拍打身上的土边说:打这些东西不过瘾,要是能打死几个鬼子就好啦。

洋子:会有机会的。

山娃:都七八天了,还没听说肖队长他们要去黑谷矿的信儿。

洋子:黑谷矿防守严密,不是那么好进的,他们肯定是在等机会。

山下突然传来枪声。

山娃、洋子朝外一看,一个村民打扮的人正提着手枪朝他们跑来。

山娃赶忙喊道:快进来!

这个村民装扮的人正是贾占彪。他跑进院子,山下传来喊声:赶快追,别让八路跑了!

山娃指了指柴房:快进去!

贾占彪:不能连累你们,我得赶紧走。

贾占彪说着欲往外走。

山娃:来不及了,快进去吧!

贾占彪回头看了看,然后跑进柴房,山娃紧跟了进去。

### 65. 山娃家柴房　日　内

山娃将贾占彪藏在柴垛中,遮挡严实后向外走去。

### 66. 山娃家院内　日　外

八九个伪军跑进院子,为首的正是严三虎。

严三虎盯着山娃和洋子问道:刚才那个八路是不是你们藏起来啦?

山娃:没有,没见啥八路。

严三虎环视了一下院子:搜,屋里屋外犄角旮旯儿都不要放过!

伪军有的进屋搜,有的在院子里搜。

山娃紧张地扶着洋子站在一旁。

搜查很快结束了,什么也没发现。

严三虎:也许往那边跑了,快追!

伪军向山上跑去。

山娃见伪军跑远了,赶忙向柴房走去,洋子也紧跟其后。

### 67. 山娃家柴房　日　内

山娃搬开柴垛,对藏在里面的贾占彪:他们走了,没事儿了,出来吧。

贾占彪从柴垛走出,感激地:谢谢你们救了我,老百姓真是好啊。

山娃:你是什么人?

贾占彪:我是川北游击队的侦察员,是来找肖队长的,不料被敌人发现了。我有紧急情况要向他报告,光听说他在青龙山一带活动,可咋也找不到,真是急死人啦。

山娃刚要说什么,洋子抢先说道:那你就快去找吧。

洋子说完暗暗向山娃使了个眼色。

贾占彪:老乡,你们整天在青龙山打猎,肯定见过肖队长吧?

洋子:我们哪能见着那么大的官儿呢。见你是个老百姓,不像坏人才救了你,咋也没想到你是游击队的呀。要早知道你是游击队的人,说啥我们也不敢救你。你快走吧,让他们看着就麻烦啦。

贾占彪:好,我走。

贾占彪说完向外走去。

### 68. 山娃家院内　日　外

山娃和洋子目送贾占彪走远。

山娃不满地问洋子:你咋这么对待他?

洋子笑笑:他不是游击队的,是冒充的,是坏人。

山娃大惊:你咋知道的?

洋子:你呀,真是太憨了。你想想,他刚才跑来时,一点儿慌张的样子都没有。刚才他们搜查时,进屋不到一分钟就出来了,根本就没有搜查。真要搜查的话,他根本藏不住。再有,干侦察的都特别注意保密,哪能轻易地暴露自己的身份呢。他是想套你的话。

山娃琢磨了一下:你这一说还真是这么回事儿,差点儿上了他的当。

他们正说着,严三虎带着人又跑进了院子。

严三虎:妈的,那个八路果然是让你们藏起来了。

山娃:没有,我们没藏八路。

严三虎:还想骗我! 我们看见他从院子跑出去了,把他带走!

两个伪军上来拧住山娃的胳膊往外推。

洋子扑上去:你们不能抓我男人,他是老实人!

一伪军扯住洋子:去你妈的!

伪军边骂边将洋子推倒在地。

严三虎一伙儿押着山娃远去,洋子赶忙向外跑去。

### 69. 刘大川家院内　日　外

刘大川正坐在院里吃饭,洋子匆匆跑了进来。

洋子气喘吁吁地:大川伯,不好了,山娃被伪军抓走了。我在县城见过那个领头儿的,他是保安大队的队长,姓严。

刘大川:他们为啥抓山娃?

洋子:他们先派了个人冒充游击队的侦察员逃到院里,山娃不知情就把这个人藏到柴房里,这个人走后他们就来抓山娃,说山娃窝藏八路。这是他们设的套儿。

刘大川:你别急,我赶紧去西柳庄向肖队长报告。

## 70. 保安大队看守所刑讯室　日　内

山娃被绑在刑讯柱上,一光着上身的光头拿着皮鞭站在一旁,严三虎坐在山娃对面的一把椅子上。

严三虎:说,叫啥名字?

山娃:山娃。

严三虎:为啥私藏八路?

山娃:我没藏。

严三虎冷冷一笑,高声喊道:进来!

随着他的喊声,贾占彪走了进来。

山娃抬头一看,这个人正是那个假冒游击队侦察员的人。

贾占彪得意地笑笑,学着在柴房时的腔调儿:谢谢你们救了我,老百姓真好啊。

山娃由衷地佩服洋子的眼力(画外音):洋子看得真准。

严三虎得意地:说吧,为啥窝藏八路?

山娃:我不知道他是啥人,以为他是个好老百姓才救他的,谁想到他是条狗!

贾占彪:妈的,你敢骂我!

贾占彪说着上去欲打山娃,严三虎把他拦住。

严三虎:在樱花园饭店外向小野队长开枪的是不是你?

山娃:不是。我没听说过啥花园饭店。

严三虎:不说实话是不是? 给我打!

"光头"抡起皮鞭狠狠抽打山娃。

打了一会儿,严三虎示意停下。

严三虎:我知道那个人就是你,我有证据。(冲贾占彪)去,拿进来。

贾占彪走出去不一会儿又走进来,手里提着两张野兔皮。

严三虎从贾占彪手里拿过野兔皮,站起来走到山娃面前:这两张野兔皮眼熟吧?

山娃:野兔皮见过的多了,这两张没见过。

严三虎:你看看上面的沙眼,这就是猎枪打的。

山娃:打猎的人多了,咋就证明是我打的?

严三虎冷冷一笑:哪个猎人会把野兔的肚子掏空了再卖,你那把手枪就是藏在野兔肚子里的。实话告诉你,我和贾队长就是从樱花园饭店冲出来的那两个便衣,那天虽然黑了,但我也能看个差不多,那个人就是你!说吧,救你的那儿个人都是谁,他们藏在哪里,不然就对你动大刑!

山娃:我不知道你在说啥。

严三虎把野兔皮摔在地上:给脸不要脸是吧,大刑伺候!

### 71. 县城门口　傍晚　外

城门上方有"宁安"两个字。

几个伪军正在对进城的老百姓逐个进行盘查,旁边站着两个鬼子。等候盘查的人站了一长队,肖云龙、刘铁山等人也在其中。

肖云龙向一高个儿伪军使了个眼色。

轮到肖云龙了,高个儿伪军走过来拿过肖云龙手中的提箱:来这边检查,别挡后面的人。

高个伪军说着往一边走了几步,蹲在地上打开提箱检查,肖云龙蹲在旁边。

高个伪军边翻看提箱里的东西边小声地:啥任务?

肖云龙也小声地:查明严三虎今晚住处。

### 72. 保安大队严三虎办公室　夜　内

严三虎正在打电话:……好,宝贝儿,今儿去你那儿过夜。给老子准备两盘儿好菜,再烫壶酒,好好伺候伺候老子。

### 73. 严三虎办公室门前　夜　外

伏在门前侧耳倾听的高个伪军悄悄转身离去。

**74. 县城一小院内　夜　外**

小院不大,但别致雅静。

敲院门声。

一妖艳女人从屋里走出:哎,来啦!

妖艳女人边应着边跑过来把门打开。

严三虎进来,一把搂住妖艳女人就亲。

妖艳女人撒娇地:死鬼,多长时间都没来我这儿了,都想死我了。要不给你打电话你还不来呢。

严三虎:你他妈是想钱了吧,老子给你带来了。

妖艳女人:真的? 你真好。

妖艳女人说完抱住严三虎响响地亲了一口。

严三虎:快把门插上。

哎,妖艳女人应了一声刚要去插门,门突然被推开,四个穿日本军服的人走了进来,其中两个正是肖云龙和刘铁山。

严三虎:太君,你们……

肖云龙用手枪指着严三虎:老子是川北游击队的肖云龙!

严三虎惊恐地:肖大队长饶命,八路爷爷饶命,饶命!

肖云龙:进屋!


**75. 保安大队看守所刑讯室门前　夜　外**

刑讯室门前站着两个持枪的伪军。

一辆厢式中型汽车开到刑讯室门前停下。

严三虎从车厢下来,后面紧跟着肖云龙等人。

严三虎对两个伪军命令道:把山娃带出来,皇军要亲自审问。

两个伪军走进刑讯室,不一会儿把山娃带了出来,山娃已被打得血渍斑斑。

严三虎:把他扶上车。

两个伪军把山娃扶上车厢后又下来。

严三虎和肖云龙等人上了车,汽车向院外开去。

### 76. 行驶的汽车　夜　内

车厢内坐着山娃、肖云龙、刘铁山和严三虎。山娃仰着脸谁也不看。

肖云龙:山娃,你看看我是谁?

山娃听声音耳熟,仔细一看,惊讶地:肖队长!

刘铁山笑道:还有刘大哥。

山娃:你们咋……

肖云龙:我们是专门来救你的。平安啦,放心吧。

山娃的泪水流了下来。

### 77. 树林　夜　外

汽车开进一片树林停下,肖云龙、刘铁山、山娃、严三虎等人从车上下来。

严三虎跪在地上:肖队长,我帮你们把人救了,千万别杀我,我是上有老下有小呀!

刘铁山:你杀害了十几个抗日人士,还亲手杀了我们三名共产党员,是罪恶累累的大汉奸,罪不可恕!

刘铁山说完,开枪将严三虎打死。

肖云龙:铁山,我们扶着山娃先撤,你把汽车炸了。

刘铁山:好。

肖云龙等人扶着山娃走了不远,身后传来"轰"的一声巨响。

肖云龙:山娃,他们肯定会再到青龙山找你,青龙山的家不能住了,跟我们先住到西柳庄吧。

山娃:那洋子和大川伯呢?

肖云龙:我已派人把他们都接到西柳庄了。

### 78. 西柳庄一民房外屋　夜　内

洋子和刘大川正在焦急地等待营救结果。

洋子:……大川伯,都这么晚了还没回来,不会出什么意外吧?

刘大川:应该不会。也许是不太顺利,再等等。

刘大川刚说完,门被推开,肖云龙、刘铁山扶着山娃走进,后面跟着两个游击队员。

洋子一阵惊喜,赶忙上前帮着把山娃扶躺在一张单人床上。

肖云龙对一游击队员:快去叫卫生员!

是!游击队员跑了出去。

刘大川问肖云龙:没遇到啥危险吧?

肖云龙:没有,非常顺利。

洋子:快给我们讲讲是怎么救的。

肖云龙:让铁山和你们说说吧。

## 79. 树林　夜　外

贾占彪和十几个伪军正在察看被炸毁的厢式中型汽车和被打死的严三虎,一辆军用卡车开了过来。

小野、尖嘴翻译及十几个日本兵从车上下来。

小野:怎么回事?

贾占彪快步走到小野跟前:报告小野队长,是这么回事儿。青龙山有个叫山娃的猎人,他很可能就是刺杀您的凶手,我们把他抓来审讯,不料被化装成皇军的游击队救走了,严队长也被他们打死了,车也被炸了。

小野咬牙切齿:八格牙鲁,抓住那个叫山娃的一定要给我送来,我要亲手劈了他!

## 80. 西柳庄一民房外屋　夜　内

治疗后的山娃躺在床上睡着了,洋子坐在一旁垂泪。

山娃醒了,他看到洋子还坐在他身边,问道:你咋还没去睡?

洋子赶忙擦擦泪:不困。

山娃感慨地:以前我一直以为,日本人都是坏人,见了你才知道,日本人也有好人。

洋子笑笑:傻瓜,哪儿都有好人,哪儿也有坏人。你看到的中国人,有肖队长、刘大哥、大川伯这样的好人。也有黄三炮、严三虎这样的坏人。其实和中国人一样,日本人绝大多数也都是好人,是日本上层发动的这场侵略战争,把很多日本官兵都变成了魔鬼。在这场战争中受害的不只是中国人,也包括日本人。不但中国人诅咒这场战争,很多日本人也在诅咒这场战争。我想写一本书,把这场战争给中国人和日本人造成的灾难写出来,书名我都想好了,就叫《诅咒战争》。

山娃:太好了,那你就抓紧写吧,别忘了把我家的事儿也写进去。

洋子:肯定得把你家的事儿写进去,也肯定得把我家的事儿写进去,咱们两家都是这场战争的受害者。

洋子说完神情黯淡下来。

山娃看了看洋子:咋不高兴了?

洋子叹了口气:我父母也不知咋样了?

山娃:你别担心,肖队长他们会把你父母救出来的。你看,我不是就被救出来了吗?

洋子:黑谷矿可不比保安队,听朋友说,那儿是一个绝密的地方,防守得可严了。

山娃:你放心,防守得再严肖队长他们也会有办法。等伤好了我回家把枪取出来,和肖队长他们一块儿去救你父母。

### 81. 山娃家　　日　外

十几个伪军正在放火烧山娃家的房子。领头儿的是贾占彪,他已经接替了严三虎,成了保安大队的队长。

贾占彪望着熊熊燃烧的大火,对伪军喊道:都过来!(待伪军拢在他跟前)咱们一定要抓住山娃,为小野队长报仇,为严队长报仇!

一矮胖伪军:抓住山娃会不会有赏?

贾占彪:一定重赏!

矮胖伪军举臂高呼:听贾队长的,一定要抓住山娃!

伪军跟着齐呼:一定抓住他! 一定抓住他!

**82. 山娃家  夜  外**

大火焚烧后的山娃家已成了一片废墟,只有那两个坟还完好无损。

山娃走了过来,他望着被烧毁的家园,眼中射出愤怒的目光。

他辨别了一下,走过去把一堆被烧焦的木头挪开,下面露出一大块青石板。他又将青石板搬开,青石板下露出一个洞口。

他下了洞后,不一会儿又爬了上来。这时的他肩上多了一支三八式步枪,腰里多了一支手枪。

**83. 山林  夜  外**

山娃正走着,身后突然传来枪声。

他心中一惊,赶忙转身朝着枪声跑去。

**84. 山岗  夜  外**

山娃跑到一山岗处朝下一看,见一个人正在往山上跑,后面有两个鬼子在追,边追边开枪。

往山上跑的人被子弹击中,扑倒在地上。

后面的两个鬼子快速追了上来。

山娃连发两枪将两个鬼子打倒,然后跑了过去。

他跑到那个人跟前,蹲下来用手在他鼻前试了试,发现人还没死。

他赶忙将两个鬼子的枪捡起来挎在肩上,然后背起那个人向山林走去。

**85. 西柳庄一民房外屋  夜  内**

桌上燃着一盏油灯,洋子正伏在桌前写着什么,山娃肩挎三支枪、背着那个受伤的人推开门走进。

洋子赶忙站起来,看着山娃背负的人问道:这是谁呀?

山娃:不认识。是被鬼子打伤的,快帮我把他扶下来。

洋子帮着把那个受伤的人扶坐到椅子上。

受伤的人穿着一身深蓝色的破旧工作服,头发散乱,面色惨白,昏迷不醒。

山娃从肩上取下三支枪刚要放到墙边,洋子突然说道:他是我爸爸!

山娃一愣,扭回头:你说啥?

洋子:他就是我爸爸! (说完对着受伤的人连声呼唤)爸爸,你醒醒! 爸爸,你醒醒!

山娃:我去叫卫生员。

山娃说着赶忙把三支枪放在一旁向外跑去。

### 86. 黑谷口日本宪兵中队指挥部　夜　内

一个长着朝天鼻的下级军官正在向小野报告。这个军官叫木村,是看守试验基地的一名小队长。禾田站在一旁。

木村:……两个士兵被打死,川岛介雄被救走,我带人追了半天没追着。

小野怒气冲天,挥手狠狠扇了木村一个耳光:八嘎! 再发生此类问题切腹自尽! 滚!

木村:哈依!

木村走出。

禾田:好在川岛只是个劳工,不知道试验场里的秘密,即使是八路的游击队救了他,他也提供不出多少有价值的情况。

小野:他毕竟知道试验基地的地形和试验场的位置,这些情况落到游击队的手里对我们也非常不利。明天你从队部这边再调一个小队去试验基地,加强那里的守卫。好在试验快要完成了,坚持过这一段,我们的包袱就可以卸下来了。

禾田:哈依!

### 87. 西柳庄一民房里屋　夜　内

川岛介雄依然昏迷着,女卫生员正在查看他的伤口。肖云龙、刘铁山、洋子、山娃、刘大川站在一旁,个个神情焦急。

卫生员查看完对肖云龙:肖队长,他中弹的部位很深,必须送到医院去做手术把子弹取出来,否则性命难保。

肖云龙:鬼子对医院看守得很严,他又是枪伤,恐怕不安全。

洋子:手术我可以做。

卫生员笑笑:洋子,手术我也可以做,关键是咱这儿没有盘尼西林,没有消炎药做了手术也白做。

洋子:可不可以去药店买呢?

卫生员:盘尼西林被鬼子列为禁药了,除了医院哪儿都没有。

洋子沉思了一会儿:我想起来了,我爸爸的诊所里还有几盒盘尼西林。听朋友说,诊所虽然被封了,但药品和医疗器械并没有被拿走。我可以悄悄去诊所把盘尼西林偷回来。

肖云龙:这是个好办法。这样,我和铁山跟你一块儿去。

山娃:我也去。

肖云龙:你的伤刚好,又背着川岛先生跑了那么远的路,就别去了。

山娃照着自己胸前擂了俩下:没事儿啦,全好啦,让我去吧。

肖云龙笑笑:好,那就一块儿去吧。天快亮了,咱们马上出发。


## 88. 新生医疗所门前　晨　外

山娃、洋子、肖云龙、刘铁山走到新生医疗所门前。山娃牵着一头毛驴,驴身上驮着两篓子梨,洋子跟在山娃身旁,像是卖梨的小两口;肖云龙、刘铁山背着锯子等家什,像是木匠。

此时,街上行人稀少。

肖云龙四下看了看,对刘铁山:我们挡着你,你先把门撬开。

好。刘铁山应着走到医疗所门前。

就在这时,五六个日本兵排着队从远处走了过来。

肖云龙:先撤!

几个人继续向前走去。


## 89. 胡同内　晨　外

肖云龙等人走到胡同内站住。

肖云龙对洋子:鬼子来回巡逻,从前门进不安全。诊所有没有后窗?

洋子:没有,后墙是和别的房子连着的。(忽地想起)对啦,这排房子的顶棚都是相通的,有次我爸爸进顶棚修线路,我还上去给他帮过忙呢。和诊所挨着的是家茶叶店,要是从他们家的顶棚爬过去可以进诊所。

肖云龙:店主是日本人还是中国人?

洋子:中国人。

肖云龙:你们两家的关系怎么样?

洋子:关系一直特别好。店主赵伯伯还认我当干闺女呢。

肖云龙:好,这个办法可以试试。


## 90. 兴隆茶叶店　晨　内

茶叶店的赵老板正在擦拭柜台,洋子等人走进。

赵老板:呦,几位早哇。要点儿啥茶?

洋子走到柜台跟前:赵伯伯,不认的我啦?

赵老板打量了洋子一下,不由得一愣:洋子? 你没被打死?

洋子:没有,有人救了我。

赵老板:太好啦! 太好啦! 唉,你爸你妈都……

洋子:我都知道啦。赵伯伯,今儿来是想求您一件事儿。

赵老板:啥事儿,你说。

洋子:我想去诊所取点儿东西,街上有鬼子巡逻不好进,想从您这个店的顶棚爬过去。

赵老板:行。(说着指了指)顶棚的活动窗就在那个柜子上面,我给你搬个凳子踩上。

赵老板说着把一个凳子搬放到柜子上。

肖云龙:谢谢赵老板。(又对刘铁山和山娃)我跟洋子过去,你俩在这儿等着接应。

刘铁山、山娃:行。


## 91. 街道　日　外

此时,街上的行人逐渐多了起来。

五六个鬼子从街上的另一端又走了过来。

### 92. 兴隆茶叶店　日　内

刘铁山从窗户看了看走过去的鬼子:老伯,鬼子天天都这么在街上转吗?

赵老板:天天都这么转,搅得生意都不好做。

刘铁山:老伯您别急,鬼子早晚有滚出中国的那一天。

赵老板:但愿如此吧。

注视着窗外的山娃看到一辆卡车开来停在诊所门前,车上有十几个伪军。

山娃赶忙对刘铁山说:刘大哥,二鬼子来啦!

刘铁山朝外一看,十几个伪军正先后从车上跳下来。

### 93. 新生医疗所　日　内

洋子正在从药柜里往出取药,肖云龙站在门前听着外面的动静。

门外传来对话声。

问:贾队长,干啥来啦?

答:咳,川岛从黑谷矿逃跑了,井藤大佐让我把他的诊所抄了。

肖云龙大惊,悄声地:保安队来啦,快走!

洋子赶忙把放在布单上的药打包起来。

### 94. 兴隆茶叶店门前　日　外

刘铁山和山娃利用围观群众作掩护从兴隆茶叶店出来,又快速地跑到街道对面。

### 95. 新生医疗所门前　日　外

一伪军正用钥匙开医疗所门上的锁,开了半天也没打开。

伪军朝贾占彪:队长,锁锈住了,打不开。

贾占彪:砸!

伪军用枪托砸门锁,没几下就把门锁砸开了。

伪军正要推门,站在街道对面的刘铁山、山娃同时举枪射击,伪军倒在门前。

贾占彪及其他伪军大惊,急忙转过身朝刘铁山和山娃射击。

刘铁山和山娃边打边撤。

贾占彪认出了山娃,大喊道:那个高个儿的就是山娃,别让他跑了。

伪军边射击边往过追。

刘铁山和山娃不断地射击,三个伪军中弹倒地,山娃也左臂中弹。

此时,五六个日本兵也从远处跑来。

刘铁山赶忙连开几枪压住伪军,冲山娃喊道:快进胡同!

山娃转身跑进胡同,刘铁山又连开几枪后也跑进胡同。

贾占彪冲伪军:快追,一定要抓住山娃!

伪军朝胡同快速跑去。


**96. 兴隆茶叶店门前　日　外**

肖云龙和提着包裹的洋子从茶叶店出来,走向拴在门口的毛驴。

肖云龙将一篓里的梨倒进另一篓中,洋子将包裹放进篓里。

肖云龙又将另一篓里的梨倒回空篓一部分将包裹盖住,然后解开绳子拉着毛驴,和洋子一起朝前走去。


**97. 胡同内　日　外**

贾占彪和伪军追到胡同内的一个十字路口,四下看了看均不见刘铁山和山娃的影子。

贾占彪气急败坏地:挨家挨户搜,一定要给我把山娃找出来。


**98. 西柳庄一民房外屋　日　内**

卫生员、刘大川等人正在焦急地等待,肖云龙提着包裹和洋子走进。

肖云龙把包裹递给卫生员:药搞到了,快给川岛先生做手术吧。

哎。卫生员接过包裹走进里屋。

洋子:山娃哥和刘大哥他们不知……

洋子话没说完,刘铁山和山娃走进。

肖云龙:城门都封锁了,你们是咋出来的?

刘铁山:联络站的张掌柜把我们从地道领到后街,然后又把我们领到城墙边的一个排水口,我们从那里爬出来的。

洋子看到山娃的左臂包扎着,急问:山娃哥,你受伤啦?

山娃笑笑:穿了个小洞,好在没伤着骨头,没事儿。

洋子:这次拿回不少药来,快进里屋,我给你把伤处理处理。

一游击队员走进:报告肖队长,川北八路军纵队来电。

游击队员说完将一张电文递给肖云龙。

肖云龙接过电文看。

(特写镜头)电报译文:速回纵队司令部,有要事商量。

肖云龙:好,给萧司令员回电,我马上往回赶。

## 99. 日军宪兵司令部　日　内

井藤正在向小野布置任务。

井藤:……目前,在华北、华南战场,皇军节节失利。黑谷矿的秘密武器一旦研制成功,将会立刻改变目前的战局。为加快秘密武器的试验,两天后,华北战区司令部将送来一百个马路大。这些马路大都是从国民党军队的俘虏中挑选出来的,个个身体强壮,是极好的试验标本。在他们身上试验成功之后,黑谷矿的秘密武器就算成功了。进黑谷矿必须经过青龙山,那一段的路非常险要,你要加强防卫,防止八路的游击队和国民党部队拦截。

小野:哈依!

## 100. 川北八路军纵队司令部　夜　内

川北八路军纵队司令员萧峰正在向肖云龙和川北游击队政委陈平布置任务。陈平三十七八岁,长相文静。

萧峰:……从破译的日军情报中已得到证实,鬼子在黑谷矿确实是在进行化学武器试验,这是日军"731"生化武器研究的一个分支机构。同时还获悉,两天后,日军华北战区司令部将给黑谷矿押送一百名国民党战俘做试验标本。你们川北游击大队一定要把这批战俘截下来,延缓化学武器的试验计划进程。有困难吗?

肖云龙:没有。请萧司令员放心,我们保证完成任务。

陈平:这批俘虏截下来之后送到什么地方?

萧峰:友军将会派人接应。下面,咱们研究一下具体的行动方案。


## 101. 树林　日　外

山娃正在教洋子打枪。

不远处的一棵树上吊着三个葫芦,洋子连发三枪,三个葫芦只打中一个。

洋子有些着急地:我怎么老打不准呢?

山娃笑笑:刚学两天就打成这样,已经很不错了。别着急,慢慢练,这把枪就送给你了。

洋子高兴地:太好了,谢谢山娃哥。

刘铁山跑了过来:山娃,肖队长让你去他那儿一趟。

山娃:有事儿?

刘铁山:有事儿,快去吧。


## 102. 西柳庄肖云龙房间　日　内

肖云龙正在给山娃和刘大川布置任务,刘铁山在座。

肖云龙:……日军为了加快黑谷矿化学武器的试验,从被俘虏的国民党官兵中挑选了一百人当试验标本。这批人将在明天上午被送到黑谷矿。上级命令川北游击大队在进黑谷矿的路上把这批人截下,然后送到青龙山东面的东柳庄,那里有友军接应。(说着打开桌上的一张地形图)你们看,进黑谷矿必须经过青龙山的野狐口,这里地势险要,便于打埋伏,但敌人肯定也会想到这一点,在这里派重兵防守。所以,我们只能在野狐口南边二三里处的黄沙林下手。但战斗打响后,守卫在野狐口的日军很快就会赶过来增援。为牵制野狐口的日军,我们必须先派一批人在今天夜里秘密地潜伏到黑谷口附近,这边打响之后,那边佯攻黑谷口,把守卫在野狐口的日军牵制过去。这个任务由政委陈平同志担任。但陈平同志对那里的地形不熟悉,需要有人做向导,我想……

刘大川不等肖云龙说完,站起来说:明白了。肖队长,我去当向导,我对黑谷口熟悉。

270

山娃也站起来:我去,我都去过好几次了,熟悉那儿的地形。

肖云龙笑笑:那就由山娃担任向导吧。大川伯,你岁数大了,再说,把那些人救下来之后还要马上往东柳庄撤,也需要一个熟悉地形的人领路。

刘大川:那就听肖队长的。

山娃:肖队长,能不能给我几个手榴弹,那玩意儿好使,一炸一片。

肖云龙:没问题。

### 103. 山下草丛　夜　外

这是一大片茂密的深草丛和矮树丛,表面看平平静静,什么都没有,其实山娃带着游击大队的人早已埋伏在里面,这些人身上、头上都用草和枝条伪装着。

趴在山娃身边的是政委陈平。

从他们趴着的地方往前看,可以清楚地看到约二百多米处的黑谷口哨卡。

### 104. 野狐口　日　外

野狐口西面的山岗上,趴伏着许多日本兵,制高点架着两挺重型机关枪。

小野站在一处举着望远镜四下察看,他身边站着尖嘴翻译。

### 105. 黄沙林　日　外

黄沙林里,埋伏着肖云龙及川北游击大队的队员。

一棵大树上面,一个游击队员手中抱着一只鸽子,正在向远处张望。

远处,两辆摩托车开来,车上架着机枪。摩托车后面是五辆帆布大篷汽车。

树上的游击队员放飞了手中的鸽子。

肖云龙及游击队员看到飞起的鸽子立即做好战斗准备。

日军的车队进入了伏击圈,肖云龙大喊一声:打!

游击队员猛烈射击。

两个摩托车手被击中,摩托车翻倒在路中。

汽车被迫停了下来。

### 106. 野狐口　日　外

小野听到南边传来枪声,挥着军刀大喊:快,出击!

日军快速向南边跑去。

### 107. 黄沙林　日　外

五辆汽车上跳下三十多个日本兵,借着汽车的掩护向游击队猛烈还击。

### 108. 山下草丛　日　外

潜伏在草丛中的陈平听到枪声,大喊一声:打!

游击队员一跃而起,向黑谷口哨卡发起猛烈进攻。

### 109. 黄沙林　日　外

赶过来的日军在小野的指挥下,向黄沙林中的游击队猛烈射击。

肖云龙指挥游击队员一部分攻打从汽车上下来的日本兵,一部分向赶过来的日本兵还击。

小野正在指挥战斗,一通讯兵跑了过来。

通讯兵:报告队长,禾田副队长来电话,说游击队正在攻打黑谷口。

小野:这是游击队的调虎离山计。告诉禾田副队长,让他们一定要守住黑谷口。

通讯兵:哈依!

通讯兵说完跑去。

五辆车上的国民党官兵从车上跳下来和日本兵搏斗。

肖云龙等人边向日军射击边大喊:国军弟兄们,快往这边跑! 快进林子!

许多国民党官兵开始往林子里跑。

通讯兵又跑来向小野报告:报告队长,禾田副队长说快顶不住了,游击队就要冲进黑谷口了。

尖嘴翻译:小野队长,守卫黑谷口是大事儿,马路大损失了还可以再找,还是回防吧。

小野想了想,冲士兵大喊:回防黑谷口!

### 110. 黑谷口哨卡附近　日　外

陈平率领游击队已攻打到哨卡附近。

山娃连扔几个手榴弹,炸倒一片鬼子。

炮楼上的机枪猛烈地向游击队员扫射,掩护鬼子往后退。

山娃举枪射击,打倒一个又一个鬼子。

游击队员身后响起枪声。

陈平回头看了看,冲游击队员大喊:野狐岭的鬼子被吸引回来了,快往山上撤!

哨卡里的鬼子看到游击队撤退又开始向游击队员反扑。

日军前后夹击,游击队员一时撤不出来,不断有战士受伤、牺牲。

就在这时,喊杀声一片,肖云龙带着游击队冲了过来,牵制住后面鬼子的火力。

陈平指挥游击队员集中火力对付哨卡里冲出来的鬼子,边打边往山上撤。

山娃随着游击队员正在撤退,猛然看见小野从后面跑了过来,立即举枪射击。

陈平大喊:山娃,不要恋战,快撤!

山娃没打中小野,推上子弹又射时,几个鬼子同时向他射击。

附近的一游击队员猛地扑过来将山娃推倒在地,游击队员身中两枪倒在地上。

山娃大惊。

其他游击队员还击。

陈平跑来拉起山娃:快跑!

### 111. 西柳庄肖云龙房间　夜　内

山娃为游击队员因救他而牺牲十分难过,肖云龙正借势对他进行思想教育。刘大川、刘铁山、洋子在座。

肖云龙:……那个战士叫罗晓亮,才二十三岁,他的父母都是八路军武工

273

队的干部,因汉奸告密被鬼子活埋。其实不止他,咱们抗日队伍中和日本侵略者有着深仇大恨的何止千千万万。如果大家都想着去报私仇,那就是一盘散沙,是根本不可能把日本侵略者赶出中国的。所以,必须把个人仇恨上升到民族仇恨,团结起来共同打击侵略者。只有这样,我们才能取得最终的胜利,才能使我们的同胞免遭侵略者的杀害。

山娃:肖队长,我懂了。有件事儿我想了很久,我想加入你们,和你们一起打鬼子,行不?

肖云龙:当然行了。但有一点,加入我们的队伍必须遵守纪律,听从指挥,不能蛮干。能做到不?

山娃:保证能做到,不就是你让我干啥我就干啥,不让我干啥就不干啥吗?

肖云龙笑笑:差不多,是这意思。

洋子:肖队长,我也想加入。

肖云龙:非常欢迎。在我们的队伍中,有不少日本的反战人士,他们为我们的抗战做出了很多贡献,有的甚至牺牲了个人生命。

刘大川:他俩都加入了,把我也收上吧。

肖云龙:大川伯,你年龄大了,就不要加入了。

刘大川:年纪是大了点儿,可身子骨还硬朗。再说,我常年打猎,枪打得准,咋说多个人也多份力量吧。

肖云龙看看刘铁山:你说呢?

刘铁山笑笑:我同意。

肖云龙:好,那就一起收下。(对洋子)洋子,你父亲的身体恢复的咋样?

洋子:完全恢复了。

肖云龙:走,咱们去看看你父亲,连向他问问黑谷矿的有关情况。

## 112. 西柳庄一房间里屋　夜　内

川岛介雄正在边说边画地向肖云龙、刘铁山、山娃、洋子、刘大川等人介绍黑谷口化学武器试验基地的情况。

川岛介雄:……你们再看西北边,山崖下有三座相距不远的房屋,这三座房屋,其实是三个山洞的洞口。这是第一座房子,里面的洞是关押劳工的。这是第二座房子,里面的洞是关押被试验人员的。这是第三座房子,也是这三座房子中最大的一座,里面的洞就是化学武器试验场。洞里面的情况我就不知道了,但每天都能看到有死尸从里面拖出来,然后送到焚尸炉焚烧。

肖云龙:川岛先生,再和我们说说试验基地的兵力部署和守卫情况吧。

川岛介雄:好。

### 113. 日本宪兵司令部　日　内

井藤正在向小野布置任务,贾占彪站在一旁。

井藤:……从这次马路大被截来看,游击队的目的显然是在破坏秘密武器的研制计划,说明他们已经知道了黑谷矿的秘密。秘密武器的研制已到了关键时刻,绝不能出问题。为防止游击队袭击黑谷矿,我再给你增派一部分兵力,一定要确保黑谷矿的安全。

小野:哈依!

井藤:还有,近期华北战区司令长官将派一个叫渡边的中佐带专家组对黑谷矿进行视察,你要做好迎接准备,并保证他们的安全。

小野:哈依!

井藤又对贾占彪:你们保安大队,要以抓劳工的名义,从各村抓一批村民用作马路大,年龄要十八至四十岁之间的,抓来后先送到皇军医院进行体检,合格后再送进黑谷矿。

贾占彪:哈依! 游击队截走了一百个,我给您抓二百个!

井藤:不不。一百个足够,但不要一次抓,要分期分批地抓,合格一批送一批。这样目标小,不容易引起游击队的注意,你的明白?

贾占彪诏媚地:明白、明白,太君高明!

### 114. 川北八路军纵队司令部　夜　内

肖云龙和陈平正在向萧峰报告伪军抓村民送往黑谷矿当试验标本的事儿。

肖云龙:……他们为了减小目标,分批往黑谷矿送,每次送十来个。

萧峰:你们说的这个情况很重要。我这里也刚刚得到一个情报,日军华北战区司令部近期将派一个专家组到黑谷矿试验基地视察,带队的是个中佐,叫渡边。我们可以利用这两个情报搞一次行动,彻底摧毁黑谷矿的化学武器试验基地。下面,咱们研究一下行动方案……

### 115. 西柳庄一民房外屋　夜　内

山娃、刘铁山、刘大川、洋子及川岛介雄正坐在一起说话。

山娃对刘铁山:……刘大哥,肖队长和陈政委到根据地肯定是接受任务去了,看来是有仗打了。

刘铁山:估计是。

山娃高兴地:大川伯,咱们正式参加游击队后还没打过仗呢,这回一定要多杀几个鬼子。

刘大川:那是肯定的。

洋子:刘大哥,我也是游击队员了,这些日子枪也练得差不多了,要是打仗一定得带上我。

刘铁山:这我可做不了主,得肖队长同意才行。

洋子:刘大哥,等肖队长回来你帮我说说。

刘铁山:行,我一定帮你说。

川岛介雄:要是攻打黑谷矿,我给你们带路,我熟悉试验基地的情况。

刘铁山:真要是攻打黑谷矿,肯定少不了要你帮忙。

川岛介雄高兴地:终于有报仇的机会了。

### 116. 川北八路军纵队司令部　夜　内

萧峰和肖云龙、陈平在继续研究行动方案。

萧峰:……你们设想的这个方案非常好,等炸毁试验基地后,你们再把鬼子引进鬼迷谷,我带领纵队在那里设伏,将小野的守卫中队全部歼灭在鬼迷谷。

### 117. 田间道路　日　外

道路两边是玉米地。

一辆黑色轿车开来,后面是一辆军用卡车,车顶上架着一挺机枪,车里站着十多个鬼子。

两边的玉米地里突然冲出肖云龙、刘铁山、山娃、大川伯、洋子等二十多个游击队员把车围住,大喊:不许动!

川岛介雄也握着手枪从玉米地走出。

汽车上的机枪手欲射击,肖云龙一枪将他撂倒,其他鬼子举手投降。

刘铁山游击队员拉开轿车门冲里面喊:下车!

中佐渡边及两个专家从车里举着手下来,两个专家穿着西服。

### 118. 县城门口　日　外

一辆卡车从城门口开出来。

卡车的驾驶室里坐着贾占彪,车上站着十几个持枪伪军和十几个被绳子捆着的村民。

### 119. 田间道路　日　外

一辆黑色轿车和一辆军用卡车停在路中央,车前站着十几个日军。这些日军,正是肖云龙、刘铁山、山娃、刘大川、洋子等游击队员化装的。肖云龙穿着中佐军官服,站在他身边的是西服革履的川岛介雄。

押送村民的大卡车开来,肖云龙抬手示意停车。

大卡车停下,贾占彪从车里下来,跑到肖云龙跟前,点头哈腰地:太君,你们这是……

山娃上去一把揪住贾占彪:睁开你的狗眼看看我是谁?

贾占彪打量了山娃一会儿,突然神色大变,惊恐地:你、你是山娃?

山娃下了他的枪:想不到是爷爷我吧!

游击队员举枪瞄向车上的伪军。与此同时,两边玉米地冲出十几名游击队员,大喊:不许动!

车上的伪军赶忙都举起手来。

刘铁山冲伪军喊道:都下来,把衣服脱掉!

伪军下车脱衣服。

刘铁山等人跳上车给村民解开绳子。

刘铁山对村民:你们都赶紧下车回家吧。

村民们争先恐后地下了车向后跑去。

从玉米地出来的游击队员脱掉自己的衣服换上伪军服,让伪军穿上他们脱下的衣服,然后把他们押上卡车捆起来,用布团塞住嘴。

贾占彪惊恐地看着眼前的一切。

肖云龙对贾占彪:往常怎么送还怎么送,敢乱说一句就打死你!

贾占彪哈着腰:不敢、不敢!

### 120. 黑谷口哨卡  日  外

黑色轿车开到哨卡,轿车后面是军用卡车,车上站着十几个伪装成日军的游击队员。再后面的大卡车上站着十几个化装成伪军的游击队员,押着十几个穿着村民服装的伪军。

哨卡的日本卫兵拦住黑色轿车。

洋子从车上下来,很有派头地:车里坐的是华北战区司令部派来的渡边中佐和专家组,是到试验基地视察的。

卫兵敬了个礼:听说了。您稍等,我马上向小野队长报告。

卫兵说完欲去哨所旁边的卫兵室打电话。

洋子将卫兵拦住:不用了,小野队长已经知道了,我们到试验基地去等他。

洋子说着上了车,黑色轿车开了进去。后面拉着"日本兵"的军用卡车也跟着开了进去。

卫兵将拉着"伪军"的大卡车拦住。

### 121. 大卡车驾驶室  日  内

驾车的刘铁山用手枪顶在贾占彪腰间。

卫兵走近车窗口:什么的干活!

贾占彪从车窗探出头:跟上次一样的干活,送马路大,马路大!

### 122. 黑谷口哨卡  日  外

卫兵爬上车厢看了看,然后下来一挥手:开路!

278

### 123. 哨卡附近山林　日　外

陈平带着游击队潜伏在山林。

### 124. 试验基地大门前　日　外

黑色轿车、军用卡车、大卡车开了过来。

卫兵将轿车拦住。

洋子从车上下来:车里坐的是华北战区司令部派来的渡边中佐和专家组,快放行!

卫兵敬完礼刚要放行,木村带着一小队日本兵从里面跑了过来。

### 125. 黑谷口哨卡　日　外

卫兵感觉有些不对劲儿,对另一卫兵说:还是向小野队长报告一下吧。

卫兵说完跑进卫兵室拨打电话。

### 126. 黑谷口宪兵中队指挥部　日　内

小野正在接电话,禾田、尖嘴翻译站在一旁。

小野:……估计快到了,我马上到哨卡去迎接。

小野说完刚放下话筒,另一个电话响了。

小野刚抓起话筒,里面就传出卫兵的声音:报告队长,渡边中佐和专家组已经到了,直接去了试验基地。

小野:知道了。(放下话筒)怎么不先和我打个招呼?(忽地意识到什么,冲禾田)不好,快集合队伍!

### 127. 试验基地大门前　日　外

木村带着一小队日本兵跑到洋子跟前。

木村冲洋子:干什么的?

肖云龙从轿车上下来。

洋子:华北司令部派来的专家组,(指了指肖云龙)这是带队的渡边中佐。

木村:没有小野队长的命令,什么人都不准进基地!

肖云龙冲木村招了招手。

木村走了过来。

肖云龙猛地掏出手枪将木村击毙。

军用卡车上的游击队员同时开枪,一小队日本兵很快都被打倒在地。

肖云龙对一游击队员:王排长,你带一排留在这儿拦截小野,其他人跟我进试验基地!


**128. 黑谷口宪兵中队指挥部门前  日  外**

鬼子的队伍已集合好。

小野拔出指军刀向前一指:试验基地,跑步前进!

日军向前跑去。

尖嘴翻译也随着小野朝前跑去。


**129. 哨卡附近山林  日  外**

陈平看到日军向里面跑去,大喊一声:打!

游击队员猛虎般地冲出山林,向哨卡内的日本兵开火。


**130. 哨卡内  日  外**

小野听到枪声大惊,转过身看了看急忙对禾田说:你在这里指挥阻击,我带人去试验基地!(说完冲士兵)一小队二小队跟我来!

禾田拔出军刀指挥剩下的日本兵向游击队还击。

炮楼上的机枪也向游击队猛烈扫射。

小野带着两个小队的日本兵向试验基地快速跑去。

尖嘴翻译紧随着小野跑去。


**131. 试验基地  日  外**

肖云龙带领游击队员正往前跑着,又一队日本兵从里面冲过来向游击队员射击。

不远处的两个木架哨楼上,两挺机枪交叉着火力向游击队员射击。

游击队员被火力压得无法前行,只得隐蔽起来进行还击。

### 132. 试验基地大门前　日　外

十几个被捆着双手的伪军蹲在大门内附近。

远处,小野带着日本兵跑了过来。

伪军看到日本兵跑过来像是见到救星一样,赶忙站起来拼命地向外跑去。

躲在另一处的贾占彪意识到不好,大喊:别跑! 危险!

伪军们似乎没听到他的喊叫,仍然拼命地往过跑。

### 133. 试验基地大门不远处　日　外

小野带着一队日本兵正跑着,突然看到十几个被捆绑的村民跑来。他以为是刚被抓来的马路大要逃跑,军刀一挥:马路大的要逃,射击!

日本兵向奔来的伪军射击。

贾占彪从大门口惊慌失措地跑出,边跑边挥手大喊:别开枪! 别开枪! 他们是皇协军!

已经晚了,十几个伪军全被打倒在地。

贾占彪跑了过来:小野太君,他们是皇协军!

小野扫了一眼前面的十几具尸体:怎么回事?

贾占彪:在来的路上,游击队截了我们,和他们换了衣服。

小野怒骂:八格牙鲁! 你怎么敢把游击队带进来?

贾占彪:我……我……

小野双手举起军刀向贾占彪劈了下去。

贾占彪惨叫一声倒在地上。

小野军刀一挥:冲进去,消灭游击队!

日本兵向基地大门冲去。

大门口身穿伪军服的游击队员在王排长的指挥下,借助日军的工事猛烈射击,顷刻间日本兵倒下一片。

日本兵赶忙卧倒在地上射击。

小野、尖嘴翻译也赶忙卧倒在地。

### 134. 黑谷口哨卡　日　外

哨卡前,陈平指挥游击队仍在和哨卡里的日本兵激烈交火。

游击队用小钢炮轰击炮楼顶上的机枪手。

炮弹命中机枪手,机枪哑了下来。

游击队的火力更加猛烈。

### 135. 试验基地　日　外

肖云龙、洋子和川岛介雄等人躲在一掩体后面。

敌人的火力依然很猛。

肖云龙冲不远处的山娃和刘大川喊道:山娃,大川伯,你俩迂回过去,把那两个哨楼上的机枪手干掉!

山娃、刘大川:好!

肖云龙冲其他游击队员:加大火力射击,掩护山娃和大川伯!

山娃和刘大川在游击队火力的掩护下,借助各种掩体快速前扑。

到了适当的位置,山娃和刘大川同时举枪。随着两声枪响,两个哨楼上的机枪手同时倒下,其中一个从哨楼上栽了下来。

游击队向地面上的鬼子发起更加猛烈的进攻。

山娃冲刘大川喊道:大川伯,咱们上哨楼用机枪扫鬼子!

刘大川:好!

山娃和刘大川分别快速登上两个哨楼,用鬼子的机枪向鬼子扫射。

鬼子被迫后退。

川岛介雄领着肖云龙和洋子等人跑到一处。

川岛介雄指着前面说:肖队长你看,前面山壁下的房子就是洞口,从左边起,第一座房子里的洞是关押劳工的,第二座房子里的洞是关押试验人员的,第三座房子,也就是最大的那座房子里的洞就是化学武器试验场。

肖云龙对身边的游击队员:顺子,你带两个人去打开第一个洞门,救出劳工。

是。顺子向一旁跑去。

肖云龙:大牛,你带两个人去打开第二个洞口,救出里边的人。

是。大牛向一旁跑去。

肖云龙:天宝,你赶快去叫刘铁山把装炸药的军用卡车开过来。

是。天宝向一旁跑去。

### 136. 试验基地大门前　日　外

十几名游击队员顽强地抵抗着鬼子的进攻。

一机枪手被鬼子击中,另一游击队员接过机枪继续向鬼子扫射。

不远处,趴在地上的小野不断地大喊:加大火力,快冲过去! 冲过去!

### 137. 黑谷口哨卡前　日　外

陈平指挥着游击队员仍在和禾田指挥的鬼子进行激烈的战斗,死死地咬住鬼子,使禾田无法去援助小野。

### 138. 关押劳工和试验人员的两个洞口前　日　外

一群劳工和一群被做试验人员分别从两个洞口的房子里跑出来。

洋子、顺子和大牛分别朝他们大喊:快往对面山上跑!

远处的鬼子向逃跑的人群射击。不时地有人倒下。

哨楼上的山娃、刘大川用机枪向鬼子猛烈扫射,压制鬼子的火力。

洋子从跑出来的劳工队伍中看到了山口忠信的父亲山口正一,赶忙喊了一声跑了过去。

山口正一看到洋子一愣:洋子,你怎么来了?

洋子刚要说什么,顺子跑过来:洋子,先别说了,让他们快跑吧,这儿太危险了!

洋子:爸爸,您先跑吧,以后再跟您说。

山口正一还想说什么,顺子推了他一把:快跑!

山口正一随着人群跑去。

**139. 试验场洞口前　日　外**

军用卡车开到试验场洞口前,刘铁山等人从车上跳下。

肖云龙等游击队员向鬼子射击,掩护刘铁山等人从军用卡车上往洞里搬炸药。

**140. 试验基地　日　外**

一群劳工和被试验人员正在往对面的山上跑。

正跑着的山口正一看到一个被打死的鬼子身边有支枪,赶忙跑过去把枪捡起来,转身朝鬼子射击。

一鬼子被他击中倒在地上。

山口正一继续射击。

**141. 山洞内试验场　日　内**

刘铁山等游击队员冲进洞中,将试验场内负隅顽抗的日本兵和试验人员击毙后,在各种试验设备下面安放炸药。

**142. 试验基地　日　外**

劳工和被试验人员已跑到山底,正在往山上跑。

**143. 伙房　日　内**

川岛太太、山口太太和几名伙夫蜷缩在伙房的大案板下,浑身不停地哆嗦。

川岛介雄和洋子匆匆走进。

川岛太太看到洋子和川岛似乎不敢相信:洋子,川岛,真的是你们吗?

洋子:妈妈,是我们。

川岛太太站起来扑向洋子,抱住洋子流着泪说:我还以为再也见不到你了。

川岛太太又转向川岛介雄:他们说你逃跑时被打死在山上了,你是怎么逃出去的?

川岛介雄:一言难尽,以后再和你说吧,咱们赶紧走。

山口太太也从案板下站起来,问川岛介雄:川岛君,外面到底发生了什么?

川岛介雄:八路的游击队打进来了,这个杀人的魔窟马上完蛋了。

几个伙夫高兴地相互说道:太好了,总算盼到这一天了。

洋子:现在不是说话的时候,你们赶快出去往东边的山上跑吧。

**144. 伙房外　　日　外**

两个日本兵跑到伙房门口。

日本兵甲:先藏到伙房吧,这里安全些。

日本兵乙:游击队太厉害了,就先躲在这里吧。

他刚说完,洋子、川岛介雄、川岛太太、山口太太和几个伙夫从伙房走了出来。

对方都是一愣。

两个日本兵赶忙举起枪。

日本兵甲盯着洋子:你的什么人?

洋子刚要说什么,突然一声枪响,日本兵甲倒在地上。

日本兵乙刚一回头,洋子抬手一枪将他击倒。

山口正一拿着枪跑了过来。

洋子:爸爸,您怎么没走?

山口正一:我来找你妈妈和山口的妈妈。

洋子:你们快走吧,赶紧上山!

山口正一:我不走,我要留下来跟你们一起战斗。

洋子:用不着你,你留下来只会添乱,快走吧!

川岛介雄:山口君,洋子说得对,咱们先走吧,不然会给他们添麻烦的。

**145. 试验场洞口前　　日　外**

刘铁山等游击队员拉着引线从洞口匆匆走出。

肖云龙:安放好了?

刘铁山:安放好了,一处也没落下。

肖云龙:好。(说着朝前看了看,见劳工和被试验人员已经上了山)点火!

刘铁山:咱们再往远走走。

肖云龙等人往前走了二三十米,刘铁山点燃引线。

引线闪着火花,哧哧作响。不一会儿,洞内响起闷雷般的爆炸声,山摇地动。

肖云龙望着洞口扑出来的浓烟,脸上溢出胜利的微笑:终于把这个魔窟摧毁了。(对刘铁山等人)通知大伙儿,边打边往山上撤!


### 146. 两个哨楼上　日　外

山娃和刘大川仍在用机枪向鬼子扫射。

山娃听到巨响后高兴地冲刘大川喊道:大川伯,成功了,咱们撤吧!

刘大川:好,撤!

山娃和刘大川端着机枪边打边往下撤。

刘大川快下到楼底时被鬼子击中,从楼梯上栽了下来。

山娃惊得大喊:大川伯!


### 147. 试验基地大门口　日　外

大门前的战斗异常惨烈。十几名游击队员只剩下五人,而且人人带伤,但他们依然顽强地坚持战斗。

听到隆隆的爆炸声,王排长高兴地:成功了,咱们一起扔手榴弹,然后撤!

十几个手榴弹接连在鬼子的队伍中炸响,浓烟一片。

游击队员迅速后撤。

小野指挥鬼子追击。

肖云龙、刘铁山等人赶来,边打边掩护游击队员撤退。


### 148. 黑谷口哨卡　日　外

陈平也听到爆炸声。他对游击队员喊道:牵制任务完成了,猛打一阵后撤退!

游击队员一阵猛烈射击,然后边打边迅速后撤。

### 149. 鬼迷谷　日　外
萧峰带领八路军纵队埋伏在鬼迷谷两边的山林里。

### 150. 青龙山山林　日　外
肖云龙带领游击队员边向追击的小野部队还击边往山上撤。

陈平带领游击队员跑了过来。

肖云龙:来得正是时候。陈政委,你负责把鬼子引到鬼迷谷,我带一部分人埋伏到青龙山断肠崖,切断鬼子的后路,防止鬼子逃掉。(又对顺子、大牛、天宝)顺子、大牛、天宝,你们三人负责把山口先生、川岛先生和他们的夫人立即送到川北根据地,一定要保证他们的安全。

顺子:队长,我想留下来打伏击。

肖云龙:服从命令!

顺子:是!

### 151. 鬼迷谷　日　外
陈平带人边打边撤,把小野的部队引入鬼迷谷。

尖嘴翻译朝鬼迷谷两边看了看:小野队长,峡谷两边山高林密,恐怕有埋伏,还是别追了。

小野停下来举着望远镜四处察看。

陈平见鬼子停下,对游击队员下令:狠狠打!

密集的子弹射向鬼子队伍,五六个鬼子中枪倒下。

小野大怒,军刀一挥:继续追,一定要把这些游击队统统消灭!

鬼子边射击边快速向前追击。

### 152. 鬼迷谷山林　日　外
站在林边的萧峰见鬼子全部进入了埋伏圈,大喊一声:打!

峡谷两边枪炮声齐鸣,鬼子部队被打得人仰马翻。

小野指挥日军反击。

峡谷两边的火力更加猛烈,不一会儿,小野的队伍就伤亡过半。

冲锋号响起,峡谷两边的八路军战士和陈平带领的游击队员呐喊着向峡谷下面冲来。

小野命令禾田指挥日本士兵掩护,他带着一部分日本兵边打边撤。

### 153. 断肠崖下　日　外

小野带着几十个残兵败将逃到断肠崖下。

埋伏在林中的肖云龙大喊一声:打!

两边的游击队同时开火,鬼子霎时倒下一片。

剩下的鬼子拼命反击,不一会儿又伤亡一片。

尖嘴翻译:小野队长,顶不住了,快跑吧!

小野见大势已去,随着尖嘴翻译悄悄向树林逃去。

正在射击中的山娃发现了逃走的小野,赶忙追了上去。此时的山娃已脱掉了鬼子服。

在他身边的洋子也赶忙跟了上去。洋子也已经脱掉了鬼子服。

### 154. 山林　日　外

小野跟着尖嘴翻译仓皇而逃。

山娃和洋子边追边射击。

小野和尖嘴翻译边还击边逃。

山娃朝前看了看,对洋子:洋子,咱们翻过这道梁,到前面截住他们。

### 155. 山娃家　日　外

山娃的家虽已是一片废墟,但两个坟头却长出绿茵茵的草。

山娃和洋子跑过来,隐藏在一棵大树后面。

尖嘴翻译领着小野跑了过来。

山娃举枪把尖嘴翻译打死。

小野举起手枪向山娃射击,山娃伺机还击。

小野射了几枪后子弹打完了。

山娃和洋子冲了过去。

小野扔掉手枪,拔出军刀。

山娃怒视着小野,指了指地上的两个坟堆:小野,你知道这两个坟里埋得是谁吗?

小野看了看两个坟,懵懂地摇摇头:我的不知道。

山娃:这里面埋的就是被你当靶子打死的那个小孩铁蛋儿和他娘秀儿。秀儿是我的媳妇,铁蛋儿是我的儿子!

小野看了看洋子:她不是你的媳妇吗,你们俩挖药材时我见过的。

山娃:错。她叫川岛洋子,是山口忠信的妻子。你那个畜生弟弟小野二郎想糟蹋她,给她两口子扣上私通共党的罪名想杀死他们。

小野:原来是这样。我明白了,小野二郎是你们杀死的。

山娃:没错儿,是我打死了你那个畜生弟弟小野二郎救了洋子。现在我告诉你,洋子已经是一名优秀的抗日游击队队员了。

小野:我想起来了,你就是那个叫山娃的猎人吧,在樱花园饭店门口开枪打我的就是你。

山娃:也没错儿,只可惜那一枪没打死你!小野,今天你的死期到了,我要为我的儿子和老婆报仇!

小野惊恐地步步后退,山娃满面怒容地步步前逼,两人眼前都闪出铁蛋儿和秀儿被杀的那一幕。


**156.(闪回)山娃家院内　日　外**

小野举枪瞄向铁蛋儿,子弹没有击中铁蛋儿头上的碗,而是击中了铁蛋儿的前额。

秀儿扑过来,小野举枪射击,秀儿胸口中弹。


**157. 山娃家　日　外**

小野大吼一声,猛地举起战刀向山娃劈来。

洋子抬手一枪击中小野的胳膊,小野手中的军刀掉在地上。

山娃将枪丢在地上,扑过去一拳接一拳地击打小野,小野被打得满脸是血连连后退,最终倒在地上。

洋子:打得好,打得好!

山娃把倒在地上的小野拖到两个坟前:秀儿、铁蛋儿,今天我给你们报仇!

山娃说完,从地上捡起军刀,狠狠地向小野砍下去。


**158. 日本宪兵司令部　日　内**

井藤穿着白衬衣跪在天皇挂像前。

井藤用一块儿白手帕慢慢地擦拭着军刀。

井藤擦完之后骂了一句:小野,你个混蛋!

井藤骂完又朝着天皇挂像喊了一声:天皇万岁!

喊完后扬起军刀猛地刺入自己腹中,又搅动几下后倒在地上,洁白的衬衣顷刻间被血染红一大片。


**159. 山娃家　日　外**

在两个旧坟旁,山娃和洋子又圆起一个新坟,坟前立着个木牌,上面写着:刘大川烈士之墓。

山娃和洋子站在墓前。

山娃:大川伯,我和洋子都要去新的战场了,我们一定替你多杀几个鬼子,了却你复仇的心愿。

山娃说完,和洋子深深地向坟墓鞠了三个躬。


**160. 战场　日　外**

炮火连天,八路军以排山倒海之势奋勇地向日军冲杀。

冲杀的八路军队伍中,有身着八路军服装的肖云龙、陈平、刘铁山、山娃、洋子等人的身影。

字幕:一九四五年八月,日本宣布投降


**161. 八路军川北纵队某营部　日　内**

身着八路军军装的山娃正坐在桌前看报纸,一年轻战士走进。

年轻战士向山娃敬了个礼:报告营长,野战医院的洋子医生要见你。

山娃站起来:快让她进来。

年轻战士走出,身着八路军军装的洋子走进。

洋子把书递给山娃:山娃你看,我写的书,根据地出版社出版了。

山娃赶忙接过书看。

(特写镜头)书的封面上印着"诅咒战争"四个大黑体字,下方印着小楷体"川岛洋子著"。

山娃又翻开里面看了看:太好了。洋子,祝贺你!

洋子:还有一件事儿要告诉你,我父母和山口的父母要回日本了。

山娃有些紧张地:那你呢?

洋子故意地:你希望我回日本还是希望我留在中国?

山娃红着脸:我……我当然希望你留在中国啦。

洋子笑道:那我就留下来。

山娃高兴地跳了起来:太好了!（画面定格)

（剧终)

# 失 踪 者

**序幕：**

**1. 墓地　日　外**

两座比邻的坟墓。一座墓碑上的名字是罗飞。另一座墓碑上的名字是马志伟。

一个老妇人在两个中年人的搀扶下走到墓前，两个中年人将两簇鲜花分别放在两个墓碑下。

老妇人叫蓝鸽，两个中年人一个是她的女儿，叫马玲；一个是她的儿子，叫马兵。

蓝鸽走到罗飞墓碑前，泪花闪闪：罗飞，组织上已经恢复了你的身份，授予你特级战斗英雄称号……

推出片名：失踪者

**2. 山上　日　外**

画面叠印字幕：一九五○年

山势险峻，解放军某部清剿国民党残余部队的战斗正在激烈进行。

**3. 山下　战地医院　日　内**

帐篷搭成的战地医院内，周院长和医护人员正在紧张地对受伤的战士进行救治。山上激烈的枪炮声，在帐篷内听得十分清晰。

一名二十三四岁、眉清目秀的女护士正在给一个受伤的战士包扎。她就是蓝鸽。

蓝鸽刚给这个战士包扎完，又一个受伤的战士被抬了进来，她赶忙跑过去救治。当她给这个战士包扎完之后,山上的枪炮声逐渐稀疏下来。

蓝鸽舒了口气。她朝门口望望,见没有伤员再被抬进来,便走到一旁坐下。

她朝周围看了看见没有人注意自己,便从胸前掏出一个用红丝绳戴在脖子上的"小鸽子"——用子弹壳制作的,十分精致。

她端详着"小鸽子",脸上泛出红晕,羞涩地一笑。


**4.(闪回)军营外大柳树下　夜　外**

蓝鸽靠着大柳树,不自然地用手指绕弄着发辫。在她面前,站着一个二十四五岁的军人,飒爽英姿,这个军人就是罗飞。

罗飞:蓝鸽,送你个礼物。

罗飞说着从衣兜掏出一个用红丝绳穿着的"小鸽子"递给蓝鸽。

蓝鸽接过来看了看:呀,真好看。你做的?

罗飞:我用子弹壳一锉一锉锉出来的,也可以说是用我的心打磨出来的。在我的心中,你是一只永远美丽的小鸽子。一共锉了两个,你一个我一个。

罗飞说着,将戴在自己脖子上的"小鸽子"掏出来让蓝鸽看了看。

蓝鸽脸红了,娇羞地:你给我戴上。

蓝鸽说完把"小鸽子"捧到罗飞面前。

罗飞:好。

罗飞接过"小鸽子"戴在蓝鸽的脖子上,深情地望着蓝鸽:蓝鸽,等明天的清剿行动结束后,咱们就给组织上打报告结婚吧。

蓝鸽羞涩地点点头。


**5. 山下　战地医院　日　内**

蓝鸽正沉浸在甜美的回想中,护士刘小英风风火火地从外面跑进帐篷。刘小英约十八九岁。

刘小英喊道:周院长,战斗结束啦,俘虏了好多人,正押着他们往山下走呢!

周院长:太好了! 走,看看去!

周院长说着朝外跑去,大伙儿也跟着朝外跑去。

蓝鸽赶忙将"小鸽子"塞进胸前,也站起来朝外跑去。

## 6. 山下　日　外

长长的一队国民党残兵败将正在解放军的押解下走下山。

蓝鸽的目光没在这些残兵败将身上,而是在下山的解放军中急切地寻找着罗飞。

押解俘虏的解放军几乎全都下山了,但蓝鸽依然没有看到罗飞的身影。她正焦急的时候,刘小英跑了过来。

刘小英:蓝姐,团部的通讯员魏刚找你。(又转身朝远处的魏刚喊道)魏刚,蓝护士在这儿呢!

魏刚快速跑过来:蓝护士,张团长叫你。

蓝鸽一愣:张团长叫我,啥事儿?

魏刚:不知道,让你赶快去。

## 7. 团作战指挥部　日　内

团长张承山三十七八岁,正踱来踱去,神情严峻。营长马志伟二十七八岁,他站立在一旁,表情痛苦。

门外:报告!

张承山:进来!

魏刚走进,后面跟着蓝鸽。

魏刚:蓝护士到。

张承山:好,你出去吧。(待魏刚走出后对蓝鸽)蓝鸽,坐吧。

蓝鸽没坐:张团长,啥事儿?

张承山:蓝鸽,叫你来是想和你说说罗飞的事儿。

蓝鸽见张承山语气沉重,心中一惊:罗飞?他……他牺牲了?

张承山:现在还不能肯定,他……

蓝鸽着急地:他到底怎么了?

张承山看了看马志伟:马营长,你说说吧。

马志伟声音低沉地:是这么回事儿。我们营在攻打到匪巢附近时,由于国民党残匪占据有利地势,而且火力非常猛,我们的部队受阻,许多战士受伤牺牲……

**8.(闪回)山上　日　外**

马志伟正指挥全营战士向匪巢进攻,战斗十分激烈,不断地有战士受伤牺牲。

罗飞跑了过来:营长,我请求带特务连从右边的悬崖攀上去,从侧面向敌人进攻,牵制敌人的火力!

马志伟:不行,悬崖太陡峭了,万一再被敌人发现……

罗飞:营长,就让我们试试吧,强攻的损失太大了!

马志伟看了看眼前的局面:那就试试吧。我组织佯攻,吸引敌人的注意力掩护你们。千万小心。

罗飞:明白。

罗飞说完转身跑去。

**9.(闪回)悬崖峭壁　日　外**

陡峭的悬崖。悬崖下面是波涛滚滚的大河。

罗飞带领特务连的战士艰难地在悬崖峭壁上攀爬着,不时地有战士从悬崖峭壁上坠下落入河中。

**10.(闪回)山上　日　外**

马志伟指挥全营战士猛烈地向敌人射击。

马志伟:加大火力,狠狠地打!

**11.(闪回)悬崖顶　日　外**

罗飞和特务连的战士攀上悬崖顶,从侧面向敌人发起猛烈进攻。

一颗炮弹在罗飞身边爆炸,罗飞被炸得腾空而起。

### 12. 团作战指挥部　日　内

马志伟:……由于罗连长率领特务连从侧面的进攻,打乱了敌人的阵脚,进攻很快取得了胜利。但战斗结束后一直没找到罗连长,我们分析,罗连长很可能是被炸飞到悬崖下了,我派人下去寻找但没找到。我们又分析他很可能落到了河里,又派人沿河寻找,依然还是没找到。

蓝鸽眼前一黑身子向后倒去,马志伟赶忙将她扶住:蓝鸽,蓝鸽……

张承山赶忙跑到门口喊道:魏刚,快叫周院长派医生过来!

### 13. 县医院护办室　日　内

画面叠印字幕:一九五三年

蓝鸽正坐在护办室看"小鸽子",刘小英快步走来。

刘小英:蓝姐,周院长叫你赶快去他办公室。

蓝鸽边将"小鸽子"装进胸前边问:啥事儿?

刘小英:不知道,快去吧。

### 14. 周院长办公室　日　内

周院长正和一身便装的张承山正坐在桌前说话。

周院长:……她就像变了个人似的,整天埋头干活儿,沉默不语。

张承山:看来还是一直忘不了罗飞。

敲门声。

周院长:她来了。(随即朝门口喊道)请进!

蓝鸽推门走进,她看到张承山一愣:张团长?

周院长笑道:张团长已经转业了,他现在是咱们隆安地区的副专员兼公安处处长,是特意来看你的。你们聊吧,我先出去。

张承山:不用了,我和蓝鸽出去走走,连看看医院的环境。

### 15. 县医院院内　日　外

张承山和蓝鸽边走边聊。

张承山:改编成地方医院后还适应吧?

蓝鸽:还行。张团长,不对,应该叫你张专员了。

张承山:啥专员不专员的,以后就叫大哥吧,显得亲切。

蓝鸽笑笑:行。张大哥,你啥时候转业的?

张承山:两个月前。国民党的残余部队虽然清剿完了,但还有许多潜伏下来的敌特分子没有肃清,他们为配合蒋介石反攻大陆的叫嚣,经常搞一些破坏和暗杀活动,制造混乱。上级把我和一些同志派到地方,主要是为了加强清查敌特分子的力量。

蓝鸽:是该好好清查清查。这三年来,在青岭县发生的破坏和暗杀活动就有十几起,搞得人心惶惶的。

张承山:和我一起被派到地方的还有营长马志伟同志,他被派到青岭县当副县长兼公安局长。

蓝鸽:是吗,一直没见过他。

张承山:他先到省公安厅参加了两个月的集训,昨天刚上任,还没顾得上来看你。

蓝鸽不语。

这时,一个推着垃圾车的人慢慢地走了过来。这个人戴着一个大口罩,帽檐压得很低,只能看到一双眼睛,而且一只眼还是瞎的。这个人走到张承山和蓝鸽跟前,向他俩扫了一眼,又低着头慢慢向前走去。

张承山回头看了看:这个人是你们医院的清洁工?

蓝鸽:不是。看太平间的,太平间的活儿不多,就主动承担了卫生清扫工作,一天到晚挺辛苦的。

张承山:他叫啥?

蓝鸽:姓尹,叫尹明。

张承山:天这么热咋还捂个大口罩?

蓝鸽:听说他的脸被烧伤过。你是不是怀疑……

张承山:不是,随便问问。蓝鸽,有件事儿想和你谈谈。

蓝鸽:啥事儿?

张承山:你对马志伟的印象如何?

蓝鸽:挺好的。

张承山:他很喜欢你,但一直不好意思和你说,我给你俩牵牵线如何?

蓝鸽:他还没结婚?

张承山:他自打入伍就一直在枪林弹雨里钻,没时间考虑个人问题。近两年有人给他介绍过,但他都不愿意。

蓝鸽不语。

张承山:我知道你心里一直放不下罗飞,但他毕竟离我们而去了,活着的人该怎么活还得怎么活。我想,这也是罗飞希望看到的。

蓝鸽:可他的尸体一直没找到,我总觉得……

张承山:已经三年了,如果他活着的话不可能一点儿消息都没有。蓝鸽,别再幻想了,你也不小了,就听大哥的吧。马志伟很优秀,是个有前途的干部,你和他结合错不了。

蓝鸽:谢谢张大哥的关心,让我再考虑考虑,行吗?

张承山:行,考虑好了告诉我一声。


**16. 县城街道　夜　外**

不远处传来爆炸声。不一会儿,两个人从街道口匆匆跑了过来,边跑边回头看。

一个黑衣蒙面人从一胡同口探出头看了看,又闪了回去。

那两个人从胡同口跑过去后,蒙面人又闪了出来,悄悄地跟踪那两个人。


**17. 县四海书店门前　夜　外**

那两个人跑到四海书店又回头看了看,一人上前轻轻敲门。

敲门声很有节奏:砰砰砰、砰砰,砰砰砰、砰砰。

门打开一个缝,那两个人闪了进去,门又关上。

蒙面人迅捷地跃到门前谛听。

屋里传出声音。

一声音激动地:得手了。

一声音赞赏地:太好了,我向"一号"给你俩请赏。

……

### 18. 县公安局专案指挥部　夜　内

局长马志伟、副局长华子明等七八个人走进清查潜伏敌特专案指挥部。大家落座后,马志伟讲话。

马志伟:你们都看到了,这次粮库被炸,是继上周两名村干部被暗杀之后,敌特分子犯下的又一严重罪行。这两个多月来,清查工作进展不大,特别是潜伏在我们县的代号为"一号"的敌特头目,至今一点儿线索都没有。在座的都是专案组领导成员,咱们研究一下,如何加快进展,特别是如何把敌特头目"一号"挖出来,尽快把潜伏在青岭县的敌特分子一网打尽。

他刚说完,门外有人喊"报告"。

马志伟:进来!

一警卫战士推门走进:马局长,拖拉机厂保卫科赵科长要见你,说有紧急情况向你报告。

马志伟:赵科长呢?

警卫:在门外。

马志伟:快让他进来。

警卫:是。

警卫走出,赵科长走进。

赵科长:马局长,四海书店是敌特分子的秘密聚集点,刚才炸粮库的两个敌特分子现在正在里面,你们赶快去抓吧。

马志伟:你怎么知道的?

赵科长:今天我值夜班。刚才听到爆炸声后,赶忙到厂子各处查看,转了半天没发现什么情况。当我走进办公室时……

### 19. (闪回)拖拉机厂保卫科　夜　内

赵科长刚推门走进,一个黑衣蒙面人突然从门后闪出。

赵科长大惊,急忙从腰间拔出手枪。

蒙面人一把夺过手枪:别怕。我不是坏人,有个紧急情况想请你去向马志伟局长报告。

赵科长:啥紧急情况?

蒙面人:我已暗查了好长时间,发现四海书店的老板和店员都很可疑。刚才,有两个行踪诡秘的人进了四海书店,我从屋里人的对话中听出,这两个人就是炸粮库的敌特分子,还听出四海书店就是敌特分子的一个秘密聚集点。

赵科长:你为啥不直接找马局长报告?

蒙面人:我是执行特殊任务的人,不便于露面。我了解你,知道你在部队曾是马营长的部下,所以来找你。也请你相信我。


**20. 县公安局专案指挥部　夜　内**

赵科长:……蒙面人说完把枪还给了我,一闪身就不见了。

马志伟:立即行动!

华子明:慢,这会不会是敌特分子放的烟幕弹,想干扰我们的清查行动?

马志伟:不太可能。这种干扰没啥太大意义。宁可信其真,马上集合队伍进行抓捕。


**21. 四海书店　夜　内**

马志伟、华子明等人冲进书店。

地上躺着三具尸体。

马志伟:快,去经理室!


**22. 四海书店经理室　夜　内**

马志伟、华子明等人冲进经理室。老板仰靠在办公桌后面的椅子上,胸前一摊血。

马志伟上前用手在老板鼻下试了试:还没死,快送医院抢救!

两名公安人员迅速将老板抬出。

马志伟对华子明:华局长,看来是走露消息了,公安局很可能有内鬼。

华子明:也说不定是敌特分子实施的暗杀行动,老板和店员根本就不是敌特分子。

马志伟:敌特分子的行动一向是非常谨慎的,他们不可能冒险杀几个老百姓。

华子明:会不会是敌特分子自己发现这些人不可靠了,杀人灭口?

马志伟:咱们刚接到情报他们就被杀了,不可能这么巧合。如果能把老板抢救过来,这个谜或许会揭开。


**23. 县医院病房　夜　内**

书店老板躺在病床上昏迷不醒,蓝鸽和刘小英正往输液架上挂吊瓶,李医生摸着老板的脉搏观察病情。

马志伟、华子明走进。

马志伟:李大夫,咋样?

李医生:子弹取出来了,已经没有生命危险,但由于伤势较重,什么时候能醒过来还不好说。

马志伟对华子明:华局长,你安排人员昼夜在门口守卫,除了医院的医生和护士外,任何人不得进入这个病房。

华子明:好,我马上安排。


**24. 空镜**

月亮西斜,夜幕下的县医院十分静谧。


**25. 县医院病房　夜　内**

蓝鸽和刘小英守护着书店老板,老板依然昏迷着。

蓝鸽看了看输液架上的吊瓶:小英,液快输完了,我再去拿两瓶。

刘小英:你去吧。

蓝鸽走出。

刘小英从老板腋下取出体温表,对着灯光观看。

一"医生"戴着口罩轻轻走进。"医生"的身高、体型和李医生十分相似,但从眼睛可以看出不是李医生。

刘小英听到脚步声刚一回头,"医生"一步跨过去一拳将她打昏在地上。

"医生"迅速从白大褂的兜里掏出一支注射器,正要往药液瓶里注射时,门口传来蓝鸽和守卫人员的对话声。

蓝鸽:辛苦你们啦。

守卫人员:不辛苦。

"医生"赶忙将倒在地上的刘小英拖扯到帐帘后面。

蓝鸽走进,发现刘小英不见了,赶忙将两个药液瓶放到墙边的桌子上,向帐帘走去。

躲在帐帘后面的"医生"待蓝鸽走近,猛地一把将她拽了过来,双手随即紧紧地掐住了她的脖子。

蓝鸽拼命挣扎,但无济于事,双手渐渐垂了下来。

就在这时,一个黑衣蒙面人突然从窗户闪了进来。

"医生"大吃一惊,慌忙松开蓝鸽,拔出匕首刺向蒙面人。

蒙面人躲闪了两下,一记重拳将"医生"击倒,随后又夺过匕首,将"医生"的一只手摁在地板上,举起匕首狠狠地向这只手扎下去,将手钉在地板上。

"医生"疼得"呀"的一声叫。

此时,倒在地上的蓝鸽醒了过来,挣扎着往起爬。

蒙面人大喊:有特务,快抓特务!

两名守卫人员握着手枪冲了进来。

蒙面人跃上窗户,身子一闪不见了。


### 26. 隆安地区公安处张承山办公室　日　内

马志伟正在向张承山汇报清查敌特分子的情况。

马志伟:……由于这个蒙面人的再次出现,敌特分子去医院灭杀书店老板的行动没有得逞。书店老板醒过来后,供出了潜伏在县里的敌特分子"一号"人物和部分骨干成员,我们又根据这些人的供述,将潜伏在县里的所有敌特分子都抓获了。没想到的是,这个"一号"人物竟然是县公安局的副局长华子明。华子明还供出了他的上线,这个上线代号"山鹰",只知道他潜伏在地区公安处,不知道其身份和姓名。

张承山:太好了,根据这个线索,我们很快就能把潜伏在隆安地区的敌特分子全部肃清。

马志伟:张书记,这个执行特殊任务的蒙面人是不是你派下去的?

张承山:不是。如果是我派的,最起码会和你通气。

马志伟:怪了,这个人到底是谁呢? 为啥敌特分子都抓获了他还不露面?

张承山:他不暴露自己肯定有他的原因,也许以后会明白的。哎,对了,这两个来月和蓝鸽进展的咋样了?

马志伟笑笑:我们商定十一结婚。

张承山:十一? 不就是下周日吗?

马志伟:对。除了向你汇报工作外,也是来请你这个月下老参加我们婚礼的。

张承山:好,我一定去。


## 27. 县医院门口　日　外

尹明正在门前清扫,他依然戴着大口罩,帽檐压得很低。

刘小英和一名护士提着两个新暖壶、两个新脸盆等东西走进大门。

王师傅从传达室探出头:呦,咋买这么多东西?

刘小英:蓝护士长明天结婚,给她买的礼品。

王师傅:和谁结婚呀?

刘小英:马志伟,咱们县的副县长、公安局长。

王师傅:英雄配佳人。好,好!

刘小英:王师傅,明天去喝喜酒吧。

王师傅:一定去。哎,别忘了礼品钱算上我一份。

刘小英:行,给你算一份。

刘小英说完和护士向住院处走去。

在刘小英和王师傅说话时,尹明一直注意听着。


## 28. 小院内　日　外

马志伟和蓝鸽的婚礼正在进行,张承山、刘小英、周院长都在场。婚礼的场面虽然热闹,但蓝鸽一直都没笑意。

刘小英想让蓝鸽高兴起来:让新娘子给大伙儿唱支歌好不好!

大伙儿:好!

蓝鸽:我不会。

大伙儿:唱一支,唱一支!

蓝鸽依然不唱。

张承山也想让蓝鸽高兴起来:蓝鸽,既然大家都想听,就唱一支吧。

蓝鸽看了看大伙儿:那我就唱一支,唱不好大伙儿别笑话。

大伙儿:好!

蓝鸽轻声唱起《我心中的雄鹰》:蓝蓝的天空,一只雄鹰在展翅飞翔,飞过原野,飞过河流,飞过高山,一直飞向远方。我不知道你飞到了哪里,你的雄姿,我永远也不会忘,永远也不会忘。

深情的歌声中,出现下列画面:

月夜的大柳树下,罗飞把"小鸽子"戴在蓝鸽脖子上。

悬崖峭壁上,罗飞带领特务连的战士艰难地攀爬。

崖顶上,罗飞带领特务连战士向敌人发起猛烈进攻,一颗炮弹在罗飞身边爆炸,罗飞被炸得腾空而起。


**29. 小院门口　日　外**

院门口有不少人围观,尹明也在其中。他依然戴着大口罩,帽檐压得很低。他似乎被蓝鸽的歌声感染了,那只明亮的眼睛中,滚下一颗晶莹的泪珠。


**30. 小院内　日　外**

蓝鸽唱完,大伙儿依然沉浸在歌声中。

刘小英:大伙儿鼓掌呀!

大伙儿这才反应过来,热烈的掌声响起。

刘小英看到了站在门口的尹明,冲他招手:尹师傅,进来呀,进来呀!


**31. 小院门口　日　外**

尹明冲刘小英摇摇手,转身离去。

### 32. 太平间旁一房间　日　内

尹明正坐在桌前用铅笔在一张纸上画着什么。

敲门声。

尹明赶忙把纸和笔收起来放进抽屉:谁呀?

门外:我,刘小英!

尹明走过去把门打开:刘护士,你咋来啦?

刘小英:蓝护士长让我给你送包喜糖喜烟。

尹明:看我这屋又脏又乱的,(指了指椅子)坐这儿吧。

刘小英:不坐啦,我还有事儿。

刘小英说完把一红纸包放在桌子上走出。

尹明打开红纸包,手哆嗦着拿起一块糖望着,眼里滚出一串泪珠。

### 33. 县委会议室　夜　内

画面叠印字幕:一九六〇年

马志伟走进会议室(此时的马志伟已是青岭县县委书记),后面陆陆续续跟进八九个县委领导。

马志伟神情严峻,待大伙儿在会议桌前落座后,开始讲话。

马志伟:今天到乡下转了一天,你们都看到了什么?

大伙儿沉默。

马志伟:野菜都挖光了,外出逃荒要饭的人随处可见,甚至有的人还被饿死!作为县里的领导,难道我们就没有责任吗?

大伙儿依然沉默。

马志伟接着说:我决定,发动老百姓开荒种地,凡是新开垦的荒地,都算作老百姓的自留地,不征收公粮。另外,鼓励老百姓发展多种副业,自由买卖。

一领导:马书记,这可是违反政策的,是不是先请示一下地委再作决定?

马志伟:不用了,一切后果由我承担。另外,动员机关干部包村,帮助那些丧失劳动力的家庭开发荒地。

另一领导:早该这么干了,我赞同。

大伙儿:赞同,赞同!

### 34. 山坡　日　外

马志伟在村支书的陪同下走到一山坡处。站在这里,可以看到远远近近正在开垦荒地的农民。

马志伟问村支书:你们村的荒地开出多少亩了?

村支书:老百姓干劲儿十足,才半个月就开出一百多亩了。还来得及下种。

马志伟:集体的田地也要种好,不能顾此失彼,你这个村支书要统筹兼顾呀。

村支书:集体的田该咋整咋整,保证不会耽搁。(忽然看到了什么)哎,马书记,有辆汽车开过来啦。

村支书说着抬手指了指。

马志伟转身一看,一辆吉普车从远处快速朝他们这里开来。

马志伟:可能是哪个领导来啦。

吉普车开了过来,停在距马志伟不远的地方,张承山从车上下来。

马志伟赶忙迎过去:张书记,你咋到这儿来啦?

张承山:咋,你能来我就不能来?

马志伟笑笑:有事儿?

张承山:有事儿。(朝前看了看)走,咱们到那棵大树下说吧。

### 35. 大树下　日　外

马志伟随张承山走到大树下坐下。

马志伟:啥事儿?

张承山:你捅大娄子了。这么大的事儿,咋不和我商量商量?

马志伟:你是地委书记,这事儿不符合政策,我不想让你受牵连。

张承山:你一个县委书记这么干,我当地委书记的能不受牵连吗? 这事儿省委已经知道了,省委书记昨天打电话把我狠剋了一顿。

马志伟神情黯然:对不起。张书记,对我个人咋处理都行,千万别把我们的决定否了。你也看到了,老百姓的积极性刚调动起来。

张承山:那是不可能的,这事儿能包得住吗? 就算我睁只眼闭只眼,可省里能答应吗? 再说了,如果让你们县这么干下去,别的县怎么办?

马志伟:总得有个自救的办法吧,总不能眼睁睁的……

张承山:办法可以想,但决不能违反政策,这是政治!

马志伟沉默了一会儿:打算对我咋处理?

张承山:省里让严肃处理。我和地委的其他领导商量了一下,决定让你先停职培训,到地委党校学习半年。

马志伟:这么长时间?

张承山:这还不知道能不能交代得了上级呢。对了,你还得赶快写份检查,一定要深刻,我亲自到省委去汇报。至于你们县的灾荒问题,我先想办法调配一批粮食救救急。

马志伟:太好了,谢谢张书记。

张承山:家里的日子还过得下去吧?

马志伟:我们家和蓝鸽家都很困难,我的工资差不多都给了两家老人了,一家四口基本上就靠蓝鸽一个人的工资生活,挺难为她的。

张承山长叹一声。


### 36. 马志伟蓝鸽家　夜　内

蓝鸽正在铺床,侍弄女儿玲玲(六岁)和儿子兵兵(四岁)睡觉。

玲玲:妈,我爸走了这么长时间咋还不回来呀,我想我爸了。

蓝鸽:快了,学习完就回来了。

兵兵:妈,我饿,我想吃东西。

蓝鸽:兵兵乖,快睡吧,睡着就不饿了。

兵兵:不嘛,我饿,我饿,我就要吃。

蓝鸽:兵兵听话,你看姐姐多乖,睡觉就不要吃的了。快睡吧,妈明天给你蒸个不掺野菜的大窝头。

砰砰砰。外面传来敲院门的声音。

玲玲:是不是我爸回来了?

蓝鸽拉开屋门冲院门口问道:谁呀?

没回应。

蓝鸽快步向院门口走去。

### 37. 马志伟蓝鸽家院内　夜　外

蓝鸽走到院门口打开门一看,门口立着两个面袋,却不见人影。

蓝鸽打开两个面袋看了看:一个面袋里是玉米籽,一个面袋里是土豆。

### 38. 刘小英家院门口　夜　外

蓝鸽匆匆走到院门口敲门。

院内刘小英应道:谁呀?

蓝鸽:小英,是我!

院门打开,刘小英问道:蓝姐,你咋这么晚来啦,有事儿?

蓝鸽:小英,放在我家院门口的一袋玉米籽和一袋土豆是不是你们家送的?

刘小英:没有呀。

蓝鸽:真不是你们送的?

刘小英:真不是。

蓝鸽:怪了,那会是谁呢?

### 39. 地委党校教室门前　日　外

下课铃响了,一帮学员陆续从教室走出,其中有马志伟。

马志伟走到一旁刚点着一支烟,听到有人喊他。

马志伟抬头一看,陈校长匆匆向他走来,他赶忙迎了过去。

马志伟:陈校长,有事儿?

陈校长:承山书记刚才给我打来电话,让你赶快去他办公室一趟。

马志伟:啥事儿?

陈校长:他没说,听口气像是有急事儿,快去吧。

### 40. 地委张承山办公室　日　内

张承山神情严峻地踱来踱去。

敲门声。

张承山:进来!

马志伟推开门走进:张书记,你找我?

张承山:坐吧。

张承山说着坐在办公桌前,马志伟在他对面坐下。

马志伟:啥事儿?

张承山:你们县有人匿名给省委写了一封信。信中说,你是老百姓心中的清官,开荒自救和发展副业是顺乎民心合乎民意的,对你的处理是错误的,强烈要求让你尽快回到县委书记的岗位上。除此之外,还建议上级应当本着实事求是的精神,对有关现行政策进行修订。你和我说实话,这封信是不是你支使人写的?

马志伟:不是。

张承山:真不是?

马志伟:我以我的人格保证,这封信绝不是我支使人写的。

张承山:那我就放心了。上级认为,这是典型的右派言论,还上升到阶级斗争的高度,认为写这封信的人有反革命倾向,并指派省公安厅组成专案组速查。专案组的同志今天晚上到,明天就去你们县查办此案。

马志伟:从你说的内容来看,不像是老百姓写的,有可能是县委的同志写的。

张承山:我也这么认为。不然我也不会怀疑是你支使人写的。

马志伟:张书记,我想马上赶回县里去查问一下,如果能问出是谁写的,让他主动自首,争取从宽处理。

张承山:县委的人也不是铁板一块,你能保证你回去的事儿不被专案组知道? 他们一旦知道了,你还能说得清吗? 不是你支使的也是了。再者,他们会问你是怎么知道这事儿的,你该怎么说?

马志伟:那该咋办?

张承山:这事儿不是你支使的,问题的严重程度就小多了。先让他们查吧,等结果出来再说。在这期间,你就装不知道,正常参加培训。

### 41. 县医院住院处门前　日　外

几名医生、护士正站在门前议论着什么,尹明边清扫边慢慢走了过来,他依然戴着大口罩,帽檐压得很低。

医生护士仍在议论着。

医生甲:听说专案组查得可严了,不管是领导还是一般干部,凡是县委的人,人人找谈话,个个对笔迹,查完县委还要查县政府。

医生乙:信上写了些啥呀,这么严重?

医生甲:啥内容不知道,听说都是反党言论,特别恶毒。

护士甲:太可怕了,闹不好是潜伏特务写的。

护士乙:特务早被肃清了,哪儿还有特务呀。

护士甲:万一有漏网的呢。

医生乙:你不会是漏网的吧。

护士甲捶打着医生乙:你才是漏网特务呢!

大伙儿哈哈大笑。

尹明的眉头皱了皱,边清扫边向前走去。

### 42. 地委张承山办公室　日　内

张承山正在和马志伟说专案组查办匿名信的情况。

张承山:……就这样,他们查了两个多月,把县委、县政府及政府各部门都查遍了,也没查出那封信是谁写的。后来,他们分析也有可能是老百姓写的,就把这个案子移交给地区公安处后回去了。

马志伟松了口气:这两个多月我一直揪着心,可表面上还得装的啥事儿都没有的样子。

张承山:揪心的岂止是你,我不也一样吗?

马志伟笑笑:都是我不好,给你添了麻烦。

张承山:也不能这么说,其实你的决定并没什么大错,要不然我也不可能保你。社会主义是个新生事物,我党在社会主义革命和经济建设方面很大程度上是在探索,失误和不足是不可避免的。中央已派出调查组深入农村进行了调查,最近正在召开会议总结前几年的工作,研究今后的发展路子,相信很快会有新的政策出台。

马志伟:但愿如此吧,要不然我们这些做基层工作的人太难了。

张承山:还有一个月培训就结束了吧?

马志伟:对。

张承山:一个人不能两次被同一块石头绊倒。要汲取教训,千万不能蛮干。作为革命战士,既要看到革命的前景,又要看到革命的复杂性。有些时候,合理的并不等于是正确的,正确的并不等于是可行的。

马志伟:我明白了,请张书记放心。

张承山:勤给蓝鸽写着点儿信,家里这么困难,她一个女人又要上班又要照顾两个孩子,实在是不容易,多安慰她。

马志伟:知道。


**43. 马志伟蓝鸽家　夜　内**

玲玲和兵兵躺在床上已经睡着了,蓝鸽坐在桌前正凝神地看着手中的"小鸽子"。

砰砰砰。外面传来敲院门的声音。

蓝鸽将"小鸽子"放在桌子上,悄悄地拉开门又悄悄地向外走去。


**44. 马志伟蓝鸽家院内　夜　外**

蓝鸽悄悄地走到院门跟前,轻轻地拉开门栓,然后猛地将两扇门拉开。

门口放着两个面袋和一筐菜,依然不见人影。

蓝鸽不解地:这个人到底是谁呢?


**45. 县医院太平间　夜　内**

尹明走进太平间拉开灯查看尸体。

当尹明走近一具尸体时,几只大老鼠从停尸台窜下逃走。

尹明揭开盖尸单看了看,尸体还没被咬破:恶鼠,再饿也不能吃人呀。

尹明循着墙边查找鼠洞。他查看到一处杂物前蹲下来将杂物搬开,发现了一个老鼠洞口。

尹明:原来是在这儿打了个洞口,真够狡猾的。

尹明站起来向外走去。

不一会儿,几只大老鼠从洞口窜了出来。可能是发现洞口的环境有变化,没敢贸然前行,在洞口附近左顾右盼。

尹明提着一把斧头和一根木棍走进。

老鼠听到动静慌乱地窜进洞口。

尹明走过来用斧头将木棍剁下一截儿,然后砍削成一个木楔子,又将木楔子钉进鼠洞口将洞塞住。

尹明站起来对着几具尸体:老伙计们,老鼠不会再来打扰你们了,安心睡吧。……啥,你们想看看我的模样儿? 那可不行,万一把你们都吓跑了,我可没法儿向你们的亲人们交代,闹不好我的饭碗子也丢了。

### 46. 县委大院　日　外

画面叠印字幕:一九六七年

县委大院内的大字报铺天盖地,多数都是批判县走资派头子马志伟的。

观看大字报的人群中,有一个戴着大口罩、帽檐压得很低的人,这个人正是尹明。

尹明看着大字报,露出愤怒的目光。

### 47. 马志伟蓝鸽家　夜　内

饭桌上摆放着简单的饭菜。蓝鸽、玲玲、兵兵围坐在桌前谁也不动筷子,个个面带忧虑之色。

蓝鸽:你们先吃吧,你爸爸不知啥时候回来呢。

玲玲:等爸爸一起吃。

蓝鸽:兵兵,你先吃吧。

兵兵:我不饿,等爸爸一起吃。

门外响起急促的脚步声。

玲玲：我爸回来了。

蓝鸽站起来刚要去开门，门被推开，马志伟的秘书小王走了进来。

蓝鸽：王秘书，你咋来啦？

王秘书神色慌张：嫂子，马书记刚才被地区公安处的人抓走了。

蓝鸽大惊：为啥呀？

王秘书：有人揭发他入伍前当过土匪，还杀过人。

蓝鸽：谁揭发的？

王秘书：不知道。马书记肯定是被诬陷的，嫂子，您赶快去隆安找承山书记吧，让他想办法救救马书记。千万别和别人说我来过，我赶紧走啦。

王秘书说完匆匆走出。

蓝鸽：玲玲，我坐晚上的火车去隆安，明天一早去找你张伯伯，你好好照看弟弟，哪儿也别去。

玲玲：我知道，你快去吧。


## 48. 张承山家　晨　内

张承山穿上外衣准备出去，老伴儿将他拦住。

老伴儿：已经靠边站了，还干啥去？

张承山：革命三十年革成走资派了，真是岂有此理。

老伴儿：别出去了，让造反派看见又该批斗你了。

张承山：不出去就不批斗了，想批斗多会儿都能把你拉去。

敲门声。

张承山：看看，这不来了。

张承山说完怒冲冲地把门拉开，令他没想到的是，门口站着的竟然是蓝鸽。

张承山：蓝鸽，你咋来啦？快进来。

蓝鸽走进：张大哥，老马的事儿你知道不？

张承山：是不是被打成走资派的事儿？

蓝鸽：不是，他昨天晚上被公安处的人抓走了。

张承山大惊:为啥?

蓝鸽:听说是有人揭发老马入伍前当过土匪,还杀过人。张大哥,老马自打参军就和你在一起,你是最了解他的,是不是有这么回事儿呀?

张承山:绝没这事儿。马志伟入伍前曾被土匪抓到山上修工事,后来他杀掉了土匪头子马占奎的大弟弟逃了出来,然后参加了我们的部队。

蓝鸽:张大哥,你快去和公安处把这件事儿说清楚吧,别让他们冤枉了老马。

张承山:蓝鸽,我现在已经靠边站了,说白了就是我的工作权力被剥夺了,这事儿插不上手了。

蓝鸽:那该咋办呀,老马明摆着是被冤枉的呀。

张承山:这样吧,我先给魏刚打个电话问问情况,他现在是公安处副处长。

张承山说完抓起电话筒,但刚拨了两个号又停住了:不行,万一他身边有人,被别人听到不好。我还是去一趟吧。(对老伴儿)你陪蓝鸽说话吧。

老伴儿:千万小心点儿,别让造反派看见了。

张承山:不会的,别忘了我是侦察兵出身,放心吧。

张承山说完走出。


### 49. 县医院住院处门前　日　外

刘小英和周院长从住院处门口走出,正在附近清扫的尹明边清扫边向住院处靠近。

刘小英和周院长停下。

周院长:啥事儿?

刘小英:马志伟昨天晚上被地区公安处的人抓走了。

周院长大惊:为啥?

刘小英:有人揭发他入伍前当过土匪,还杀过人。

周院长:听谁说的?

刘小英:我们那口子。今儿早上我去了趟蓝鸽家,玲玲说她妈昨天夜里就坐火车去隆安找承山书记去了。

周院长:当过土匪,还杀过人? 不可能呀?

刘小英:谁说不是,该咋办呀?

周院长:我说今儿咋没见蓝鸽。先别急,等蓝鸽回来问问情况再说。你今天别上班了,去照顾照顾玲玲和兵兵吧。

刘小英:行。

刘小英向医院门口走去,周院长向住院处走去。

尹明愣怔了一会儿,提起扫帚往回走去。


## 50. 张承山家　日　内

老伴儿正陪着蓝鸽坐在桌前说话,张承山推门走进。

老伴儿和蓝鸽赶忙站了起来。

老伴儿:见着小魏了吗?

张承山:见着了。

蓝鸽急切地:他咋说?

张承山:咱们坐下说。

三人坐在桌前。

张承山:是这么回事儿。昨天上午,公安处接到一封揭发信。这封信是一个叫黄满堂的老人写的,黄满堂和马志伟是同县同乡不同村的人。信里说,一九四五年春的一天,马志伟带着两个土匪到他家抢东西,还要强奸他的女儿秀兰,因秀兰反抗,马志伟就把秀兰杀了。新中国成立后,他们得知马志伟成了解放军的官儿,由于怕报复,所以一直没敢告。现在听说马志伟成了走资派下了台,他们才敢告。

蓝鸽:难道真有这事儿?

张承山:我坚信没有。但现在有两个情况对马志伟不利。

蓝鸽:哪两个情况?

张承山:一是黄满堂信中说他认识马志伟。二是从马志伟的档案来看,他从土匪那里逃出来之后,过了半个月才参加的解放军,这半个月的经历没有证明材料,是空白。而黄满堂说的土匪进他家的时间,正是发生在这半个月之内。

蓝鸽:老马咋说的?

张承山:马志伟说没这事儿,他既不认识黄满堂也没听说过这个人。至于他从土匪那里逃出来到参加队伍间隔的十五天,他的解释是怕马占奎派人追杀,到处躲藏,居无定所,没有证明人。

蓝鸽:这可说不清了。

张承山:你先别急,我和魏刚分析了一下,这封信有漏洞,很可能不真实。

蓝鸽:啥漏洞?

张承山:黄满堂既然认识马志伟,他女儿秀兰被杀后他肯定会对别人说是谁杀的,村民和村干部应当知道这事儿,为什么这么多年就没人反映过这事儿,组织上也一直没听说过这事儿。再就是亲人被杀这种深仇大恨,就是豁出命来也要告,新中国成立后黄满堂就知道仇人在哪儿,为什么他当时不告发直到现在才告。所以说,这封信很可能有问题。

蓝鸽:有道理。

张承山:公安处昨天就派人去找黄满堂调查了,估计调查的人最晚明天也就回来了,要不你就在这儿住一晚上,等等调查结果。

蓝鸽:行。


**51. 马志伟蓝鸽家　夜　内**

玲玲和兵兵坐在床边,刘小英坐在桌旁。

刘小英看看桌上的闹钟:玲玲,都十点多了,估计你妈今天不回来了,你和兵兵睡吧。

玲玲:行。刘姨,你也回去睡吧。

刘小英:害怕不,要害怕我陪你们睡吧。

玲玲:不怕,你快回吧。

刘小英:好,那我走了,别忘了把门插好。

玲玲:知道。

刘小英走出。


**52. 马志伟蓝鸽家院子对面　夜　外**

一个黑衣蒙面人闪了过来,隐藏在院对面的大树后面,注视着院门。

### 53. 马志伟蓝鸽家　夜　内

兵兵已经睡着,玲玲坐在床边垂泪。

砰砰砰。急促的拍打院门声。

玲玲跳下床拉开门:谁呀?

院门外:造反司令部的,快开门!


### 54. 马志伟蓝鸽家院内　夜　外

玲玲走到院门口打开院门,门口站着三个戴红袖章的人。

玲玲:干啥呀?

一个三十七八岁的黑胖子理直气壮地:搜查!

玲玲:我妈不在,你们明天再搜查吧。

黑胖子不答话,将玲玲扒拉到一边,三人向屋里走去。

玲玲赶忙跑了过去。


### 55. 马志伟蓝鸽家　夜　内

玲玲站在床边护着还在睡觉的兵兵。

黑胖子等三人翻箱倒柜,搜罗了一沓信件。

蒙面人从门缝注视着黑胖子等三人。

黑胖子又拉开两个抽屉翻了翻,没翻到什么东西。正要推上抽屉时,发现了"小鸽子",便拿了出来。

黑胖子把"小鸽子"举到眼前看了看:这玩意儿不错。

玲玲赶忙去抢:这是我妈妈的,你不能拿走!

黑胖子将玲玲推到一边,把"小鸽子"装进衣兜,冲两人一摆手:走!


### 56. 县造反派司令部　夜　内

黑胖子等三人正在向一个四十来岁的白脸男人报告。

黑胖子将一沓信放在白脸男人面前:杨司令,搜出了二十多封,都是张承山写给马志伟的。

白脸:好。明天我就去隆安送给李司令,要是能发现张承山走资本主义的言论,倒张就能成功,李司令就可以掌握地区的大权了。

黑胖子:到时你俩都掌了大权可别忘了我们哥儿几个,我们可都是鞍前马后的跟着您为革命做出大贡献的呀。

白脸哈哈一笑:放心,绝对忘不了你们。行了,你们都回去睡吧。

蒙面人在窗外谛听着黑胖子和白脸的对话。

### 57. 街巷　夜　外

黑暗的街巷空无一人,黑胖子哼着小曲走进街巷。

黑胖子正走着,蒙面人突然从旁边闪了出来,站在他面前。

黑胖子惊得"啊呀"一声,转身要跑。

蒙面人一把揪住他,将一把匕首亮在他脸前。

黑胖子惊恐地:大爷饶命,我不是坏人,没打过人也没偷过东西,就是跟着杨司令造造反。

蒙面人:把身上的东西掏出来。

黑胖子:身上啥也没有。

蒙面人厉声地:掏!

黑胖子从衣兜掏出一盒烟、一盒火柴、几毛零钱,最后又掏出"小鸽子"。

蒙面人从他手中抓过"小鸽子":再敢去那家捣乱就捅死你!

黑胖子:不敢了,再也不敢了。

蒙面人:滚!

黑胖子抱头鼠窜,跑了一段儿回头一看,蒙面人已不见踪影了。

黑胖子惊恐地:妈呀,真有阶级敌人呀。

### 58. 张承山家　日　内

老伴儿和蓝鸽正在摘菜,张承山推门进来。

老伴儿:调查的人回来没?

蓝鸽紧张地望着张承山。

张承山走到桌前坐下:回来了,但情况不好。

蓝鸽:啥结果?

张承山:黄满堂咬定马志伟不认得他,他认得马志伟;他还咬定,新中国成立后得知马志伟在部队,之所以没告发就是怕报复。只有一点对马志伟有利,就是村干部和村民从没听黄满堂和他老婆说过秀兰是被马志伟杀害的事儿。黄满堂的解释也是怕马志伟报复,所以一直没敢对人说是谁杀了他女儿,只说是土匪。他这种解释虽然牵强,但也没法推翻他。

蓝鸽:要不我去找找黄满堂。

张承山:千万别去。我和魏刚分析了,这肯定是有人利用了黄满堂进行陷害,你要是去了,幕后的人肯定会大做文章,说你去威胁或利诱,对马志伟更不利。

蓝鸽:就这么看着老马被冤枉下去吗?

张承山:真的假不了,假的真不了,总会有结果的。仅根据一封信还不能定罪,公安处还会继续调查。

蓝鸽趴在桌子上哭了起来。


## 59. 马志伟蓝鸽家　日　内

玲玲、兵兵坐在床边哭,刘小英正在劝慰。

刘小英:玲玲、兵兵,别哭了,估计你妈快回来了,你爸爸也会没事的。

刘小英刚说完,蓝鸽走进。

蓝鸽:这是咋啦,哭啥呀?

玲玲和兵兵跳下床抱住蓝鸽,哭得更厉害了。

蓝鸽问刘小英:他们这是咋啦?

刘小英:昨天夜里三个造反派来家里搜查,搜走了一沓信。(随后自责地)唉,我要是不走陪他们睡就好了。

蓝鸽问玲玲:打你们没?

玲玲哭着说:没有。他们还拿走了你的"小鸽子",不知为啥又送回来了。没进屋,挂在门外的把手上了。

蓝鸽:没事就好,别哭了。

刘小英:马书记还没放?

蓝鸽:没有,说还要调查。情况挺复杂,抽时间再和你细说吧。

刘小英:承山书记这会儿咋样?

蓝鸽:他也被打成走资派,靠边站了。


## 60. 张承山家  日  内

张承山正和老伴儿坐在桌前说话,电话铃响了。

张承山走过去抓起话筒:哪位?

对方:是张承山书记吗?

张承山:我是张承山,你是哪位?

对方:对不起,我不能告诉您我是谁,我有急事儿和您说。

张承山:我怎么相信你?

对方:我以我的人格……

张承山打断对方的话:不愿意说出你是谁就算了!

张承山说完欲放电话。

对方急切地:张团长,别挂电话,我真有急事儿和您说。

张承山听对方叫他张团长,不由得一愣:你到底是谁?

对方:张团长,我曾经是您的部下。

张承山:既然是我的部下为啥不能告诉我你是谁?

对方:请原谅,我现在真的不能告诉您我的名字,但请您相信我,对啦,马志伟以前和您说过一个蒙面人吧?

张承山一惊:你就是蒙面人?

对方:对,我就是那个蒙面人。

张承山赶忙用手捂住话筒,对老伴儿:你出去看着点儿。

老伴儿站起来匆匆走出。

张承山:你真是那个蒙面人?

蒙面人:千真万确。传递情报、抓特务、救蓝鸽的都是我。

张承山:你要告诉我啥事儿?

蒙面人:昨天夜里,有三个造反派去了蓝鸽家,把您写给马志伟的信都搜走了。我后来跟踪到县造反派司令部,听一个被称作杨司令的人说,他今天要

320

到隆安把那些信交给一个叫李司令的,说是要从信中找到您走资本主义的言论,作为彻底打倒您的证据。您一定要有思想准备。

张承山:这个李司令叫李大路,曾给我当过一段儿秘书,后因作风问题被调出地委,安排到地区化工厂当了个一般干部。他对我一直怀恨在心。我是给马志伟写过不少信,但说的都是一些具体工作,他不会捞到什么稻草的。

蒙面人:那我就放心了。张书记,马志伟是咋回事儿?

张承山:你听说了?

蒙面人:听说了,还听说蓝鸽去找过你。

张承山:我因为靠边站,消息特别闭塞,是蓝鸽来找我我才知道的。目前所了解到的情况是这样的……

## 61. 张承山家院内　日　外

张承山老伴儿边喂鸡边盯着门外。

一辆吉普车开到院门口停下。

张承山老伴儿赶忙走出去。

吉普车上下来几个戴红袖章的人,其中一个肤色白净、戴着高度近视镜的人就是李大路。

李大路见张承山老伴儿走出来,问道:张承山在家吗?

张承山老伴儿:不在,出去了。

李大路:干啥去了?

张承山老伴儿:我哪知道? 他还没被限制自由,出去遛遛弯儿不犯法吧?

一个年轻人骑着自行车飞速赶了过来,边下车边说:李司令,青岭县的杨司令来啦。

李大路:在哪儿呢?

年轻人:在司令部呢,说有重要事情向你报告。

李大路:知道啦。(又对张承山老伴儿)等张承山回来告诉他,不许和保皇派的人接触。

张承山老伴儿:我不知道谁是造反派谁是保皇派,反正都批斗过他。

李大路尖着嗓子:记住,我们才是真正的造反派!

李大路说完和几个人上了吉普车离去。

张承山老伴儿:呸,无耻小人!

### 62. 张承山家　日　内

张承山仍在向蒙面人讲述着。

张承山:……我所知道的情况就是这些。由此看来,是有人在利用黄满堂故意陷害马志伟。但由于黄满堂一直不松口,事情的真相无法查明。

蒙面人愤恨地:太可恶了!

### 63. 县医院住院处门前　日　外

尹明正在住院处附近清扫。

几个戴红袖章的推搡着蓝鸽从住院处门口出来。

周院长、刘小英追了出来。

周院长气愤地:你们凭什么抓蓝护士长?

"红袖章"甲:她男人是大走资派、土匪、反革命杀人犯,她一直不和她男人划清界限,还为她男人喊冤叫屈,我们要批斗她。

刘小英:马书记的事儿还没查清,你们不能抓她。

"红袖章"乙:你要是敢包庇她,连你一块儿斗。

"红袖章"们推搡着蓝鸽朝医院大门走去。

尹明望着被抓走的蓝鸽,露出愤恨的目光。

### 64. 山村一农户院内　夜　外

夜色漆黑,一黑衣蒙面人从墙外跳进院内。蒙面人身手敏捷,一点儿声响都没有。

一房间内有灯光,蒙面人走到窗前,用手指沾唾沫把窗户纸捅了个小洞,然后向屋里窥视。

### 65. 农户房间里　夜　内

这是黄满堂家,黄满堂和黄妻均六十多岁。此刻,黄满堂正坐在炕沿边抽着旱烟锅,黄妻坐在炕上纳着鞋底儿,一副心事重重的样子。

煤油灯暗了下来,黄妻从头上取下一个卡子挑了挑灯捻儿,煤油灯又亮了起来。

黄妻停下手中的活儿,叹了口气:他爹,你说那个货郎的话靠谱不,别冤枉了那个马志伟,人家可是大官儿呀。

黄满堂又吸了一口旱烟,然后把烟锅子在鞋底子上磕了磕:货郎不是说了嘛,他经常走街串巷的,认得马志伟,那天夜里他又亲眼看见马志伟带着两个土匪进了咱家,错不了。能给秀兰报了这个仇,我死也能合上眼了。

黄妻:那货郎他为啥不出面儿作证,非让咱们说认得马志伟?

黄满堂:人家不也是怕招惹麻烦怕报复嘛。

黄妻:听口气,人家公安的好像不大相信咱们说的话。

黄满堂:咱闺女被土匪祸害了是事实,村里人都知道,只要咱们咬死……

黄满堂说着说着一下子惊得住了嘴。

蒙面人突然站在黄满堂面前,一把匕首对准了他。

黄满堂和黄妻吓得脸都变了形,浑身直哆嗦。

蒙面人:你们果然说了瞎话。说,那个货郎是谁,不然就把你们都杀了!

黄满堂扑通跪在地上,恐慌地:好汉饶命,我说,我说……

### 66. 隆安城外河边　日　外

魏刚正向张承山汇报收到一封匿名信的事儿。

魏刚:……这封匿名信说,黄满堂的女儿秀兰被土匪杀害是事实,但黄满堂和他老婆并不认识那三个土匪,他们之所以说是马志伟杀的,是一个货郎教他们的。他们不认识那个货郎,但记得货郎左耳下的腮帮子上有一个挺大的黑痣。信中还附了黄满堂亲笔写得货郎找他们的经过。公安处接到这封信后,派人连夜赶过去找黄满堂核实,想不到的是,黄满堂和他老婆都已经被杀了。公安处分析,杀人者有可能是这个写匿名信的人,也有可能是那个货郎。

张承山:写匿名信的人杀他们可能性不大。他找黄满堂是为了弄清真相,既然黄满堂两口子说了真相,留着他们更有用,何必再将他们杀死。那个凶手极有可能就是货郎,估计是他得知了黄满堂已经说出真相的事儿,为了灭口把他们老两口杀了。

魏刚:您分析的有道理。这个货郎是谁呢,他为啥要陷害马书记?

张承山想了想:我想起来了,后来部队清剿马占奎匪帮时,马占奎和他的一个亲信漏网了。在那次清剿中,马志伟又击毙了马占奎的二弟弟。这个货郎很有可能就是马占奎或者他的那个亲信。马志伟杀了马占奎的两个弟弟,他们是为了报复马志伟。

魏刚:很可能是这么回事儿。

张承山:根据这封信和黄满堂写的材料,公安处能不能先放了马志伟?

魏刚:还放不了。处长也已经靠边站了,现在管事儿的是处里的造反派,他们不但不相信这封信,还怀疑这封信是马书记秘密支使人去强迫黄满堂写的,然后杀人灭口,现在对他看管的更严了。

张承山:这可麻烦了。小魏,我知道你现在的处境也不好,你就从中取便吧,尽快设法抓到那个货郎。如果抓到了货郎,一切问题就迎刃而解了。

魏刚:请张书记放心,我一定想办法。

张承山:另外,还要保护好马志伟的安全,防止坏人乘机谋害他。

魏刚:我会的。


**67. 张承山家   日   内**

张承山正和老伴儿坐在桌前说话。

张承山:……给公安处的这封匿名信肯定也是那个蒙面人写的。

老伴儿:真是怪了,这个人到底是谁呢,做了那么多那么大的好事儿,咋一直不露面呢?

张承山:我也捉摸不透。

老伴儿:对啦,他不是和你说他曾经是你的部下嘛,你有侦察经验,你分析分析这个人有可能是谁。

张承山:凡是我认识的部下,包括熟悉的不熟悉的在我脑子里都过了几十遍了,没有一个能对上号的。

桌上的电话突然响了。

张承山赶忙抓起话筒:哪位?

对方:是我,蒙面人。

张承山赶忙向老伴儿使了个眼神,老伴儿站起来朝外走去。

张承山:我正急着等你的电话呢。那封匿名信是你写的吧?

蒙面人:是我。我是想问问,公安处是不是可以放马志伟了。

张承山:没那么简单。我问你,黄满堂老两口是不是你杀的?

蒙面人:没有呀? 我留着他们还要当证人呢,干吗杀他们。咋,他们被杀了?

张承山:是,被杀了。

蒙面人:肯定是那个货郎干的。

张承山:不是你那肯定就是他了。黄满堂老两口一死,对马志伟更不利了,公安处现在也被造反派掌控了,他们是戴着有色眼镜看待领导干部,竟然怀疑黄满堂的那份材料是马志伟秘密支使人强迫黄满堂写的,然后杀人灭口。

蒙面人气愤地:脑袋真是让驴踢了。他们没安排人去查找那个货郎吗?

张承山:我让魏刚想办法了。现在社会这么乱,就算是查找也不容易呀。还有个情况,马志伟入伍不久,我们部队在清剿马占奎匪帮时,马志伟击毙了马占奎的二弟弟,但马占奎和他的一个亲信逃跑了。我分析,那个货郎极有可能就是马占奎或者他的亲信。马志伟杀了他的两个弟弟,他是在陷害马志伟进行报仇。

蒙面人:您这一说我也想起来啦,当时我也参加了那次清剿行动。没错儿,肯定是他们。没把他们灭掉真是后患无穷呀。

张承山:你最近听到蓝鸽的消息没?

蒙面人:听到了。造反派说她和马志伟划不清界限,被批斗了几次后送到县农场办学习班去了,其实就是干活。据说参加学习班的人都是一些出身不好的和一些政治上有问题的人,脏活累活全是他们的,和劳改队差不多。所好的一点儿就是还没有完全限制自由,能回家。

张承山长叹一声:就说到这儿吧,有情况随时来电话。

蒙面人:我会的。

张承山:对了,你刚才说,你也参加了清剿马占奎匪帮的行动?

蒙面人:对。

张承山:你到底是谁?

蒙面人:对不起,我真的不能说,最起码现在不能。

## 68. 县农场 日 外

一伙人正在盖房,蓝鸽等人在和洋灰,大伙儿都懒洋洋的。

一个正在墙头砌砖的人朝远处看了看:王队长来了!

大伙儿抬头看了看,赶忙装出很卖力的样子。

一个黑壮汉子和两个年轻人从远处走来,三人都戴着红袖章,这个黑壮汉子就是管理学习班的队长,叫王正义。

三人走到灰堆前。

王正义:蓝鸽,今儿晚上轮到你值班了,早点儿回吧,早点儿吃饭早点儿过来。

蓝鸽:知道了。

蓝鸽放下铁锹朝一边走去。

王正义望着蓝鸽的背影,诡秘地一笑。

## 69. 县农场场部 夜 外

月辉洒满农场,整个农场静寂无声,蓝鸽正坐在场部值班室外织毛衣。

织了一会儿,她抬头望望星空,站起身向值班室走去。

## 70. 县农场值班室 夜 内

蓝鸽解开上衣正要睡觉,突然响起敲门声。

蓝鸽赶忙又把上衣扣子扣好:谁呀?

门外:我,老王。

蓝鸽:噢,王队长,有事儿吗?

王正义:有点儿事儿和你说说,开门。

蓝鸽犹豫了一下,还是把门打开了。

王正义走进来,笑笑:这么早就睡呀?

蓝鸽:不早了,你看看表,都快十二点了。

王正义看了看桌上的闹钟,走到桌前坐在了椅子上,从兜里掏出一盒烟抽出一支点上。

蓝鸽:王队长,啥事儿?

王正义浓浓地喷了口烟,讪笑着:没啥事儿,过来陪你聊聊天儿。

蓝鸽:没啥事儿我要睡了,明天还得干活儿呢。

王正义淫笑着:一个人多闷得慌呀,我陪你睡吧。

蓝鸽正色道:王队长,请你放尊重点儿,没事儿就请回吧,我真要睡了。

王正义仍然淫笑着:装啥呀,老马这么久都不在身边了,你就不……

王正义说着将烟扔在地上,猛地站起身抱住了蓝鸽,在蓝鸽脸上乱亲。

蓝鸽羞恼地挣扎着:放开我,不然我喊人啦。

王正义:喊吧,这儿荒无人烟,喊破嗓子也没人听见。

蓝鸽猛地一把将王正义推开:你还是学习班的队长呢,怎么这么无耻下流。

王正义嬉皮笑脸地:啥下流不下流的,男女不就这么回事儿。蓝鸽,你要是从了我,我从明天起让你干轻活儿,我再跟上边说说,让你早点儿回医院去。

蓝鸽:用不着,你滚。

王正义拉下脸:别给脸不要脸,一个土匪杀人犯的老婆,你牛啥?

王正义说着扑上去把蓝鸽推倒在床上,撕扯蓝鸽的衣服。

蓝鸽拼命挣扎。

就在王正义快得手时,一块大砖头砸碎了窗户玻璃落在屋里的地上。

王正义惊得跳了起来:谁?

外面无声音。

王正义被扫了兴,恼怒地对蓝鸽吼道:你等着,有你的好果子吃。

王正义说完悻悻地走了出去。

蓝鸽"呼"地把门关上,伏在门上痛哭起来。

## 71. 树林　夜　外

王正义正走着,一个黑衣蒙面人从树上跳下,站在他面前。

王正义惊恐地:你、你是谁?

蒙面人不答话,猛地一拳将王正义打倒在地。

王正义想往起爬,蒙面人一脚接着一脚,踢得他爬不起来。

王正义不敢往起爬了,跪在地上:爷爷饶命,爷爷饶命。

蒙面人又一脚将王正义踢翻,照着他的一条腿狠狠踩了下去。

王正义"啊呀"一声大叫,随后打着滚儿:疼死我了,疼死我了……

蒙面人掏出匕首在王正义脸前晃了晃,厉声地:今天先断你一条腿,再敢欺负蓝鸽就要了你的狗命!

王正义连声地:不敢了,不敢了,再也不敢了。


**72. 县农场　日　外**

一伙人仍然在盖房,蓝鸽等人还在和洋灰。

一人:王队长今儿咋没来要凶?

另一人:是呀,我还奇怪呢,往常雷打不动,天天早上八点就准时过来了。

一身材瘦高,戴着一副眼镜的人跑过来:告诉你们个好消息,王队长住院了。

大伙儿:咋突然住院了? 得啥病了?

眼镜:一条腿断了。

大伙儿:咋断的?

眼镜:听说是昨天晚上不小心掉到一个沟里摔的。

大伙儿:报应,活该!

蓝鸽沉思(画外音):救我的那个人是谁呢?


**73. 隆安城外河边　日　外**

张承山正在向魏刚询问货郎的事儿。

张承山:……那个蒙面人又给我打电话了,问货郎有点儿消息没。

魏刚:没有。现在两大派打得热火朝天,公安处的一些造反派也参加进去了,公安处已是名存实亡,好多案子都放下了。我安排了两个和我关系不错的人去查了几次,他们找到几个过去当过货郎的,但都查否了。

张承山:那该咋办呀?

魏刚:没啥好办法,只能再安排人慢慢查。现在造反派已有人说我不关心政治了,安排人查案还得跟做贼似的。

张承山:真是难为你了。

魏刚:张书记,那个蒙面人到底是谁?

张承山:搞不清,问了几次他始终不肯说。

魏刚:肯定是和马志伟关系不一般的人,不然不会冒险帮他。

张承山:看来是。马志伟的事儿弄清后,他也许会露面的。

魏刚神往地:我真想见见他。

### 74. 空镜

雪花飘飘,整座县城笼罩在皑皑白雪中。

### 75. 马志伟蓝鸽家　夜　内

玲玲正往桌上端饭。

蓝鸽推开门疲惫地走进,解下头巾抽打身上的雪。

玲玲上前边帮着拍打边说:妈,刚才又有人给咱们送了一百块钱,跟上次一样,也是把信封挂在院门上敲了敲门。

玲玲说完拉开抽屉把信封拿出来递给蓝鸽。

蓝鸽接过信封看了看:这到底是谁呢?

玲玲:肯定是张伯伯叫人悄悄送的,除了他还有谁这么关心咱们。

蓝鸽:可我打电话问过他,他说不是他送的。

玲玲:可能是不想让你知道,故意不承认。

蓝鸽:也可能,赶明儿我再打电话问问他,快吃饭吧。

玲玲:妈,学习班还得办多长时间呀?

蓝鸽:快了,听说到年底结束。

### 76. 县医院门口　傍晚　外

画面叠印字幕:一九六九年

蓝鸽用网兜提着一个饭盒从院里走到传达室窗前。

蓝鸽:王师傅,把这个饭盒先放你这儿。

王师傅从窗户探出头接过网兜:装的啥呀,还热乎着呢。

蓝鸽:尹师傅一个光棍汉儿怪可怜的,给他炖了只鸡,刚才给他送去他不在屋。你见着给他吧。

王师傅:行。

蓝鸽:谢谢王师傅。

王师傅:不客气,你慢走。

蓝鸽走出医院大门。

## 77. 县医院门口　夜　外

尹明走进大门。他依然戴着大口罩,帽檐压得很低。

王师傅从传达室窗口探出头,冲尹明喊道:死鬼官儿,你过来一下。

尹明走近窗口:啥事儿,老王头儿?

王师傅:蓝护士长给你炖只鸡,你不在放我这儿了。

王师傅说着把装着饭盒的网兜递给尹明。

尹明接过网兜:真是谢谢她了,总惦着我。

王师傅:你一个老光棍儿,谁看你都可怜,刘小英护士那天不还给你送了件大衣嘛。死鬼官儿,给你说个媳妇吧?

尹明:可别,我这疤瘌脸跟鬼似的,还不把人家吓死。

王师傅:疤瘌脸是丑点儿,我想咋也丑不过癫蛤蟆吧。不缺胳膊不缺腿的,不影响过日子。我们村有个寡妇,年龄和你差不多,我给你说说吧?

尹明:千万别。

王师傅笑道:你这一年来的老是往外跑,是不是外头有相好的了?

尹明玩笑地:你要再取笑我,就撕烂你的嘴,把你也变成丑八怪,让老嫂子跟别人跑了。

尹明说着向前走去。

王师傅望着尹明的背影:好人,真是好人,可惜了。

## 78. 空镜

隆安地委大院门口挂着"隆安地区革命委员会"的大牌子,大牌子白底红字,十分醒目。

大门口进出的人不多,个个行色匆匆,显得很冷清。

### 79. 地区革委会会议室　日　内

地区革命委员会领导班子正在开会,坐在首席的是位五十来岁的军人,他是革命委员会主任,叫雷勇。两旁各坐着几个人,其中有张承山、李大路。

雷勇:……关于清理阶级队伍的事儿就说到这儿。下面讨论一下马志伟同志的问题。马志伟已经给地区革委会写了十几封申诉信,一再申明自己没当过土匪没杀过秀兰,这些信我都已经批转各位看过了,大家说说自己的意见吧。

李大路:我先说。他的问题是黄满堂亲自写信揭发的,黄满堂的女儿秀兰被土匪杀害是事实,而且黄满堂又认得马志伟,我认为这是铁板钉钉的事儿。马志伟的申诉纯属诡辩,应当尽快判他的罪,为老百姓报仇雪恨,树立革命委员会的权威。我说完了。

李大路说完把鼻梁上的近视镜往上推了推,一副得意的样子。

张承山:雷主任,我说说我的意见。

雷勇:好。

张承山:我认为马志伟同志的申诉理由是成立的。第一,我查看过被俘土匪当时的供述材料。材料证实,马志伟入伍前确实是被土匪抓上山修工事的,他也确实是杀了土匪头子马占奎的大弟弟逃出来的。第二,黄满堂的揭发信中说他认识马志伟,但他的女儿秀兰被杀害后,村干部和村民为什么从没听他说过这事儿是马志伟干的。第三,黄满堂在信中说,新中国成立后他就知道了马志伟身在何处,如此深仇大恨他为什么当时不向政府揭发,更何况党和政府当时还发动过群众大力揭发漏网的土匪及潜伏下来的敌特分子。第四,……

李大路尖着嗓子打断张承山的话:他是怕报复!

雷勇:李副主任,让张副主任把话说完。

张承山:我先问问李大路。你说他是怕报复,是怕谁报复？土匪吗？土匪已经被剿灭了。怕马志伟报复吗？如果他揭发了,而他揭发的又是事实,马志伟必定被镇压,他又怎么能报复呢？

李大路恼怒地仰着头不答话。

张承山:我接着说。第四,一个不愿透露姓名的同志找黄满堂重新取了证,黄满堂承认,揭发马志伟是杀害他女儿的土匪,是一个货郎授意的……

李大路又打断张承山的话:这是马志伟秘密支使人去强迫黄满堂改口,那个人怕黄满堂以后再说实话才把他们老两口都杀了,这是土匪马志伟欠下的又一笔血债!

张承山愤怒地:李大路,说话要有根据,你怎么能肯定黄满堂夫妇是被那个人杀的?取了证又把人杀掉,这不是欲盖弥彰吗?有这么蠢的人吗?更何况,马志伟同志一再申诉,他根本不知道这件事!

李大路头一歪:哼,他敢承认吗?

张承山:根据以上所说再加上我对马志伟同志的了解,我认为马志伟同志是一名优秀的解放军战士,一名优秀的共产党员,一名优秀的领导干部!我建议,第一,立即让马志伟同志出来继续为党工作。第二,把遣散到企业的原地区公安处副处长魏刚同志调出来,让他组织专案组负责查找那个只授意黄满堂揭发,本人却不出面作证的货郎。我怀疑,那个货郎很有可能就是漏网的土匪头子马占奎或者是他的那个亲信假冒的。我说完了。

雷勇:其他人。

大伙儿:没了。请雷主任定夺。

李大路不屑的表情。

雷勇:我同意张副主任的第二点建议,把魏刚同志调出来,由他组织人成立专案组,速查那个货郎。但马志伟同志暂时还不能放,他还有疑点。比如,他从土匪那里逃出来到参加我们的部队,中间有十五天档案里是空白,而黄满堂的女儿秀兰被杀害正是在这段时间。他本人说是怕土匪追杀到处躲藏,但又提供不出证人。更主要的是,那个擅自找黄满堂取证的人是谁,到底是不是马志伟同志秘密支使的,这还是个谜。所以,马志伟同志暂时还不能出来工作。大家有意见吗?

大伙儿:没有。

张承山:我保留意见。

李大路:我也保留意见。

雷勇:散会!

## 80. 县城一偏僻街道　夜　外

尹明正在街上走着,前面传来呼救声。他愣了一下,赶忙朝前跑去。

三个人正在围着一个人打。三人中有一人还握着一把菜刀。

尹明跑到跟前大喝道:住手!

三人愣了一下想跑,尹明跳过去将他们截住:凭啥打人?

被打者:他们抢我的钱!

尹明对三人厉声地:把钱还给他!

其中一瘦高个儿:你算个什么东西! 揍他!

三人上来打尹明,尹明拳打脚踢,很快将三人打趴在地上。

尹明:把钱掏出来!

瘦高个儿从兜里掏出一把钱扔给被打者,三人站起来跑掉。

被打者把钱捡起来装进衣兜:谢谢你救了我。

被打者说完要走。

尹明看到他脸上流着血:等等,你的头是不是被砍破了?

被打者摸了摸脸伸手一看:哎呀,刚才有个人拿菜刀砍了我一下。

尹明赶忙察看他的伤口。

尹明突然一愣,随即又镇定下来:头上的伤口挺深,得赶快到医院包扎,不然血流多了会没命的。走,我扶你去医院。(说着搀扶住被打者)用手捂住伤口,别受了风。

## 81. 县医院门口　夜　外

快到县医院门口时,尹明对被打者说:你进去吧,医院有值班医生,我家里还有事儿,得先回去。

被打者:谢谢你,你快回吧。

被打者向医院里走去。

## 82. 县城某街道　夜　外

头上缠着一圈白纱布的被打者走到一亮着灯的商店门前,推开门走了进去,不一会儿又走了出来,一手提着两瓶酒,一手提着一大包食品。

### 83. 野外　夜　外

被打者正走着,突然一个黑衣蒙面人出现在他面前。

被打者惊得连连后退几步,恐慌地:你、你想干啥?

蒙面人向前走了几步,一把抓住被打者:货郎,我终于抓到你了!

被打者大惊:你、你认得我?

蒙面人:自作孽,不可活。

蒙面人说着拔出匕首。

被打者扑通跪在地上直磕头:大爷饶命、大爷饶命……

### 84. 山谷口　夜　外

一个体形粗壮的人从山谷口走出。

他站在谷口朝前张望了一会儿,压低声音喊道:二柱,二柱!

无人应答。

粗壮的人:咋去了这么久还不回来,难道被抓了? ……不可能呀,青岭县没人认识他呀?

他又向前张望了一会儿:看来是出事儿了,不能再回煤矿了。

他刚朝前走了几步,一个黑衣蒙面人突然出现在他面前。

粗壮的人一惊:你是谁?

蒙面人:被你陷害的人。

粗壮的人打量着蒙面人:你是马志伟?

蒙面人:对,我就是马志伟。

粗壮的人:我说咋等不见马文亮回来。你杀了他了?

蒙面人:他已经上西天了。马占魁,现在该送你上西天了。

马占奎冷冷一笑:谁送谁上西天还不一定呢。来吧,老子陪你玩玩儿!

马占奎拉开架势与蒙面人搏斗……

### 85. 张承山家　夜　内

张承山正在接电话。

电话中是蒙面人的声音:……这个货郎就是马占奎的那个亲信,叫马文亮,化名牛二柱。黄满堂的女儿秀兰就是他杀的。他和马占奎在那次清剿中逃跑后,一直隐姓埋名到处躲藏,后来马文亮通过他的一个亲戚巧妙安排,和马占奎一起进了青岭县的大龙山煤矿当了矿工。马占奎化名牛大柱。

张承山:你是怎么发现的?

蒙面人:从他左耳下腮帮子上的那个大黑痣认出来的。马占奎也被我捉住了,他俩现在都被我绑在县城西边大龙山下的小树林里,你赶快派人过来。

张承山:太好了。我马上让魏刚带人开车赶过去,您可千万看好,别让他们跑了。

蒙面人:绝对跑不了。

张承山:蒙面人,货郎和马占奎都抓到了,马志伟的冤案也可以洗清了,这回可以告诉我你是谁了吧?

蒙面人:对不起张书记,目前还不行。您放心,适当的时候我会亲自去见您的。

张承山:好,我等着这一天的到来。

## 86. 山坡下　夜　外

一辆吉普车开来,停在山坡下。

魏刚及三名握着步枪的解放军战士从车上下来。

魏刚朝前看了看。

前面是一片山林。

林中有人喊:在这儿呢!

## 87. 山林　夜　外

马文亮、马占奎被绳子牢牢地捆在一棵大树上,两人的嘴都被用布团塞着。

魏刚和三名解放军战士跑了过来。

魏刚搬过马文亮的左脸用手电照了照。

马文亮左耳下的腮帮子上有一个大黑痣。

一解放军战士:喊咱们的那个人呢?

魏刚朝山林深处望了望:他不会露面的。把他俩押走。


### 88. 马志伟蓝鸽家　日　内

蓝鸽、玲玲、兵兵、张承山、周院长、刘小英等正围坐在饭桌前为马志伟接风,大伙儿喜气洋洋、欢声笑语。


### 89. 空镜

夜空浩瀚,金黄色的月亮在云朵中穿行,大有彩云追月的意境。


### 90. 马志伟蓝鸽卧室　夜　内

夜很深了,马志伟和蓝鸽还没睡,仍坐在一起说话。

马志伟:……要不是那个蒙面人暗中帮我,说不定被冤枉到什么时候呢,也许这辈子都出不来了。

蓝鸽:还有怪事儿呢,困难时期,有人多次悄悄给咱们家院门口放粮食放菜。

马志伟:这事儿我听你说过。

蓝鸽:还有呢,你被抓后,还有人多次给咱家院门口挂信封送钱,每次都是一百块。还有,我被送到县农场办学习班时,有一天我值夜班,一个叫王正义的队长想欺辱我,正当我难以摆脱时,有人用砖头砸碎窗户玻璃才把王正义惊走。我琢磨着,暗中送粮送菜的人、送钱的人、砸窗户的人,还有在医院打伤潜伏特务救了我的人、让赵科长给你传递情报的人和暗中一直救你的那个蒙面人都是同一个人。

马志伟:极有可能。

蓝鸽:我想起了,还有一件事儿。

马志伟:啥事儿?

蓝鸽:你被抓走我去找张大哥的第二天夜里,有三个造反派到咱们家搜查,把张大哥给你的信全抄走了,还抢走了我的那个"小鸽子"。可奇怪的是,玲玲早上起来发现"小鸽子"挂在了家门的手把上。后来我琢磨这不可能是造反派送回来的,很可能也是那个蒙面人暗中保护玲玲和兵兵时,发现他们抢走了"小鸽子"又给追回来的,然后悄悄挂到门外的。

马志伟:你说的有道理。要是造反派送的话,不可能用这种方式送。我也想起一件事儿。

蓝鸽:啥事儿?

马志伟:六〇年我被停职到地区党校学习时,有人给省委写匿名信为我鸣冤,这个人肯定也是那个蒙面人。

蓝鸽:没错儿,肯定是他。

马志伟陷入深思:他所做的事儿基本上都涉及咱们家,这个人到底是谁呢?


### 91. 张承山家院内　日　外

画面叠印字幕:一九八三年

张承山和老伴儿正在院内浇花,一辆黑色小轿车开到院门口停下。老伴儿朝门外看了看:这是谁来啦?

张承山也直起腰朝外看。

马志伟下了车向院子走来。

张承山迎上去:今儿咋有空啦?

马志伟:刚从省里开会回来,直接来你这儿啦。

张承山:开啥会?

马志伟:贯彻落实党的十一届三中全会精神,要求进一步解放思想,加快经济建设步伐。

张承山:太好啦。走,屋里说。


### 92. 大河岸边　日　外

河水波涛滚滚。河对面,是陡峭的悬崖峭壁。这里,正是罗飞牺牲的地方。

蓝鸽站在岸边望着河对面的悬崖峭壁。

歌声起(我心中的雄鹰)。

歌声中,蓝鸽泪珠滚滚而落。

### 93. 张承山家　日　内

张承山和马志伟正坐在桌前边喝茶边说话。

张承山:……别老扯工作上的事儿啦,说说你的事儿吧。你到地委当副书记都三四年了,蓝鸽总不调过来也不是个事儿呀。

马志伟:说了多少次她也不愿意调过来。我知道,她是为了罗飞。罗飞是在青岭县牺牲的,她不愿意离开青岭县,我能理解。

张承山:那个蒙面人还是没消息?

马志伟:县公安局从没间断过查找。魏刚去青岭县当书记之后也经常过问,但至今还是一点儿线索也没发现,不知他为啥要深藏不露。

张承山:肯定有他的原因。他给我打电话时曾答应过我,在适当的时候会亲自来见我,可我都退休了也没见他来,而且从那次打电话告诉我抓住货郎和马占奎的消息后,就再没给我打过电话。

马志伟:这个人真是怪。我想他肯定会信守承诺,既然答应亲自见你,肯定会有这么一天。你要是见了他,千万要告诉我。哎,有件事儿你听说了没?

张承山:啥事儿?

马志伟:李大路前几天疯了。

张承山:你听谁说的?

马志伟:去省里开会之前,地区监狱的万山书记打电话告诉我的,说已经把他送到精神病院了。

张承山:其实他早就是个疯子了。那些年,他打着造反的名义没少干坏事儿。算了,先不说他了。志伟,罗飞毕竟牺牲三十多年了,思念归思念,可总这么两地分居也不是个事儿呀,谁也照顾不了谁。再给蓝鸽做做工作,还是让她调过来吧。

马志伟:唉,由她吧。

### 94. 县医院住院处门前　日　外

尹明正在门前清扫,刘小英从住院处门口走出。

尹明朝刘小英喊道:刘护士长,你过来一下。

刘小英:有事儿?

刘小英边说边走到尹明跟前。

尹明:也没啥事儿。我是说蓝书记咋不往隆安调呀,马书记去地委当副书记都三四年了。是不是不好调呀?

刘小英:那还不是马书记一句话的事儿。不是不好调,是蓝姐不愿意去。

尹明:为啥?

刘小英:蓝姐在部队时有个恋人叫罗飞,是特务连的连长。五〇年在咱们县西边的大龙山清剿国民党残余部队时被炮弹炸飞,连尸体也没找到,部队在大龙山给他建了个空墓。蓝姐不愿意离开青岭县,就是想守着这个空墓。

尹明:都三十多年了,还老想着他干啥。

刘小英:你个老光棍儿没谈过恋爱,哪懂这种感情。我还有事儿,不和你多说了。

刘小英说完离去。

尹明怔在原地发呆。


**95. 大龙山　日　外**

蓝鸽走到一座坟墓前,将一簇鲜花放在墓碑前。

墓碑上刻着:罗飞烈士之墓。

蓝鸽坐在墓碑前,从胸前掏出"小鸽子",嘴里似乎在念叨着什么。

不远处的一棵树后,尹明默默地注视着蓝鸽,眼中闪着泪花。


**96. 太平间旁一房间　夜　内**

尹明坐在桌前,手中拿着一幅画像看。

画像画的是一个年轻女人的头像,很像蓝鸽年轻时的样子。

尹明看着画像,泪水潸然而下。


**97. 县医院住院处门前　日　外**

画面叠印字幕:一九九〇年

尹明正在门前清扫,一个身着警服的年轻人提着保温筒从住院处门口走出。

尹明迎上去:马兵,你爸爸得的啥病?

马兵:胰腺癌。

尹明:咋不去北京的大医院治疗?

马兵:去过了,北京的医院也治不了,每天也就是打几针杜冷丁止止痛。我爸不愿意再在北京待着,也不愿意住地区医院,非得回县里。你忙吧尹叔,我还得去单位。

马兵说完向前走去。

尹明望着住院处门口,一颗泪珠从眼中滚出。

## 98. 住院处病房　夜　内

马志伟骨立形销、面容憔悴地躺在病床上。两鬓斑白的蓝鸽、穿着白大褂的马玲、身着警服的马兵以及张承山、魏刚、周院长、刘小英等人围在旁边。

马志伟声音微弱地在作最后的叮嘱:……我死后,把我埋在罗飞的墓旁……蓝鸽、玲玲、兵兵,你们一定要找到咱们家的大恩人,找到的那天,一定要到我的坟前告诉我一声。我见不到他了,见不……

马志伟说着头一歪闭上了眼。

蓝鸽哭喊:老马……

马玲、马兵哭喊:爸爸……

张承山、魏刚、周院长、刘小英等人泪水夺眶而下。

## 99. 县医院太平间　夜　内

尹明坐在马志伟遗体旁,望着马志伟的遗容悄声哭泣。

尹明:……马营长,怪我没本事,没及时把那两个王八蛋查出来,让你受了三年罪,我对不起你、对不起你……马营长,你知道吗,我多想像以前一样,和你一起生活一起战斗,可我不能呀……

## 100. 县医院院长办公室　日　内

陈院长正在和一个医生谈话。

敲门声。

陈院长:请进!

尹明推门走进:陈院长,你找我?

医生:陈院长,我先走啦。

医生说完站起来走出。

陈院长:尹师傅,请坐。

尹明:陈院长,我不想退休,我一个孤老头子,退了也没地儿去。

陈院长笑笑:尹师傅,没人让你退呀,看停尸房这活儿没人愿意干,只要你身体好、愿意干,你就干下去,多为医院做几年贡献。

尹明露出笑意:我还以为是叫我退休呢。啥事儿?

陈院长:尹师傅,你先坐下。(待尹明坐下)尹师傅,是这么个事儿,县政府新盖了两栋住宅楼,给咱们医院分了三套,经大伙儿讨论和领导班子权衡,决定分给你一套,这是钥匙。

陈院长说完从桌上拿起钥匙递给尹明。

尹明接过钥匙放在桌上:我听说马玲副院长结婚十来年了,一直住着一间小平房,给她分了吗?

陈院长:没有。

尹明:为啥没她的?

陈院长:按住房情况应该有她的,可她主动放弃了分房的权利。

尹明:陈院长,我有个请求。

陈院长:啥请求?

尹明:把这套房分给马玲吧,把她那间小平房给我,我一个孤老头子,有个睡觉的地儿就行。

陈院长:这……

尹明:不要说了,你要是不答应,我也放弃分房的权利,还住在太平间旁的那间小屋子里。

## 101. 县公园  晨  外

公园内,不少人正在晨练。

尹明正在树林旁打太极拳。

蓝鸽穿着一身运动装走了过来:尹师傅,锻炼呢。

尹明:啊,上岁数了,活动活动腿脚。

蓝鸽:你把房让给了玲玲,真让我们心里过意不去。

尹明:有啥过意不去的。这么多年来你们一家人总照顾我,又送吃的又送穿的,我可从没说过啥过意不去的话。

蓝鸽:尹师傅,问句话你别介意。自打你来到咱们医院就一直戴着大口罩,听说是脸被烧伤过,是不是伤得很严重呀?

尹明:是,还怕风,风一吹就钻心的疼,所以就得常年捂个大口罩,也遮遮丑。

蓝鸽:丑俊有啥关系,身体好才是重要的。尹师傅,教教我打太极拳吧。

尹明:行,巴不得能为你做点儿啥呢。

## 102. 县公园　晨　外

画面叠印字幕:二〇〇〇年

尹明正在树林旁徘徊,蓝鸽走了过来。

尹明眼睛一亮,赶忙往前迎了几步:这几天咋没见你出来?

蓝鸽:去隆安看张书记去了,他最近身体不太好,前些日子还住过一阵儿医院。

尹明:没啥大毛病吧?

蓝鸽长叹一声:没啥要命的病,可咋说也是快九十岁的人了,说不定哪天……

尹明似乎受到触动,愣了一会儿:日子过得真快,说老就都老了。

## 103. 张承山家　日　内

老态龙钟的张承山正拄着拐杖凝望着挂在墙上的老伴儿的遗像。

他望了一会儿,又走到沙发前坐了下来,仰靠在沙发背上。

他微闭着眼,嘴里磨磨叨叨:蒙面人,你咋还不来见我,再不来就见不着我了……你到底是谁呀?

一个二十四五岁的姑娘推开门走进:爷爷,来客人啦。

跟着姑娘进来的是一个戴着大口罩、帽檐压得很低的人。这个人正是尹明。

张承山站了起来:你是谁呀?

尹明:我是青岭县县医院的,我们见过面,不认识了?

张承山盯着尹明看了一会儿:噢,想起来了,你就是那个连看太平间带打扫卫生的吧,叫啥来着?

尹明:叫尹明。

张承山:对对,尹明,尹明,我记起来了。

姑娘:爷爷,你们坐下聊吧。

张承山:对,坐下说。老尹,快坐,快坐。

张承山和尹明坐在沙发上。姑娘沏了两杯茶放在茶几上。

姑娘:爷爷,你们聊吧,我去院里浇浇花儿。

姑娘说完走出。

张承山:你咋想起来看我了?

尹明:我是来兑现承诺的。

张承山:啥承诺?

尹明:我在电话中和您说过,我会在适当的时候亲自来见您。

张承山一惊:你就是那个蒙面人?

尹明:对,我就是那个传递情报、抓特务、救蓝鸽,后来又抓住货郎和马占奎的蒙面人。还有,六〇年给省委写匿名信的也是我。

张承山:咋也没想到会是你呀。你为啥一直不说?

尹明望着张承山:您真的看不出我是谁?

张承山迷茫地:你不就是县医院的尹明吗?

尹明难过地沉默了一会儿:张团长,我是罗飞。

张承山大惊:罗飞?(难以置信)你真是罗飞?

罗飞:我就是罗飞。张团长,您连我的声音也听不出来了?

张承山惊喜地:你没死?太好了!以前打电话我就觉得声音有点儿熟,可咋也没往你那儿想呀!当时找了一年多也没找到你,都认为你被河水冲走牺牲了。快跟我说说是咋回事儿？

罗飞：我被炸伤后落到了河里，正巧落到一棵冲来的大树上面。漂浮到百里之外的广善地区后，被一个打猎的人救了，他见我是解放军，就把我送到了一个野战部队医院。当时我的脸全被炸毁了，当护士拆纱布换药时，都吓得惊叫着往外跑，有个护士还被吓得晕了过去。我找了个镜子一看才知道，我不但满脸疤痕，鼻子和一只眼都没了，上嘴唇也少了一半儿，样子比鬼都可怕。我当时心都碎了，想一死了之。我从医院偷跑出来跑到山上准备跳崖时，又是那个猎人救了我。那一年多的时间，我一直住在山上那个猎人家里，他也是个单身汉。在他的照顾下，我的身体逐渐恢复了，心态也平静了。我本打算不再露面，就在山上和那个猎人一起终此一生。但后来的一次机会又让我改变了打算。

张承山：啥机会？

罗飞：我在山上十分想念蓝鸽，也想念您和马志伟，决定下山悄悄地看看你们，到了青岭县一打听才知道，部队已经转移到隆安了，医院也已整建制的转成县医院了。我到县医院去看蓝鸽时，正赶上医院要找一个看太平间的人，那时人们都不愿意干这个活儿，嫌不吉利，我觉得这是一个既能挣工资又能经常看到蓝鸽的机会，于是就化名尹明揽上了这个活儿。

张承山：尹明，我明白了，尹明就是隐姓埋名呀！我咋就一直没想到呀！你为啥要隐瞒身份不和蓝鸽相认呢？

罗飞：我了解蓝鸽，如果我和她相认，她是不会放弃我的。但我不能委屈她，我这种鬼模样和她一起生活，良心会一辈子受煎熬，生不如死。能经常看到她，就是我最大的满足了。既然不能让她知道，也就不能让您和志伟知道了。这就是我为啥一直不告诉您的原因，请您原谅。

张承山：你不该这么做。你知道你失踪后蓝鸽有多难过吗？她到现在都忘不了你。马志伟调到地委工作后，她不跟来，就是想守着你那个空坟呀。

罗飞：我本以为时间久了她会慢慢忘记过去，没想到她会这么痴情。

张承山：可也太委屈你了呀，一辈子以一个假身份活在世上。罗飞，马志伟也已经走了十来年了，现在可以和蓝鸽相认了吧？

罗飞：还不能，那会使我和蓝鸽都陷入尴尬的境地，我不想看到这个局面。

所以,还得请老首长为我保密。

张承山沉思了一会儿:既然都隐瞒了一辈子了,就隐瞒下去吧,我答应你。罗飞,让我看看你的脸行吗?

罗飞:还是别看了。

张承山:咋,怕把我也吓晕了? 罗飞,无论你成了啥样子,你都是咱们团的英雄。让我看看吧。

罗飞:那好吧。

罗飞说完慢慢站起来,又慢慢摘下口罩(背对镜头)。

张承山吃惊的表情。

张承山站起来一把抱住罗飞呜呜地哭了起来。

罗飞也伏在张承山怀里痛哭。


**104. 蓝鸽家　夜　内**

画面叠印字幕:二〇〇五年

蓝鸽住的还是原来的房子。此刻,她正坐在沙发上看电视。

马玲推开门走进,神情有些异样。

蓝鸽:咋这么晚过来啦?

马玲:妈,尹叔病危,一直昏迷不醒,刚抢救过来。

蓝鸽一惊:啥病?

马玲:心脏严重衰竭。

蓝鸽:快领我去看看。

马玲:妈,有件事儿特别奇怪。

蓝鸽:啥事儿?

马玲:刚才抢救尹叔时,我发现他脖子上也戴着一个"小鸽子",和你那个一模一样。

蓝鸽心里一动:你说啥? 你尹叔身上也有个"小鸽子"?

马玲:是。

蓝鸽已悟到了什么:快走,快去看看。

### 105. 县医院病房　夜　内

尹明躺在病床上,面色苍白。一护士正在给他换液。

蓝鸽和马玲走进。

尹明看到蓝鸽一愣,声音微弱地:你,你怎么来啦?

蓝鸽没回答,走到床前盯着尹明看。

马玲向护士示意了一下,护士随马玲走出。

尹明望着蓝鸽:看啥呢,不认识我啦?

蓝鸽伸手去拉尹明脖子上的红丝绳,尹明哆哆嗦嗦地欲用手捂。

蓝鸽挡住尹明的手,从尹明胸前抽出"小鸽子",又从自己胸前掏出"小鸽子"比对。

尹明不安的神色。

蓝鸽将两个"小鸽子"合在一起,随后痛苦地:罗飞,你为啥要瞒我,为啥要瞒我呀……

尹明(罗飞):我,我……

蓝鸽扑在罗飞身上痛哭。

### 106. 县医院病房外走廊　夜　外

马玲和护士坐在长条椅上,马玲向护士讲述着什么。

### 107. 县医院病房　夜　内

罗飞:……我所做的这一切,都是为了让你能够幸福。其实,这五十五年来我没有一天不想你,但我这样子实在是……蓝鸽,如果我错了,请你原谅。

蓝鸽哭着:你心安理得了,你知道我想你想得有多苦吗,一辈子呀……别说毁了容,就是胳膊腿儿都没了我也不会嫌弃你呀……

罗飞流着泪:蓝鸽,对不起……

### 108. 墓地　日　外

蓝鸽、马玲、马兵站在马志伟的墓碑前。右边是一座新坟,墓碑上刻着"战友罗飞之墓"。

蓝鸽:老马,咱家的大恩人找到了,他就是你的亲密战友罗飞。现在,他就在你身边……

### 109. 空镜

在《我心中的雄鹰》歌声中,一只雄鹰在蔚蓝的天空中低空盘旋,像是在俯瞰着蓝鸽,然后升向高空,飞往远方。

### 110. 墓地　日　外

蓝鸽、马玲、马兵仰视天空,目送雄鹰远去。

(剧终)

# 跟　　踪

**字幕:**这是发生在北方某城市春节前夕的一个真实故事

### 1. 东郊街道　夜　外

雪花漫漫,行人寥寥。街道两旁的店铺多数已打烊,虽然夜空偶尔有爆竹的脆响和闪出的火花,有了年味的气息,但整条街道依然显得很冷清。

道旁一树下,站着一个身穿旧黄大衣的年轻人,约二十七八岁。他叫杨正阳。此刻,他正边抽烟边神情紧张地窥视着街对面一个尚未打烊的烟酒店。

### 2. 东郊烟酒店　夜　内

一个年约三十出头的女人正在柜台前清点货款。她叫云英。她将百元面值的两沓货款清点完分别用橡皮筋儿套上后,装入柜台上的一个小挎包内,然后抬头看了看墙上的挂钟。

挂钟:十点整

云英拿起柜台上的电话话筒拨打电话。

### 3. 西郊岔道口　夜　外

一个斜挎小挎包,二十六七岁的女子骑着自行车行至岔道口后,拐向了一条黑暗的乡道。她叫王兰。随后而至的一辆小面包车行至岔道口停了下来。

### 4. 西郊小面包车　夜　内

驾车的是个三十四五岁的年轻男子。他叫高至义。他朝女子行走的黑暗乡道看了看,打转方向也驶向黑暗的乡道,这时手机响了。

他赶忙从裤兜掏出手机,边慢慢向前开车边通电话。

高至义:……货都送完了,有两客户还得先把他们送回家,得晚回去会儿,你在店里等我吧……也行,千万要小心……知道了,送完他们我就回去。

实际车上只有高至义一人,显然他说谎了。

**5. 东郊烟酒店　夜　内　外**

云英放下话筒,斜挎上装着货款的小挎包将店内的灯熄灭后,走出店门将门关上锁好,又将卷帘门拉下锁住,然后四下看了看,转身离去。

**6. 东郊街道　夜　外**

站在树下的杨正阳见云英离开了店,赶忙将抽了半截的烟扔在雪地上,借着道旁树木的掩护悄悄跟了上去。

**7. 西郊乡道　夜　外**

王兰骑着自行车在黑暗的乡道上行驶,小面包车不快不慢地跟在她后面,一直保持着四五十米的距离。

**8. 东郊街道　夜　外**

云英快步朝前走着,杨正阳隐遁跟踪,和云英保持着不远不近的距离。

街上,偶尔有行人走过和车辆驶过。

**9. 西郊乡道　夜　外**

王兰感觉后面有辆汽车一直跟着她,回头看了看,心中一下不安起来,面色有些紧张。

王兰(画外音):可能是坏人。

她快速蹬车向前骑了一阵儿后又回头看,见后面的汽车依然和她保持着同原先一样的距离,一下恐慌起来。

王兰(画外音):肯定是坏人。

她惶恐地蹬车急行。

### 10. 西郊行驶的小面包车　夜　内

高至义一直注视着前面的王兰。他见王兰不停地快速骑行,一下悟到了什么。

高至义(画外音):骑得这么快,肯定是把我当坏人了,天这么黑雪路又滑,摔倒可就麻烦了。

他思索了一下,提高车速向前驶去。

### 11. 西郊乡道　夜　外

小面包车超过了王兰继续向前驶去。

王兰望了望渐行渐远的小面包车,长出了一口气,放慢了速度平稳地蹬车前行。

### 12. 东郊街道　夜　外

云英走到一个巷口,转回身看了看,又转过身快速向巷子走去。

杨正阳从路边一树后闪出,快步走到巷口探头看了看,也走进了巷子。

### 13. 西郊乡道　夜　外

王兰骑车前行,看到前方一辆汽车亮着远光灯慢慢驶了过来。汽车临近她时,远光灯变成了近光灯。当汽车从她身边驶过时,她不由得又是一惊:这辆车正是刚才一直跟在她后面的那辆小面包车。

她回头看了看,见小面包车一直向后驶去,既没停下也没返回,心又踏实了下来,继续平稳地前行。

### 14. 东郊巷子　夜　外

深长而幽暗的巷子内,云英边快步走边不时地回头看。

杨正阳隐在一墙角处探头窥视。

此时巷内无人,杨正阳盯着云英挎着的小挎包看了一会儿,像是下定了决心,一咬牙从墙角闪了出来。

巷子前方右侧突然走出一男一女,打着手电走了过来。从他们缓慢行走的步态看,像是两个中老年人。

杨正阳赶紧又闪回身躲在墙角暗处。

### 15. 西郊乡道　夜　外

王兰行至一路口,正要往下拐时又听到身后有汽车行驶的声音,回头一看还是那辆小面包车。这回她不紧张了,因为村子就在路边二三十米处。

她又回头看了一眼,然后拐向进村的路,快速向村子骑去。

### 16. 西郊村庄　夜　外

王兰骑着自行车刚进村,跟在后面的小面包车就超过了她,在村街一路灯下停了下来。

高至义从车上下来,笑眯眯地望着王兰。

王兰下了车,恼怒地瞪着高至义,厉声斥责道:你到底想干什么,为啥一直跟着我?

高至义微笑着:对不起,让你受惊了。

王兰怒问道:我问你到底想干什么?

高至义:是这么回事儿。近些日子常有抢劫的,我见你单身一人挎个包走这条黑暗的乡道不放心。本想和你说送送你,又怕你对我不信任,产生误解,所以就(说到这儿笑了笑)我知道刚才你把我当成坏人了,怕给你心里留下阴影,跟过来是想给你解释解释。

王兰大感意外,深深地被感动了,望着高至义半天才说:对不起大哥,我误会你了。

高至义:没啥。你平安回来我就放心了。

高至义说完转身上了车。

王兰急忙走到小面包车前:大哥,你叫啥,在哪儿上班?

高至义摇下车窗,笑了笑:这不重要,雪这么大,快回家吧。

高至义说着发动了车,掉转车头往回驶去。

王兰望着快速远去的小面包车,泪眼蒙眬。

### 17. 东郊巷子　夜　外

躲在墙角暗处的杨正阳一会儿回头看看慢慢走向巷口的两个中老年人,一会儿探头朝前看看快步前行的那个女人,面露焦急之色。

两个中老年人晃着手电走出巷口时,云英已经走远,杨正阳急忙从墙角闪出快步向前追去。

云英听到脚步声,回头一看,见有人快步朝她走来,恐慌地加快了脚步。

杨正阳的快步走随即变成了跑,目光也显出一股凶气。

云英回头见后面的人朝她跑来更加恐慌,也赶紧跑了起来。

杨正阳正跑着,手机响了。

他犹豫了一下,还是从裤兜掏出了手机,边跑边接听电话。

云英回头看了看,忽地想到了什么,赶忙边跑边掏出手机拨打电话。

### 18. 东郊街道　夜　外

两名巡警站在路边,巡警甲正在用对讲机接听社会治安指挥部的指令。

指令从对讲机传出:……有一女士向"110"求救,说有人正欲对她抢劫,地点是你们巡区的十七号巷。

巡警甲:明白,我们立即行动。

巡警甲、巡警乙跨上摩托车飞速向前驶去。

### 19. 东郊巷子　夜　外

杨正阳仍在接听电话,但他的目光已经没有了凶气,显得平和了,步子也由快跑变成了慢走,并最终停了下来,长长地出了口气。

杨正阳既愧疚又感激的语气:……太感谢他了。他不但护送了你,也救了我……

他正说到这儿,突然看到前方正在奔跑的那个女人猛地摔倒在雪地上,他立即关闭手机飞快地跑了过去。

倒在雪地上的云英挣扎着往起爬,站起来刚走了一步又摔倒了,面目表情显得非常痛苦,她回头看见追她的人快速朝她跑来,又挣扎着往起爬,可怎么也站不起来。

杨正阳气喘吁吁地跑了过来。

云英赶忙将小挎包紧紧地抱在怀里,用恐惧的目光望着站在她面前的杨正阳。

杨正阳:摔伤了吧?

杨正阳说着弯下腰欲扶云英。

云英以为要抢她的小挎包,边往后蜷缩边恐惧地:别胡来,我已经报警了,警察马上就到。

杨正阳诚恳地:大姐,别害怕,我不是坏人,您哪儿摔伤了,我送您去医院吧。

云英怔住了,目光迷茫地望着杨正阳。

杨正阳催促:大姐,我真不是坏人,天这么冷,快去医院吧。

杨正阳说完弯下腰又去扶云英。

云英没有拒绝。当杨正阳将她扶起来时,她疼得"哎呀"了一声,左脚不由得悬了起来。

杨正阳:是不是腿摔断了?

云英:可能是脚腕子崴伤了。

杨正阳:大姐,您要不介意的话,我背您去医院吧?

云英似乎还心有疑虑,没有应答。

巷口传来摩托车行驶声。

杨正阳和云英不约而同地望向巷口。

眨眼间,巡警甲和巡警乙骑着摩托到了他们跟前。

巡警甲和巡警乙迅速跳下摩托车。

巡警甲冲杨正阳喝道:放手!

杨正阳赶忙放开搀扶着云英的手。不料杨正阳的手刚一松开,云英"哎呀"一声身子一晃又差点儿摔倒,杨正阳又赶忙伸手将她扶住。

巡警乙上前将杨正阳推开,自己扶住了云英。

巡警甲问云英:刚才是你报得警吧,怎么回事儿?

云英看了杨正阳一眼,对巡警甲说:不好意思,刚才误会了,他不是坏人。

巡警乙看了看云英悬离地面的左脚:那你的脚怎么受伤了?

云英:刚才跑时滑倒崴伤的。他跑过来是扶我的,还说要送我去医院。

巡警甲看了看表情很不自然的杨正阳,怀疑地:是这么回事儿吗?

杨正阳沉默了一会儿:是这么回事儿,又不是这么回事儿。

巡警甲:什么意思?

杨正阳:起初我跟踪她,就是想抢她的包儿,但中间刚刚发生的一件事儿,又促使我打消了抢包的念头。

云英吃惊的表情。

巡警甲、巡警乙不解的表情。

### 20. 医院病房　夜　内

云英躺在病床上,正在向高至义讲述她刚才所经历的事儿。

云英:……他打了一年工,可他们干的那个别墅工程是腐败分子搞得非法工程,被上面叫停了,开发商也逃跑了,所以他一分钱也没拿上。他父母常年有病,老婆在西郊的一个小饭馆儿打工,一个月才挣八百块钱,家里全都指望着他呢。他觉得没脸空手回去,就产生了抢钱的念头,后来之所以又打消了这个念头,是因为他在跟踪我的时候接到了他老婆一个电话,老婆向他说了一个好心的大哥在今天夜里暗中护送她回村的事儿。他听后一下猛醒了,并由此打消了抢钱的念头。要不是他老婆这个电话,我的包很可能就让他抢跑了。

高至义听后久久不语,陷入沉思。

云英:你在想什么?

高至义:我在想,人这一辈子还是要多做善事儿。从某种意义讲,善人就是善己呀。

云英不解地:善人就是善己?

高至义:对。云英,其实我没跟你说实话,今天晚上我并没有去送客户,我是偶然看到一个挎着小挎包的年轻女子骑自行车走一条黑暗的乡道,半个月前,那条道上曾发生过一起抢劫案,被抢的那个女子还被糟蹋了。我怕她一个人出事儿,就暗中护送她回到她们村里。从你刚才说的情况看,我护送的这个女子就是跟踪你的那个男人他老婆呀。

云英眼前似乎又闪现出她刚才经历的一幕幕,喃喃地说:善人就是善己,真是太对了。

（剧终）

# 红　包

**1. 某医院 405 病房　日　内**

这是间五个床位的病房,干净整洁。五个床位都有患者,陪护者都在悉心地照料着自己的亲属。

躺在 5 号病床上的是位六十多岁的老大妈,叫刘桂兰。她的女儿张晓丽正坐在床边用水果刀削苹果。

一护士推门走进,径直走到 5 号床位:刘桂兰,你的手术明天上午做,晚上十点以后就不要吃东西了,也不要喝水了。

张晓丽(35 岁)站起:哪个大夫给做?

护士:普大夫。

护士说完欲走。

张晓丽赶紧又问:护士,这个普大夫医术咋样?

护士笑笑:普大夫是我们医院内二科主任医师,医术一流,放心吧。

护士说完走出。

张晓丽将削好的苹果递给母亲:妈,我赶紧给我姐打个电话。

张晓丽说完匆匆走出。

**2. 某小学校长办公室　日　内**

一个三十四五岁、名叫杨秀华的女人正在向校长张晓芳述说着给孩子转学的理由。

杨秀华:……我们进城开了这个小饭馆不久,我男人就有了外心,偷偷和一个外地来打工的女人跑了,至今也不知他的下落。孩子本来在农村由爷爷奶奶带着,可两年前孩子的爷爷去世了,半个月前孩子的奶奶也去世了。孩子的大伯二伯也常年在外打工,没办法,只好把孩子接了过来。我不想毁了孩子的前程,想让孩子继续上学,可找了两个学校人家都不接收,说是班里超员,没座位。张校长,我求您了,求您收下我这个苦命的孩子吧。

杨秀华说罢用手擦拭着眼泪。

张晓芳(40岁):孩子在村里上几年级?

杨秀华:五年级,一直是三好学生。

张晓芳:我们学校同意接收。你回去告诉孩子,让他好好复习复习功课,一个星期后来学校进行测试。学校有规定,转校生必须要测试,测试合格后,才能入同年级,否则就得降一级,从四年级上起。

杨秀华高兴地:谢谢张校长,谢谢张校长。(说完从挎包中取出一个红包放在办公桌上)一点儿心意,请您一定要收下。

张晓芳:这可不行。

她站起身拿起红包要退给杨秀华,两人推来搡去,桌上的电话响了。

杨秀华:您快接电话吧。

杨秀华边说边抽身匆匆向门外走去。

电话铃不断地响着,张晓芳只好拿起话筒:哪位?

话筒里传出张晓丽急切的声音:姐,妈明天就做手术,你赶紧来一趟,有急事儿商量。

张晓芳:不是说后天做吗,咋提前了?

张晓丽:我也不知道,护士刚通知的,你快过来吧。

张晓芳:啥急事儿?

张晓丽:你过来再说吧。

张晓芳:好,我马上过去。


**3. 某医院门前　日　外**

张晓芳从出租车上下来,匆匆走向等候在门前的张晓丽。

张晓芳:啥事儿急成这样?

张晓丽四下看了看:得赶紧送红包呀。我问护士了,给妈做手术的是个姓普的大夫,还是内二科的主任医师,咋想法儿把红包给了他。另外,还得打听打听哪个大夫是麻醉师,管麻醉的也得送。

张晓芳:我还以为啥急事儿呢。用不着吧?

张晓丽:咋用不着,这年头儿啥事儿不打点打点人家能给你上心。

张晓芳:别人都送没送?

张晓丽:这种事儿咋打听,谁送了也不会告诉你呀。

张晓芳:我看还是别送了,我琢磨人家不一定收。

张晓丽:收不收是人家的事儿,送不送是咱的事儿,再说了,你不送咋知道人家不收。万一因为礼不到有个闪失啥的,还不得后悔死呀。

张晓芳想了想:那就送吧。

**4. 护士站  日  外**

张晓芳走到护士站,问一护士:护士你好,请问普大夫在吗?

护士:在病房呢。(刚说完看到普大夫等几个人正从一病房走出)哎,出来了。

护士说着抬手指了指。

张晓芳朝几个大夫看了看:哪位是普大夫?

护士:前头高个儿的那个。

**5. 病房走廊  日  外**

张晓芳走到普大夫跟前:您是普大夫吧?

普大夫(50多岁):对。有事儿?

张晓芳:我想问问我母亲明天做手术的事儿。

普大夫:你母亲叫什么名字?

张晓芳:叫刘桂兰,住405病房5床。

普大夫:知道了,你先回病房吧,我们得开个小会,有个患者的治疗方案需要调整一下。

张晓芳:好,您先忙。

普大夫等人走进医办室。

张晓芳向走廊的西头走去。

### 6. 405 病房　日　内

刘桂兰对张晓丽:你姐咋去了这老半天了还不回来,不会是手术又有啥变化了吧?

张晓丽:不会,估计是大夫忙。您先躺会儿,我出去看看。

张晓丽说完站起来走出。

### 7. 病房走廊西头　日　外

张晓丽走近张晓芳:姐,还没见着普大夫?

张晓芳:见着了,他在医办室开会呢,让等一会儿。(刚说完,看见有大夫走出医办室)散会了,我赶紧去。

张晓芳说完匆匆向医办室走去。

张晓丽:姐,我在这儿等你。

张晓芳没回头:好吧。

### 8. 医办室门前　日　外

张晓芳走到医办室门前,普大夫正走出来。

张晓芳:普大夫,开完会了?

普大夫:开完了。我正要去 405 病房呢,你来了就进来说吧。

### 9. 医办室　日　内

张晓芳随普大夫走进医办室后顺手把门关上。

普大夫:随便坐吧。(等张晓芳坐下)啥事儿说吧。

张晓芳:听护士说是您给我母亲做手术?

普大夫:对。有啥要求尽管说。

张晓芳:没啥要求,就是想表示点儿心意。(回头看了看关着的门,从挎包里取出一个红包放到普大夫面前)普大夫,您一定得收下。

普大夫笑笑:没这个必要,快收起来吧。

普大夫说着把红包推到张晓芳面前。

张晓芳:您一定得收下,不然我们心里过意不去。(说着拿起红包塞到普大夫手里)别推了,让别人看见不好。

普大夫:好,我收下。

普大夫说着把红包装进白大褂的兜里。

张晓芳:普大夫,您能告诉我负责麻醉的是哪个大夫吗?

普大夫:就是昨天去病房找你们签字的那个牛大夫。(笑了笑)是不是也给他准备了个红包?

张晓芳不好意思地笑笑:是。

普大夫:那就交给我吧,我替你转给他。

张晓芳:那就麻烦普大夫了。

张晓芳说完从挎包里又取出一个红包递给普大夫。

普大夫接过红包又装进白大褂的兜里。

张晓芳见普大夫把两个红包都装进同一个兜里,想提示:这两个包……

普大夫笑着打断张晓芳的话:我知道,两个包里的钱不一样。

张晓芳也笑笑。


**10. 病房走廊西头　日　外**

张晓丽见张晓芳走了过来,上前急问:咋样,收了吗?

张晓芳无精打采地:收了。不但收了,还主动说给麻醉师的红包由他代转。

张晓丽高兴地:太好了,没想到这么顺利。你还说不可能收,咋样,事实证明……(说到这儿看到张晓芳的脸色不太好看)姐,你咋了,不舒服?

张晓芳摇摇头:没有。

张晓丽:是不是心疼钱了?

张晓芳又摇摇头:不是。

张晓丽不解地:那你是咋啦,好像不高兴?

张晓芳:说实话,我是真心实意的希望他们把钱收下。可当他们真收了,心里又有种说不出的滋味儿。

张晓丽：咳，想那么多干啥，他们能收下咱们就放心了。赶紧回病房吧，妈都等急了，她还以为做手术的事儿又有啥变化呢。

### 11. 街道 午 外

张晓芳从一辆出租车上下来，站在路边左看右看。

她走到一个水果摊前，朝摊主问了句什么，摊主向右边指了指。

### 12. 某小饭馆 午 内

杨秀华端着一盘菜从里屋走出。她将菜放到顾客面前刚要转身，看到张晓芳走了进来。

杨秀华惊喜地：张校长来啦，您快坐。说着将餐桌旁的一把椅子往外拉了拉。

张晓芳笑笑：不坐了，你出来我跟你说句话。

哎，杨秀华应着随张晓芳走出小饭馆。

### 13. 小饭馆门前 午 外

杨秀华：张校长，啥事儿？

张晓芳从挎包中取出一个红包（杨秀华送给张晓芳的那个）：小杨，这个我真不能收，你拿回去吧。

张晓芳说着将红包递给杨秀华。

杨秀华赶忙挡住张晓芳的手：张校长，我真是打心眼里感激您，您千万别这样。

张晓芳：心意我领了，但钱绝不能收。

杨秀华：您是不是嫌少？

张晓芳：看你想哪儿去了，安排孩子上学是学校分内的事儿，用不着感谢谁。我知道，你辛辛苦苦的挣点儿钱也不容易。听我的，拿回去吧。

张晓芳说完又往杨秀华手中塞那个红包。

杨秀华又赶紧挡住张晓芳的手，眼圈有点儿发红：我再难也不差乎这点儿钱，推推扯扯的让人看见不好，我还得赶紧给顾客上菜。

杨秀华说完转身快步走进小饭馆。

张晓芳长叹一声,又将红包装进挎包。


**字幕:一周后**


**14. 405 病房　日　内**

普大夫正在给刘桂兰检查伤口,张晓芳、张晓丽站在一旁。

普大夫检查完:伤口愈合得非常好,待会儿拆了线就可以出院了。

张晓芳:谢谢普大夫,这些天辛苦您了。

普大夫笑笑:别客气,这是当大夫应尽的责任。对啦,别忘了一周后来复查。

张晓芳:哎,记住了。

普大夫走出病房。

张晓丽:姐,你收拾收拾东西吧,我去办出院手续。

张晓芳:好。


**15. 医院收费处　日　外**

张晓丽正在收费处窗口交费。

收费员计算完:总共八千六百元。已交押金七千五百元,再交一千一百元就行了。

张晓丽:不对吧,我只交了六千元押金呀!

收费员:你不是后来又托普大夫补交了一千五百元吗?

张晓丽恍然。


**16. 405 病房　日　内**

一大夫正在给刘桂兰拆线,张晓丽走进。

张晓芳:手续办完了?

张晓丽:办完了。姐,你出来一下。

### 17. 405 病房门外　日　外

张晓芳随张晓丽走出病房。

张晓芳:啥事儿?

张晓丽小声地:姐,那两个红包大夫根本没收。

张晓芳一愣:没收?咋回事儿?

张晓丽:普大夫早就把那一千五百元交到收费处给咱们顶押金了。

张晓芳听后眼里闪出了泪花。

### 18. 某小学教务处　日　内

教务处对杨秀华的孩子已测试完毕。

一教师对杨秀华:孩子的成绩非常好,可以入五年级,你领孩子去财务科交学费去吧。

杨秀华高兴地:谢谢老师!

### 19. 小学财务科　日　内

会计:学费、资料费和校服费总共一千五百二十元,你预交二千元,退给你四百八十元。

杨秀华一愣:我没预交过呀?

会计笑笑:你不是托张校长代交的吗?

### 20. 张晓芳办公室门前　日　外

杨秀华领着孩子来到张晓芳办公室门前。

她叩了几下门,屋内没反应。

她又欲叩门时,隔壁一间屋走出一个年轻姑娘,手中拿着一封信。

年轻姑娘:别敲了,张校长不在。

杨秀华:她去哪儿了?

年轻姑娘:去区教育局开会去了,你叫杨秀华吧?

杨秀华:对。

年轻姑娘:张校长临走时留了一封信,让我转交给你。

年轻姑娘说完将手中的信递给杨秀华。

杨秀华急忙打开信看。

张晓芳(画外音):杨秀华同志你好。我估计你要来找我,但因参加会议不能等你了,对不起。

我以这种方式将钱退还给你,是向你表明,这种钱我真的不能收,也不想收。否则,我的良心会不安……

### 21. 街道　日　外

杨秀华和孩子走在宽广的大街上。

张晓芳的画外音在继续:我还想告诉你,我也刚刚经历了一件给别人送红包又被退回的事儿,而且也是以这种方式退回的。我崇敬那个人,也感谢那个人的做法启发了我。我不想评论红包现象,但我可以肯定地说,红包未必人人都愿意送,也未必人人都愿意收。

杨秀华停下脚步,仰望天空。

孩子也朝天空看了看,又看看杨秀华,不解地:妈,看啥呢?

杨秀华似叹似答:天真蓝,云真白。

(剧终)

# 家有珍藏

### 1. 林小芳家　夜　内

一个姑娘坐在床边垂泪。她叫林小芳,二十四五岁,端庄秀丽,泪水涟涟的她显得楚楚动人。

镜头拉开,可以看到坐在沙发上的林父林母。林父约五十四五岁,林母约五十一二岁,俩人都阴沉着脸。

沉默了一会儿,林小芳开了口:既然是说这事儿,让我和他说不就得了吗,何必让我把他叫来。

林父:让你和他说,你开得了口吗?

林小芳正要再说什么,响起了敲门声。她赶忙擦了把泪,站起来快步走过去把门打开。

走进屋的是个二十五六岁小伙子,手里提着一大塑料袋水果。他叫江大明,英俊帅气。

江大明礼貌地叫了声大叔大婶。

林父淡淡地:坐吧。

江大明将水果袋放在桌子上,然后随林小芳走到床边坐下。

林父看了林母一眼,林母干咳了一声,表情很不自然地说:大明,让小芳把你叫来,是想……

林母话说半截又打住了,下面的话似乎很难出口。

江大明看了看林父林母,又看了看坐在旁边的林小芳,心里已然明白怎么回事儿了,强笑了笑说道:大婶,有啥话您就说吧。

林母:大明,我和你叔都知道你是个好孩子,也知道你喜欢小芳,小芳也喜欢你,可我们实在是穷怕了呀……

林母说着流下了眼泪。

江大明内心十分痛苦,沉默了一会儿说道:大叔大婶,我明白你们的意思了。

江大明说完站起来欲走。

林小芳一把拉住江大明:先别走。(转向父母)爸、妈,大明家虽然穷,可大明勤奋好学,又能吃苦,穷是可以改变的呀!

林父瞪了林小芳一眼,对江大明说:大明,别怪我们,你和小芳没这个缘分,走吧。

江大明轻轻拨开林小芳的手,向门口走去。

林父赶忙站起来从桌上提起水果袋快步走过去递给江大明:拿回去。

江大明:这……

林父不容置辩的口气:拿着。

林父说着将水果袋塞到江大明手中。

江大明接过水果袋,拉开门走出。


## 2. 林小芳家巷口　夜　外

江大明提着水果袋走到巷口。

月光下,可以看到他的脸上挂着晶莹的泪珠。

大明,你等等! 身后传来林小芳的喊声。

江大明赶忙擦擦泪停下了脚步,林小芳跑了过来。

林小芳:大明,你别生气,那是我爸我妈的意思,不是我的意思。早知道他们和你说这个,我就不叫你来了。

江大明:我没生气。其实仔细想想,大叔大婶这么做也是对的。我爸走得早,我妈又常年有病,我摆个水果摊也挣不了多少钱。再说,你是大学毕业,又当了老师,咱俩身份也不相配。

林小芳:我可没这么想过。咋,打退堂鼓了?

江大明:我……

林小芳:大明,我坚信咱们的将来一定是美好的。你放心,我会想办法说服我爸我妈的。退一万步说,即使说服不了,我也不会离开你的。等我的消息。(看了看江大明提着的水果袋)送来的东西不能再拿走。

林小芳说着从江大明手中拿过水果袋,转身快步往回走。

江大明望着林小芳远去的背影,内心一阵感动。


**3. 江大明家　夜　内**

江母五十三四岁,身体羸弱,一副病态。此刻,正坐在桌前手捧着一个相框仔细端详。

相框内的照片,是江大明和林小芳在小河边大柳树下的一张合影。

江大明推开门走进:妈,还没睡?

江母将相框放在桌上:没呢。小芳让你去她家是啥事儿?

江大明走到桌前坐下:没啥事儿,就是随便聊聊。

江母:我还以为她爸她妈不同意你俩的事儿呢。

江大明:没有。

江母:小芳是个好姑娘,三天两头的来照顾我,可要好好待人家。

江大明:知道。

江母:唉,我这一身病,啥也帮不了你,还给你添累赘,真不如早点儿死了呢。

江大明:妈,您千万别这么想,有您在我才有奔头呢。您别着急,等我有了钱领您去北京上海的大医院看看,一定得把您的病治好,让您健健康康、快快乐乐地活着。

江母笑笑:有你这些话妈就知足了。

江母说着泪花闪闪。


**4. 周教授家　日　内**

周教授六十三四岁,典型的知识分子形象。此刻,他正静静地听林小芳讲述。

林小芳:……高中时,大明是学校的尖子生,不幸的是高考前他父亲突然病故。他为了照顾体弱多病的母亲,才放弃高考去打工。为了能多挣些钱给他妈治病,后来又摆了个水果摊儿,起早贪黑的苦心经营。

　　周教授感慨地:真是个大孝子呀,难得,难得。

　　林小芳:就因为他家里穷,我爸我妈非要拆散我俩的事儿。周教授,您是文物鉴定专家,我爸最敬佩的人就是您了,您的话他肯定听,希望您能帮帮我。

　　周教授:你也不能怪你爸你妈,他们也是遭过没钱的难呀。十年前,你妈得了一场大病,九死一生,你爸为救你妈,到处借钱,能借的都借遍了也没把钱凑够。情急之中,他想到了家里有个祖传的明代瓷瓶,就拿到文物市场去卖,结果还被文物骗子说是赝品给骗了,没卖出什么价钱。幸亏我发现得及时,帮你爸追了回来,卖了个物有所值的价格。就是有了这笔钱,你妈的病才被治好,你们家从此才有了改观,摆脱了拮据的日子。

　　林小芳:这事儿我知道,我爸我妈和我说过多次了。周教授,江大明家虽然没有祖传的珍宝,可他是个既有志向又有毅力的人。他虽然没上大学,但他刻苦自学,知识水平并不亚于大学生。我相信他是不会永远贫穷的。周教授,您就帮我劝劝我爸我妈吧。

　　周教授:那我问你,假如他将来真的贫穷,甚至贫穷一生,你会后悔吗?

　　林小芳:永远不会。我要的只是这份情,哪怕他今后身无分文我也绝不后悔。

　　周教授:好,三天以后我给你答复。


### 5. 街边水果摊　日　外

　　一顾客选买了一大堆水果,江大明帮他把水果提到路边一辆小轿车的后备厢里。

　　顾客盖上后备厢:谢谢。

　　江大明:不客气,欢迎您再来。

　　江大明目送小轿车开走。当他转过身时,发现一个小男孩从水果摊拿了两个苹果就跑,他一步跨过去将小男孩抓住。

　　江大明蹲在小男孩跟前,和颜悦色地问:小朋友,为啥偷拿苹果?

　　小男孩(六七岁)低着头:我想吃,没钱买。

　　江大明:想吃就跟叔叔说,我会给你的,偷东西不是好孩子。

小男孩:叔叔,我错了。

小男孩说完转身将手中的苹果放回水果摊欲走。

江大明:小朋友,等等。

江大明说着往塑料袋里装了几个苹果、梨和香蕉,然后将塑料袋递给小男孩:拿着,什么时候想吃就来找叔叔要。

小男孩接过塑料袋,说了声谢谢叔叔,然后飞快地跑了。

江大明喊道:慢点儿跑,别摔倒了!


**6. 水果摊不远处　日　外**

一直注视着江大明的周教授微微地笑了笑,然后向水果摊走去。


**7. 街边水果摊　日　外**

周教授挑选了一些高档水果,江大明过秤后将水果分装在两个塑料袋内递给周教授。

周教授:多少钱?

江大明:八十三,您给八十就行了。

周教授摸了摸衣兜:哎呀,不好意思,钱忘带了,下回再来买吧。

周教授说着欲将水果袋放回水果摊。

江大明赶忙拦住:老伯,您拿回去吧,什么时候过来什么时候再给。

周教授笑笑:不怕我不再来啦?

江大明也笑笑:看您说的,就是送给您老也是应该的。

周教授:好,那就谢谢啦! 不过你放心,钱我一定会给你的。哎,小伙子,我看你这么年轻,不可能一辈子卖水果吧,今后是不是还有什么打算?

江大明笑笑:不瞒您老人家,我卖水果只是个过渡,想积累一些资金后,再做一些大一点儿的买卖,然后再积累,再做更大的买卖。但今后具体做什么我还没想好,只能根据市场的发展来定。您可能会认为这是年轻人在说大话,不过这确实是我的真实想法。

周教授:我相信你不是说大话,人欲立而必先有志,看来你是个有志向的年轻人,祝你志有所成。

**8. 周教授家　夜　内**

周教授正在向林父林母说着什么,林父林母听得全神贯注。

**9. 街边水果摊　日　外**

江大明刚打发走一个顾客,手机响了。

他从裤兜掏出手机看了看来电显示,赶忙按下通话键:小芳,有事儿?

手机里传出林小芳喜悦的声音:大明,好消息,我爸我妈同意了,让你晚上到我家吃饭,下午早点儿收摊儿吧。

江大明十分意外地:咋这么快就……

林小芳:别问啦,六点钟我在我家巷口等你,见面再和你说吧。

江大明仍有些疑虑:不会又像那天似的吧?

林小芳:哎呀,不会的,放心吧。对了,别忘了多带些水果。

江大明:知道啦。

江大明慢慢合上手机,一副不解的表情。

**10. 林小芳家巷口　傍晚　外**

林小芳在巷口等江大明,江大明提着两大塑料袋水果快步走了过来。

林小芳看了看手表,满意地:行,挺准时的。

江大明:小芳,到底咋回事儿,这么快就……

林小芳打断江大明的话,嬉笑地:咋,嫌我爸我妈转变得太快啦?

江大明:不是,我是心里没底,不踏实,快告诉我究竟是咋回事儿?

林小芳:你还记得我以前和你说过的文物鉴定专家周教授吧?

江大明:记得呀,不就是那个一直独身的怪人吗?

林小芳:对,他是我爸最佩服最信赖的人,前天我去找了他,是他说服了我爸我妈。咋样,效率够高的吧?

江大明:周教授是咋说服你爸你妈的,难道不嫌我家穷了?

林小芳:这我就不知道了,反正我爸我妈都同意了,而且还显得特别高兴。行了,别多说了,快去拜见岳父岳母大人吧。

**11. 林小芳家　傍晚　内**

江大明和小芳、林父、林母围坐在桌前吃饭,大家有说有笑,气氛十分融洽。

林母:大明,我们老两口没别的要求,只希望你能好好待小芳,让她过上好日子。

江大明:大叔大婶你们放心,我向二老保证,我一定会让小芳幸福一生的。

林小芳:大明,咱俩敬二老一杯酒吧,感谢二老的成全。

江大明:好。

林父:慢,首先应当感谢的是周教授,没有他恐怕我们不会转过这个弯儿来,待会儿吃完饭你俩去看看周教授吧。


**12. 周教授家　夜　内**

周教授正坐在桌前看书。

敲门声。

来啦!周教授说着站起身走过去把门打开,门口站着林小芳和江大明,江大明提着两大塑料袋水果。

周教授:呦,小芳来啦,快进来,快进来。

江大明随林小芳走进。他看到周教授不由得一愣:是您?

林小芳惊讶地:你认识周教授?

周教授笑笑:我俩有过一面之交,我到他的水果摊买过水果。(对江大明)对啦,我还欠你八十三块水果钱呢。快坐快坐,咱们坐下说。

大家落座。

林小芳:周教授,我和大明是专门过来感谢您的,谢谢您的成全。

周教授:哪里哪里。玉成姻缘善莫大焉。我还得感谢你给了我一次做人善事儿的机会。小芳,我和大明虽说只是一面之交,但我可以肯定地说,他是一个完全值得信赖的好小伙子。我这一生鉴别文物还从未走过眼,相信我鉴别人也是不会走眼的。

江大明:谢谢周教授赞誉。周教授,我有一事不知当问不当问?

周教授:无所不当,尽管问。

江大明:三天前,林叔和林婶对我和小芳的事儿还是全然反对,三天后却发生了一百八十度的大转弯,欣然同意,而我的条件一点儿也没有发生变化,您能告诉我您是怎么说服林叔林婶的吗?

林小芳:是呀,我也想知道。

周教授笑笑:说此事就如同捅破窗户纸一般简单。但我认为你们还是暂时不知道为好。就当天机不可泄露吧。

林小芳:我们保证不和任何人说。

周教授摇摇头:还是先不说为好,将来你们会明白的。

林小芳:可我们真是想……

江大明打断林小芳的话:小芳,我想周教授不说必有不说的道理,就不要为难教授了。咱们告辞吧,让周教授早点儿休息。

林小芳:好。

周教授:且慢。大明,我有一事相求,不知你是否愿意。

江大明:您说,凡是我能做到的,我一定做。

周教授:你和我说过的经营设想我很赞同。多年来,我积蓄了近百万元,一直也没派上场,我想作为股份投入你的经营,不知你意下如何?

江大明高兴地:这太好了,这将大大加快我的经营设想的实现。只是……

周教授:只是什么?

江大明:万一我要是赔了,您的损失可就太大了。

周教授笑笑:投资必然有风险,但我相信你不会赔的。退一步说,就是真赔了我也认了,就算赌一回吧。

江大明:谢谢周教授对我的信任。

周教授:还有一件事儿你别忘了。

江大明:啥事儿?

周教授:别忘了从我的投资中先扣掉八十三元的水果钱。

江大明笑着:周教授真会开玩笑。


## 13. 空镜

画面叠印字幕:十年后

372

镜头从高楼林立的城市全景推向一座大楼,大楼楼顶矗立着"大明商贸有限公司"八个大字。

### 14. 总经理办公室　日　内

宽敞的办公室内,已是三十五六岁的江大明正坐在办公桌前接听电话。

江大明:……不用谢,应该的。

敲门声。

江大明放下话筒:请进!

一年轻人走进:江总,香港永昌贸易公司来电话了,他们对咱们公司提供的那些货源很感兴趣,计划下周派考察组来考察。

江大明:好。你们办公室先拿出个协助考察计划,然后做好接待准备。

年轻人:我马上去办。

江大明:对了,李主任,刚才市教育局刘局长给我来了个电话,说山区有几所小学的校舍因暴风雨坍塌得不像样子了,希望咱们公司支持支持。我已答应捐五十万,你和刘局长联系一下,尽快把款给他们打过去。

年轻人:好。

年轻人刚走,江大明放在桌上的手机响了。

他拿起手机看了看来电显示,赶忙按下通话键:小芳,有事儿?

林小芳:大明,大夫说妈的病情恶化了,你赶快来医院吧。

江大明:我马上过去。

### 15. 江大明林小芳家　夜　内

江大明林小芳的家是复式楼,宽敞豪华。

他们的女儿甜甜(七岁)正坐在桌前写作业。林父林母心事重重地坐在沙发上,谁也不说话。

林小芳、江大明走进。

甜甜跳起来迎了过去:爸、妈,我奶奶好点儿没?

林父林母也急问:咋样啦?

江大明:已经走了。

甜甜扯着林小芳的手哭喊:我要奶奶,我要奶奶……

林小芳蹲下抱住甜甜哭了起来。

林父林母也流下了眼泪。

### 16. 墓地　日　外

江大明、林小芳、甜甜站在江母的墓前默哀。

### 17. 江大明林小芳家　夜　内

江大明和林父林母坐在一起说话,林小芳从楼梯走了下来。

林母:甜甜睡了?

林小芳:睡了。

### 18. 江大明林小芳家门口　夜　外

周教授走到门口正要推门,听到屋里的说话声又停住了。

### 19. 江大明林小芳家　夜　内

林母:大明,你妈走前和你说啥没?

江大明:说了,让我和小芳一定要孝敬您二老,还说一定要培养好甜甜。

林母:别的没说啥?

林小芳:没有,就这些。她当时说话很困难了,这些话也是断断续续说的。

林母:不可能呀,这么大的事儿咋会不和你们说呢?

江大明:啥大事儿?

林母看了看林父。

林父:噢,是这么个事儿。十年前的一天,周教授把我们俩叫到他家,他和我们说……

### 20. (闪回)周教授家　夜　内

周教授:……大明家可不是个穷人家。他家祖上在清代曾是官宦人家,收藏过许多名人字画,其中有一幅画是八大山人的《空山鸟语》,后来传到了大明父亲之手,大明的父母让我鉴定过。这幅画确实是八大山人的真迹,价值千万元以上。当时他们家生活很困难,我劝他们将此画卖掉,但他俩担心一旦有了钱孩子会不思进取,因此就一直没有卖,也没有告诉过大明。他们只有大明这么一个儿子,传给大明还不是迟早的事儿……

### 21. 江大明林小芳家　夜　内

林父:……因为周教授再三叮嘱我们要保密,所以就一直没说过这事儿。

江大明听得一头雾水:这不可能吧?

林母:周教授不是个说谎的人,他不可能乱说呀。

林小芳:会不会是妈病糊涂了,忘了说了?

江大明:不可能,你一直在跟前还不知道,妈直到咽气头脑都非常清醒。(忽地想到什么)我想起来了,我妈身边一直保存着一个上着锁的匣子。小芳,你快去妈的屋里把那个匣子拿过来。

林小芳进了一间屋,很快又端着一个匣子走了过来。

江大明接过匣子看了看:就是这个匣子。小芳,从妈身上取出的那串钥匙放哪儿了?

林小芳:在我提兜里。

林小芳说完走到桌前从提兜里取出一串钥匙递给江大明。

江大明从一串钥匙中找出一个小钥匙一试,匣子上的锁打开了。

大家都屏住了呼吸。

江大明打开匣子一看,里面除了父亲的一张遗像和一块儿老式怀表外,什么都没有。

林父:大明,你再想想,你妈还有什么存放东西的物件没?

不用找了。随着说话声周教授走了进来。

林父:周教授,你咋这晚儿来啦?

周教授:你们刚才说的话我都听到了。我今天来就是和你们说这事儿的。我告诉你们,江大明家祖上并不是什么清朝的官宦,他家也根本没有什么祖传下来的八大山人的真迹《空山鸟语》,这都是我编的。

林父吃惊地:周教授,这是为啥呀?

周教授笑笑:很简单,为了成全大明和小芳这对真心相爱之人的美好姻缘,我不想因为一个"穷"字就把他们给拆散了。我对你们夫妻俩谎说大明家有价值千万元以上的八大山人真迹《空山鸟语》画,其实也不完全是说谎,因为大明的父母确实给了大明难以用金钱买到的珍宝,那就是大明身上所具有的优秀品格——诚实、仁爱、宽容、大志。不瞒你们说,这是十年前,我通过走访大明的老师、同学、邻居,再加上我和大明的直接接触所了解和感触到的。这也是我这一生所鉴定过的特殊珍宝,有了这些珍宝,还愁没钱吗? 事实已经证明,大明正是因为拥有这些珍宝,十年内就成了亿万资产的拥有者,而且犹如大鹏展翅凌云,前程不可限量。林老弟呀,我说的没错吧。

林父一阵汗颜,不好意思地:您这一番话使我如拨云见日,是我糊涂,有眼无珠。

林母笑道:周教授这个局设得好呀。

周教授对江大明林小芳笑道:十年前那层窗户纸我今天捅破了,你们明白了吧。

林小芳:真是天机呀。

江大明:周教授是厚德大智之人,我能有今天成就,全是周教授引导、帮助和教诲的结果。小芳,拿酒来,咱们全家共同敬周教授一杯。

小芳斟满了酒,大家共同举杯:感谢周教授!

(剧终)

评论：

# 大时代背景下的精神高度与道德力量

## ——读张润兰电影剧本《拾荒者》

### 冯海燕*

法国伟大的启蒙思想家让·雅克·卢梭在他著名的《社会契约论》一书中有着如下的观点表述：当自然状态中，生存障碍超过个人所能够承受的地步，人类就被迫改变生活方式。人类不能产生新的力量，而只能是集合并形成力量的总和来克服生存的阻力。要寻找出一种结合的形式，使它能以全部共同的力量来卫护和保障每个结合者的人身和财富，并且由于这一结合而使每一个与全体相联合的个人又只不过是在服从自己本人，并且仍然像以往一样地自由。解决办法就是形成一个约定……有了这个契约，人类就从自然状态进入社会状态，从本能状态进入道德和公义状态。人类由于社会契约而丧失的是天然的自由以及对于他所企图得到的一切东西的无限权利；而他所获得的，乃是社会的自由以及对于他所享有的一切东西的所有权。

但在这里，我更想探讨的，是置身中国传统道德的力量与精神，在大时代潮流裹挟中溃败的无奈与重建的努力。张润兰的电影剧本《拾荒者》，就是一部为大时代的精神与道德击筑而歌的作品。作者在强大的精神向度中思索着我们时代的病症，挖掘着遮蔽在社会浮华表层下可贵的传统道德的坐标与力量。拾荒者，无可置疑，是我们社会中最底层的普罗大众。张润兰将关注的目光投注在"拾荒者"这一社会最底层人物身上，但在小人物身上，却寄予了作者的大理想。她企望在"拾荒者"李天地的身上，折射出我们时代精神力量缺失的症候，从而召唤中华民族传统道德的回归与重建。

---

\* 作者简介：冯海燕，文学硕士，中国评论家协会会员。评论文章见于《光明日报》《河北学刊》《河北作家》《中国报告文学》《中国艺术报》等报刊。荣获河北省文联第六届、第八届文艺理论奖；河北省文联首届贡献奖。

以小人物作为主人公的文学作品很多,而且,基于此,上世纪末还形成了一股所谓"底层写作"的文学潮流。大家都从各自的角度关注着占据了社会大多数的普通大众的生活、生存状态与他们在大的时代潮流裹挟下发生的思想、精神的变革,以及在时代精神的变迁中丢失的可贵品质,捡拾起来的珍贵道德伦理。时下流行一个说法,"身体走得太快,停下脚步,让灵魂跟上来。"电影剧本《拾荒者》,将精准的叙事镜头对准消费时代道德与精神的思考、焦虑。甚至可以说,这是一部关于人类高贵的灵魂的作品。拾荒者李天地,是大时代潮流中的进城者。同每一个乡村走向城市的底层谋生者一样,李天地,是这座城市的外来者,他在这座城市的谋生方式就是"拾荒"。也就是我们通常所说的"拾破烂"的。这样的人,在每一座城市街道的垃圾桶、垃圾堆旁都可见到。而且,他们在城里的生存方式、被生存方式打上的身份烙印,注定了自己永远无法真正融入城市生活的现实。可就在这些底层人物,如作品主人公李天地的身上,却迸发出了强大的人性道德力量与人格闪光魅力。这是一部分拥有着城市身份、成为城市核心构成部分的城里人所缺失的。就如剧本中的宋晓明、佟阳。最难能可贵的是,逼仄的现实生活,并没有使李天地身上那些属于人性的可贵品质沦丧,反而在艰难困窘的生存挤压下,迸发出积极向上的生命力量与精神火花。这是我们这个伟大时代对于善良勤劳者的回馈。作者相信美好,人性的美好,生活的美好,一切关于美好的事物与未来……因此,她满怀善意的在剧本的结尾,给拾荒者李天地设置了一个灿烂的结局。

值得人深思、也是令人警醒的是剧本中佟阳、宋晓明之类人物。在这个社会中,他们有着一个光鲜亮丽的身份。相对于李天地这类拾荒者,社会给以他们的馈赠,远远高于李天地、刘福贵、二狗子这些挤进城市底层的农村人。可是,与他们丰厚的物质层面的拥有恰恰相反,浮躁喧嚣的生活遮蔽了人性本质的善良与真诚,因此,在这些人的身上,呈现出人性中丑陋、也是令人心痛的一面。

也许,作者创作的初衷,的确是有着一种社会的担当与焦虑,就如卢梭在《社会契约论》中所表述的那样,想深入探讨我们这个时代、我们这个社会存在的病症与根源。但是,伴随着写作的深入发展,作者将细腻柔软的笔触更多地投注在小人物的人性道德层面,因此,在表达自己社会焦虑的同时,也成功地凸显了我们这个社会的美好与期待。

# 小草的奋争与博弈

## ——读张润兰的剧本《拾荒者》

韩剑梅*

　　一棵小草,力量微弱,既要破土,又要迎接风霜雨雪,还要抵抗动物们的践踏,唯其羸弱若能与强者比肩,其生命就更有价值,才更显其质的可贵。张润兰改编的同名剧本《拾荒者》中的主人公李天地就是这样一棵小草。

　　这是一个真实的故事,农民李天地因贫穷而不能娶妻生子,母亲为他买回了一个叫俊儿的男孩,但不久,他就得知了这个孩子是被人贩子拐卖的。为了找到孩子的亲生父母,他开始了拾荒寻亲的历程。拾荒的生活虽然低微,但他却有一颗正义勇敢的高贵心,见到小偷他就喊,看到逃跑的贼他就拦。面对地痞的一次次寻衅滋事,他始终顽强地坚持着。一次搏斗中俊儿帮忙,结果致眼角膜被扎失明,痛苦中他毅然献出自己的角膜,让孩子重获光明,自己甘愿陷入黑暗。读到这里每个读者都会为之震撼,人性的光辉和生命的温暖涌上心头。至此,主人公的人格塑造升华到"这一个"的境界。因为这是生活中的真人真事,更能感动人而引人深思,见贤思齐,这样的正义勇敢舍己利人的行为,犹如一面铜镜、一面旗帜,给我们的生活增添了一抹亮色、一束光明,社会上不都是拜金主义的人,生活中还有善良的人性,正义的力量,美好的希望。

　　张润兰,张家口市文联副主席,她是一个从基层一步一个台阶奋力走到领导岗位的文艺工作者,多年文艺生活的熏陶和丰富的生活阅历,奠定了她的剧

---

　　* 作者简介:韩剑梅,现居北京,一直致力于文学艺术评论与研究。文学评论见于《大舞台》《太原日报》《西部时报》《北京广播电视报》等省部级报纸杂志,其中《当代之鳌头,后世之经典——路遥的＜平凡的世界＞何以被推崇为长篇小说第一名》《读胡学文中篇小说＜婚姻穴位＞》被新华网、人民网、中国经济网、新浪网、中国作家网等国家级网站大量转载,并分别获河北省第六届、第七届文艺理论评论奖。

本富有浓郁的生活气息的根基。尤其艰难的生活磨砺更让她体验了草根的艰辛,因而她的笔下的底层人物充满了质感。单纯的女老师林丽被地痞佟阳骗感情而未婚先孕致孩子俊儿被送人,懦弱的记者丈夫因苦闷而出轨,善良执着的拾荒者李天地历经坎坷收获了亲情收获了爱情,人物性格和命运浑然天成,没有斧凿的痕迹,这对于一个初次创作的人来说确属难能可贵。

剧本结构紧凑,不露痕迹,干净利落,没有废话,富含多重信息量。作者不辞辛苦历经数月反复提炼斟酌,请教名家高手指点,力争每个词都精准达意。确然,张润兰的这部剧本,不论是人物命运的铺垫还是剧情脉络发展都很到位。比如人物发展不是简单的表象行为而是有其人物心理发展轨迹做支撑,因而其剧情发展顺理成章水到渠成。地痞佟阳与李天地的死磕,心理因素层层叠加,先是因李天地一次次的见义勇为,坏了他的团伙偷钱的事,再是李天地与其初恋过从甚密,使之恨意剧增。既有其不劳而获的狭隘心理渊源,更有善恶较量的社会现实存在。剧本引人从更高的层面对社会人生进行思考,社会不论是高层还是底层,有善就有恶,有美就有丑,底层更严重,不仅有腐败的侵蚀、地痞的压榨,还有贫困的束缚。由此可见张润兰的剧本在反映底层人民的生活上,生活根底非常丰实,而且对底层社会弊端的现实,有着自己独到的见解,引导正义,消灭贫穷。

有人说,人在将会不会、倾注全部心力完成的作品是最有内涵的作品,我以为该剧本就是例证。剧本采用主线副线相伴而行、遥相呼应的手法,同时富有喜剧色彩,更增添了剧本的张力。主线李天地寻找孩子亲人,副线地痞团伙不择手段弄钱。李天地在寻孩子亲人而不得时,决定靠自己的努力给孩子创造一个美好环境。他筹备废品回收站,却因得罪地痞而屡受阻挠,在地痞寻衅闹事时发生了孩子俊儿眼睛受伤的悲剧。巧合的是地痞头子佟阳屡屡迫害的人却是他的亲生儿子和养护他儿子的人。剧本告诫那些恣意妄为者,害人如害己。生活就像大海的波浪,永远在寻找着平衡,人生是公平的,不是不报是时候不到。

# 一瓢清澈甘甜的井水

## ——为电影剧本《扫大街的女人》庆生

### 宋国兴*

这是一个在我狠命敲诈勒索之下硬逼出来的剧本。

前后不到一个月。没有商量。毫不退让。也不能延缓。必须在这么短的时间里完成。

张润兰女士做到了。而且做得极漂亮。她是日夜兼程做完这件事的。

当我读完她的这个剧本后，激动、感慨、赞赏、叹服、感动、歉疚各种心情一股脑儿涌了上来。我如释重负。可她却为此付出了超常的一场苦熬。

事情的起因是这样的——

我们张家口市开展的"中国梦·百姓故事"先进人物演讲活动，通过网络的传播引起了一位影视导演的关注。

先进人物朴实无华、闪射着高尚道德光彩的事迹，深深触动了这位导演。几番动议，最后下定决心，要以我市先进人物为原型，创作摄制出《中国梦·百姓故事》数字系列电影。

他的这一创意得到了省电影厂、央视电影频道以及北京投资方的认可。同时我市宣传部门、桥东区有关领导也予以了积极支持。

系列电影第一辑由 3 部片子构成。踌躇满志的导演开始了主创力量的

---

\* 作者简介:宋国兴,原铁道部影视中心编导。中国作家协会会员、中国科教电影电视协会会员。多年策划、创意、撰稿、编导电视专题片近百部(集)。中、英、日、德、法五种语言的电视风光片《中国云南》《中国湖南》《中国湖北》、青藏铁路八集专题片《天路》、三集专题片《缉毒云南》、四集文献片《铁龙腾天下》、五集电视片《京铁风》等均出自其手笔。作品在中央电视台、省市卫视及香港卫视、网络播出。由其策划并执笔序跋的五卷《中国大铁锅》系列丛书、中英文双语《世界厨房中国味》及系列人物特写《中国灶神》受到业内外的广泛好评。此外,发表报告文学、小说、曲艺、歌词多部并获奖。

聚集。

他先就跑到了我在北京的家。

一番不容我插嘴的滔滔不绝之后，我也被他的创意感染得七荤八素。欣然就接受了他给的剧组"文学师"的帽子——其实就是负责剧本的征集、整理、完善，外带再由我也创作一个剧本。

此时已是今年4月。若想今年秋天开机拍摄，剧本必须尽快拿出来。恰恰在这之前，我去巴厘岛的行程已板上钉钉。无奈，只好心事重重地飞到印尼。待从巴厘岛返回，已进5月了。

容不得喘气。我先联系了北京的一位编剧，布置下了第一个剧本。想到既然是张家口的人物原型，又要在张家口取景，那还是张家口人编剧最好。

找谁呢？这样急的事，这样短的时间，又几乎是命题作文的难度。这就必须是一位既有文学功力，又有深厚的生活积累，还要有拿事当事的责任感，吃得起苦、耐得住寂寞，而且还不是先在个人得失上计较的人。唯此，才有可能担当此任。思来想去，蓦地，就想到了张润兰女士。

其实，我和她并不熟稔。

那还是在前几年我遇到了自己的作品被别人剽窃，我想让市文联出具证明，朋友提议让我找文联张润兰主席后，我才知道了她。润兰主席很快为我办了这件事。后来还是朋友推荐，我看过张润兰主席创作的几个剧本。确实不错。再后来的一年和她有过几面之交。她的真诚、持重给我留下了挺深的印象。

凭直觉，我感到此事找她应该有些把握。于是我急赶回张，和润兰女士一起商议。润兰女士倒没好意思立即推脱，只是轻声细语地说了自己的时间难处。

完成一部剧本，少说也要几个月的时间。我请托北京的编剧创作，人家说至少也得半年工夫。可现在，距离导演要求交稿的日子满打满算也只有不到一个月了。这实在是强人所难了。

我忧虑重重地回到了北京。一边担心着润兰女士的剧本成败，一边赶写着自己承揽的任务。

二十几天过去了。就在我为眼看着时间迫近交稿的日子焦躁不安的当口,忽然就接到了润兰女士的短信,告知说剧本已发到我的邮箱。我当即打开邮箱,将剧本《扫大街的女人》下载到桌面,从头至尾一口气读了下来。

实在出乎意料、实在让人惊讶、实在难以相信、实在感慨叹服。

出乎意料,是绝没想到她能在不足一个月的时间里拿出这样一个结构完整、完全符合电影时长的剧本。

让人惊讶,是剧情结构居然这么环环相扣,引人入胜。人物性格能如此典型,人物形象能这么丰满。

难以相信,是她对市井生活能这么熟悉,对百姓所思所想能体味得这样细致入微。起伏跌宕的矛盾冲突竟是那么合情合理。

感慨叹服,是她对生活的观察、积累有着这样深厚的储备。对语言的运用又是这样娴熟准确。

读完她的这个剧本,我的第一个感觉就是,这是一瓢清澈甘甜的井水。这瓢水,来自生活的深处。

剧本交予导演,导演喜不自禁。导演又转给有关部门,对瑕疵纰漏绝不客气的专家们竟对这个剧本全无二话。

润兰女士为我们塑造了一个可亲可敬的清洁女工的形象。这是一位敢承担、有爱心、真诚善良的好大姐。

中年女工秦仲丽原是鞋厂的一名质量检验员,后因企业不景气下岗。正上初三的女儿患了股骨头坏死症,行走都困难。丈夫虽然没下岗,但工资低微。为了给女儿积攒治疗费,她急需一份稳定的工作。不久,国家出台了下岗工人再就业政策,她被分配到河东区环卫处当清扫工。那是十年前春节过后的一个寒风凛冽的日子,她拿着区环卫处的介绍信,到第三环卫组去报到。

故事由此展开。

队里分配秦仲丽负责北关街的卫生清扫工作。这条街差不多有二里地长。街道不算宽,店铺较多。那条街上有不少不自觉的人,不分钟点儿地乱倒垃圾,还乱泼脏水,甚至尿罐子都往街上倒。可以说是条典型的脏乱差的大街。清扫起来很累,又常有不讲理的人和清洁工胡搅蛮缠。原先负责清扫那条街的工人死活不干了,这个难题就自然落到了新来的秦仲丽头上了。

这样的一个故事背景,这样的一个平常得让人司空见惯到熟视无睹的生活形态,该怎么结构成一部电影呈现出来呢?毕竟不是纪实通讯、不是报告文学,更不是人物演讲。平淡了不行。琐碎了不行。没有矛盾的推进还不行。而脱离了特定的背景生造情节,任凭你故事讲得天花乱坠,那也是胡编乱造的昏话一堆。

　　润兰女士面对色彩纷呈的生活没有眼花缭乱。她按照所规定的故事要求,清醒、冷静地从生活中撷取那些生动鲜活的现象,让它们在一条共同的逻辑线上组织成相互关联的情节。然后她又将秦仲丽这个人物由一个姓名的概念做起,将普通人群身上所具有的真诚、善良、热心、朴实、执着、坚韧,连同不怕苦累、不信邪、敢担当、凭良心做事的品质都一点儿点儿地汇聚在一起,恰如其分地附着在秦仲丽这个女人身上。使这个平凡的扫大街的女人随着故事的进展、情节的展开,越来越可亲可信、可爱可敬地站立在我们面前。

　　这是多么让人尊敬的一位扫大街的女人啊。她那么精心地扫着大街、那么果敢地阻拦着工友的盗窃、那么耐心地劝阻着人们胡乱倾倒垃圾的陋习、那么几年如一日地照顾着孤独的老人、那么不惧权势与私搭乱建硬是折腾到底。这一切本来散见在生活中四面八方的零碎现象,都被润兰女士悉心地捡拾起来,带着泥土的原味,合着生活中人物的脾性,精心地编织在剧情之中。让所有的人和事、所有的矛盾冲突都依着一条故事主线依次展开。不杂不乱,扣人心弦。

　　剧本由秦仲丽的演讲开始,最后又在她的演讲中结束。结构完整,前后照应。巧妙地将“今天”与“昨天”相融。把一部本是大闪回的倒叙剧情,做成了顺顺畅畅的正面演绎。这一起、一收两个现实情景,设计得皮薄精炼。犹如一部书的序跋。序得言简意赅,跋得意蕴深刻。整个剧本无生硬造作处,无苍白说教痕。

　　我们说《扫大街的女人》似一瓢清澈甘甜的井水,是因为剧作者恰恰抓住了我们日常生活里看似平常、普通、简单,谁都可能遇到的凡人小事,却在其中寓含着是非曲直的大道理。将这一个个生活的横断面细细打磨,让它们放出熠熠光彩。使我们在与剧中人一同喜怒哀乐之中,让自己的心灵受到触动,从而有了对情理的感悟。

　　这就是我们时代所需要大力倡导和弘扬的主旋律。

剧本中的众生相，都是每时每刻和我们生活在一起的家人、邻里、同事、朋友。剧中人的生活就是我们自己的生活。剧中演得那些人和事，都是我们熟得不能再熟的了。百姓身边凡人小事的情缘使之与生俱来便有一种天然的亲切。

创作的根子扎在何处为深——生活之中、民众之间。

宫廷戏里的争斗离我们太远。故弄玄虚的侦探假得没边。风花雪月的缠绵矫情造作。俊男靓女的时尚疯疯癫癫。这些犹如人工造假出来的"食品"戏，看上去油光亮彩，可吃起来却怎么也不是正经味。相形之下，《扫大街的女人》却能散发着出"腌菜""炖菜"乡土味。这倒让人吃着顺口，咽的踏实。何也？其贵于真也。

作为让润兰女士为写此剧吃了苦的始作俑者，我为剧本的问世欣慰。写了这些话，就当作为《扫大街的女人》庆生吧。

# 底层的穿透性与现实力量

## ——读张润兰电影文学剧本《的哥遇险记》

### 冯海燕

对于底层叙事,张润兰似乎情有独钟。《拾荒者》《失踪者》《扫大街的女人》《的哥遇险记》等电影文学作品,都是以社会底层小人物为主人公。其中,《拾荒者》发表在 2016 年 5 期《中国作家》,《扫大街的女人》改编为《扫大街的女孩》被河北电影制片厂等单位拍摄成电影,并计划在院线、网络、频道播出。一直以来,张润兰的创作视角,始终都在社会底层小人物身上。她以一个文人的悲悯情怀及社会责任感与担当意识,聚焦日常生活中被大家所忽略、所怠慢的捡破烂的、扫大街的、出租车司机等这样的小人物,以一名作家的审视眼光关注着这些小人物在现实生活中的喜怒哀乐、情感悲欢,并对他们身上所潜藏的、在关键时刻迸发出来的精神力量与人性光辉,给予了艺术性的挖掘与呈现。

《的哥遇险记》,讲述的就是一名普通的出租车司机,在遇到绑匪时所彰显出来的具有中华民族传统美德的舍生取义责任感与精神力量。在生死面前,一名普通的出租车司机的行动抉择,所具有的人性的光辉,产生了抵达人性灵魂深处的震撼人心的巨大精神力量。

出租车司机毛三,在跑车时偶遇要打车的劫匪。细心的出租车司机,在无意中发现劫匪的异动后,又极具责任感地追回去,为营救人质小宝争取了时间、贡献了力量。在此过程中,出租车司机毛三与人质小宝,几次三番濒临生命危险的处境。即使是身陷险境时,无论出租车司机毛三,还是被劫匪绑架的人质小宝,都迸射出最为真诚的善良与勇敢。就连小宝这个仅有 8 岁的孩子,在舍身营救自己的出租车司机叔叔毛三遭到劫匪殴打时,也会拼尽全力抱住劫匪大腿以拖住劫匪,为毛三逃离绑匪争取了时间。这些小人物身上所迸发出来的人性的光芒、精神的力量,也正是现实主义写作的魅力所在。

面对着当下关于民族、社会道德伦理的集体焦虑,张润兰创作的底层系列,产生了很大的社会穿透力,若冬日穿透厚厚云层的阳光,迸射出巨大的人性光辉,让读者深刻地感受到来自社会普通人间的温暖与担当。善良,是中华民族自古以来的传统美德。善良与责任担当结合在一起,在艺术的升华中,让我们看到了现实主义创作所闪现的巨大精神力量。我想,蝴蝶效应,在这里也会生发出作用。我们相信,在这里,蝴蝶轻轻扇动几下翅膀,社会精神层面将发生很大的震动。

张润兰有着极为敏锐的艺术捕捉力。她不仅能够敏感地捕捉到社会现实中底层人物身上的善与美,她还有着很强的镜头感,影视剧本中的场景转换自然流畅,毫无生硬做作之感。底层小人物的人性魅力,就在镜头的自如转换与朴实无华的对话中,生动地表达出来。在艺术市场日益高大上的追求"阳春白雪"的当下,这是极为难能可贵的品质。

为了拓展自己的创作视野,现在,张润兰在完成了她的底层小人物叙事系列之后,又开始将关注的目光投入到抗日战争、解放战争的宏大历史叙事中。主人公依然是小人物,聚焦小人物在宏大历史背景下的悲欢离合,书写他们的命运在宏大的历史洪流裹挟中发生的跌宕起伏、波折多劫,是张润兰下一个创作的另一个向度。

勇于尝试不同历史文化背景下的主题创作,这是一名作家对自己的勇敢挑战,极为难能可贵。这需要天赋,更需要勤奋。我们期待着,张润兰的新作、力作问世。

# 北国丘壑里的一抹亮色

## ——读电影文学剧本《圆梦者》

### 韩剑梅

滚滚长江东逝水,浪花淘尽英雄。润兰创作的电影文学剧本《圆梦者》的主人公魏民虽谈不上是什么英雄,却也是改革开放洪流中一个真正的共产党人。也许会有人说,一个虚构的人物形象有什么了不起的。可他不完全是虚构的,他的人物原型是原张家口地委副专员韩直飞同志。

融入历史、且能催发人们对历史的反思和对自己反照的文学作品,就是有价值的作品。《圆梦者》通过人物对历史的反思与补救,以及人物在物欲横流环境下的反其道而行之的行动,彰显了一个真正共产党员的高尚情操和人格魅力,为时下的领导干部竖起一面镜子。改革开放的大潮泥沙俱下,共产党"让人民过上好日子"的宗旨,也被泥沙裹挟,似乎早已成为过时的黄菜,大家都在奔自己的好日子,往自己兜里搂钱的被称之为有本事,所以,一些干部不择手段贪污腐化。而他,《圆梦者》的主人公魏民,一个地委的副专员,却去圆让农民富裕的梦。70 年代初,他在任时建议搞"万亩大杏扁运动",结果有树无果,农民不仅没能富裕,反而连种粮的地也没有了。这是他挥之不去的痛,其实哪一个官员没有热血沸腾地搞过政绩工程、形象工程,又有几人真正地为底层的百姓谋到了福利? 多少人和事都是时过境迁,可魏民却放不下这个情结,这情结就是一个共产党人的良知和责任感。为了这份责任债,已经退了休的魏民,不管不顾地再次踏上了北国丘壑纵横的乡村路,风里来雨里去,足迹遍布村里地里;没有钱研制抗冻树种,他拿出节衣缩食的 5000 元钱说是上面拨的研究经费,80 年代初的 5000 元对于他这个地委副专员来说也相当于 5 年的工资;修水利筹资,他把给自己预备的刮风下雨钱一万元也拿出来;为找专家,近70 岁的人饿着肚子夜晚等在人家的家门口。对比那些吃拿卡要的官员,这是一种怎样高尚的情怀？对比那些利欲熏心一步步成为阶下囚的所谓"公仆们"，这是一份多么可贵的品质?!

作者把一个简单的故事放在改革开放初历史转折的大背景下彰显其光华，是需要较好的表现力和对历史的审视力的。80 年代初分田到户的欣喜和一斤玉米一毛八分钱的利民政策，给中国农民带来了春天，一个拥有 10 亩地的家庭，打一万斤玉米就是 1800 元。虽然人均不过 200 多元，可相当于半个国家公职人员的收入，这在中国历史上是空前的，可以说，这一时期是贫富差距最小的时期。农民的小富，经济的转型，让人们眼前一亮，于是八仙过海各显其能。一些有权者便利用手中权力损公肥私。金钱是人灵魂的试金石，在别人千方百计捞钱的时候，魏民想的却是失败的杏扁给农民带来的伤害并反思与补救。这样心系百姓的人，才是真正的共产党的领导干部。

在漫漫的历史长河中这样一个故事本身是一束不起眼的浪花，且这浪花也早已被金钱所淹没，如果没有作者的寻根问基，或许将永远淹没于浩荡的历史长河之中，再也不会被人记起。作者深知文艺引领时代风气的作用，面对腐败猖獗的情态，她心急如焚，于是她以对党的坚定信赖和赤子情怀，将这些历史细节淘出来，拂去铜锈，彰显其光华，从而让人们了解一个真正的共产党人的无私胸襟和责任担当，为今天的干部竖起一面旗帜。三十多年后的今天，当人们享受着大杏扁带来的丰厚回报时，我们通过润兰的剧本重温那段历史和那位老人的跋涉，是多么让人感慨和感激。因为这是真人真事，所以更令人崇敬，因而作品更具震撼性和感召力。作者在反腐败的今天，讴歌这样的正能量，具有重要的现实意义和引领价值。

润兰是一个官员作家，她看似随和随性，实则端庄严谨；看似默默地接纳着纷至沓来各种各样的社会信息，实则不断地屏蔽着世俗的污泥浊水，隐忍着生活的伤痛，她借助多年在文艺宣传部门形成的政治素养和出生农村的生活体验，用睿智的思想过滤着现实与历史的洪水，倾一腔清寂，给世人展现一份靓丽。我看过她的电影剧本《拾荒者》（2016 年《中国作家》第五期刊出）《扫大街的女人》（已拍成电影，改名为《爱的红围巾》在全国院线上映）《复仇者》《失踪者》《的哥遇险记》和改编的影视小说《谜案》等许多作品，莫不是真实历史足迹里的那抹亮色。

从艺术表现上看,无疑润兰已经成为一个对电影剧本驾轻就熟的作家。观赏影视作品潜在的动因是分享或还原某种情感,并在这情感里产生感动发现美。她深知细节是作品的生命,具有历史价值的细节更易引起人们的共鸣,所以,她不辞辛苦遍访当年的人和事,去粗取精,用大量翔实的细节和真挚的感情书写那段历史,因而她笔下的历史是顺理成章的故事。全剧以缘由结构故事,使人物事件水乳交融,水到渠成。魏民在抗战时期的游击队,因当年大杏扁为游击队解决了经费紧张渡过了难关,而对大杏扁情有独钟。剧中的技术专家林光祖曾是右派分子,也是改革开放后知识分子的典型代表,他在右派改造时期和魏民有着很深的渊源,在他迷茫到有自杀情绪时,魏民托人送给他一本《热爱生命》,让他重燃生活的希望。作者熟知电影叙事技巧,故事环环相扣,冲突不断。一个一眼就能够看到底的故事,能够写得引人入胜,实属不易,这就需要作者在结构、技巧上有相当的功夫。首先作品干净利落,没有闲笔,每一个细节都是后面情节的铺垫,矛盾浑然天成,丝丝入扣。狗子和二蛋不经意谈论的丹玲和王铁柱关系,看似无关紧要的闲聊,但它却使爱着丹玲的王奔子听到后妒火中烧,为后面王奔子毁王铁柱的抗冻杏种埋下了伏笔。其次各种冲突接连不断,环境冲突,人物冲突,心理冲突此起彼伏。比如镜头一,几个农民正在奋力地砍伐大杏扁树;镜头二,一辆老式嘎斯69由远而近驶来,里面坐的是发起栽种的领导者。剧本一开始就展现出巨大的心理冲突,主人公那种毁掉不成器孩子般的痛,如芒在背如鞭在身,剧本的张力由此可见一斑。再次的谋篇布局上运用倒叙、插叙、对比等手法强化作品的艺术感染力,她用两段山歌的对比来表现农民对大杏扁砍与种的心情,开始一段是:山圪梁梁长来山圪梁梁高,山圪梁梁上面没树也没草。昨个个夜里俺做了一个梦,梦见那圪梁梁上都是金元宝,梦见那圪梁梁上都是金元宝。最后一段是:山圪梁梁长来山圪梁梁高,山圪梁梁上面呀花香十里飘。昨个个的梦呀已不再是梦,棵棵的大杏扁都是金元宝,颗颗的大杏扁都是金元宝。

作品虽然很成功,但掩卷沉思,因为人物性格反映的是一个主要面,其立体感稍显不足。任何人任何性格都有它的多重性,反映人性的多重性,才能使人物更真实丰满。愿润兰不断完善自己,愿她的作品走得更高更远。

# 纸上烽烟烈　笔下风雨浓

## ——读润兰电影文学剧本《复仇者》有感

白　薇[*]

一支笔是冰冷的,当它被注入情感,就有了岩浆的炽烈;一支笔是沉默的,当它被托付记忆,就发出悲壮的呐喊;一支笔是纤细的,当它被赋予使命,就有了震撼心魄的力量。

润兰用一支笔写下的《复仇者》,让读者身临其境,感受着那份炽烈、那声呐喊、那种力量,如烽烟在纸上燃烧,让风雨在笔下重现,

作为一部抗战题材的电影剧本,在阅读之前,读者容易联想到类型片格式化的情节、程式化的人物和正义战胜邪恶的常规主题,而《复仇者》显然在努力摆脱这一窠臼,并且做出了可贵的探索。

《复仇者》最成功之处在于情节设置把握得当。雨点般紧密的节奏并不会让读者产生窒息之感。读者的心在燃烧的烽烟中随着情节跌宕起伏,读者的情在疾风骤雨中伴着剧中人的命运蕴藉飘洒,在曲折中动人,在推进中动情。

让我们一起回顾和品味《复仇者》中迭起的高潮和潮起潮落间作者独具深意的设计——

三娃第一次复仇,单枪匹马,险遭不测,读者看到了他的冲动鲁莽,也感受到了他五内俱焚的复仇之火;

湖边劫枪,有惊无险,刘大川的加入让山娃有了帮衬,也显示着民间抗日力量自发的崛起和壮大;

---

　＊　作者简介:白薇,河北省作家协会会员,河北省报告文学艺委会会员,河北省评论家协会会员,市作家协会副主席,中学语文高级教师,现就职于张家口市教育考试院。先后在《十月》《小说选刊》《散文百家》等各级报纸杂志发表散文、报告文学、诗歌、小说等文学作品近百万字,多次获奖,并被收入多种文集。

　　樱花园饭店伏击,山娃又一次失手,读者在为他悬心扼腕时,以肖玉龙和刘铁山为代表的川北游击队及时出现,山娃的复仇之路出现重大转折;

　　医疗所偷药,虽然险象环生,危机四伏,但是复仇者已经不是一个孤单的山娃,而是一个智勇兼备的群体;

　　黑谷口激战,这是硝烟最为浓烈的一场戏,我们看到抗日烽火已成燎原之势,负隅顽抗的侵略者走上日暮穷途;

　　炸毁实验基地,解救劳工。此时,无论是山娃还是洋子,他们已经不只是为了自己的亲人复仇,宜将剩勇追穷寇,他们用行动诠释着正义、勇敢和人性的光芒。

　　……

　　一个真正的编剧完成的剧本,实质上就是运用电影思维,将他头脑中自己编导、自己表演,自己剪辑的电影作品落实为文字的结果。润兰在《复仇者》中把电影思维完美地落实于笔端——伏笔、危机、困境、逆转、支撑点,环环相扣,疏密有致,在绝境之中峰回路转,又在平静之中暗藏杀机。将一个如此人物众多、线索复杂、结构宏大的故事有机地编织完成,显示出作者具备了相当的创作经验和技巧。

　　丰满的人物形象和丰富的人物群体是电影文学剧本成功的关键因素。润兰用一支笔雕塑出一群栩栩如生的复仇者群像,给读者留下了深刻印象——山娃作为第一主角,作为复仇者的代表人物,由家仇到国恨,由单纯寻找杀害妻儿的刽子手小野报仇,到加入游击队驱逐侵略者,最终成为一名优秀战士,作者真实地刻画出了一个莽撞直鲁的猎人成长为一个勇敢坚定战斗者的历程。

　　山娃的历程在烽火燃烧的中华大地具有代表意义——那是对战争的控诉,山娃本可以安守山居,和妻子孩子一起享受清贫朴素的田园生活,但无情的战火、残忍的侵略者摧毁了一个平凡人的梦想;那是对血性的唤醒,面对欺凌和屠戮,反抗是唯一的方式。一寸山河一寸血,十万青年十万兵。在滴血的刺刀面前,中华儿女用无畏捍卫着这片土地的尊严。

　　作者笔下的山娃不是一个被神化的超人式英雄,而是一个眼中有泪心中有火的真实的人。润兰这样描写了山娃的第一次报仇遭遇——他单枪匹马来到黑谷口哨卡想杀死小野，却被日本兵发现，在搏斗中他力气不支，他想逃跑，却挣脱不开，他有些慌了，狠击几拳，却无济于事……这里，我们看到了山娃的慌张、鲁莽、无措甚至是恐惧，这是一个人本能的真实的反应，因其真实，才为之后川北游击队对山娃的救赎增添了分量，也使山娃之后的艰难成长增添了可信度。当剧本结尾，已经成为营长的山娃起身面对洋子时，一起和山娃经历了浴血浴火洗礼的读者因为"共情"，给予了山娃深深的祝福和更高的期许。

作为女主角的洋子是作者赋予剧本的一抹暖色。洋子是一名善良的日本平民，自己险遭侮辱，丈夫被杀害，父母被掳去做劳工。在战争这只怪兽面前，洋子是受害者，更是复仇者。润兰笔下的洋子是一个理想的女性——她是温柔的，山娃在樱花园饭店射击小野失手，洋子的责备埋怨里透着关切和惦念；她是机智的，路遇鬼子，山娃想跑，她立即制止这一失措举止，用泥土抹脸，镇定地扮作挖药人；她是智慧的，当贾占彪伴装游击队想骗取信任，她一眼识破，提醒山娃，避免泄密造成悲剧；她是坚定的，作为一名日本人，她毅然加入抗日队伍，用行动昭示着正义没有国籍，战争是人类共诛的恶魔这一主题。在洋子身上，我们看到了作者心中美好的凝聚。洋子和山娃之间萌动的情愫，虽然终未点明，但留给读者更多的是对胜利的渴望、对和平的赞美和对幸福未来的想象。

对于一部文学作品，特别是电影文学剧本而言，典型人物达到的高度，就是作品的高度。润兰通过对山娃、洋子等系列复仇者的刻画，让读者随着典型人物同步达到了大勇大爱大智大义的精神高度，相信《复仇者》中的复仇者一定会成为中华民族漫长抗战历史画卷中的一笔。

在日常电影剧本阅读中，我们看到作为文学的一种创作形式，电影剧本容易走向两个片面，一是拘泥于剧本体裁困限，减弱了文学性和可读性。二是剧本创作小说化，忽略了画面感和节奏感，缺失了技术性和操作性。《复仇者》显然实现了以上两个方面的平衡，让我们看到了"文学剧本"的具体实践，也看到了一个优秀编剧的视角和站位。

作为一个成熟的电影文学剧本，《复仇者》依然存在着提升的空间，比如：在刻画人物的内在心理和内心矛盾时，笔触较为匆忙；一些人物之间的互相影响力不够紧密；作为本土作家，可以在环境描写中加入地域特点等，期待润兰在《复仇者》走向大荧幕之前,能够有更深刻的挖掘和更细微的展现。

阅读剧本期间,正逢 8 月 15 日,朋友圈里纷纷转载一条微信:"1945 年的今天,日本宣布无条件投降。经过 14 年艰苦抗战,中国以 3500 万人伤亡的惨重代价,换得最终的胜利。硝烟虽然散去,但曾经的牺牲、抗争不该被遗忘。没有前辈们的浴血奋战,就没有我们幸福的今天。勿忘国耻。牢记历史!"

读罢剧本,掩卷闭目,仿佛看到山峦之间,一群复仇者大步走来,山娃、洋子、刘大川……滚滚烽烟和潇潇风雨中,他们真实饱满,鲜明生动,我看到了他们眼中燃烧的复仇之火。

# 一曲人性的颂歌

## ——浅谈电影文学剧本《失踪者》的人物塑造

### 塞 汉*

电影作品如同所有的文学作品一样,都离不开社会生活。社会生活的本质,则是人性的体现。抽掉或歪曲这一本质的电影作品,只能是荒诞的、虚假的、毫无意义的。遗憾的是,多年来,这种抽掉或歪曲这一社会本质的电影作品竟然不断出现,大有愈演愈烈之势,有的已对社会造成不良导向。说实话,我已多年不进电影院,即使偶尔进一次,也很难坚持从头到尾地把它看下来。

润兰女士近年来创作的一系列电影文学剧本,犹如从浊流中冲淌出来的一股清泉,着实让我为之一振。她的所有剧本,都浓烈地体现着人性,在我面前展现出一幅幅真实的、本质的社会生活画面。她所塑造的尽管都是社会底层人物,但个个都充满人性,换句话说,这些人物的所作所为,都是在人性支配下的所作所为,因而是真实的、鲜活的、感人的,是能启迪人生、教化人生、指导人生的。

她的新作《失踪者》和她以往的作品一样,也是一部充满人性的作品。

罗飞和蓝鸽是一对情深意切的恋人。不幸的是,身为解放军某部侦察连连长的罗飞,在一次清剿国民党残匪的战斗中严重毁容:不但满脸疤痕,鼻子和一只眼也没有了,上嘴唇也少了一半儿,样子比鬼都可怕。尽管这样他也明白,如果他和蓝鸽相认,蓝鸽是不会放弃他的。但他没有去和蓝鸽相认,用他的话说:"我不能委屈她,我这种鬼模样和她生活在一起,良心会一辈子受煎熬,生不如死。"这么做他不痛苦吗? 当然痛苦,但这种痛苦他能忍受,如果让蓝鸽接受他,他良心上所受的煎熬,则是无法忍受的。这就是人性的选择。他的人性选择还不止于此,为了蓝鸽能够忘记他、从悲痛中解脱出来重新生活,他不但"失踪",还

---

* 作者简介:塞汉,著有诗词集《塞外恋歌》、论著《草上风——也说论语》、长篇小说《塞外风》等。

在暗中时时关注着蓝鸽,每当她遇到危险和困难时,他都出手相救相援。甚至蓝鸽的丈夫马志伟遭到危难之时,他也屡屡出手相助,为的就是让蓝鸽能够幸福的生活。这种无私的大爱,只有充满人性的人才能激发出来。

蓝鸽同样是个充满人性的人。罗飞"失踪"后,她一直希望他能奇迹般地出现在她面前,整日苦等,直到三年后大家都认为罗飞已牺牲,才在首长张承山的关怀下和罗飞的战友马志伟结了婚。尽管她对马志伟也是真心的,而且努力地去做一个妻子应该做好的事,但她的心中一直也忘不了罗飞,把罗飞赠送给她的爱情信物"小鸽子"(罗飞亲手用子弹壳锉出来的)一直保存在身边。几十年后,当她知道罗飞还活着以及他为她所做的一切之后,她简直痛不欲生,说出一番撕心裂肺的话:"你心安理得了,你知道我想你想得有多苦吗,一辈子呀……别说毁了容,就是胳膊腿都没了,我也不会嫌弃你呀……"这是只有充满人性的人才能说出的话。

他们之间谁错了?说不清,人性就是人性,无法简单地用对与错来评判。

马志伟、张承山后来都成了党的领导干部,但无论政治风云如何变幻,他们都能把握住正确的方向。困难时期,身为县委书记的马志伟为全县百姓度过荒灾甘冒风险;非常时期,身为地委书记的张承山在自身难保的情况下,为保护因遭陷害而身陷囹圄的马志伟义无反顾。他们之所以这么做,并不是不知道将给自己带来什么后果,只是人性使然。循着人性去做有时会使人吃亏,有时会使人遭难,但依然有人会这么去做,这正是人性的可贵,这正是社会的支撑。

高尔基曾经建议:把文学叫作"人学"。其实这也不是高尔基一个人的新发明,过去许许多多的哲人、许许多多的文学大师都曾有过类似的意见。说的再透彻一点儿,文学的实质就是"人性之学",只有紧紧地把握住人性,才能创作出真实的反映生活实质、真正具有社会意义的文学作品。

润兰女士是从社会底层走出来的一位作家,多年的底层生活使她对人性的了解更深刻,对人性的把握更准确。她创作的电影文学剧本《失踪者》,可以说是一曲人性的颂歌,我为她点赞!希望她不改初衷,沿着自己的思想和思维模式,坚定地走下去,创作出更多、更好的反映人性的电影文学剧本。她创作的电影文学剧本《扫大街的女人》已搬上银幕,我坚信,她的其他电影文学剧本也将会有搬上银幕的那一天。

# 寻找社会底层小人物的闪光点

闫金莲 *

张润兰创作的电影文学剧本《扫大街的女人》（后改名为《爱的红围巾》）被河北电影制片厂和张家口多彩人生文化传媒有限公司选中，已拍摄成电影并搬上了银幕。她的电影文学剧本《拾荒者》也被《中国作家》2016 第 5 期影视版刊登，同样赢得不同凡响。有人疑惑地打电话问我，这是真的吗？从来没听说张润兰写过什么东西，怎么一下子就写出这么多剧本来，还拍成了电影？我说这并不奇怪，因为我了解她。在此之前，她就写过散文、中篇小说、电影文学剧本和微电影文学剧本等，只不过知道的人很少罢了。到目前为止，张润兰已创作出三部电影文学剧本六部和三部微电影文学剧本。

张润兰从小生活在农村，家中兄姊十来个。生活贫苦，经济拮据的家庭不但造就了张润兰吃苦耐劳的品格，也形成了与人为善的性格，更练就了一双关注社会底层人物的慧眼。底层人物的甜酸苦辣、悲欢离合她都看在眼里，记在心上。存于心而酿于情，这就是张润兰为什么能够写出电影文学剧本《扫大街的女人》的原因所在，也是她长期以来关注底层人物、同情底层人物的情感反映。凡是看过她的剧本的人都会发现，她作品中的主人翁，不是捡破烂的就是扫大街的，不是开出租的就是摆小摊的，要么就是打工的，没有一部是反映上层人物和名门阔少的。

张润兰和底层人物的关系我曾目睹过。一次和他同行中，她的鞋跟突然出现问题，她将鞋子给了就近的钉鞋匠修理，鞋子修好后，钉鞋匠无论如何都

---

* 闫金莲，河北崇礼县人，大学学历，河北省作家协会会员、散文学会理事、诗词协会会员、张家口作家协会副秘书长、民间剪纸研究会副会长，曾担任《长城文艺》编辑。多部作品在全国各地报刊发表并获奖，出版《缘如云》《今生有缘》和《涿鹿祭祖这十年》等多部著作，其中《缘如云》获新世纪十年河北散文创作创新贡献奖。

不要她所付的修鞋费,还追出很远硬是将钱塞给了她。我心生好奇追问原因,钉鞋匠告诉我,张润兰经常不断地关照他们,比如雨天的一把伞,傍晚的一个盒饭,还常将旧衣服旧鞋子送给他们,最感人的是还帮着找人为他们的子女转学和减免借读费,他们都是受到过张润兰多次资助的。我和她共事多年,从来没听她提起过这些事,也不知道她还一直默默无闻地关心着路边摆摊人的生活。我想,说不定哪天她也会把钉鞋匠或摆摊人写进她的剧本,而且肯定会在这些人身上发现一般人所发现不了的感人情节。

我每次看张润兰的剧本,都是一口气读完的。她的剧本,故事性强,情节紧凑,引人入胜,容不得你有半点喘息的机会,仿佛有一根绳索一环扣一环地挽着结,拽着你的思绪不停地往前走,生怕漏掉一个结,不一口气看完,让你总是感到悬着的心放不下来。看了她写的剧本,不但让你对底层人物有了更深的了解,也会让你同这些人一起哭,一起笑,一起闯过人生的沟沟坎坎,憧憬新的生活真谛,拉近了你与底层人物的感情世界。

张润兰的每一个剧本都充满了正能量,每个故事里都蕴含着深刻的哲理,塑造的每个人物都真实感人,栩栩如生。这些人物虽然都生活在社会最底层,但在他们身上,都有共同的闪光点,那就是淳朴、善良、本真。张润兰的每一个剧本都在告诉人们,应当怎样做人,应该怎样做事。我想,如果这些剧本能拍成电影,对于社会整体道德的回升和社会的和谐,一定会起到极大的推动作用。

生活中的张润兰是个谦恭低调的人,她不显山不露水,始终面向底层,心系弱小。她不仅是张家口市文联副主席,还担当着《长城文艺》的主编。她写的作品不下几十万字,但很少在他主编的《长城文艺》上发表,倒不是她刻意要避嫌,她是想给新人新秀们留出更多发表习作的空间。她认为说不定一次偶然的展示机遇,就能改变一个写作者的命运,一篇作品的发表就能成就一个作家梦。看着作者们在《长城文艺》这块园地苗壮成长并小有成就,她就感到很满足,就格外地激情满怀。正因为她的养精蓄锐和拥有为人作嫁的胸襟,所以才具备了今天一发不可收的剧本创作激情。如果说她是大器晚成好像有点夸张,但说她是剧本创作园艺中那朵晚开的靓丽奇葩毫不过分。

# 后　记

## 我是如何走上剧本写作之路的

上中学时,我就对文学产生了浓厚的兴趣,读过一些文学作品,并将励志的、优美的、富于哲理的词句摘抄在小本上,时时欣赏。也曾试着写过一些小东西(多是散文、诗歌之类,也涉猎过独幕剧),但自觉不像样子,怕别人笑话,从不敢示于他人。

工作后,特别是成家之后,因忙于工作和家事,书读的少之甚少,写作的欲望也渐渐淡了。2005 年,组织上调我到市文联工作,后来孩子也成家立业了,生活负担和精神负担轻了许多,时间相对也宽裕了许多。时任文联主席的黄建平先生语重心长地对我说:"每年好好读十本书,加强文学修养,将会受用无穷。"这句话对我的触动很深,在之后的几年中,我有选择的读了一些古今中外的文学作品,由此,对文学的兴趣又逐渐浓了起来。期间,虽然也写过一些东西,但依然不自信,除了几篇小散文见诸报刊之外,多数东西还是捂着盖着,怕出丑不敢出手。

后来之所以大着胆子走上写作之路,是源于一次市委宣传部召开的"张家口市文艺精品创作座谈会"。在这个会上,一些专业作家和业余作者谈了自己的创作历程和所取得的成果。他们不怕失败、百折不挠的追梦精神,令工作在文联且担任着《长城文艺》主编的我感到汗颜。我坐不住了,决心打消种种顾虑,大胆地进行创作。

我有一个朋友,他从捡破烂儿发展成废旧物资回收公司的老板,是个典型的励志者,而且他还经常做好事善事。我早有围绕他写点儿什么的想法。有了明确的创作意图后,便以他为原型,创作出中篇小说《拾荒者》,并寄给省作协副主席、文学大家胡学文,请他指教。他认为小说对话偏多,建议把小说改写成电影剧本。我曾读过塞汉先生和温广福先生的剧本以及梁挺爱老师提供的一些如何写作影视剧本的书籍。我也感到小说确实对话不少。于是我又尝试着将小说《拾荒者》改写成同名电影文学剧本,朋友们看后基本上都给予了肯定。这一下使我信心大增,并决定走影视文学剧本的创作之路。随后,我订购了《中国作家·影视》,认真研读影视创作技法和影视创作理论,还购买了播放器和大量的影视光盘进行观摩,以此来提高对剧本创作的驾驭能力。在此基础上,又尝试着写了《跟踪》《红包》《家有珍藏》等微电影剧本进行练笔。

　　把我从影视文学剧本创作的道路上又往前大大推进一步的是宋国兴先生。宋国兴先生是铁道部影视中心著名编导。一次,他从北京专程来找我,说了要以我市先进人物为原型,创作《中国梦·百姓故事》系列电影一事,想让我根据环卫工人田润兰的演讲稿,创作一部反映环卫工人艰辛工作的电影剧本,而且要在一个月内完成。我自知能力有限,不敢承担这个重任,但在宋国兴先生的一再鼓励下,又出于好面子,且潜意识中也不想失去这个锻炼自己的机会,便答应了。可当我进行构思时,问题来了。首先是人物形象。如果把主人公仅仅塑造成一个不怕脏不怕累的人,不但人物个性体现不出来,也不具典型意义。其次是故事情节。如果只是罗列事迹,不但结构上散乱、形不成一个完整的故事,而且立意也不深刻。这两个难题如同两堵墙挡在我面前,有种陷入绝境的感觉,迟迟动不了笔。苦思冥想中突然想起一次聚餐时一个朋友说的一件事儿:有个工人夜间发现有人偷厂子的东西,便大喊抓贼,当人们听到喊声跑来时,他才发现偷东西的人原来是平时很要好的师兄弟。这时他又想帮师兄弟逃掉,但已经来不及了。师兄弟被判了刑,这个人感到很自责,便经常去照顾师兄弟多病的老娘,师兄弟出狱后却一直不肯原谅他。这件很有人情味的事儿豁然打开了我的思路:围绕人性去塑造人物、构思情节。为使人物形象更丰满,故事情节更真实,我又多次早早起床到街上去观察环卫工人的工作,并和他们交谈,倾听他们的酸甜苦辣。接下来便是夜以继日的写作,初稿《扫大街的女人》完成后,我就像大病了一场,真有"二句三年得,一吟双泪流"的感觉。其后,我又征求塞汉、张新政、刘勇、梁挺爱、冯海燕等人士的意见,在他们的指点下又几易其稿。我把剧本发到宋国兴先生的邮箱之后,心里一直忐忑不安,令我没想到的是,宋国兴先生第二天就给了回复,对剧本给予充分肯定。说是"塑造了一个形象丰满、个性鲜明、充满人情味的典型人物;编织了一个起伏跌宕、引人入胜、真实可信的精彩故事。"不久,宋国兴先生又给我发来信息,说剧本已被导演看中,有望年底前投入拍摄。

在创作《扫大街的女人》的过程中,还有许多感悟,其中最主要的有三点:其一,压力是创作的有力推手。宋国兴先生也说过,这个剧本是在他"狠命敲诈勒索之下硬逼出来的。"说实话,在这个剧本的创作过程中,有几次我都想放弃。但既受人之托,当忠人之事的信誉感又使我不能这样做。可以说,这个剧本是压力压出来的。其二,真情实感是创作的灵魂。剧本的情节可以虚构,情感却是万万不能虚构的。没有真情实感的作品,就如同没有灵魂的僵尸。演员只有全身心地进入角色,才能演好角色。同理,编剧也只有进入人物的情感世界,才能塑造出形象丰满、个性鲜明、真实感人的人物。其三,剧本创作需要丰厚的生活积淀。剧本创作说白了就是以剧的形式来讲述故事,而故事(无论是哪一类)又都是社会生活的反映,所以,作为编剧必须要善于细致地观察生活、体验生活。只有做到这一点,在构思故事情节时才会思如泉涌,甚至还会产生灵感,闪现许多你并非刻意储备在脑海中的、完全属于偶发性的故事情节。

这三个感悟,不但使我的创作境界得到了升华,而且也大大增强了创作的自信心。这时,国家权威刊物《中国作家·影视》把我的电影文学剧本《拾荒者》也刊载了,这更激发了我的创作欲望。随后,根据我的生活阅历和平时的积累,又接连创作出《的哥遇险记》《失踪者》《复仇者》和《圆梦者》四部电影文学剧本。

我所塑造的人物,大都是生活在社会最底层的小人物,往往还都是命运多舛者。之所以把这类人物作为创作主角,原因有三:一是我本身就是农民出身,对底层人物有着一种特殊的感情。二是由于我多年生活于社会底层,对他们情感上的喜怒哀乐、生活中的酸甜苦辣感触得更深更细更真一些。三是想通过挖掘底层人物的高尚道德来影响他人,使社会的整体道德有所提升。

勇气虽生,信心亦立。但毕竟学识浅薄,故依然惶惶。今后,唯有加倍努力,以弥补之。

在我创作的过程中,胡学文、宋国兴、塞汉、卢永庆、张新政、刘勇、邓幼明、白薇、温广福等名家学者以及我的恩师郭翠芬、李本德都给过我很大帮助,有的提出修改建议,有的还亲自动笔给以修改。还要感谢同事冯海燕、韩剑梅、梁挺爱、闫金莲、崔志凌、吴俊红等给予我的帮助、支持与鼓励。可以这样说,没有这些人的指导和帮助,我的创作之路也不会走得如此顺利。在成书之际,对这些良师益友表示诚挚的感谢!

　　由于本人是刚刚走上创作之路的新手,能力和经验都很有限,收入在这个集子里的几个电影剧本肯定会有许多不足之处,恳请读过这些剧本的朋友们不吝赐教,本人不胜感激。

张润兰